LES VOYAGEURS
DU TRAIN DE 8 H 05

DE LA MÊME AUTRICE

Le Fabuleux Voyage du Carnet des Silences, Fleuve Éditions, 2021 ; Pocket, 2022

CLARE POOLEY

LES VOYAGEURS DU TRAIN DE 8 H 05

Traduit de l'anglais (Royaume-Uni)
par Anne-Marie Carrière et Karine Guerre

fleuve
ÉDITIONS

Titre original :
The People on Platform 5

Toutes les citations de *Henry V* et de *Roméo et Juliette* sont tirées des *Œuvres complètes* de William Shakespeare, traduction de François-Victor Hugo.

La citation d'Agatha Christie, en exergue, est extraite de son autobiographie.

La phrase page 258 est extraite de la série télévisée *Fame*, saison 1, écrite par Christopher Gore.

ISBN : 978-2-265-14414-9

Dépôt légal : juin 2023

À ma fille Eliza,
Puisses-tu être Iona chaque jour davantage

Les trains sont merveilleux.
Voyager en train, c'est voir la nature et les êtres humains, les villes et les églises et les rivières, en fait, voir la vie.

Agatha Christie

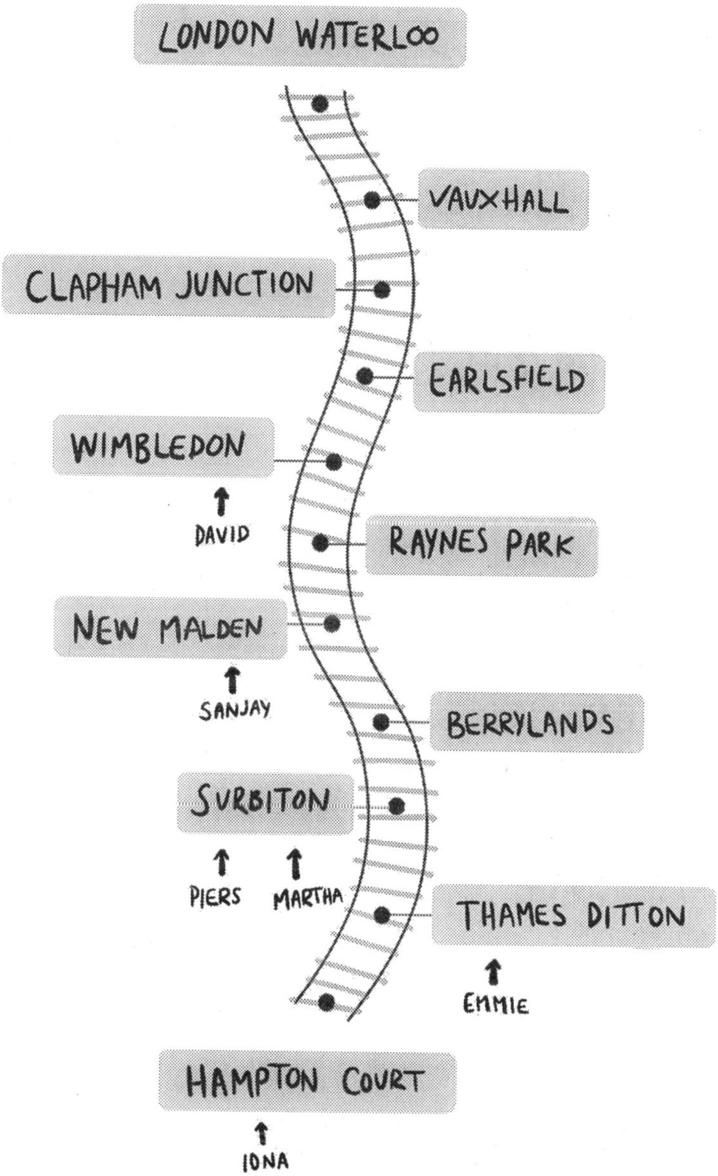
LONDON WATERLOO
VAUXHALL
CLAPHAM JUNCTION
EARLSFIELD
WIMBLEDON
DAVID
RAYNES PARK
NEW MALDEN
SANJAY
BERRYLANDS
SURBITON
PIERS
MARTHA
THAMES DITTON
EMMIE
HAMPTON COURT
IONA

Iona

8 h 05, Hampton Court – Waterloo

Avant qu'un homme ne commence à s'étouffer sous ses yeux dans le train de 8 h 05, la journée de Iona avait ressemblé à toutes les autres.

Chaque matin, elle quittait son domicile à 7 h 30. Après vingt minutes de marche en talons, elle arrivait à la gare un quart d'heure avant le départ du train pour Waterloo. Deux minutes plus tard, si elle portait ses Louboutin.

Être en avance : la condition *sine qua non* si elle voulait occuper sa place habituelle, dans son compartiment habituel. La nouveauté, Iona trouvait ça formidable lorsqu'il s'agissait de mode, de cinéma, voire de pâtisserie, mais pas de son trajet quotidien pour se rendre au journal.

Récemment, son rédacteur en chef lui avait suggéré de se mettre au *télétravail*. « C'est dans l'air du temps, Iona. » Pourquoi ne pas exercer son métier depuis chez elle ? Il lui en avait fait miroiter tous les avantages : par exemple, gagner une heure de sommeil, ou aménager ses horaires à sa convenance. Constatant qu'aucun argument ne la délogerait de son cher bureau, il avait tenté de l'en chasser en la menaçant de lui faire *partager* son espace de travail ! Enfant déjà, Iona détestait partager. Un petit incident à propos d'une poupée Barbie restait gravé dans sa mémoire, et certainement aussi dans celle de ses camarades de classe. Non, chez Iona, les frontières étaient indispensables. Par chance, ses collègues, plutôt compréhensifs, lui avaient abandonné l'entière jouissance de son poste fétiche.

Iona adorait aller au bureau : elle y côtoyait des jeunes qui lui apprenaient les expressions tendance, lui faisaient écouter leurs musiques favorites et lui recommandaient des séries à regarder sur Netflix. Il est important de garder l'esprit ouvert à la nouveauté, surtout dans ce milieu. Bea ne lui était pas d'une grande aide dans ce domaine.

Pourtant, ce jour-là, Iona n'était pas pressée d'arriver. Son rédacteur en chef avait programmé une « évaluation à 360° », ce qui ne l'enchantait guère. Une femme de cinquante-sept ans n'a pas envie d'être évaluée de trop près, et sûrement pas sous tous les angles. Il est préférable de laisser certains détails à l'imagination, n'est-ce pas ? Ou, mieux, de ne pas y penser du tout.

Et d'abord, que savait-il d'elle, ce blanc-bec ? Comme les policiers et les médecins, au fil des ans, les rédacteurs en chef du magazine lui semblaient de plus en plus jeunes. Celui-ci, aussi improbable que cela puisse paraître, avait été conçu *après* la naissance d'Internet. Il n'avait pas connu le monde des téléphones branchés à une prise murale et des recherches sans fin dans les volumes de l'*Encyclopædia Britannica*.

Iona repensa, avec une pointe de mélancolie, aux évaluations annuelles de ses débuts. Trente ans bientôt… À l'époque, on ne disait pas « évaluations », mais « déjeuners », car ils se déroulaient au Savoy Grill. Le seul inconvénient était d'avoir à repousser de sa cuisse, pendant tout le repas, la grosse main moite du patron. Mais Iona était une experte en la matière, et que n'aurait-elle pas fait pour savourer les délicieux filets de sole meunière levés avec dextérité par un serveur à l'accent français, et arrosés d'un chablis bien frais ? Elle tenta de se remémorer la dernière fois où elle avait été pelotée sous la table, si ce n'est par Bea. A priori, pas depuis le début des années 1990.

Iona vérifia son reflet dans le miroir du vestibule. Ce matin, elle avait choisi son tailleur rouge vif, celui qui envoyait le message : *Je ne plaisante pas !* et *N'y pensez même pas, mon cher.*

– Lulu ! appela-t-elle.

Elle baissa les yeux. Son bouledogue français était déjà à ses pieds, prêt à partir. Lulu avait ses habitudes, elle aussi. Iona accrocha la laisse au collier rose fuchsia clouté de strass qui formaient les lettres de son nom. Bea n'approuvait pas les babioles dont la chienne était affublée. « Chérie, c'est un animal, pas un enfant », lui répétait-elle. Iona en avait conscience, justement : les enfants d'aujourd'hui étaient égoïstes, fainéants et se croyaient tout permis. Pas sa Lulu adorée.

Iona ouvrit la porte et se retourna pour crier vers le palier du premier étage, comme chaque matin : « À ce soir, Bea ! Je vais travailler ! Tu vas me manquer ! »

L'avantage de prendre le train à la gare de Hampton Court, c'est qu'elle se situait en bout de ligne – ou au départ, bien sûr, selon le sens du trajet. *Tiens, il y a là un concept intéressant*, songea Iona. Par expérience, elle savait que toute fin est souvent le début déguisé d'une autre aventure. Elle décida de noter cette réflexion en vue de la ressortir dans une prochaine rubrique.

Donc, du fait de cette première position sur la ligne, les places dans les trains étaient pour la plupart libres – tant que vous arriviez suffisamment en avance. Cela signifiait que Iona pouvait occuper sa place préférée (siège côté couloir du carré avec tablette centrale au septième rang sur la droite, dans le sens de la marche), dans sa voiture préférée, la numéro 3. Elle avait toujours eu un penchant pour les chiffres impairs. Elle n'aimait pas ce qui était trop rond ou trop lisse.

Iona s'assit, installa Lulu à sa droite et sortit de son cabas une thermos de thé vert (breuvage bourré d'antioxydants, excellents contre le vieillissement), une tasse en porcelaine accompagnée de sa soucoupe (boire du thé dans un gobelet en plastique, un crime !), son courrier et son iPad. Il y avait dix stations avant la gare de Waterloo et les trente-six minutes de trajet lui offraient le laps de temps idéal pour préparer sa journée au bureau.

Tandis que le train se remplissait un peu plus à chaque arrêt, Iona, guillerette, était dans sa bulle, merveilleusement anonyme et fondue dans le décor. Une voyageuse parmi des milliers d'autres, effectuant chaque jour de la semaine la navette entre son domicile et son lieu de travail. Personne ne lui prêtait attention. D'ailleurs, personne ne s'adressait la parole. Chacun connaissait la Règle n° 2 de l'Usager du Train de Banlieue : on pouvait saluer d'un léger signe de tête un passager déjà croisé à plusieurs reprises, voire, *à la limite*, échanger un sourire désabusé ou lever les yeux au ciel à l'écoute d'une annonce par haut-parleur, mais jamais au grand jamais lui adresser la parole. À moins d'être zinzin. Ce que Iona n'était pas, en dépit des apparences.

Un bruit bizarre la fit sursauter. Elle reconnut l'homme assis face à elle. S'il prenait rarement le train de 8 h 05, elle le voyait en revanche souvent au retour, en fin de journée, dans celui de 18 h 17. Elle l'avait remarqué à cause de l'élégance de ses costumes, à laquelle elle était sensible, mais dont l'effet était gâché par l'incroyable arrogance que lui conférait l'avantage d'être blanc, riche et hétérosexuel. Le tout exacerbé par une tendance à s'étaler sur son siège, jambes écartées, et à brailler dans son portable à propos de « marchés » et de « positions ». Iona l'avait même entendu prononcer le mot « boulet », en parlant de son épouse. Il descendait toujours en gare de Surbiton, ce qu'elle jugeait plutôt incongru au vu de son statut social apparent. Fidèle à sa manie d'affubler les passagers de surnoms, elle avait choisi pour lui « Macho-Stylé de Surbiton ».

Or, à cet instant, son vis-à-vis ne semblait pas si suffisant. Au contraire, il avait l'air paniqué : penché en avant, il se tenait la gorge en émettant d'étranges gargouillis, entre toux et régurgitations. La jolie rousse à la longue tresse et à la peau de pêche qui lisait à ses côtés lui demanda, d'un ton inquiet : « Ça va, monsieur ? » Visiblement, ça n'allait pas du tout. Le type releva la tête, tenta de communiquer, mais les mots restaient coincés en travers de son larynx. Il désigna la petite coupelle en plastique de salade de fruits posée sur la tablette devant lui.

— Je crois qu'il a avalé une fraise de travers, ou un grain de raisin ! s'écria la jolie rousse.

De toute évidence, il y avait urgence. La fille lâcha son livre et lui donna de petites tapes entre les omoplates, le genre de gentil tapotement qui accompagne souvent « Ça, c'est un bon chien-chien ». Pas du tout ce que la situation requérait, donc.

— Il faut y aller plus fort, intervint Iona.

Joignant le geste à la parole, elle se pencha vers l'homme qui suffoquait et lui asséna une violente claque dans le dos, geste qu'elle trouva plutôt jouissif – trop, au vu des circonstances. Il y eut un bref silence qui fit croire à une amélioration de l'état de l'asphyxié. Hélas, les gargouillis reprirent de plus belle. Son teint avait viré au violet marbré et ses lèvres avaient perdu leur couleur.

Allait-il passer l'arme à gauche là, sous ses yeux ? Avant même l'arrivée du train à Waterloo ?

Piers

8 h 13, Surbiton – Waterloo

La journée de Piers ne se déroulait pas du tout comme prévu. D'abord, il n'avait pas pu prendre son train habituel, lui qui aimait arriver à la City avant l'ouverture des marchés boursiers.

Sa routine était bouleversée, car la veille, Candida avait viré Magda, la jeune fille au pair, la troisième cette année.

Piers avait espéré qu'ils la garderaient au moins jusqu'à la fin du trimestre scolaire. Un vœu pieux. En rentrant en avance d'un week-end désastreux en famille, ils avaient surpris Magda au lit avec leur jardinier-paysagiste italien, et trouvé, bien en évidence sur un exemplaire relié de *Gruffalo dans la forêt*, des traces de cocaïne et un billet de banque roulé. Piers aurait pu convaincre Candida de se contenter de passer un savon à Magda (le dimanche était son jour de congé, après tout), mais la souillure du livre préféré des enfants était la goutte de trop : pas question pour Candida de passer l'éponge. « Comment veux-tu que je leur lise *Gruffalo dans la forêt* sans imaginer

Tomaso en train d'explorer le buisson de Magda ? » avait-elle hurlé.

La situation n'avait fait qu'empirer quand Piers, en montant dans la voiture 3 à Surbiton, s'était rendu compte que la seule place assise disponible se trouvait dans un carré, face à cette drôle de bonne femme et à son bouledogue français au museau aplati, qui respirait comme un asthmatique. En général, le matin, il ne prenait pas le même train qu'elle, mais il subissait sa présence horripilante dans celui du retour. Il n'était d'ailleurs pas le seul à l'éviter : souvent, le fauteuil situé face à elle demeurait inoccupé.

La Foldingue au Chien paraissait encore plus ridicule que d'ordinaire, accoutrée d'un ensemble en tweed rouge vif, un épais tissu qui aurait été parfait pour recouvrir un canapé.

Valait-il mieux rester debout jusqu'à Waterloo ou affronter le Canapé sur talons aiguilles ? Piers hésitait encore, lorsqu'il remarqua la jeune femme assise à côté du siège libre. Une trentaine d'années, très mignonne. Elle avait les dents du bonheur, et cette minuscule imperfection rendait sa beauté encore plus captivante. Il était à peu près sûr de l'avoir déjà vue et même de lui avoir adressé un clin d'œil ; un moment de communion silencieuse entre voyageurs chics et abonnés à la réussite, plongés malgré eux dans un océan de médiocrité, tels des bolides de formule 1 sur un parking de supermarché.

Elle portait un T-shirt blanc sous un blazer noir et une jupe rose près du corps, laquelle recouvrait sans aucun doute une jolie paire de gambettes, malheureusement cachées sous la tablette centrale. Elle devait travailler dans la comm', ou dans une de ces start-up en vogue qui autorisent leurs employés à s'habiller comme ils le veulent, et pas uniquement le vendredi. L'idée de voyager près de cette charmante créature fit pencher la balance du côté du siège libre.

Une fois assis, Piers sortit son smartphone afin de vérifier ses positions clés à la Bourse. Il avait perdu de telles sommes la semaine précédente qu'il lui fallait réaliser au plus vite des profits spectaculaires. Il adressa une prière silencieuse aux dieux des marchés, tout en piochant un grain de raisin dans la salade de fruits qu'il avait achetée à la supérette près de la gare. Il avait passé tant de temps à faire avaler leur petit-déjeuner aux enfants qui criaient à qui mieux mieux : « Où est Magda ? On veut Magda ! », qu'il en avait oublié de prendre le sien. Il avait failli s'offrir un pain au chocolat, mais Candida lui interdisait les sucreries, lui reprochant ses kilos en trop. *Gros, moi ?* Il était plutôt en forme pour son âge. Néanmoins, il rentra le ventre, au cas où la jolie rousse lui prêterait attention.

Il scruta les chiffres qui défilaient sur son écran. *Qu'est-ce que...* Dartington Digital avait plongé ! C'était pourtant une boîte super bien cotée. Stupéfait, il inspira par la bouche et ce faisant, sentit quelque chose se loger au fond de sa gorge. Il tenta de déglutir. Impossible, le truc restait coincé. Il s'efforça de tousser dans l'espoir de l'expulser, sans résultat. *Du calme. Réfléchis. C'est juste un grain de raisin.* Mais une vague d'angoisse et de détresse le submergea. Incapable d'appeler à l'aide, il frappa la tablette du plat de la main en suppliant ses voisines du regard. L'une d'elles lui tapota le dos – hélas, c'était davantage une caresse qu'un geste de premier secours. Heureusement, il reçut une violente claque entre les omoplates. À son grand soulagement, il sentit le grain de raisin remonter. Pour aussitôt retourner à sa position initiale, tout au fond de sa gorge.

Je ne vais tout de même pas mourir ici, maintenant, dans ce train de banlieue sinistre, entouré d'anonymes et de minables ? Une autre pensée l'assaillit, pire que la précédente. *Si je meurs aujourd'hui, Candida va tout découvrir. Elle comprendra ce que j'ai fait, et les gosses grandiront en sachant que leur père n'était qu'un pauvre type.*

Courbé au-dessus de la tablette, il vit le tailleur rouge se lever d'un bond, tel un volcan en éruption, et entendit une voix de stentor beugler : « Y A-T-IL UN MÉDECIN DANS LE TRAIN ? » *Mon Dieu, je vous en supplie, faites qu'il y ait un médecin !* Piers aurait donné tout ce qu'il possédait pour respirer à nouveau. *Tu m'entends, Univers ? Tu peux tout avoir !*

Il ferma les yeux, mais vit encore du rouge – soit le fantôme du tweed imprimé sur sa rétine, soit l'épanchement des vaisseaux sanguins de ses globes oculaires.

— Je suis infirmier ! cria quelqu'un.

Trois ou quatre secondes plus tard – une éternité –, deux bras solides l'encerclèrent par-derrière et le relevèrent de sa position recroquevillée. Deux poings s'enfoncèrent avec énergie dans son plexus solaire – une fois, deux fois, trois fois.

Sanjay

8 h 19, New Malden – Waterloo

Aujourd'hui, je me lance, songea Sanjay en marchant vers la gare de New Malden. C'était décidé : ce matin, armé de tout son courage, il parlerait à la Fille du Train. Il avait même réfléchi à ce qu'il lui dirait. Elle avait toujours un livre, un vrai, pas une liseuse ou un livre audio. C'était l'une des multiples raisons pour lesquelles Sanjay était persuadé qu'ils étaient destinés l'un à l'autre. La semaine précédente, il avait noté le titre de l'ouvrage qu'elle lisait (*Rebecca*, de Daphné du Maurier), et s'était empressé de l'acheter chez son libraire. Il en avait dévoré la moitié pendant le week-end et comptait lui demander ce qu'elle pensait de la gouvernante, Mrs Danvers. Une parfaite entrée en matière, non ? Originale, amicale, intelligente.

Arrivé à destination, Sanjay chercha des yeux ses colocataires. Tous trois travaillaient dans le même hôpital, mais en ce moment, James et Ethan étaient de garde de nuit. Ils se croisaient parfois sur le quai le matin ; lui, en route pour Waterloo, le teint frais et relativement en forme, et eux, pâles, exténués, puant le désinfectant. Un aperçu de l'état dans lequel Sanjay reviendrait le soir.

Il attendit près du snack-bar, au niveau de l'arrêt de la voiture 3. Sanjay avait constaté, après des semaines de tâtonnements, que c'était dans celle-là qu'*elle* voyageait. *Rebecca... Super bouquin*, se répétait-il. *Que penses-tu de Mrs Danvers ? Oh, à propos, je m'appelle Sanjay. Tu prends souvent ce train ?* Non, pas cette question. Trop flippante pour une première approche.

Sitôt monté en voiture, Sanjay sut que la chance lui souriait : *elle* était là, assise face à celle qu'il surnommait la Dame Arc-en-Ciel et à son petit bouledogue. À ses côtés, un type d'une quarantaine d'années, légèrement empâté, qui portait un costume de la City. Sanjay l'avait déjà vu à plusieurs reprises. Le genre de requin de la finance qui débarquait aux urgences en fauteuil roulant, avec un ulcère perforé ou une suspicion d'infarctus provoqués par une prise récréative et régulière de cocaïne, et qui, malgré tout, parvenait à brailler : « J'ai une excellente mutuelle ! » Le genre à se croire supérieur au commun des mortels et à n'avoir aucun respect pour l'espace personnel d'autrui.

En revanche, Sanjay appréciait beaucoup la Dame Arc-en-Ciel, qu'il voyait souvent dans le train, mais à qui il n'avait jamais parlé. Parmi tous ces passagers vêtus de noir, de bleu foncé ou de différentes nuances de gris, ses toilettes spectaculaires couleur émeraude, turquoise ou pourpre tranchaient avec la morosité ambiante. Aujourd'hui, il n'était pas déçu : fidèle à son style, elle arborait un tailleur en tweed rouge vif qui rappelait ces écœurants chocolats à la fraise que tout le monde oublie au fond des boîtes de Quality Street.

Sanjay hésita. Pouvait-il la prier de prendre son chien sur ses genoux, afin de lui laisser la place face à *elle* ? Après tout, le bouledogue n'avait sans doute pas d'abonnement de train, et sa présence sur un siège contrevenait aux règles élémentaires d'hygiène et de sécurité. Mais le problème était que Sanjay redoutait la Dame Arc-en-Ciel tout autant qu'il l'admirait. Et il n'était pas le seul. Même aux heures de pointe, peu de gens osaient lui demander de déplacer son animal. Et s'ils le faisaient, ils ne recommençaient jamais. Pas même les contrôleurs.

Cramponné à la barre centrale, Sanjay cherchait le moyen de se rapprocher d'*elle* et d'engager la conversation. Une première pour lui. Il était déjà sorti avec des filles rencontrées à la fac, à l'hôpital, ou sur des applis qui permettaient de s'échanger des messages pendant des jours, chacun dévoilant des bribes d'informations personnelles avant d'oser enfin proposer un rendez-vous. Là, il s'agissait d'aborder une jeune femme en vrai, à l'ancienne, et c'était terrifiant. Sanjay comprenait pourquoi plus personne ne s'y risquait.

Malgré le nombre de voyageurs présents, environ quatre-vingts individus serrés comme des sardines, l'ambiance qui régnait dans la voiture 3 était, comme d'habitude, extrêmement calme. On n'entendait que la friction des roues sur les rails, le murmure s'échappant d'un casque audio et des toussotements occasionnels. Soudain, une voix forte retentit.

— Y A-T-IL UN MÉDECIN DANS LE TRAIN ?

Les prières de Sanjay allaient donc être exaucées, et de façon aussi inespérée qu'inattendue. Il se racla la gorge et mobilisa toute l'assurance dont il disposait pour crier avec autorité :

— Je suis infirmier !

Les gens s'écartèrent en se contorsionnant afin de lui laisser le passage. Au milieu des effluves de café, d'eaux de toilette et de transpiration, il avança vers la Dame Arc-en-Ciel et la Fille du Train, dont le voisin paraissait s'étouffer.

Ce scénario avait été abordé dès le début de sa formation à l'école d'infirmiers. Premiers Secours, module 1 : la manœuvre de Heimlich, destinée à expulser un corps étranger des voies respiratoires aériennes. La technique lui revint aussitôt et Sanjay agit par automatisme. Avec une énergie qui l'étonna lui-même, il souleva l'homme de son siège, passa ses bras autour de son thorax sur lequel il exerça une pression aussi forte que possible, vers l'arrière et vers le haut, et ce trois fois de suite. Il lui sembla que l'ensemble des voyageurs retenaient leur souffle comme pour l'encourager. Tout à coup, dans une violente expectoration, le grain de raisin coupable jaillit de la gorge de la victime à une vitesse fulgurante et plongea avec un gentil *plouf* dans le thé vert de la Dame Arc-en-Ciel.

La tasse s'agita sur sa soucoupe, puis tout revint dans l'ordre, tandis qu'éclatait un tonnerre d'ovations. Sanjay se sentit rougir.

— Ah, c'était bien du raisin ! s'exclama la Dame Arc-en-Ciel en examinant le fond de sa tasse, tel un devin face à des feuilles de thé.

— Me… merci. Vous m'avez… sauvé la vie, coassa l'Ex-Asphyxié avec effort, les mots sortant de sa bouche un par un, comme s'ils craignaient de se heurter à nouveau au grain de raisin criminel. Vous vous… appelez… comment ?

— Sanjay, répondit l'infirmier. Ce n'est rien. Je n'ai fait que mon travail.

— Moi… c'est Piers. Je ne vous remercierai… jamais assez, chuchota-t-il, son visage retrouvant peu à peu des couleurs.

« PROCHAIN ARRÊT WATERLOO », annonça le haut-parleur. *Déjà ?* Sanjay s'affola. L'un après l'autre, les voyageurs lui tapaient dans le dos pour le féliciter, ce qui lui faisait plaisir, mais une seule personne l'intéressait et il allait louper l'occasion de lui parler ! Poussé vers les portes par la foule, il ressemblait à un lemming réfractaire refusant de sauter du haut de la falaise. Il la chercha du regard, désespéré ; il la repéra, un peu plus loin derrière lui.

— Hé, que pensez-vous de Mrs Danvers ? lâcha-t-il tout de go.

Elle leva la tête et plissa le front, perplexe. Dans sa main, elle ne tenait pas *Rebecca*, mais *Devenir*, l'autobiographie de Michelle Obama. À ses yeux, le sauveur de la voiture 3 devait passer pour un dérangé. Peut-être l'était-il vraiment ?

Il avait tout foiré. Et impossible de revenir en arrière.

Emmie

Encore bouleversée par l'incident, Emmie ne se rendit pas directement à l'agence, mais s'arrêta pour commander une boisson à emporter au petit café familial dont elle était une fidèle cliente. Elle extirpa sa gourde en inox de son sac.

— Salut, Emmie ! lui lança le serveur avec entrain. Ça boume ?

— Pas vraiment, soupira cette dernière.

Les mots étaient sortis tout seuls, au lieu du traditionnel et socialement acceptable « Oui, très bien ! ». Par principe, elle détestait l'idée de faire partie de ces gens qui se plaignent de problèmes insignifiants, alors qu'autour d'eux des êtres humains dorment à même le trottoir ou luttent pour nourrir leur famille.

Le serveur fronça les sourcils, intrigué.

— Quelqu'un a failli mourir dans le train, juste à côté de moi. Il s'est étouffé avec un grain de raisin.

— Rassure-moi : il n'est pas mort ? Il n'aura pas de séquelles ?

Emmie secoua la tête.

— Alors, il faut fêter ça ! Un roulé à la cannelle, ça te dit ?

Comment expliquer qu'elle n'était pas d'humeur à fêter quoi que ce soit ? Elle avait débuté sa journée tout en douceur par une séance d'étirements et de méditation ; et avant même d'arriver à Waterloo, *PAF !* elle avait été confrontée à la réalité de la mort. Prenant conscience qu'on pouvait, un jour, se lever heureux et en pleine forme, puis la minute d'après, sans qu'on s'y attende... Pffft ! Plus personne !

Pire, elle n'avait été d'aucune utilité au passager qui s'étouffait. Elle qui se croyait pleine de ressources en situation de crise, elle était demeurée là, les bras ballants. Sa réaction avait été de fuir, plutôt que de se battre. Tout ce dont elle avait été capable, c'est de penser : *Et si ça m'arrivait ? Si j'étais renversée par un autobus, déchiquetée par une bombe dans un attentat terroriste, électrocutée par un câble électrique défectueux ? Qu'est-ce que je laisserais derrière moi ? De quoi pourrais-je être fière ?*

Emmie songea au projet sur lequel elle travaillait depuis des semaines : une campagne de publicité en ligne pour une marque de papier toilette « révolutionnaire ». Elle imagina son éloge funèbre : *Grâce au génie stratégique et créatif d'Emmie, bon nombre de personnes ont découvert le luxe d'un papier ouatiné, discrètement parfumé.*

Adolescente, elle avait passé un mois en haut d'un arbre, décidée à sauver une forêt de la destruction ; pendant les vacances scolaires, elle se portait souvent volontaire pour la distribution de repas chauds. Ses amis la surnommaient Hermione Granger, affirmant que s'ils avaient eu des elfes de maison au lycée, Emmie aurait mené campagne pour leur libération. Et pourtant, des années plus tard, à vingt-neuf ans, que faisait-elle en faveur de l'amélioration du quartier de Thames Ditton – sans parler du monde entier ? Rien. Même pas fichue de venir en aide à quelqu'un qui suffoquait à côté d'elle.

Le visage de l'infirmier qui était intervenu ressurgit dans son esprit. Un garçon calme, compétent et – elle s'accorda une seconde de futilité – *bel homme*. Lui sauvait des vies en allant travailler.

Il n'était peut-être pas trop tard pour suivre une formation d'infirmière… mais Emmie avait la fâcheuse manie de tourner de l'œil à la vue d'un saignement de nez ou d'un ongle incarné. Autant dire que la médecine n'était pas la carrière la plus appropriée pour elle.

Que lui avait crié le Séduisant Super-Infirmier, au moment où elle descendait du train ? Elle avait cru entendre « Que pensez-vous de Mrs Danvers ? », mais ça n'avait aucun sens… Toutes ces émotions lui embrouillaient le cerveau.

Arrivée au bureau, Emmie s'installa à son poste et alluma son ordinateur portable, galvanisée par le cocktail caféine-adrénaline, déterminée à mettre son expérience et son talent au service du *bien*. Elle pourrait présenter un argumentaire de vente au service d'une association caritative ou d'une boutique solidaire, et convaincre Joey de la laisser travailler gracieusement pour eux. Il accepterait sans doute, si l'agence pouvait remporter des prix avec ses idées créatives.

Elle ouvrit sa boîte mail. Elle allait commencer par traiter le courrier important, définir ses priorités de la journée, puis s'occuper de son nouveau projet.

Elle fit défiler ses messages non lus. Le premier, tout en haut, attira son attention, parce que le nom de l'expéditeur la fit sourire : un.ami@gmail.com. L'objet était : *Toi.* Un chasseur de tête, qui sait ? Elle le parcourut rapidement.

> TU AS L'AIR D'UNE PÉTASSE DANS CETTE JUPE ROSE. COMMENT VEUX-TU QU'ON TE PRENNE AU SÉRIEUX ? UN AMI.

Emmie pivota sur son fauteuil, comme si l'auteur de ces lignes se tenait derrière elle, à l'affût de sa réaction. Bien entendu, il n'y avait personne.

Elle relut le mail, tout son entrain balayé par une gigantesque vague de colère, de honte et d'embarras. Elle baissa les yeux vers la jupe crayon rose vif qu'elle avait choisie ce matin, et dans laquelle, en partant, elle s'était sentie forte et sexy. Maintenant, elle n'avait plus qu'une envie : s'en débarrasser et la jeter à la poubelle.

Elle observa l'open space : tous ses collègues étaient là. Ses amis. Des gens qu'elle respectait et qui la respectaient aussi, du moins le pensait-elle. Elle scruta leurs visages, leurs expressions, leur langage corporel, cherchant des indices pour deviner lequel d'entre eux aurait pu lui envoyer cet horrible message – elle vérifia l'heure – dix minutes plus tôt. Ils ne semblaient pas différents des autres jours.

Emmie, elle, ne serait jamais plus la même dans ce bureau.

Iona

18 h 17, Waterloo – Hampton Court

Iona fut envahie par cette forme particulière de crainte qui accompagne la présence d'un DRH lors d'une réunion avec votre patron. Brenda, la directrice des Ressources humaines – que Iona continuait d'appeler « Direction du personnel », dénomination remaniée au milieu des années 1990 –, Brenda donc, était assise à la table de réunion, à côté du rédacteur en chef, Ed. Son air sérieux n'avait rien d'étonnant en soi, puisque c'était son expression naturelle, mais il ajoutait à la sensation de catastrophe imminente qu'éprouvait Iona.

— Bonjour tout le monde ! s'exclama-t-elle, maudissant le tremblement de sa voix. Deux personnes comptent-elles pour « tout le monde » ? J'aurais dû dire « Bonjour, tous les deux ! » ou « Salut, vous deux ! »

Iona jacassait pour meubler le silence, les yeux rivés sur Ed, avec le vain espoir de bannir Brenda de la pièce si elle ne croisait pas son regard. « Ed ». Avait-il adopté ce diminutif histoire de « faire plus rédac' chef » ? Venant de sa part, cela ne l'aurait pas étonnée.

— Euh, Iona, ça te dérangerait de laisser la chienne dehors ? lança Ed.

Il pointait un index en direction de sa Lulu chérie, un index aussi menaçant que le fusil d'un soldat d'un peloton d'exécution. Ce qu'il était peut-être.

Iona sortit de la salle à reculons, au cas où l'un d'eux serait tenté de lui tirer dans le dos.

— Pourrais-tu me garder Lulu quelques instants ? demanda-t-elle à l'assistante de direction, équivalent contemporain de la secrétaire, sans la mention « sténodactylo ».

La fille parut ravie et reconnaissante de se voir confier cette tâche. Sans doute cela égaierait-il son quotidien de subalterne sous-payée et sous-estimée.

— Lulu adore qu'on la gratte derrière les oreilles, tu vois, juste là…

Parce qu'elle exagérait toujours quand elle était tendue, Iona ajouta dans un éclat de rire suraigu : « Comme nous toutes, hein ? » Sidérée, l'assistante-secrétaire se recroquevilla sur sa chaise.

— « Allons, encore une fois à la brèche, chers amis, encore une fois », marmonna Iona en convoquant Shakespeare, avant de retourner en salle de réunion, le dos droit, la tête haute, ainsi qu'elle le faisait quand elle était plus jeune, lorsqu'elle montait sur scène.

Ed désigna une rangée de chaises aux couleurs vives installées autour de la longue table de réunion.

— Assieds-toi, Iona.

Elle choisit un siège mandarine, espérant que cette association avec le rouge vif de sa tenue abîmerait définitivement les rétines de Brenda. Puis elle sortit de son sac un carnet à spirales et un crayon bien taillé. Elle n'avait pas la moindre intention de prendre des notes, mais elle pourrait toujours planter le crayon dans la main du rédacteur en chef si besoin. Cette pensée la rasséréna.

— Prête ? Avant d'attaquer une évaluation détaillée de ton année, je voulais évoquer avec toi l'ensemble de la situation, reprit Ed en joignant la pointe de ses doigts devant lui, l'air grave.

Là-dessus, il égrena une série de chiffres déplaisants – chute des tirages, baisse des recettes, augmentation des frais généraux – qui flottèrent autour de Iona comme du pollen radioactif dans la brise. Elle l'écoutait en acquiesçant, tentant de prendre un air sagace et intéressé.

— Tu comprends, conclut-il, nous devons nous concentrer davantage sur notre offre numérique afin d'attirer un public plus jeune, et donc nous assurer que nos contenus sont modernes et pertinents. Par conséquent, je parlerai sans détour : nous craignons que ta chronique, « Iona vous répond », soit perçue comme un peu…

Il s'interrompit, cherchant l'adjectif approprié.

— … un peu… vieux jeu.

Décidément, Ed était dénué de créativité, même pour trouver une insulte.

Iona fut prise de nausée. *Arrête ça tout de suite, ma vieille*, se chapitra-t-elle. *Lève-toi et bats-toi. Pense à Boudicca, la reine celte*. S'inspirant de cette guerrière, elle rassembla son armée de gueux et grimpa sur son char.

— Sous-entendrais-tu que je suis trop *vieille*, Ed ?

Iona marqua une pause, ravie de voir la DRH pâlir. Une ligne de démarcation apparut entre son fond de teint et la peau blanche de son double menton.

— Sache que pour toute bonne journaliste-thérapeute, l'expérience de vie est cruciale. Et crois-moi, côté expériences, j'ai eu mon compte : sexisme, âgisme, homophobie.

Elle avait laissé tomber ces trois mots comme des mines antipersonnel, ce qu'ils étaient, d'ailleurs : anti-directrice du personnel. Si par-dessus le marché, Iona contractait une quelconque infirmité – ce qui, à son âge, risquait de lui tomber dessus à tout moment –, elle aurait à elle seule cumulé (presque) toutes les formes de discrimination possibles. *Tiens, débrouille-toi avec ça, Brenda des RH.*

— Je n'ai jamais dit cela ! se défendit Ed. Je te propose juste un défi.

Iona connaissait les codes de la presse : dans ce contexte, le mot *défi* était un euphémisme pour *ultimatum*.

— Et réfléchis à l'intérêt que tu aurais à réduire en partie ton activité. Tu pourrais consacrer davantage de temps à tes petits-enfants.

Iona darda sur lui un regard dur et fit craquer ses phalanges, geste qui avait toujours le don de le gêner. Brenda, qui tripotait le cordon de son passe, s'éclaircit la gorge.

— Oh, pas tes petits-enfants, évidemment, bredouilla Ed.

Cet « évidemment » suggérait-il que Iona était trop jeune pour être grand-mère ? Ou trop lesbienne ?

— Pas de précipitation. Nous t'accordons un mois entier pour révolutionner tes rubriques. Remets-les au goût du jour. Fais-les pétiller. Pense : génération Y. C'est eux, l'avenir.

— Entendu, dit Iona en écrivant *PÉTILLER* sur son carnet, suivi de *ENFOIRÉ*. Mais permets-moi de te rappeler, Ed, à quel point les pages qui traitent de problèmes personnels sont importantes. Je ne pense pas exagérer en affirmant que parfois, des vies en dépendent. Et nos lecteurs les adorent. Certains disent même acheter le magazine juste pour mes articles.

Prends ça dans les dents, misérable centurion.

— Je ne doute pas que c'était le cas il y a quelques années, riposta Ed, plongeant son glaive dans le cœur de

Bouddica. Mais à quand remonte la dernière fois qu'une lectrice t'a raconté ça ? Hmm ?

Au lieu de retourner à son bureau, Iona se rendit aux toilettes, gardant les yeux baissés sur l'horrible moquette du couloir, encore toute poisseuse de la sangria renversée lors d'un récent pot d'adieu. Elle s'enferma à clé et s'assit sur l'abattant, Lulu sur les genoux. Il flottait un parfum de désinfectant à la sève de pin, mêlé à différentes odeurs de fluides corporels et à l'odeur de la chienne. Elle se mit à pleurer. Pas de jolies petites larmes, non, une explosion lacrymale accompagnée de rivières de morve et de mascara ruisselant le long des joues. Ce boulot, c'était sa raison de vivre. Grâce à *lui*, elle avait un but qui la motivait à se lever le matin. Elle s'identifiait à *lui*. Sans *lui*, que serait-elle ? Et quel organe de presse allait embaucher une rédactrice chargée de la rubrique « psychologie » proche de la soixantaine, avec trente ans de métier dans le même magazine ? Comment était-elle passée des cérémonies de remise de prix et des accolades de ses acolytes à… rien ?

Iona tenta de réveiller sa colère, en vain. La lassitude l'emporta. À l'époque où elle croulait sous le travail, jonglant entre carnet mondain, conseils conjugaux, critiques gastronomiques et suggestions de voyages, elle éprouvait parfois une grande fatigue. Mais tout compte fait, *ne pas en avoir assez* était pire. Elle n'en pouvait plus de faire mine d'être occupée en permanence, alors que peu à peu, hormis ses pages de conseils avisés, elle était privée de toute responsabilité.

Elle avait appris à prolonger chaque tâche pendant des heures et des heures, et à positionner son écran d'ordinateur de telle façon que personne ne puisse s'apercevoir qu'à défaut de travailler, elle préparait des vacances de rêve avec Bea sur un atoll du Pacifique, ou qu'elle espionnait d'anciennes copines de lycée sur Facebook.

Bien sûr, la vie n'était pas une compétition. Si cela avait été le cas, Iona se serait vue en tête de la course. Autrefois, elle se moquait des choix de ses contemporaines, à mesure que, chacune leur tour, elles interrompaient leur carrière, faisant halte sur la bande d'arrêt d'urgence pour pondre une tripotée de marmots et se plier aux caprices de maris égoïstes – lesquels, passé le bel âge, devenaient bedonnants, poilus des narines et mycosés des orteils.

Aujourd'hui, à la vue de photos ou de vidéos de remises de diplômes, de fêtes de famille autour de tables en pin clair, et de minuscules nouveau-nés au regard encore vague, Iona se demandait si, en définitive, ces femmes n'avaient pas fait le bon choix, justement. Au moins, elles ne pleuraient pas à chaudes larmes en s'agrippant à leur chien, planquées dans les toilettes de leur bureau.

Elle entendit la porte s'ouvrir et le claquement de deux paires de talons aiguilles sur le sol carrelé. Elle leva les pieds et entoura ses genoux de ses bras, enfouissant un peu plus son visage dans le cou de Lulu afin d'étouffer ses sanglots.

— Pff, qu'est-ce que je déteste le lundi !

Iona reconnut la voix de Marina, l'une des principales chroniqueuses du magazine. Elles étaient bonnes amies, en dépit de leur différence d'âge (presque trente ans). Elles échangeaient toujours quelques plaisanteries salées devant le distributeur d'eau fraîche et avaient déjeuné ensemble à plusieurs reprises. Marina alimentait Iona en potins et, en échange, Iona lui prodiguait des conseils pour gérer sa vie amoureuse compliquée. Toutes deux se respectaient en tant que collègues à l'apogée de leur pouvoir. Iona songea à sortir de sa cachette et aller se confier à son amie. Un problème partagé est à moitié résolu, non ? Elle pourrait à nouveau l'inviter à déjeuner. Un petit repas bien arrosé.

— Et moi donc ! renchérit la seconde femme, qui s'avérait être Brenda des RH. Mais je déteste encore plus le mercredi. On ne sait pas dans quelle moitié de la semaine on se trouve.

— Dis-moi, tout à l'heure, c'est toi que j'ai vue discuter avec Ed et notre dinosaure maison ? Bravo ! Tu t'es enfin résolue à provoquer l'extinction de la race. Comment vas-tu t'y prendre ? Âge de glace ou météorite ?

Merci la solidarité féminine.

Iona fut plus soulagée que de coutume en constatant que son train était déjà en gare de Waterloo, au quai n° 5. Au moins, ce moment de la journée était prévisible et, par conséquent, rassurant. En montant dans sa rame préférée, elle poussa un juron entre ses dents, serrant un peu trop fort Lulu qui émit un glapissement de protestation. L'Ex-Asphyxié était là. Comment s'appelait-il, déjà ? Ah oui, Piers. Il s'était installé en face du seul fauteuil disponible. À coup sûr, il voudrait engager la conversation. Un autre jour, Iona aurait apprécié de l'entendre exprimer son infinie gratitude, mais ce soir elle n'avait qu'une envie : fermer les paupières et rêver d'un monde où son existence aurait encore de la valeur.

Iona s'assit en soupirant, puis sortit de son sac un verre, sa flasque de gin-tonic et un petit sachet plastique contenant des tranches de citron. Elle attendit l'inévitable réaction de son vis-à-vis. Mais rien ne se produisit. Il était affalé contre le dossier de son siège, les jambes écartées, si bien que sa voisine, une vieille dame, se retrouvait plaquée contre la vitre. En croisant son regard, Iona crut un instant qu'il allait lui parler, mais il baissa les yeux vers son téléphone portable et se mit à taper dessus d'un index dictatorial.

D'abord perplexe face à ce camouflet, Iona s'en voulut de se laisser déstabiliser par ce mufle. Tout de même, la moindre des politesses, quand vous êtes en présence d'une personne qui a contribué à vous *sauver la vie*, c'est de lui dire « merci », non ? Ou, à la limite, « bonsoir » ? D'esquisser un geste, quel qu'il soit ? À moins qu'il ne l'ait pas reconnue... C'était sans doute l'explication. Pourtant, Iona avait toujours eu la particularité d'être inoubliable.

— Chérie, dit Macho-Stylé d'une voix tonitruante, se moquant de la sérénité des autres passagers, peux-tu descendre à la cave chercher une bouteille de pouilly-fumé et la mettre au frais ? Non, non pas celui-là. Le *grand cru*. Une des bouteilles qu'on a rapportées de nos horribles vacances dans la vallée de la Saône avec les Pinkerton.

Sur les genoux de sa maîtresse, Lulu se mit à grogner. Son corps rondelet enfla comme la poche d'une cornemuse, et la chienne projeta en direction du stentor une volée de jappements suraigus.

L'homme éteignit rageusement son téléphone, sans même dire au revoir à son épouse, et lança à Iona un coup d'œil furibond.

— Qu'est-ce qui lui prend, à ce clébard ridicule ? cria-t-il.

Iona, habituée à se faire insulter, aurait pu ignorer l'ingratitude et la grossièreté de ce rustre, mais laisser injurier sa Lulu ? Ça, jamais.

— Lulu, monsieur, n'est pas un *clébard ridicule*. C'est une chienne très intelligente. Et une fervente féministe. En tant que telle, elle dénonce la masculinité toxique chaque fois qu'elle le peut.

L'odieux individu resta un instant bouche bée, puis s'empara de son *Evening Standard* qu'il ouvrit devant lui pour s'en servir de paravent. Iona songea qu'à l'avenir, ils n'échangeraient plus un regard et surtout, ils ne s'adresseraient plus jamais la parole. *Dieu merci.*

Sanjay

Deux mois plus tôt, selon ses souhaits, Sanjay avait quitté les urgences pour rejoindre le service d'oncologie. Un progrès, à plusieurs égards. Travailler dans une atmosphère chaotique et stressante, ponctuée d'alarmes stridentes, de cris, de pleurs, de bribes d'instructions aboyées, était plus qu'éprouvant. Et, parfois, il s'était senti un peu perdu au milieu de ce chaos. Renvoyer chez lui un gamin avec un plâtre autour d'une fracture réduite, serrant entre ses doigts un autocollant le récompensant de sa bravoure, ça vous réchauffe le cœur ; mais souvent, Sanjay avait dû se contenter de diriger vers d'autres services des patients dont il ne connaîtrait jamais la suite de l'histoire. Il ne pouvait construire aux urgences de relations durables, seulement intervenir au moment de la crise, et disparaître du scénario avant la résolution du drame.

L'oncologie correspondait mieux à ses compétences, raison pour laquelle il avait demandé son transfert. Il pourrait y suivre les même patients semaine après semaine, sur plusieurs mois, voire des années. Il avait déjà appris les noms des enfants et des petits-enfants de certains malades ;

il avait écouté le récit de leurs rêves et de leurs cauchemars ; il savait comment rendre le moins désagréable possible leur parcours de soins. N'avait-il pas choisi d'être infirmier pour guérir les cœurs et les esprits autant que les corps ? Même si cela n'échappait pas aux clichés, il avait écrit ces mots en toute sincérité dans la lettre de motivation envoyée à l'hôpital.

Hélas, Sanjay découvrait que plus il était mêlé à la vie de ses patients, moins il se sentait de taille à surmonter les issues fatales. Pour chaque poignée d'hommes et de femmes qui repartaient chez eux avec un diagnostic de tumeur bénigne ou de possible rémission au cours des cinq années à venir, il y en avait toujours un qui se voyait annoncer une récidive incurable, avec des métastases migrant vers le foie, les os, le cerveau. Et que dire aux mères de ces jeunes enfants qui s'affaiblissaient à chaque séance de chimiothérapie, perdaient leurs cheveux, leurs cils, leurs sourcils, leur sens de l'humour et au bout du compte, leur espoir de vivre ?

Les oncologues au côté desquels Sanjay travaillait semblaient immunisés contre ces événements dramatiques. Eux savaient « compartimenter » : pendant la journée, ils affrontaient tragédies, injustices, existences fracassées, puis, le soir venu, ils ôtaient leurs blouses blanches et sortaient boire une bière sans état d'âme apparent. Comment s'y prenaient-ils ? Les « compartiments » de Sanjay étaient reliés les uns aux autres, il ne pouvait empêcher un cas de se superposer au suivant. Il se réveillait en pleine nuit, les marqueurs tumoraux des dernières analyses de Mr Robinson dansant devant ses yeux, ou se souvenait, au cours du dîner, de la diffusion anarchique d'ombres noires sur le PET-scan de Mrs Green.

— Merci, Sanjay, lui dit Mrs Harrison, tandis qu'il finissait d'appliquer un pansement sur le site de biopsie, juste sous l'aisselle gauche. Ça vous embête, si je vous appelle par votre prénom ? Vous pouvez m'appeler Julie.

Elle leva vers lui un regard où l'espoir le disputait à l'angoisse.

— Vous pensez que ça va aller ?

Sanjay éluda la question, cherchant les termes adaptés pour lui répondre.

— Essayez de ne pas trop vous alarmer, Julie. Sur dix grosseurs mammaires, neuf sont bénignes. Vous avez eu raison de consulter tout de suite votre médecin traitant.

Ce qui était vrai, dans le fond. Cependant, Sanjay avait vu l'expression du radiologue changer alors qu'il notait les mesures de l'inquiétante masse sombre aux contours irréguliers qui apparaissait sur l'écran. Julie n'aurait rien pu deviner, mais Sanjay savait interpréter le léger étrécissement des yeux et la tension des doigts sur la souris de l'ordinateur.

— Je sais, je sais, bredouilla Julie. C'est pour mes gamins que je me fais du souci. Ils sont si petits ! Six et quatre ans. Vous voulez les voir ? ajouta-t-elle en sortant son téléphone portable.

Sanjay n'y tenait pas du tout. Ça ne ferait que compliquer les choses. Si seulement son esprit pouvait se concentrer sur les numéros des dossiers, les pronostics, les programmes thérapeutiques, et non sur les enfants endeuillés ou les grands projets qui ne se réaliseraient jamais.

— Oui, ça me ferait plaisir, répondit-il avec un sourire chaleureux.

Après s'être extasié devant les photos de deux adorables garçons aux dents de lait écartées qui ne se figuraient pas une seconde que leur monde était près de s'écrouler, Sanjay recommanda à Julie de penser le moins possible à tout cela, avant de revenir cinq jours plus tard pour les résultats de la biopsie.

Dès qu'elle eut quitté la chambre, il fonça dans la salle réservée aux familles, surnommée « la Salle des Très Mauvaises Nouvelles ». Quand on invitait un couple à s'y rendre, on savait ce qu'on allait leur annoncer.

L'endroit était vide. Sanjay se servit un verre d'eau à la fontaine et s'assit sur l'un des fauteuils cernés par les fantômes des mots répétés ici – *phase terminale*, *métastases*, *autorisation de non-réanimation*, *soins palliatifs*. Toutes ces douleurs, tous ces chagrins imprégnaient-ils les murs ? Il les imagina suinter hors des coussins et des rideaux, telle une boue visqueuse qui emplirait peu à peu la pièce jusqu'à l'engloutir, lui aussi.

Sa main tremblait – un peu d'eau éclaboussa le sol. Il posa le gobelet et s'efforça de respirer lentement, profondément. Son cœur cognait, cognait, comme s'il voulait jaillir de sa cage thoracique. Pour le contraindre à rester en place, Sanjay pressa sa paume contre son sternum, de toutes ses forces.

Que diraient Julie et tous les passagers du train de lundi dernier, s'ils savaient que celui qu'ils prenaient pour un héros était victime de crises de panique fréquentes et invalidantes ? Que penseraient-ils s'ils le surprenaient, caché dans la salle des familles, le vestiaire ou les toilettes, plié en deux, la tête entre les genoux, attendant de pouvoir à nouveau respirer normalement ?

À quoi sert un infirmier au service d'oncologie, s'il a une peur bleue de la mort ?

Au fond, c'était mieux d'avoir tout foiré avec la Fille du Train. Même si elle acceptait un rendez-vous, elle s'apercevrait bientôt qu'il n'était qu'un imposteur, et l'histoire se terminerait là.

Martha

8 h 13, Surbiton – Waterloo

Martha passa sur la pointe des pieds devant la porte fermée, essayant d'ignorer les grognements étouffés et le choc régulier de la tête de lit contre le mur. C'était désagréable d'imaginer des vieux en train de le faire ; c'est pire, quand l'un des deux est votre propre mère ; et encore pire, si l'autre n'est pas votre père.

Ce petit ami là, Paul (« Ne-m'appelle-pas-Popol-s'il-te-plaît ») paraissait décidé à s'incruster dans leurs existences. Martha compta les mois de présence de l'intrus sur ses doigts : bientôt un an. Elle repérait de plus en plus d'objets masculins dans la maison : bombe de mousse à raser sur la tablette de la salle de bain, boxers au fond du panier à linge et même une boîte à outils posée en évidence près de l'entrée. Elle n'avait jamais servi, mais Martha soupçonnait Paul de l'y avoir laissée exprès, histoire de paraître à la fois viril *et* serviable.

Martha se demandait si sa mère avait avoué son âge à son amant ou si elle lui avait raconté, comme aux autres, qu'elle avait eu sa fille « ridiculement tôt, à même pas vingt ans ! ». Son anniversaire approchant, Martha songeait à lui confectionner un gâteau recouvert d'un glaçage où serait écrit, dans un arc-en-ciel de couleurs : *QUARANTE–CINQ ! JOYEUX ANNIVERSAIRE !* Ce serait jeter un pavé dans la mare, d'autant plus que sa mère se privait de sucre glace depuis le siècle dernier.

Mais faire fuir ce Paul n'était pas forcément une bonne idée. Le suivant pourrait être exécrable. Car il y aurait un remplaçant, sa mère, comme la nature, ayant horreur du vide. La preuve, elle avait horreur de vider les poubelles – leur maison était sans cesse en désordre.

Martha marcha jusqu'à la gare, pensant aux SMS qu'elle avait échangés la veille au soir avec Freddie. Elle l'aimait bien, Freddie. Il n'était pas populaire au collège, plutôt du genre maladroit, un peu loser sur les bords, mais elle n'allait pas lui jeter la pierre. Et puis, Freddie était super intelligent et incroyablement drôle.

Bon, il ne la faisait pas tomber en pâmoison à la manière des héroïnes de Jane Austen. Pas de palpitations, pas de poitrines haletantes, ni de délaçage de corset étouffant. Sa poitrine n'était pas assez volumineuse, et Martha ne portait pas de corset. Mais elle avait constaté l'importance de pouvoir *parler* d'un garçon. La prochaine fois que la bande des filles populaires du collège se regrouperait dans un coin de la cour pour chuchoter et glousser, elle pourrait se joindre à elles. Martha garda précieusement cet espoir comme on serre une bouillote sur son ventre.

Souvent, elle se prenait pour David Attenborough, le commentateur de documentaires animaliers. Elle considérait ses condisciples comme un éthologue le ferait avec une espèce inconnue ; elle les étudiait au microscope, tentant de décoder leurs habitudes et leurs rituels de façon à évoluer parmi eux sans être rejetée ni importunée. Les autres adolescents devaient-ils eux aussi batailler pour comprendre des règles qui changeaient dès que vous commenciez à les assimiler ? Comment s'y retrouver, dans les marques de vêtements branchées, les musiques à écouter, le vocabulaire à utiliser, les influenceuses à suivre sur les réseaux sociaux, les stars à idolâtrer… ?

Le train était presque plein lorsqu'il s'arrêta à Surbiton, et Martha se dirigea vers la seule place libre du compartiment. Elle s'apprêtait à s'asseoir quand un type, un de ces mâles dominants genre banquier de la City, la bouscula, l'obligeant à dégager le passage. Il se laissa choir sur le siège, jambes écartées, puis, comme un chien qui lève la patte contre un réverbère pour marquer son territoire, il sortit son ordinateur portable de sa sacoche et l'ouvrit sur la tablette.

— Merci, trop sympa, grommela Martha.

Elle se rendit compte qu'elle avait parlé à voix haute quand le type releva la tête.

— Désolé, mon chou, rétorqua-t-il avec un sourire qui se voulait engageant. Dans la vie, il y a des gagnants et des perdants. Dans le cas présent, tu as perdu.

Martha se sentit rougir. Elle ne savait pas quoi dire. Elle voulut s'éloigner, mais le couloir était bondé. Soudain, son téléphone émit un bip, puis deux, puis trois, puis une dizaine. Elle le sortit de sa poche, heureuse d'avoir un peu de distraction. Les troisièmes postaient des ragots débiles sur leur groupe de discussion.

À mesure que Martha faisait défiler les messages, les mots se brouillaient devant ses yeux. *Non, pas ça ! Non, non, non.* Tout ça ne pouvait pas être à son sujet. *Arrête ta parano.* Elle remonta à la source de cet échange enflammé – rires, moqueries, dégoût, indignation –, et sentit son estomac se tordre. Un jet de bile jaillit de sa gorge et atterrit sur le clavier de l'ordinateur du Voleur de Siège, éclaboussant son beau costume.

— Bordel de merde ! jura-t-il. Tu as une idée du prix de cet ordinateur ?

Un gémissement s'éleva à la droite de Martha. Elle baissa la tête et croisa le regard d'un petit bouledogue qui paraissait lire jusqu'au tréfonds de son âme.

— Comment osez-vous ! s'écria la propriétaire du chien.

Martha tressaillit, supposant que la femme lui hurlait dessus, avant de se rendre compte que celle-ci fixait le Voleur de Siège sans aménité. Martha l'avait souvent aperçue dans le train. C'était la Dame au Cabas Magique.

— Vous ne voyez pas que cette gamine ne se sent pas bien ? Si j'avais su, l'autre jour, j'aurais mieux fait de laisser le grain de raisin vous étouffer !

— Eh, c'est moi la victime, en l'occurrence ! répliqua l'horrible bonhomme en montrant son clavier d'un air écœuré.

— Écoutez, dans la vie, il y a les gagnants et les perdants, ironisa la Dame au Cabas Magique. Dans le cas présent, vous avez perdu !

En d'autres circonstances, ce sens de la repartie aurait beaucoup plu à Martha.

En voyant les deux adultes échanger des injures, elle se remémora une scène de *Jurassic World*, celle de l'affrontement final entre le vieux T. rex et l'Indominus rex qui permet aux humains de s'échapper. Dès que les portières s'ouvrirent à la gare de Berrylands, elle descendit précipitamment du train et se faufila parmi la foule des voyageurs.

Des remontées acides lui brûlaient la gorge, tandis qu'au fond de sa poche, un flot continu de notifications perforait son téléphone comme des éclats d'obus. Martha savait que certaines situations étaient incontrôlables.

Iona

8 h 05, Hampton Court – Waterloo

Iona n'avait jamais eu l'angoisse de la page blanche. Au contraire, elle devait le plus souvent retenir ses pensées par la bride, les mettre au pas. Or, depuis la fameuse réunion avec Ed et la DRH, la semaine précédente, les phrases qui d'ordinaire lui venaient naturellement se réduisaient à deux ou trois mots qu'elle effaçait, à peine apparus sur l'écran. Si par miracle elle parvenait à rédiger un paragraphe, elle le contemplait en se demandant : *Est-ce que ça PÉTILLE ? Est-ce que c'est assez GÉNÉRATION Y ?* Juste au moment où elle avait le plus besoin de son talent et de son assurance, ils l'abandonnaient.

Elle avait songé à mettre à contribution les jeunes de la boîte, mais peut-être que tous, à l'instar de Marina, la voyaient comme un dinosaure. Espéraient-ils secrètement la voir se diriger à pas menus vers une résidence seniors, vêtue d'un pantalon à taille élastique et chaussée de souliers plats, libérant ainsi un poste de travail ? De plus, quémander de l'aide serait reconnaître sa faiblesse, et Iona ne pouvait pas se le permettre.

Elle buvait son thé à petites gorgées, tout en observant les voyageurs qui montaient en gare de New Malden. Le Séduisant Super-Infirmer apparut, sauveur héroïque de l'autre trouduc ingrat et misogyne. Il prit place face à elle et lui adressa un léger signe de tête, auquel elle répondit. Ils échangèrent un sourire gêné.

Iona ne savait trop quelle attitude adopter. Ses récentes interactions avec Macho-Stylé de Surbiton lui avaient salutairement rappelé qu'engager la conversation avec des inconnus dans un train n'était pas *du tout* une bonne idée. Voilà pourquoi y régnait la Règle n° 2 : ne pas adresser la parole à son voisin. Mais Sanjay et elle avaient partagé un moment de *gloire*. Ils étaient liés, qu'ils le veuillent ou non, car, ensemble, ils avaient vu un homme frôler la mort. Alors, quelle règle s'appliquait à leur cas ? *Dieu qu'il est parfois difficile d'être britannique !*

À travers la vitre, elle voyait défiler la succession de jardinets à l'arrière des maisons mitoyennes. Balançoires, trampolines, minuscules bassins à poissons, mini-serres et fils à linge, chaque détail la renseignait sur les familles qui vivaient là. Iona faisait tout pour éviter le regard de Sanjay, ce qui aurait accentué son dilemme.

Le train ralentit, puis s'immobilisa en milieu de voie.

À mesure que les minutes s'écoulaient sans signe de mouvement, l'agitation des passagers allait croissant. Soupirs, grommellements, piétinements agacés, *bip* de téléphones ponctuaient le silence. Au bout d'un long moment, une voix métallique et guillerette, singulièrement exaspérante au vu des circonstances, s'échappa du haut-parleur.

« Veuillez nous excuser pour ce retard sur la ligne, dû à une défaillance de signal à Vauxhall. Nous n'allons pas tarder à repartir. »

— Ils vont s'inquiéter de ne pas nous voir arriver à l'heure au bureau, chuchota Iona à l'oreille de Lulu.

Si seulement c'était vrai. Quelqu'un s'apercevrait-il de son absence, si le train restait bloqué sur les rails toute la matinée ? Lulu leva vers elle des yeux qui ressemblaient à deux billes en chocolat fondant au soleil, et lui lécha le nez.

Pendant ce temps, Sanjay tambourinait sur la tablette, la mâchoire crispée. Il respirait, ou plutôt il haletait, vite, trop vite. Ce n'était pas bon signe. Iona n'avait pas le choix. Elle devait intervenir.

— Ça va, Sanjay ? s'enquit-elle sur le ton apaisant qu'elle utilisait pour calmer Lulu chaque fois qu'un cabot impoli lui aboyait dessus, au parc.

Il sursauta, un peu désorienté.

— Euh… oui, merci. Je vais être en retard à l'hôpital. Mes collègues de nuit vont devoir m'attendre.

— Ils ont dit « Nous n'allons pas tarder à repartir », le rassura Iona. Et puis, il n'y a pas mort d'homme, hein ?

Aussitôt, elle regretta sa réflexion.

— Mon Dieu, suis-je bête ! Étant donné votre métier, ce serait possible…

Sanjay eut un petit rire gêné.

— Oh, je ne suis pas indispensable à ce point, vous savez. Je travaille en oncologie. Les patients ont tendance à y mourir plus lentement que dans d'autres services. Et, heureusement, plus de la moitié ne meurent pas du tout.

— Alors, pas d'inquiétude ! sourit Iona. À propos, nous aurions bien eu besoin de vous hier. J'étais assise juste là, quand une collégienne a vomi sur l'ordinateur portable de Macho-Stylé de Surbiton.

— Qui ça ?

— L'Homme au Grain de Raisin. Piers. Celui auquel vous avez sauvé la vie. Où étiez-vous passé, d'ailleurs ? Je ne vous ai plus revu depuis. Je commençais à me demander si vous n'étiez pas un ange tombé du ciel. Quoique... si vous l'aviez été, vous n'auriez pas cherché à le sauver, à mon avis. Il a eu la punition qu'il méritait ! Ce n'était pas qu'un simple vomi : c'était un retour du karma, version liquide.

— Beurk ! Pour répondre à votre question, j'étais assis à l'autre bout du train. À vrai dire, c'était volontaire, expliqua Sanjay.

— Vous... Vous vouliez m'éviter ? balbutia Iona, réalisant, à peine les mots sortis de sa bouche, que la réunion avec Ed et la DRH l'avait rendue paranoïaque.

Voyons, Iona, ce pauvre garçon a le droit de s'asseoir où il veut. Tu vas le faire fuir, si tu continues.

— Vous ? Oh, non... pas du tout ! bredouilla Sanjay.

C'est vraiment un ange, en fait.

— Non, je voulais l'éviter *elle*, reprit-il. La Fille du Train.

— La Fille du Train ? s'enquit Iona, perplexe. C'est le titre d'un film, non ? Elle avait assassiné quelqu'un, ou pas ? Je ne m'en souviens plus. L'intrigue était vraiment... labyrinthique.

— Non, je parle de la jeune femme qui était assise en face de vous lorsque ce type – Piers – s'est étouffé.

Iona plissa le front, se remémorant la scène image par image.

— Oh ! Oui, je vois ! triompha-t-elle dès qu'elle eut trouvé le bon cliché. La Super-Mignonne de Thames Ditton !

Sanjay sourit.

— Ça lui va bien. Vous donnez des surnoms à tout le monde ? À moi aussi ?

— Évidemment ! s'exclama Iona.

Puis elle se souvint qu'elle l'avait surnommé « Gentil, mais Louche », car il paraissait trop parfait : il cédait son siège aux vieilles dames et aux femmes enceintes, s'excusait quand les gens lui marchaient sur les pieds, et arborait en toute circonstance un sourire chaleureux. Si vous étiez responsable de casting d'un film policier dans lequel, coup de théâtre, le personnage le plus anodin et sympathique se révélait être le tueur en série, vous auriez recruté ce Sanjay : il avait le profil idéal pour le rôle.

— Je vous ai surnommé « Le Gentil Soignant », parce que vous vous montrez toujours attentionné et prévenant à l'égard des autres, enchaîna-t-elle, retrouvant sa capacité à adapter son vocabulaire aux circonstances, enrichie par des années de relecture de textes.

Bien joué, ma vieille. Tu n'as pas perdu la main.

— Eh bien, vous êtes très perspicace, siffla Sanjay, impressionné.

— C'est une de mes principales qualités, voyez-vous. Et je me trompe rarement. Pourquoi diable cherchez-vous à éviter la ravissante demoiselle à la chevelure de feu ?

— Oh, ça n'a pas d'importance, répondit Sanjay en rougissant de façon si adorable que cela ne fit qu'attiser la curiosité de Iona.

— Allons, vous pouvez me le dire, chuchota-t-elle, en lui tapotant le bras. Je suis la discrétion incarnée.

Ce n'était pas tout à fait vrai, mais Sanjay ignorait que la discrétion, chez Iona, n'était pas une priorité – plutôt un *objectif à long terme*, comme dirait Ed.

Elle savait que le meilleur moyen de convaincre quelqu'un de s'épancher, c'était de se taire. Les gens éprouvaient toujours un besoin irrépressible de combler le silence. Elle but donc une gorgée de thé et patienta. Sanjay se débattit un long moment avec ce dilemme, puis peu à peu prit l'expression résignée de celui qui s'apprête à lâcher le morceau, et Iona sut qu'elle avait gagné.

— Voilà : je comptais l'inviter à boire un verre, après l'incident de l'autre jour… Mais maintenant, elle doit penser que je suis un imbécile. Ce matin-là, c'est la seule fois où je lui ai parlé, et après… j'ai tout fichu en l'air, bêtement.

— Ce n'est pas parce qu'elle est super mignonne que c'est une fille bien, vous savez. Vous auriez fini par vous rendre compte qu'elle n'est pas faite pour vous. Si ça se trouve, elle déteste les animaux, et elle suit cette garce raciste et homophobe de Katie Hopkins sur Twitter.

— Ce n'est pas parce qu'elle est belle qu'elle me plaît, rétorqua Sanjay. Je ne suis pas aussi superficiel. Elle lit des livres. Tous les matins. Des livres *intéressants*. Et elle termine les mots croisés du *Times* avant d'arriver à Waterloo. Quand elle écoute de la musique, les yeux fermés, elle remue les doigts comme si elle pianotait sur un clavier. Lorsqu'elle sourit, elle sourit vraiment, même aux inconnus. Et toutes ces adorables taches de rousseur qui constellent son petit nez, et…

Iona le stoppa d'un geste.

— Arrêtez je vous en prie, avant que je me mette à vomir, moi aussi ! Croyez-moi, ce ne serait pas dans votre intérêt : supporter une odeur de bile acide pendant trente longues minutes n'a rien d'une sinécure. L'autre jour, je n'avais même plus envie de boire mon thé. Bref, vous m'avez convaincue. J'en déduis que vous souhaiteriez mieux connaître cette personne ?

— Oui, bien sûr ! J'ignore jusqu'à son prénom… Et je ne peux décemment pas l'appeler « la Super-Mignonne de Thames Ditton », n'est-ce pas ?

— Eh bien, Sanjay, aujourd'hui est votre jour de chance ! Vous voulez savoir pourquoi ? De un : je vous apprécie. De deux : je vous dois une fière chandelle, car grâce à vous, je n'ai pas la mort d'un homme sur la conscience. Et de trois : je suis une professionnelle en la matière !

— Vous êtes entremetteuse ? s'étonna Sanjay.

— Non, thérapeute. Je prodigue mes conseils dans un magazine.

— Ah, vous vous occupez du courrier du cœur ?

Iona soupira. Son affection pour Sanjay diminua d'un demi-cran. Heureusement, la barre de départ était très haute.

— Contentez-vous de vous asseoir ici, avec moi, quand vous pouvez, et je vais vous arranger ça. Vous verrez.

Elle se cala contre le dossier de son siège et caressa Lulu, satisfaite d'elle-même. Elle sentait venir un échange de bons procédés assez romanesque. Ça ne manquerait pas de sel, d'autant que Sanjay et Super-Mignonne étaient tous deux de la génération Y ! Apprendre à les connaître, regarder fleurir leur relation, voilà qui ferait un excellent thème d'article. Et au moins, cela lui changerait les idées. Elle avait hâte d'en parler à Bea. Son épouse avait un faible pour les grandes histoires d'amour.

Soudain, le train s'ébranla dans un soubresaut, accompagné par un soupir collectif de soulagement.

Piers

18 h 17, Waterloo – Surbiton

Plus Piers tentait de rectifier la situation, plus elle empirait. Il se remémora l'époque, pas si lointaine, où on le surnommait « Midas », car toutes les actions auxquelles il touchait se transformaient en or. L'époque bénie où il se sentait invulnérable. Maître de l'Univers. Aujourd'hui, tout se transformait en boue. Le problème ? Il prenait les choses trop à cœur. Il fallait approcher les marchés avec une certaine insouciance, furtivement, comme quand vous faites du gringue à une jolie serveuse. Plus c'est important pour vous, plus ils vous croient désespéré, et plus les chiffres risquent de vous balancer un verre à la figure et de vous jeter hors du bar. Sauf que ça n'avait jamais été aussi capital.

Tout en marchant vers le quai n° 5, il regardait ses mocassins Gucci bien cirés. Ses chaussures, sa montre Rolex et sa cravate Hermès lui conféraient une certaine assurance. Rien de mauvais ne peut arriver à un homme en mocassins Gucci, n'est-ce pas ?

Le train, prêt à partir, était déjà bondé. Il ne repéra qu'un seul siège libre, hélas, face à la Foldingue au Chien. L'équivalent ferroviaire de la place de théâtre d'où l'on ne voit rien, celle dont personne ne veut. Et lui qui se disait que sa journée ne pouvait pas être pire.

Comme si la vie de Piers n'était pas assez perturbée en ce moment, cette mégère dérangeait sérieusement ses trajets quotidiens. D'abord, elle lui faisait sentir qu'il lui était *redevable*, parce qu'ils étaient liés par son expérience de mort imminente. Or Piers avait horreur de se sentir redevable. Il aimait la simplicité satisfaisante de savoir que tout ce qu'il était, tout ce qu'il possédait, il ne le devait qu'à lui, et à lui seul.

Une autre raison lui faisait redouter de s'asseoir en sa compagnie : de toute évidence, elle le détestait. Être haï, encore une chose que Piers avait en horreur, lui dont l'un des talents consistait à se faire apprécier de tous. Homme-caméléon, il pouvait jouer le charmeur, l'intellectuel, le confident, le farceur – tout ce que requérait une situation donnée. Or cette harpie lui avait crié dessus. *Deux* fois, et en public ! Elle l'avait accusé de « masculinité toxique ». Il aurait pu prendre cela pour un compliment déguisé, mais elle pensait vraiment ce qu'elle disait, sans l'ombre d'un doute. Et, de nouveau ce soir-là, elle le foudroyait du regard.

Même si Piers avait horreur d'être le premier à capituler, il songea qu'en tout état de cause, il avait intérêt à brandir le drapeau blanc. Il souhaitait que son trajet de retour se déroule comme avant, une transition en douceur entre son travail et sa vie familiale.

Malgré tout, cette femme l'intriguait. Dans son monde exclusif de la haute finance, des clubs privés, des dîners de traiteurs étoilés, il ne rencontrait jamais des personnages de cet acabit. Elle représentait un défi. S'il parvenait à se la mettre dans la poche, il aurait la preuve qu'il savait encore y faire. Piers avait toujours aimé les défis – jusque récemment, du moins.

Il s'assit avec précaution face à la Foldingue au Chien, convoqua les sentiments les plus appropriés et se prépara à activer son mode charmeur. Mais il eut beau sélectionner les termes requis, ils ne quittaient pas sa bouche, pareils à des grévistes refusant de sortir de leur usine occupée. Il attendit. Quand le silence devint insupportable, il s'éclaircit la gorge et se lança. Les mots jaillirent alors en torrent.

— Je crois que nous sommes partis du mauvais pied. Je suppose que je dois vous remercier d'être intervenue, l'autre matin.

Elle arqua un sourcil, mimique que Piers n'avait jamais été capable de reproduire, même après de nombreux entraînements devant une glace. Il ajouta, non sans réticence, un soupçon de jalousie à la liste d'émotions négatives qu'elle lui inspirait.

— Vous « supposez », ou vous m'êtes réellement reconnaissant ? rétorqua la Foldingue.

La question le fit se tortiller sur son siège. La dernière fois que cela lui était arrivé, c'était le jour où son patron lui avait demandé de justifier une note de frais particulièrement salée, comprenant une bouteille de champagne hors de prix achetée dans un club de strip-tease.

— Euh, non, bien sûr, je vous *suis* reconnaissant, corrigea-t-il, découvrant avec surprise qu'il était sincère. Je me suis vu mourir.

Elle lui jeta un regard sévère, mais ne pipa mot.

Avec un sourire engageant, il tendit la main par-dessus la tablette, tel un rameau d'olivier.

— Je me présente : Piers Sanders.

Toujours muette, elle dédaigna ses doigts suspendus dans le vide et croisa les bras sur sa généreuse poitrine dont il discerna la peau légèrement fripée.

— Oh, ne soyez pas si bornée ! Vous ne voyez pas que je fais des efforts, là ? Donnez-moi au moins votre nom.

— Iona Iverson, siffla-t-elle en lui présentant de mauvaise grâce sa main baguée, aux ongles acérés, qui se resserra avec force sur la sienne.

Le faisait-elle à dessein, pour l'humilier ? Non, il devenait parano.

— Mrs Iverson… pourquoi vous et votre adorable petit chien me décrivez-vous comme toxique ? Ça m'a beaucoup blessé. Je vous le jure !

La main sur le cœur, il prit son air de labrador mélancolique, celui qu'il employait il y a quelques années pour convaincre une jeune stagiaire de lui rapporter des donuts ou d'aller récupérer son costume au pressing – à l'époque où ce genre de requête innocente à ses yeux ne vous envoyait pas tout droit dans le bureau des RH pour harcèlement.

— Je connais les hommes dans votre genre, lâcha-t-elle sans montrer le moindre signe de dégel.

— Ah ? Et quel est mon « genre » ? répliqua-t-il, goguenard, en repliant ses doigts en forme de guillemets.

— Justement, le genre irritant qui mime les guillemets. Qui parle trop fort. Qui s'étale sur la banquette. Qui explique à une femme, sur un ton paternaliste, ce qu'elle sait déjà. Qui se croit mieux que les autres. Qui juge chaque chose à l'aune de son prix et pense que la richesse est ce qu'il y a de plus important au monde. Qui est persuadé que son charme factice va le tirer de toutes les situations…

— Stop !

Piers ne s'attendait pas à une liste de griefs aussi longue. Comme ils n'étaient pas seuls dans le compartiment, il craignait que des passagers l'aient entendue et lui donnent raison.

— Écoutez, vous ne me connaissez pas. Vous vous contentez de répéter des stéréotypes haineux. Je ne suis pas celui que vous croyez.

— Allez-y, alors. Étonnez-moi.

Et merde. Celle-là, il aurait dû la voir venir. Il en aurait eu des choses surprenantes à raconter, bien plus qu'il ne voulait l'admettre, mais il avait pris soin de ne jamais les partager, et ce n'était pas aujourd'hui qu'il commencerait.

Iona Iverson fit apparaître un flacon et un verre de son énorme sac, qui rappelait le cabas de Mary Poppins et qui semblait renfermer des breuvages adaptés à chaque occasion, et Dieu sait quoi d'autre. Piers n'aurait pas été surpris d'en voir sortir un sabre laser ou une baguette magique.

Pendant qu'il passait en revue les réponses possibles au défi lancé, en quête du juste équilibre entre le trop banal et le trop personnel, il se demandait si cette femme n'était pas en réalité un chevalier Jedi, ou la Grandissime Sorcière de Roald Dahl, car il ressentait l'envie irrésistible de se confesser. Peut-être pourrait-il dire la vérité à cette inconnue. Peut-être se sentirait-il soulagé, libéré de tous ses lourds secrets qui lui empoisonnaient l'existence. Dans le cas contraire, cela ferait basculer le premier d'une rangée de dominos, ce qui provoquerait une réaction en chaîne aux répercussions imprévisibles. Après réflexion, il choisit de prendre le risque d'être franc. Non pas en lui avouant *toute* la vérité, loin de là, mais au moins celle qui était à l'origine de sa situation actuelle.

— Je déteste mon métier, déclara-t-il. Je ne plaisante pas. Je le déteste vraiment.

Il vit l'expression de sa voisine s'adoucir.

— Bien, bien… Vous avez gagné. Je ne m'attendais pas à ça. Quel métier, au fait ?

— Je travaille à la City. Négociateur de contrats à terme. Vous voyez de quoi je parle ?

— Oui, je vois. D'un frimeur arrogant et paternaliste. Non ! D'un frimeur *riche*, arrogant, et paternaliste.

Piers préféra ne pas se cabrer. Il avait déjà entendu ça souvent.

— Disons qu'avant, ça me plaisait… mais plus maintenant.

Il était tellement coutumier de la dissimulation et de la dérobade que l'honnêteté de cette affirmation lui donnait l'étrange sentiment de s'être trahi. Il lui retourna aussitôt la question.

— Et vous, Iona, vous aimez votre travail ?

— Oh, oui, beaucoup. Plus que tout. Enfin, moins que Bea, cela va de soi.

Elle porta une main à son cœur et fit pivoter autour de son doigt la plus voyante de ses bagues. Le gros rubis capta la lumière du soleil et la renvoya sur la vitre, baignant le carré d'une lueur rougeâtre digne d'une scène de crime.

— Bea ?

— Mon épouse. Ça s'écrit avec un « a », mais on prononce « *bee* », comme l'abeille. Nous vivons ensemble depuis trente-cinq ans, et nous nous sommes mariées dès que la loi nous l'a permis. Bea est l'amour de ma vie. Et vous ? Marié ?

— Oui. Ma femme s'appelle Candida.

— Beurk. Comme la mycose vaginale ?

— Votre épouse a bien un nom *d'insecte* ! Candida était une sainte, sainte Candide Marie de Jésus, expliqua-t-il, répétant ce que disait souvent sa femme. C'est un terme latin qui désigne un blanc très pur.

— Et raciste par-dessus le marché ! Pourquoi le blanc est-il toujours synonyme de pureté, d'innocence, de virginité, alors que le noir est associé au mal et à la dépression ?

Sur ces mots, elle le fusilla du regard, comme s'il était l'inventeur du langage.

Jamais Piers n'avait été aussi content de voir apparaître le panneau de la gare de Surbiton.

Tout en se dirigeant vers sa Porsche Carrera garée sur le parking de la gare, il déclencha l'ouverture à distance. Les feux de position se mirent à clignoter, signalant à l'Univers l'approche de son riche et heureux propriétaire.

Il repensa à ce qu'il avait avoué à Iona Iverson. Depuis quand avait-il commencé à détester son boulot ? Difficile à dire. Cette aversion s'était graduellement insinuée en lui. Négociateur de contrats à terme : ce métier représentait un style de vie, une personnalité, des convictions. L'ensemble s'enroulait autour de ses organes, pareil à un parasite géant que l'on ne peut déloger sans tuer son hôte. S'il n'appartenait plus au monde de la City, qui serait-il ?

En outre, il ne fallait pas négliger les aspects pratiques. Sans les revenus colossaux et les bonus qu'il tirait de son poste, jamais Piers ne pourrait rembourser les mensualités de la Porsche, et encore moins les intérêts hypothécaires du prêt contracté pour l'achat de la villa. Deux ans auparavant, les Sanders avaient déménagé de Wimbledon à Surbiton, une banlieue nettement moins chic, mais meilleur marché, car Candida voulait une piscine, un court de tennis et un studio séparé pour loger la fille au pair.

Encore autre chose, d'ailleurs, que Piers ne pourrait se permettre financièrement s'il changeait de carrière : entretenir sa femme. Car Candida, au même titre que la Porsche, la Rolex et les costumes, était une marque de standing. Une épouse-trophée, la preuve vivante de sa réussite sociale, le glaçage sur le gâteau de sa nouvelle et bluffante existence.

Aujourd'hui, le glaçage s'était figé, enserrant ses pieds dans un socle de béton qui le retenait au sein d'une vie qu'il n'était plus sûr de vouloir mener, tandis que des eaux sombres montaient lentement mais sûrement autour de lui.

Iona

Iona souffla fort sur le vinyle poussiéreux, le nettoya d'un revers de manche et le plaça sur le tourne-disques.

— Tu t'en souviens de ce morceau, chérie ? lança-t-elle à Bea par-dessus son épaule.

— Dolly Parton. *9 to 5*. Ça me rappelle la soirée où nous avons fêté ton embauche à *Modern Woman*. Je jouais dans quoi, déjà ? Une comédie musicale ?

— Oui, *Les Misérables*, répondit Iona en invitant Bea à virevolter sur la musique. Tu jouais la troisième prostituée et une convive au mariage de Marius et Cosette. J'ai débarqué en coulisses pendant l'entracte et nous avons célébré mon nouveau boulot dans la salle des costumes.

— Quelle nuit ! À force de te rouler des pelles derrière un portant de costumes militaires français, j'en ai loupé mon entrée dans la scène du mariage… La chorégraphie en a été toute chamboulée !

Bea rit à gorge déployée, ressemblant, durant quelques secondes, à la Bea des années 1990.

Elles étaient tellement fauchées après l'achat de leur maison près de Hampton Court, que Iona avait béni le ciel le jour où on lui avait proposé ce poste chez *Modern Woman* où on la *rémunérait* pour participer à des soirées et rapporter des potins au magazine.

— Et tu te souviens du soir où nous avons dîné avec une partie de la troupe ? Je me pavanais en talons aiguilles sur le comptoir du bar pendant que les autres chantaient *9 to 5*, s'exclama Iona, tandis que Bea la faisait tourbillonner d'une main experte.

Elles n'avaient jamais pu se mettre d'accord sur laquelle des deux menait la danse.

Dolly Parton, dans cette chanson, parlait des gens qui travaillent de 9 heures à 17 heures, alors que, dans ces années-là, Iona faisait plutôt du 21 h – 5 h. Quelle énergie ne possédaient-elles pas toutes les deux, à l'époque ! Il faut dire qu'elles traînaient au lit jusqu'au milieu de l'après-midi.

Quand Dolly se tut pour faire place à l'instrumental final, Iona se détacha des bras de Bea.

— Tu ne devineras jamais ce que j'ai trouvé en rangeant les tiroirs de mon bureau, cet après-midi !

Elle attrapa son cabas et en sortit un petit coffret rectangulaire en métal argenté.

— Oh ! Le Dictateur ! s'exclama Bea. Tu as encore les minicassettes ?

Le magazine avait octroyé à Iona un chauffeur qui les conduisait de soirée en soirée et les raccompagnait chez elles au lever du jour. Un dictaphone restait en permanence sur la banquette arrière de la voiture et elles y enregistraient leurs impressions – descriptions des invités, ambiance, commérages –, des propos de plus en plus brouillés par l'alcool à mesure que la nuit avançait. Iona l'avait surnommé « Le Dictateur », car il voulait tout savoir, jusqu'au moindre détail, alors qu'elles mouraient d'envie de rentrer se mettre au lit et dormir.

— La plupart ont été archivées, mais j'ai récupéré celle-ci, qui date de 1993. Tu veux l'écouter ?

Bea hocha la tête, se laissa choir dans son fauteuil et envoya balader ses escarpins. Iona dut plisser les yeux pour distinguer les minuscules touches, avant d'appuyer sur « PLAY ».

« Nous venons de quitter la soirée de réouverture du Quaglino's », s'entendit-elle dire et cet écho lui semblait venir d'un autre monde, ce qui n'était pas loin de la vérité. « La rénovation du restaurant aurait coûté une fortune à Terence Conran. Combien a-t-il dépensé déjà, chérie ?

— Je ne sais pas. Des millions et des millions. »

— Eh, c'est moi, qui parle, là ! s'écria Bea.

— Bien sûr que c'est toi, ma chérie. Chut… Écoute.

« Qui était là-bas ? » demandait une voix masculine.

— C'est ton chauffeur ! Il s'appelait comment, déjà ?

— Darren, répondit Iona.

« TOUT LE MONDE était là », expliquait Iona, « mais le plus drôle c'est de savoir QUI N'Y ÉTAIT PAS. On attendait la princesse Diana, qui n'est jamais venue. On la dit furieuse à cause des photos d'elle prises dans une salle de sport que le *Daily Mirror* a publiées en novembre dernier.

— On ne va pas lui en vouloir ! » se récriait Bea. « Elle est assise sur un appareil de musculation, en train de travailler ses adducteurs. On peut voir son entrejambe ! Ça ne fait pas très princesse.

— Même les princesses ont un entrejambe, trésor. Elle porte un justaucorps à fleurs et un short en Lycra bleu pâle. Pas vraiment Sharon Stone dans *Basic Instinct*. Je ne vois pas pourquoi ça l'a empêchée d'assister au plus grand événement londonien de la semaine. »

La Iona de 1993 faisait preuve d'un manque considérable d'empathie, songea celle de 2019.

« Vous avez mangé quoi ? » s'enquérait Darren.

Le chauffeur demeurait sobre en toute circonstance, ce qui avait le don d'irriter Iona. Elle soupçonnait le magazine de l'avoir briefé pour s'assurer que ses deux passagères n'oublient jamais de consigner le maximum de détails pertinents dans le Dictateur.

« Deux énormes plateaux de fruits de mer ! » s'extasiait Iona. « Crevettes roses, gambas, homards, crabes, huîtres, le tout niché dans la glace pilée. J'ai adoré ! Mais Bea n'a pas beaucoup apprécié, n'est-ce pas, chérie ?

— Trop de pattes partout, sauf les huîtres, qui n'en avaient pas assez », disait la jeune Bea, ce qui fit pouffer de rire la vieille Bea.

Iona appuya sur la touche « STOP » du dictaphone et remit Bea sur ses pieds au moment où Dolly Parton attaquait *Jolene*. Elle serra Bea contre elle et posa le menton sur son épaule.

— Je crois qu'ils vont me virer, chérie, chuchota-t-elle près de son oreille.

Elle sentit les muscles du dos de Bea se raidir d'indignation.

— C'est absurde, pourquoi feraient-ils ça ? Tu es leur rédactrice-star !

— Je l'étais, chérie. Je ne le suis plus.

— En tout cas, tu seras toujours une star à mes yeux, mon étoile à moi, affirma Bea. Toujours. La plus brillante, elle s'appelle comment ?

— Sirius, je crois.

— Alors tu es mon Sirius.

— Siriusement ? dit Iona, en la serrant un peu plus fort contre elle, et émit un petit rire pour étouffer un sanglot.

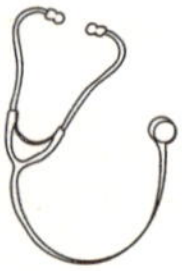

Sanjay

8 h 19, New Malden – Waterloo

En montant dans la voiture 3, Sanjay entendit un sifflement perçant. Pas celui du chef de train ; non, plutôt celui d'un berger rappelant son chien de troupeau, l'index et le pouce entre les dents. Lui et d'autres voyageurs cherchèrent l'origine du bruit, et Sanjay repéra Iona qui lui adressait de grands signes de la main.

Sa gorge se noua quand il *la* vit, assise à ses côtés. La Fille du Train. C'était le moment ou jamais. Il devait tenter sa chance. Et éviter de tout gâcher, cette fois.

Il s'avança dans le wagon, s'efforçant de prendre un air si dégagé qu'il sentait chacun de ses muscles se contracter.

Sur les genoux de la Fille du Train étaient posés un livre et son marque-page en cuir. Ce n'était pas le genre de personne à corner les pages ou, pire, à casser le dos en laissant le livre ouvert à l'envers.

— Bonjour, Iona ! dit-il, tentant d'imiter James Bond saluant nonchalamment miss Moneypenny.

— Sanjay ! s'exclama celle-ci en prenant sa chienne sur les genoux. Ma Lulu ne voit aucun inconvénient à céder sa place à un authentique super-héros, n'est-ce pas, trésor ? Il faut apprendre à *partager l'espace*, comme au bureau. C'est la mode, à ce qu'il paraît, ma Lulu.

La chienne ne semblait guère enchantée de devoir capituler face à un humain.

Sanjay s'assit donc sur le siège encore tiède, tout en essayant de rassembler ses pensées qui s'éparpillaient, pareilles à des brebis affolées.

— Sanjay, je vous présente Emmie. Avec un « i » et un « e », pas de « y », précisa Iona. Presque un palindrome !

Bon, la Fille du Train avait enfin un nom. Et c'était quoi, un palindrome ? Une pathologie inconnue ?

— Oh, je vous reconnais ! réagit cette dernière avec un sourire qui créa une fossette d'un côté de sa bouche. C'est vous qui avez sauvé la vie de cet homme qui s'étouffait juste à côté de moi !

Elle avait remonté ses cheveux en chignon lâche, d'où s'échappaient quelques mèches folles.

Sanjay se sentit rougir. Voulant donner le change, il s'employa à prendre l'air charmeur de 007, mais en son for intérieur, il savait qu'il s'apparentait davantage à une miss Moneypenny troublée qu'à Bond lui-même.

— Il a été formidable, non ? roucoula Iona, telle une mère gonflée de fierté d'avoir vu son gamin sur scène lors du spectacle de fin d'année de l'école. Sanjay, Emmie travaille dans la publicité numérique. Elle réalise toutes sortes de choses intéressantes avec les sites web et les réseaux sociaux pour de grandes marques qui s'adressent aux jeunes générations.

Iona termina les présentations par un regard appuyé adressé à Sanjay signifiant clairement : *Maintenant, à vous d'imaginer une réplique intelligente.*

— Waouh.

Ce fut tout ce qu'il réussit à pondre.

— N'exagérons rien, dit Emmie. Vous, vous sauvez des vies. C'est bien plus impressionnant. Je vous ai vu à l'œuvre ! Si calme, si concentré. Moi, j'incite les gens à acheter de la lessive ou des rouleaux de papier toilette. Ce doit être très gratifiant, de pouvoir veiller sur les autres de cette façon.

— Oui, c'est vrai.

Sanjay cherchait l'anecdote idéale à raconter sur son travail. Infirmier attentionné, certes, mais au caractère affirmé. Héroïque et humble à la fois. À l'instant précis où il allait se lancer, Iona ouvrit grand les yeux et rejeta vivement le menton sur le côté, à plusieurs reprises. Que lui arrivait-il ? Une attaque ? Une crise d'épilepsie ? Non, elle tentait de lui communiquer un message muet. Sanjay la dévisagea, désespéré de ne pas saisir le code. Elle essayait sûrement de l'aider, mais elle ne faisait qu'accroître son désarroi.

Un coup de talon aiguille sur la cheville lui fit pousser un petit cri. *Qu'est-ce qui lui prend ? Elle est folle !* Iona continuait d'écarquiller les yeux et de braquer avec frénésie le menton vers la vitre. Jusqu'alors, Sanjay n'avait pas prêté attention à son voisin de droite, occupé qu'il était à couver Emmie du regard. Et il fallait avouer que l'individu en question était particulièrement insignifiant.

Les « hommes en costume » – juristes, banquiers, experts-comptables et autres qui se rendaient en cohorte à la City –, étaient en général vêtus à l'identique : complets gris anthracite ou bleu marine avec des chemises unies ou rayées aux couleurs tout à fait neutres, et des chaussures richelieu. Certains – des individualistes ? – tentaient d'échapper à la grisaille ambiante et osaient une pointe d'originalité, l'air de dire « je suis plus intéressant que vous ne le pensez », en arborant une cravate aux imprimés fantaisistes, des chaussettes à rayures multicolores ou des boutons de manchette originaux. Pas cet homme-là. Non, il n'était pas le genre à afficher une cravate rigolote. Les vêtements de ce sexagénaire paraissaient avoir été confectionnés exprès pour se fondre dans le décor. La plupart des messieurs, en prenant de l'âge, développent des traits distinctifs, nez bulbeux, double menton, oreilles poilues. Pas lui. Rien chez lui ne retenait l'attention.

Il avait ouvert sur ses genoux une lunch box maison contenant un sandwich, une banane et une gaufrette au chocolat. Des gens préparaient encore leur repas de midi à domicile, alors qu'il y avait toutes sortes de restauration rapide qui vendaient des plats préparés ? L'Homme au Sandwich tenait d'une main tremblotante un bout de papier qu'il fixait, l'air hagard.

Iona décocha un nouveau coup de talon dans la cheville de Sanjay et articula plus ou moins silencieusement : « Qu'est-ce que ça RACONTE ? », en désignant le papier du menton.

— Puis-je vous aider, madame ? s'enquit le passager, qui devait avoir l'ouïe fine, au grand désespoir de Sanjay.

Iona ne montra aucun signe d'embarras ni de découragement.

— En fait, je voulais savoir si moi, je pouvais vous aider. Vous paraissez bouleversé par ce que vous venez de lire. Montrez-moi ça.

À la surprise de Sanjay, l'homme lui remit le papier. Iona lut à voix haute :

— « ÇA NE PEUT PLUS CONTINUER COMME ÇA. » Mon Dieu, votre sandwich appelle à l'aide ! Pas étonnant que vous soyez estomaqué.

— Je crois que c'est un mot de ma femme, plutôt, corrigea le propriétaire du sandwich.

— Elle doit détester préparer votre déjeuner, intervint Emmie, en se penchant par-dessus la tablette, si près de Sanjay qu'il sentit la chaleur de sa peau.

— Je pense que cela remonte à plus loin que ça, ma belle. Cher monsieur, je me présente : Iona Iverson, et voici Emmie et Sanjay.

— Enchanté. David Harman.

— Vous êtes nouveau dans ce train ? Je ne vous ai jamais vu, avant.

— Non. Je le prends tous les jours de la semaine. Moi, je vous croise souvent.

— Voyons, suis-je bête ! Bien sûr, je vous reconnais !

C'était la première fois que Sanjay se retrouvait face à une Iona confuse. Mais elle se ressaisit très vite.

— Aviez-vous remarqué que votre épouse n'était pas heureuse, Mr Harman ?

Depuis qu'elle avait brisé la Règle n° 2 de l'Usager du Train de Banlieue, plus rien ne pouvait l'arrêter. Iona se considérait dans son bon droit de s'immiscer dans la vie privée des autres. Jusqu'où cela la mènerait-il ? De plus, Sanjay soupçonnait les passagers de la voiture de feindre de lire leur journal ou d'écouter de la musique, alors qu'en réalité ils ne perdaient pas une miette de la conversation. Le carré était-il devenu la distraction n° 1 de la rame ?

— Non ! se rebiffa David. C'est vrai, nous nous sommes un peu… embourbés dans notre train-train quotidien. Quoi de plus normal, après quarante ans de mariage ! Les feux de l'amour, ce n'est plus de notre âge.

Il s'interrompit, songeur.

— J'aurais dû me douter… à cause du muesli…

— Du muesli ? répéta Iona, tel l'écho.

— Oui, nous prenons le même petit-déjeuner tous les matins. Pour moi, un œuf poché avec une tranche de pain complet grillé beurré à la margarine – c'est censé diminuer le taux de cholestérol –, et pour Olivia, un bol de Weetabix. Le week-end, j'ajoute une fine tranche de saumon sur mon pain et Olivia agrémente son Weetabix de miel et de morceaux de banane.

L'agacement gagnait Sanjay. Allaient-ils avoir droit à un aperçu en temps réel des repas de ce David Harman ?

— Bref, depuis une quinzaine de jours, Olivia a commencé à prendre du muesli au petit-déjeuner, sans raison apparente, enchaîna ce dernier, toujours sur un ton monocorde.

Décidément, ce type n'avait guère l'étoffe d'un conteur.

— On dirait que du muesli à la demande de divorce imminente, il n'y a qu'un pas à franchir, hein ? Je parie que ce n'est pas indiqué en petites lettres en bas du paquet, conclut-il avec un profond soupir.

Là-dessus, il se carra avec brusquerie contre le dossier de son siège, comme s'il venait de recevoir un direct à l'estomac. Ce qui était vrai, en un sens.

— Bien, avant de poursuivre en justice les fabricants de muesli ou d'imaginer le pire, essayez de parler à votre épouse, lui conseilla Iona. Cela doit faire plusieurs années que vous ne l'écoutez plus que d'une oreille distraite, je suppose ?

Elle lui lança un regard meurtrier, ce qui était bien la dernière chose dont le pauvre homme avait besoin.

— Nous, les femmes « d'un certain âge », s'acharna-t-elle, désirons être vues et entendues. Avoir encore de la valeur aux yeux des autres. Savoir que nous ne sommes pas passées par pertes et profits !

Iona semblait prendre ce combat très à cœur.

— Êtes-vous conseillère conjugale ? s'enquit David.

— Mrs Iverson tient une rubrique sur les problèmes relationnels dans un magazine féminin, s'interposa Sanjay – et, avant que David puisse réagir, précisa : Ce n'est pas le courrier du cœur.

— Oui, c'est à peu près ça, opina la concernée.

Iona faillit ajouter quelque chose, mais fut interrompue par une annonce au haut-parleur prévenant les voyageurs de l'arrivée à Waterloo.

Chacun se prépara à quitter la rame. Emmie s'approchait déjà des portières. Elle se retourna, comme si elle sentait le regard de Sanjay lui brûler le dos, et agita la main dans sa direction. « Bonne journée », crut-il lire sur ses lèvres.

— Sanjay…, dit Iona d'un ton qui signifiait : *Je ne suis pas en colère, juste déçue. La prochaine fois, mets-y un peu plus du tien. Je ne peux pas tout faire à ta place.*

À l'hôpital, dès qu'il avait une minute de libre, entre les soins aux patients et la paperasse administrative, Sanjay se rejouait la scène de la matinée, honteux de ne pas avoir pu aligner devant Emmie autre chose que « Waouh » et « C'est vrai ». Iona avait raison. Il aurait sans doute pu trouver mieux, s'il n'avait pas été pris au dépourvu par le futur divorcé et ses problèmes de sandwich.

Apercevant Julie Harrison et son conjoint dans la salle d'attente, il culpabilisa vis-à-vis de cette femme dont les soucis étaient bien plus graves que les siens.

— Comment vous sentez-vous, Julie ?

— Oh, vous vous souvenez de mon prénom ! sourit-elle. Eh bien, pour être honnête, j'ai peur, Sanjay.

Assis à côté d'elle, son mari paraissait encore plus inquiet. Il tenait un journal grand ouvert sur ses genoux, mais ses yeux étaient rivés sur le mur d'en face.

— Je m'en doute, répondit Sanjay, qui prit la main de Julie entre les siennes. Le pire, c'est l'attente. Une fois que nous saurons à quoi nous avons affaire, nous pourrons mettre en place un protocole de soins, et tout vous paraîtra plus simple.

— Ça pourrait être une fausse alerte, non ? Un kyste, un truc bénin, comme ma copine Sally, murmura Julie en l'implorant du regard, comme si Sanjay avait le pouvoir magique de rendre les choses bénignes.

Dieu sait qu'il l'aurait voulu.

— Oui, bien sûr Julie, c'est tout à fait possible.

Ça ne l'était pas. Il avait jeté un coup d'œil au dossier médical, posé dans le porte-documents mural accroché à côté du bureau de l'oncologue : l'IRM montrait une tumeur volumineuse de stade 3, un carcinome canalaire invasif triple négatif. À l'école d'infirmiers, on leur apprenait que, tout comme les infections virales qui vont du simple rhume au virus Ebola, les cancers couvrent un spectre allant de l'assez facilement curable au foudroyant, qui vous emporte en quelques semaines. Le cancer de Julie était proche du second pronostic.

— Je viendrai vous voir quand vous aurez discuté avec l'oncologue, promit Sanjay.

La salle des familles étant déjà occupée par des personnes éplorées, Sanjay se réfugia dans une réserve. Il s'adossa à un mur et se laissa glisser au sol ; il s'assit, en sueur, tête sur les genoux, près d'une paire de béquilles oubliées.

Il avala de grandes goulées d'air et, comme à chaque grosse crise de panique, il se récita mentalement les éléments du tableau périodique dans l'ordre de leur numéro atomique croissant. Cette mélopée apaisante avait sur lui un effet hypnotique : *hydrogène*, *hélium*, *lithium*, *béryllium*, *bore*, *carbone*, *azote*… Lorsqu'il atteignit pour la troisième fois le numéro trente-sept, le rubidium, souvent négligé et pourtant très intéressant, ses pensées avaient cessé de tourbillonner, sa respiration s'était apaisée et son cœur avait retrouvé un rythme régulier.

Emmie

— Assieds-toi, Emmie, lui dit Joey, son patron.

Elle s'installa entre son amie Jen, qui faisait partie de l'équipe des concepteurs-rédacteurs des messages publicitaires, et Tim, un stagiaire de la boîte arrivé depuis peu, un type chevelu et pas très futé. Elle le vit écrire *EMMY* sur son bloc-notes, sous *JOEY* et *JEN*. Emmie résista à l'envie de tendre le bras pour corriger l'orthographe de son prénom au stylo rouge.

Ils devaient prendre des gants avec Tim – totalement incompétent malgré une volonté de bien faire –, car son père était le principal commanditaire de leur campagne de papier toilette. La veille, Tim avait validé une publicité dont le slogan disait : *PARCE QUE VOUS LE VALET BIEN.* Avec un sourire crispé, Joey lui avait dit : « Tout est question d'expérience, Tim. La prochaine fois, fais attention. » Si n'importe qui d'autre avait commis la même erreur, Joey l'aurait chargé d'apporter café et bagels à tous les salariés de l'agence pendant au moins quinze jours.

— La semaine prochaine, les commerciaux de Hartford Pharmaceuticals viendront discuter du lancement de leur dernière marque, annonça Joey. Ils nous ont fourni un dossier et des échantillons en amont ; nous devons mettre le turbo dès maintenant et proposer de nouveaux concepts-phares à la fois créatifs et innovants, qui vont pulvériser toutes leurs attentes.

Joey utilisait-il le même jargon pour parler à ses gosses ? *Jetez-vous sur vos bols de Rice Krispies, les enfants. Finissons-en avec les conseils nutritionnels et redéfinissons le paradigme du petit-déjeuner.*

Joey prit à ses pieds un sachet en plastique dont il vida le contenu au centre de la table, puis il marqua une pause, visiblement déçu que son équipe ne se soit pas levée pour l'acclamer.

— Pilules minceur. Elles n'ont pas encore de nom. À nous de trouver l'accroche. Un truc du genre : « Le moyen le plus facile de faire fondre vos kilos et d'obtenir un corps de rêve ».

Tim, le stagiaire, nota *PILULE MINCEUR* et le souligna deux fois.

— Alléluia ! Le Saint-Graal, dit Jen en attrapant une plaquette de comprimés. Elles pourront peut-être faire quelque chose pour mes grosses fesses.

Elle enfourna deux pilules dans sa bouche, qu'elle avala avec une gorgée de Frappuccino hyper-sucré.

— Elles sont très bien tes fesses ! s'énerva Emmie. Je n'arrête pas de te le dire. Tu les détestes à cause du patriarcat.

— N'importe quoi. Je les déteste à cause de la cellulite.

Tim écrivit *PATRIARCA* et *CÉLULITE* sur son bloc-notes.

— Je te parie que ça ne marche pas. Regarde, il y a écrit : *Contribue à une perte de poids dans le cadre d'un régime hypocalorique*. D'après toi, qu'est-ce qui fait maigrir, hormis un régime hypocalorique ?

— On se calme, les enfants, intervint Joey, qui n'était guère plus âgé qu'Emmie, cinq ans tout au plus.

D'ailleurs, aucun des salariés de l'agence ne dépassait la quarantaine. Où étaient donc passés les quinquas qui travaillaient dans la pub ?

— Bref, reprit Joey, nous avons besoin que la présence sur Internet soit la plus large possible et de toucher les réseaux sociaux qui ciblent les filles jeunes, soucieuses de leur physique. Et je veux une campagne d'influenceuses qui déchire, évidemment. Donc, on part sur la ligne : « Je me sentais trop grosse, je haïssais mon corps. Cette petite gélule a été *la* solution pour éliminer mes kilos en trop. Aujourd'hui, j'ai le corps et l'homme que je mérite. » Basique.

— Tu plaisantes, j'espère ? riposta Emmie. Tu veux culpabiliser encore plus des jeunes femmes qui se détestent déjà, à cause d'une image phallocratique de la beauté répandue dans les médias ?

— Désolé de t'avoir blessée, dit Joey qui lui, semblait terriblement offensé, mais c'est notre boulot, non, de mettre en lumière un problème et d'y apporter une *solution* ? On nous paie pour ça : vendre du *rêve*.

— Ce n'est pas vendre du rêve ! protesta Emmie. C'est monnayer de la honte et de la frustration. Vraiment, Joey, je me sens mal à l'aise par rapport à cette campagne.

— Emmie, soupira-t-il, pourquoi as-tu décidé de travailler dans la pub si tes principes sont à ce point rigides ? Bon, d'accord. Étant donné que je ne veux surtout pas t'entendre saouler notre meilleur client avec tes leçons de morale, tu t'occuperas de l'autre annonceur, celui qui vend du dentifrice, et Sophie te remplacera. Dieu merci, elle se montrera moins… moins…

Emmie se prépara à encaisser l'adjectif abhorré que Joey utilisait systématiquement pour mettre un terme à leurs confrontations.

— …moins chichiteuse.

Tim prit son stylo et barra *EMMY*.

Elle repoussa sa chaise et quitta la pièce, consciente d'avoir épuisé d'un seul coup la réserve de bons points qu'elle avait mis des mois à accumuler. Même si elle était l'une des conceptrices les plus performantes de la boîte, elle ne pouvait pas pousser le bouchon trop loin. Elle avait intérêt à produire une campagne de dentifrice du feu de Dieu, si elle ne voulait pas faire partie de la prochaine fournée de licenciements – ou « remodelage du personnel », selon Joey.

Comment la jugerait Sanjay, l'infirmier craquant qu'elle avait revu ce matin dans le train, s'il savait qu'elle passait ses journées à chercher des moyens de rendre les gens insatisfaits afin de leur vendre des produits dont ils n'avaient absolument pas besoin ! Non pas qu'il ait le temps de penser à elle… Il avait des choses bien plus graves à gérer à l'hôpital.

Emmie avait choisi cette carrière, car elle imaginait la publicité comme un univers créatif, joyeux, dynamique. Et en général, elle s'y plaisait. Jamais elle n'aurait cru qu'un jour, elle se sentirait aussi minable. Mais elle n'allait pas baisser les bras pour autant. Restait à trouver des annonceurs honnêtes et responsables, qui l'aideraient à recouvrer sa dignité. Écologistes, banques alimentaires, refuges animaliers… Il devait bien exister des organisations caritatives en quête des services d'une agence de pub super pro ?

Ce courriel ridicule lui avait fait perdre le cap et avait ébranlé son estime d'elle-même. Heureusement, il n'y en avait pas eu d'autres. Depuis plusieurs jours, elle ouvrait son courrier avec méfiance, craignant de voir apparaître un message toxique tapi entre deux mails de collègues, mais jusqu'à présent, rien.

L'écran de son téléphone s'alluma. Elle y jeta un coup d'œil, s'attendant à un petit mot de soutien de Jen, envoyé en douce de la salle de réunion. Mais c'était un SMS émanant d'un numéro inconnu. Elle sut, avant même de l'ouvrir, qu'il ne présageait rien de bon.

TU TE CROIS INTELLIGENTE, MAIS PERSONNE N'EST DUPE.

Ses doigts lâchèrent le téléphone. Tout en se penchant pour le ramasser, elle scruta chaque coin de l'open space, à la recherche de l'envoyeur. Qui ? Qui pouvait la haïr autant ? Qui pouvait être aussi sournois, aussi lâche ?

Les mains moites et tremblantes, elle tapa « Qui êtes-vous ? », ignorant son propre conseil à ses clients : ne jamais engager la conversation avec un troll. Plus facile à dire qu'à faire. Trois petits points apparurent sur l'écran. On lui répondait. Enfin, deux mots s'affichèrent.

UN AMI.

C'était tout, sauf un ami. Mais ce n'était pas un inconnu non plus, a priori : il s'agissait de quelqu'un qui connaissait son adresse mail, son numéro de téléphone et la couleur de ses vêtements.

Elle savait qu'elle devrait simplement supprimer le message et tout oublier. Mais il s'insinuait déjà dans son subconscient où il ne tarderait pas à proliférer et à se répandre.

Emmie avait toujours été la première étonnée de sa réussite : en son for intérieur, elle l'attribuait à un coup de chance, certaine qu'un jour, la tendance s'inverserait.

Il semblait que le moment était arrivé.

Iona

8 h 05, Hampton Court – Waterloo

Occupée à lire son courrier, Iona ne remarqua Emmie qu'une fois la jeune femme assise en face d'elle.

— De vraies lettres ? s'étonna celle-ci. Je pensais que les gens n'écrivaient plus à la main.

— La plupart du temps, non, et c'est bien dommage. Mais curieusement, pour m'exposer leurs problèmes, ils prennent la plume. Une lettre manuscrite, c'est plus intime, moins impersonnel qu'un mail. On peut deviner beaucoup à partir de la graphie, vous savez. Elle n'exprime pas seulement le caractère d'une personne : elle dévoile aussi son état émotionnel.

Emmie désigna la feuille du menton.

— Que dit celle-là ? s'enquit-elle. Si ce n'est pas indiscret ?

Au fil des années, Iona avait constaté que les gens sont fascinés par le malheur des autres, à l'instar des conducteurs qui ralentissent à l'approche du lieu d'un accident de voiture. Voilà pourquoi elle avait autant de lecteurs. Pardon. *Avait eu.*

— Pas du tout. Ces messages sont anonymes, de toute façon. Ici, il s'agit d'une maman qui se fait du souci à cause de son ado. Elle l'a surpris sur son iPad, devant un film porno. La réponse est simple.

Iona adressa à Emmie un sourire qui signifiait : *Je suis une pro, bienveillante et avisée.* Elle rappelait souvent à ses lecteurs que quatre-vingt-dix pour cent de la communication est non verbale.

Le train, immobilisé depuis quelques minutes sur la voie, repartit dans une embardée qui fit gicler le thé de Iona hors de sa tasse. Bénies soient les soucoupes. Et toujours aucun signe de Sanjay. *Cet idiot a encore raté une occasion en or.*

— Qu'allez-vous lui conseiller ? demanda Emmie, qui paraissait sincèrement intéressée.

Le charme de cette fille était indéniable. Iona comprenait pourquoi Sanjay en était si épris.

— Je vais lui dire de vérifier le dispositif de contrôle parental, et j'ai une brochure très bien documentée sur la sécurité en ligne que je lui enverrai, répondit-elle, assez fière de ses connaissances techniques.

Combien de *dinosaures* en savaient autant qu'elle sur la sécurité Internet, hein, Marina ?

Emmie la dévisagea comme si elle était demeurée.

— Le contrôle parental ? À dix ans, les garçons savent déjà comment le contourner ! Et ils regardent tous du porno. À mon avis, tous les ados de son âge le font.

Iona se hérissa. Tout compte fait, Emmie n'était peut-être pas la bonne personne pour Sanjay. Encore une madame Je-sais-tout qui se croit maligne.

— Dans ce cas-là, que me suggérez-vous ? répliqua-t-elle d'une voix mielleuse, pour masquer son irritation.

— Selon moi, si cette maman envisageait le problème sous un autre angle, ce serait une bonne opportunité pour…

Emmie s'interrompit, gênée.

— Continuez, ça m'intéresse.

Iona s'aperçut que c'était vrai. L'opinion de la jeune femme pourrait lui inspirer « le pétillement » indispensable pour s'adresser à « la génération Y » selon Ed.

— ... pour lui expliquer que la pornographie ne correspond pas à la réalité. Que les filles qu'il croise au quotidien ne ressemblent pas à celles qu'il voit sur son écran. Et que les gens ne font pas l'amour de cette façon. Cette maman rendrait un sacré service aux futures copines de son fils, vous ne croyez pas ?

Là, Emmie avait marqué un point. Ne sachant si elle devait se montrer reconnaissante ou agacée, Iona prit la tangente.

— Une conversation qui risque de mettre de l'ambiance de bon matin !

— Ce qui pourrait régler en partie le problème, non ? Le garçon aura tellement honte de devoir parler sexe avec sa mère qu'il s'éloignera peut-être du porno pendant un moment.

— C'est possible. Vous maîtrisez bien votre sujet, Emmie. C'est ce que j'allais dire, en fait. Beaucoup de jeunes gens ignorent l'existence des poils pubiens, parce que les actrices de films pornos n'en ont pas, et le jour où ils les découvrent dans la vraie vie, ils sont dégoûtés. Pourquoi les femmes devraient-elles se sentir forcées de ressembler à des gamines prépubères ? De mon côté, j'ai toujours préféré le style naturel des années 1970. Le jardin luxuriant, taillé de temps à autre afin d'éviter l'envahissement. Sauvage et fière, c'est mon slogan !

Emmie, médusée, parut mal à l'aise. *Oups, ai-je dépassé les bornes ? Les jeunes d'aujourd'hui sont tellement sensibles !*

— Iona, murmura-t-elle en se penchant par-dessus la tablette, vous savez que tout le monde nous entend, n'est-ce pas ?

— Voyons ma chérie, ils sont trop occupés avec leur journal, leur iPhone et leur tablette pour écouter notre conversation.

— Vivez-vous près du château de Hampton Court ? reprit Emmie.

Ce saut du coq à l'âne surprit Iona, qui mit quelques secondes à se ressaisir.

— Euh... oui. Il y a une trentaine d'années, Bea et moi avons acheté une maison à East Molesey, au bord du fleuve. Nous venions tout juste de rentrer de Paris, et les prix de l'immobilier du centre de Londres nous ont sidérées. East Molesey était le parfait compromis. À quarante minutes de trajet depuis Waterloo, tout près de la Tamise, du château et de Bushy Park...

Elle faillit revenir à son jardin luxuriant, mais Emmie s'empressa de lui couper la parole.

— J'ai toujours rêvé de visiter le palais de Hampton Court. À l'école, j'étais fascinée par la vie des Tudors. On dit que le fantôme décapité de Catherine Howard, la cinquième épouse d'Henri VIII, hanterait les lieux.

— Alors, vous devez absolument y aller ! Et n'oubliez pas de vous aventurer dans le labyrinthe de haies ! Il m'a fallu des années de pratique, mais maintenant, je le connais comme ma poche ! C'est très amusant de s'y perdre.

Soudain, elle eut une illumination.

— Je pourrais vous le faire visiter ! Pourquoi pas dimanche prochain, vers 10 heures ? Vous seriez libre ?

Iona retint sa respiration, guettant la réponse de la jeune femme.

— Voyons… dimanche… je ne suis pas sûre…, bredouilla Emmie.

De toute évidence, elle cherchait à se défiler. Iona devait la convaincre à tout prix.

— Ça me ferait tellement plaisir, susurra-t-elle d'un ton plaintif.

Parfois la fin justifie les moyens, non ?

— Bon, d'accord ! Merci pour l'invitation.

Iona fit mentalement le V de la victoire.

— Oh, j'ai failli oublier, j'ai quelque chose à vous montrer, reprit Emmie en saisissant son téléphone portable. Regardez.

On voyait une jeune fille à la coiffure extravagante, le visage caché par un masque de beauté vert fluo, étendue dans un bain moussant, en train de lire *Modern Woman*.

— Je ne me trompe pas, c'est bien votre magazine que lit Fizz ?

— En effet. Qui est Fizz ? Drôle de nom. Je veux dire, pour une boisson gazeuse ou un galet de bain effervescent c'est parfait, mais…

— Fizz ? l'interrompit Emmie. C'est la nouvelle révélation sur TikTok ! Une influenceuse que j'ai rencontrée lors d'une séance de photos publicitaires ; depuis nous sommes devenues bonnes amies. Vous devriez lui proposer de tenir une rubrique dans votre magazine. Je parie qu'elle adorerait ça. Je lui en parlerai, si vous voulez.

— C'est très gentil à vous, Emmie. J'en toucherai deux mots au rédacteur en chef.

Iona n'avait nulle intention de le faire. Elle qui marchait déjà sur la corde raide n'allait pas enquiquiner Ed avec une influenceuse quasi inconnue du grand public, en dehors d'adolescentes qui la suivaient sur les réseaux sociaux. Malgré tout, c'était adorable de la part d'Emmie d'offrir son aide.

Le train entra en gare de Waterloo. Emmie se leva, enfila son manteau et glissa son téléphone dans sa poche.

— À dimanche, Iona !

Avec un petit sourire satisfait, celle-ci rassembla ses affaires, prit Lulu sous son bras et s'engagea dans la foule qui se hâtait vers le quai. Soudain, une main se posa sur son épaule. Elle se retourna et vit un homme d'une soixantaine d'années. Il la regarda droit dans les yeux et déclara :

— Moi aussi, j'aime les jardins luxuriants… Ils sont difficiles à dénicher par les temps qui courent, déclara-t-il avec un clin d'œil appuyé.

Pincez-moi, je rêve ! Et dire qu'on s'imagine que l'un des rares avantages de vieillir est de ne plus entendre ce genre de remarque.

Iona lança au sexagénaire le sourire d'un requin qui vient de humer l'odeur du sang.

— Vous aimez les dames, c'est bien ça ?

— Je les adore. Vous êtes intéressée ?

— Absolument pas. Voyez-vous, je suis moi-même très friande de dames. Et j'espère *vraiment* que ce soit la seule chose que nous ayons en commun.

Martha

Martha avait pris l'habitude d'arriver au collège avec vingt minutes d'avance. Ainsi, elle pouvait emprunter les couloirs avant qu'ils ne soient envahis par les élèves. Depuis que sa photo très intime avait été envoyée sur le groupe de tchat des troisièmes, elle était en permanence en mode combat ou fuite.

Elle ne se sentait en sécurité nulle part. Même le havre de paix qu'était auparavant la bibliothèque avait été profané. La veille, Martha avait laissé un classeur fermé sur une table pendant qu'elle allait chercher un manuel scolaire ; lorsqu'elle l'avait rouvert, un tirage du fameux cliché en était tombé. Quelqu'un avait même dessiné une flèche au marqueur rouge, pointant la partie la plus embarrassante de son anatomie, sous laquelle il ou elle avait écrit : *UN ENDROIT PRATIQUE POUR PLANQUER VOS LIVRES.*

Au début, elle avait pensé carrément sécher le collège – elle, l'élève assidue qui ne manquait jamais une heure de cours. Mais qu'aurait-elle fait de ce long temps libre, à part se maudire encore et encore d'avoir été aussi stupide ?

Martha ne blâmait pas Freddie, même si l'idée venait de lui – il l'avait suppliée de lui envoyer une photo d'elle, nue, jambes écartées. Il lui avait affirmé qu'il avait déjà vu des dizaines de foufounes, et que ce n'était pas si grave. « Toutes les meufs font ça quand elles aiment bien un garçon », assurait-il. Et Martha essayait désespérément de leur ressembler.

Cependant, Freddie se révéla aussi stupide et naïf que Martha : électrisé d'avoir reçu la photo tant désirée, il l'envoya triomphalement à son meilleur ami. Celui-ci, ravi que Freddie, collégien studieux et paisible, en général plus excité par une ligne de code informatique que par l'anatomie des filles, ait réussi à obtenir pareil trésor, l'avait à son tour envoyée à un copain. Qui l'avait postée sur WhatsApp. Dix minutes plus tard, regrettant son geste, il l'avait supprimée ; mais, entre-temps, la photo avait été capturée et partagée sur les réseaux sociaux.

Neuf heures et quatre décisions irréfléchies d'adolescents avaient suffi à faire passer Martha de l'anonymat à une navrante célébrité.

Freddie était sincèrement désolé pour elle, mais il était trop tard pour revenir sur son geste. Et, comme par hasard, il ne souhaitait plus devenir son petit ami et s'était réfugié dans le cocon du département d'informatique.

Martha n'en avait pas parlé à ses parents. Ils seraient très déçus. Pire, ils s'en voudraient mutuellement. Après leur divorce, ils avaient mis des années avant de cesser de se chamailler à son sujet, et elle ne tenait pas à raviver les braises encore chaudes.

Ses rares amies s'étaient dites *horrifiées* par ce qui lui arrivait et lui avaient promis-juré-craché qu'elles seraient là pour elle. Cependant, au fil des jours, elles avaient pris leurs distances – elles devaient craindre que sa stupidité soit contagieuse. Elles « oubliaient » de lui garder une place à la cantine, ou de la prévenir lorsqu'elles se retrouvaient après l'école. Elles étaient apparemment aussi devenues sourdes, car elles ne se retournaient pas quand elle les appelait dans les couloirs.

Martha avait envisagé d'aller voir le principal ou me conseiller d'orientation, mais une telle décision créerait de gros ennuis à Freddie. Il risquerait l'expulsion, et de toute façon, aucun retour en arrière n'était possible. L'établissement organiserait une réunion à propos de la confidentialité des données personnelles et de la sécurité sur Internet, la présentant comme l'exemple à ne pas suivre, l'archétype de l'adolescente assez idiote pour prendre ce genre de photo d'elle. L'incident resterait d'actualité encore plus longtemps. Bien sûr, ils interdiraient la diffusion du cliché, exigeraient des élèves qu'ils la suppriment de leurs portables. Mais chacun sait qu'avec Internet, rien ne peut être effacé de manière permanente. Et qu'y a-t-il de plus fascinant qu'un *nude*, si ce n'est un *nude interdit* ?

Martha s'avançait vers la rangée de casiers des troisièmes quand elle s'immobilisa à la vue d'une banderole bricolée avec un drap qui disait : *STOP AU SLUT-SHAMING !*

Le rouge lui monta aux joues. Elle connaissait l'origine de ce cri d'indignation. Elle était devenue célèbre, l'icône d'une poignée d'élèves féministes qui s'insurgeaient contre le sexisme et la misogynie à l'école. Elles croyaient bien faire, mais ne voyaient-elles pas que leur banderole la stigmatisait davantage ? *Le plus drôle, c'est que je suis peut-être la seule élève encore vierge des troisièmes, en dehors de Freddie.* De toute façon, ces filles ne se considéraient pas comme ses amies, juste des protectrices, et leur sollicitude étouffante la rendait d'autant plus faible et pathétique. Par conséquent, une cible idéale.

Martha vit s'approcher un groupe de garçons, parmi les plus populaires du collège. La voix de David Attenborough résonna dans sa tête : « Observez la meute – ou plutôt écoutez le ricanement des hyènes. Elles ont flairé le sang d'un jeune gnou blessé, séparé du troupeau. La mise à mort est proche... »

Elle arracha le drap, le roula en boule et le fourra dans son casier, où il demeurerait tapi, tumeur maligne attendant d'être extraite. Puis Martha alla se réfugier dans une salle de géographie vide. Elle qui avait pris cette maudite photo parce qu'elle rêvait de s'intégrer, se retrouvait plus isolée que jamais.

Elle s'approcha du globe terrestre posé sur le bureau de l'enseignant, le fit tourner du bout de l'index. Le monde n'était qu'un grain de poussière dans l'Univers. Son doigt s'arrêta sur la Grande-Bretagne, masquant presque tout le pays, à l'exception de la Cornouailles, du Norfolk et de l'archipel des Hébrides. Une île minuscule. Et elle, Martha, une simple fourmi parmi les millions d'êtres qui la peuplaient. Alors pourquoi imaginait-elle que tous les regards convergeaient vers elle ? Si seulement elle pouvait revenir à l'anonymat réconfortant qu'elle avait toujours détesté. Désormais, elle se moquait bien d'être acceptée par les autres. Mais c'était trop tard. Il fallait qu'elle redevienne invisible.

Elle s'assit à une table, appréciant ces dernières minutes de solitude paisible avant que la sonnerie ne retentisse.

Elle sursauta en entendant un bruit sec du côté de la baie vitrée qui donnait sur le terrain de sport. Il fut suivi d'un deuxième coup, puis d'un troisième : face à elle, trois téléphones portables, plaqués contre la vitre. Trois photos identiques. Six jambes écartées. Trois rappels de son humiliation.

Quand ce cauchemar allait-il prendre fin ?

Piers

18 h 17, Waterloo – Surbiton

Piers remonta rapidement le quai n° 5, en veillant à regarder droit devant lui lorsqu'il longea le troisième wagon. Cette Iona Iverson avait entrouvert une énorme boîte de Pandore, et il savait que si elle revenait à la charge, une nuée de problèmes en jaillirait et qu'il ne parviendrait jamais à remettre le couvercle en place.

Arrivé à la dernière voiture, qui était presque vide, il s'installa dans un carré et sortit de la poche intérieure de sa veste un petit calepin en cuir patiné. Il avait l'habitude d'y noter chaque jour le résultat de son travail – des colonnes de chiffres qu'il griffonnait au crayon à papier. Un truc très « vieille école ». Ces rituels avaient leur importance, pour Piers : ils signalaient aux dieux des marchés qu'il ne plaisantait pas et qu'il fallait éviter de le contrarier. Par exemple, il faisait toujours craquer ses articulations, puis fléchissait ses doigts avant d'effectuer une transaction décisive, un geste que ses collègues ponctuaient de cris d'enthousiasme, allant même jusqu'à scander « Midas ! Midas ! Midas ! » dans la salle des marchés. Plus aujourd'hui, évidemment.

Piers sentit son cœur s'accélérer lorsqu'il compara le chiffre qui figurait au bas de la page du jour avec celui de la page précédente. Il avait encore perdu quinze pour cent. Comment était-ce possible ? Son cœur s'affola davantage quand un éclair de couleur vive apparut dans son champ de vision. Elle le suivait donc à la trace ?

— Piers ! s'exclama Iona, dissipant chez lui tout espoir qu'elle ait pu s'aventurer jusqu'à cette voiture pour une autre raison. Je vous ai vu passer sur le quai. J'aimerais vous poser une question, maintenant que nous sommes en bons termes. Vous permettez ?

Pitié, non.

Il ne dit rien – surtout, ne pas l'encourager. Elle s'assit quand même en face de lui et installa sa chienne sur le fauteuil voisin.

— Je veux tout savoir sur le Raisin de la Colère, commença-t-elle. Qu'avez-vous ressenti quand vous étiez à l'article de la mort ? Avez-vous éprouvé la sensation de vous dissocier de votre enveloppe charnelle ? Avez-vous vu votre vie défiler devant vos yeux ?

Piers s'agita sur son siège. Il avait la désagréable impression de subir un interrogatoire militaire dont les autres passagers ne perdaient pas une miette.

— Pas vraiment, dit-il. On éprouve plutôt ce genre de choses quand on se noie, non ? J'ai surtout pensé à mes enfants, qui grandiraient sans père.

Ce n'était pas tout à fait la vérité. Bien sûr, à cet instant critique, il aurait *dû* penser à ses enfants devenus orphelins, mais il ne l'avait pas fait, et il était hors de question de l'avouer au beau milieu de ce wagon rempli d'oreilles indiscrètes.

— Avez-vous envisagé d'accomplir une bonne action si vous vous en sortiez vivant ? poursuivit Iona. Céder toute votre fortune à une œuvre de charité, par exemple ?

Piers secoua la tête, puis rougit en se rappelant qu'il avait hâtivement promis toutes ses possessions matérielles au ciel en échange de la vie sauve. Mais il avait formulé ce sacrifice sous la torture. Du coup, ça ne comptait pas, si ?

Comment faisait-elle ? Cette femme était-elle capable de lire dans ses pensées ? Par chance, elle semblait avoir oublié leur conversation de la semaine précédente. C'était déjà ça.

— Est-ce en regardant la mort en face que vous avez mesuré à quel point vous détestiez votre travail ? insista Iona. Avez-vous vécu une sorte d'illumination, un moment du genre « À quoi bon tout ça ? Pourquoi ai-je gâché ma vie ? » ?

Il soupira. Elle se souvenait fort bien de leur discussion, en fait. Il consulta sa montre, calculant combien de temps il devrait supporter cet interrogatoire avant d'atteindre sa destination. Dix-huit minutes.

— Non, répondit-il. Cette vérité m'est apparue à la longue, au fil des ans.

— Pourtant, vous m'avez dit que vous aimiez votre métier, au départ. Qu'est-ce qui vous a plu, à l'époque ? lui demanda-t-elle, le sondant d'un regard si intense qu'il se surprit à fouiller dans le classeur verrouillé de son passé, en quête de réponses.

— Les chiffres, admit-il. C'est ça qui me plaisait. J'ai toujours aimé jouer avec les chiffres.

Il s'interrompit, espérant que Iona s'en tiendrait là, mais elle attendit sans rien dire, jusqu'à ce qu'il se sente obligé d'étayer son propos.

— Voyez-vous, j'ai vécu une enfance plutôt… chaotique.

— Qu'entendez-vous par là ? s'enquit Iona en se penchant vers lui.

— Oh, rien d'original. Un père au chômage, souvent absent, qui perdait aux courses le montant de ses allocations mensuelles. Une mère alcoolique. Alors, à l'école, j'adorais les maths. Les chiffres, les théorèmes, c'était si… ordonné, si prévisible. Tout le contraire du reste de ma vie. Et j'étais doué, en plus !

— Donc, ce sont les maths qui vous ont permis d'échapper à votre enfance ?

— Oui. Enfin… Disons que c'est surtout grâce à Mr Lunnon, mon professeur de maths au collège. Il a remarqué mes capacités et m'a proposé de m'inscrire dans un programme qui m'a ouvert toutes sortes de portes : des cours de soutien et des concours à travers tout le pays… Après mon bac, j'ai postulé pour entrer à l'université. Mr Lunnon m'a aidé à remplir les dossiers et m'a préparé aux entretiens. J'ai été le premier membre de ma famille à suivre des études supérieures, et le premier de mon lycée à étudier les mathématiques à Oxford. Je lui dois tout.

Il s'interrompit de nouveau, troublé. Il se sentait au bord des larmes, tout à coup. Et très coupable. À quand remontait sa dernière conversation avec Mr Lunnon ? Son professeur était-il encore en vie ? Piers l'avait-il seulement remercié ? Il ne s'en souvenait pas, mais il avait dû le faire, non ?

Cette vague d'émotions inattendue le poussa à formuler un autre aveu, bien plus intime, une pensée secrète qui venait le hanter au petit matin, lorsqu'il souffrait d'insomnie. Une pensée qu'il tournait et retournait entre ses mains comme une boule de cristal.

— J'aurais voulu devenir prof, moi aussi. J'aurais voulu changer la vie d'un enfant, comme Mr Lunnon a changé la mienne. Donner quelque chose en retour, au lieu de me contenter de déplacer des sommes d'argent. Boucler la boucle, pour ainsi dire !

Iona esquissa un sourire sincère. Signe qu'elle commençait à l'apprécier – ou qu'elle le détestait un peu moins. Ce constat le réjouit, ce qui lui parut étrange. Depuis quand se souciait-il de son opinion ?

— C'est la seconde fois que vous me surprenez, déclara-t-elle. Et c'est votre jour de chance, parce que j'ai peut-être les moyens de vous aider.

— Pourquoi voudriez-vous m'aider ?

Piers avait répliqué du tac au tac, mais sans agressivité : la réponse à cette question l'intéressait réellement. Et lui, quand avait-il aidé quelqu'un pour la dernière fois ? Quelqu'un qui n'était pas de sa famille et qui n'avait pas d'impact direct sur sa carrière ou son bien-être ?

— Pourquoi ? Parce que je vous ai sauvé la vie, pardi : je tiens à m'assurer que vous en profiterez au maximum. Et puis, aider les gens est ma *raison d'être*. Ou plutôt, dans votre cas, mon *raisin* d'être ! Ha, ha ! Elle est bonne, celle-là, hein !

Piers se rembrunit. Par chance, Iona riait si fort à sa propre blague qu'elle ne chercha pas à partager son hilarité avec d'autres voyageurs.

— C'est très gentil à vous, mais je n'ai pas besoin de votre pitié, affirma-t-il d'un ton sec. On ne vit pas dans un monde idéal, n'est-ce pas ? De toute façon, ma femme n'aimerait pas que je change de métier.

Il se leva : le train arrivait enfin à Surbiton.

— Essayez de lui en parler, au moins ! lui lança Iona alors qu'il se dirigeait vers les portières. Je suis sûre que tout ce qu'elle veut, c'est que vous soyez heureux.

— Minty… Tu dors, ma chérie ? chuchota Piers.

À la faible lueur de la veilleuse, il vit la couette bouger et un petit bras dodu se tendre vers lui. Le poing fermé de sa fille s'ouvrit comme une étoile de mer.

— Papa ! Tu es rentré ! s'écria-t-elle.

Il se pencha vers elle et déposa un baiser sur sa joue. Elle sentait le shampoing pour bébé et le dentifrice à la fraise.

— Tout s'est bien passé à l'école aujourd'hui ? demanda-t-il.

— Oui, c'était trop cool ! Le papa d'Ava est venu nous parler de son travail.

— Il fait quoi, le papa d'Ava ?

— Il est vétérinaire, tu sais, celui qui soigne les animaux malades ? Et comme il travaille au zoo de Londres, il a apporté un suricate – un vrai ! C'était trop mignon !

Un *suricate* ? Le père d'Ava n'était vraiment pas fair-play. Comment les autres parents pouvaient-ils rivaliser avec un truc pareil ?

— Tu viendras dans ma classe pour présenter ton travail, toi aussi ? le supplia Minty.

— Mais oui, mon cœur, assura Piers en remontant la couette sur les épaules de la fillette. Je vous expliquerai tout sur les fluctuations boursières et la meilleure manière de gagner beaucoup d'argent en devinant quelles actions vont grimper ou chuter.

Minty fronça les sourcils. Elle paraissait peu convaincue. Quoi de plus normal ?

— J'ai enfin trouvé une nouvelle nounou, annonça Candida entre deux fourchettes de risotto primavera Marks & Spencer. Une personne fabuleuse, tu verras !

L'épouse de Piers, qui avait appris les bonnes manières dans un pensionnat de jeunes filles, ne parlait jamais la bouche pleine, ne posait jamais ses coudes sur la table et ne s'essuyait jamais avec autre chose qu'une serviette en lin repassée.

— Ah bon ? fit Piers.

— Oui. J'en avais plus qu'assez des baby-sitters à peine sorties de l'adolescence, bourrées d'angoisses et de complexes. Tu te souviens de la Danoise qui se levait au milieu de la nuit pour vider le frigo ? Et de la Roumaine qui faisait des cauchemars ? Elle réveillait les enfants un soir sur deux ! Sans parler de Magda, de ses mœurs légères et de son addiction à la cocaïne !

Elle frissonna. Piers se garda de lui faire remarquer qu'elle n'avait pas mentionné la fille au pair hollandaise… Était-ce le signe qu'elle acceptait enfin de tirer un trait sur ce petit écart ?

— Cette fois, j'ai recruté une nounou expérimentée, enchaîna-t-elle. Bardée de recommandations et de références. Elle s'appelle Fiona, elle ressemble de manière rassurante à Mrs Doubtfire, et elle a longtemps travaillé chez une cousine au second degré de Sophie Wessex.

Piers lui lança un regard perplexe. La généalogie de la famille royale n'était pas son fort.

— La femme du prince Edward, précisa Candida. Tu sais… celle qui est gentille, mais effacée ? Bref, comme tu me l'avais dit un jour, « dans le doute, noie le problème sous une grosse somme d'argent ». C'est devenu mon dicton fétiche !

Vraiment ? Il lui avait dispensé ce genre de conseil ? Quelle arrogance de sa part ! Quelle bêtise, aussi. Et d'ailleurs, combien d'argent avait-elle déboursé pour « noyer le problème » ?

— C'est formidable, ma chérie, commença-t-il, prudent, mais… es-tu certaine que nous ayons encore besoin d'une nounou ? Les enfants ne sont plus des bébés. Minty est déjà à l'école primaire, et Theo est en dernière année de maternelle. Tu pourrais t'en occuper toute seule !

Candida parut horrifiée.

— Et mon travail ? s'écria-t-elle. Je ne suis pas une femme au foyer des années 1950. Pas question de passer mes journées à préparer des tartes et à attendre que tu rentres de la City pour te servir un gin-tonic !

Piers, qui se considérait comme un mari avant-gardiste, aurait totalement adhéré à cet argument si Candida contribuait aux revenus du ménage. Or, loin de générer quoi que ce soit, son « travail » leur coûtait au contraire une fortune. Elle avait ouvert une boutique de créateurs dans la rue principale de Surbiton. Le loyer était astronomique et elle ne vendait quasiment rien, hormis une robe « à prix d'ami » de temps à autre, quand ses copines poussaient la porte du magasin. Et une quantité substantielle de vêtements encore étiquetés apparaissait comme par magie dans sa propre garde-robe. En outre, elle tenait à employer une vendeuse, puisqu'elle ne pouvait pas « être derrière la caisse du matin au soir »... Il retint un soupir. Inutile de lutter : il ne remporterait pas cette bataille aujourd'hui.

Il reporta son attention sur le verre de Candida. Des années d'expérience lui avaient appris que le meilleur moment pour aborder un sujet difficile survenait après les deux premiers verres de vin – quand elle se détendait –, mais avant le troisième – qui la rendait souvent irritable et belliqueuse.

— Candida ? osa-t-il d'une voix douce, avec le sentiment de se jeter dans le vide. Que dirais-tu si je t'annonçais que j'aimerais me reconvertir dans l'enseignement et devenir prof de maths ?

Elle éclata de rire. Ce rire merveilleusement explosif qui, dix ans plus tôt, l'avait fait se retourner sur la piste de danse, le soir de leur rencontre au Hurlingham Club.

— Je te dirais que si j'avais voulu être femme de prof, j'aurais épousé un prof ! Non, mais tu te rends compte ? *Moi* ? La fille la plus populaire de ma promo !

Elle s'interrompit, scrutant son visage.

— Oh. Mon. Dieu. Tu es sérieux, pas vrai ? Voyons, Piers, tu n'as que trente-huit ans ! N'est-ce pas un peu jeune pour une crise de la cinquantaine ? Pourquoi ne pas t'acheter une voiture de sport jaune canari ou un truc du même genre ? Non, attends... Tu l'as déjà fait !

Elle lui adressa un sourire espiègle, révélant des incisives éclatantes de blancheur, posées à prix d'or. Il savait que sous cette fausse porcelaine se dissimulaient de minuscules dagues bien acérées.

— Que dirais-tu d'une Harley-Davidson, alors ? Je serais même prête à fermer les yeux si tu avais une brève liaison avec ton assistante, tant qu'elle n'est pas beaucoup plus jeune que moi et que tu promets de ne pas tomber amoureux d'elle.

Il se garda de répondre.

— Je plaisante, dit-elle.

— Pas moi, répliqua-t-il. Je suis malheureux à la City. Depuis des années. Ça ne m'amuse plus. Et je ne suis plus bon à rien. Dès que j'ai commencé à accorder de l'importance aux transactions, j'ai perdu la flamme.

— Tu exagères, mon chéri. Tu es un génie ! C'est pour ça qu'on te surnomme Midas, n'est-ce pas ?

— Si je comprends bien, tu ne veux pas que je sois heureux ? répliqua-t-il, reprenant les termes employés par Iona.

— Bien sûr que si ! Tu me connais : je suis tellement attentionnée... Voilà pourquoi je suis une bonne mère, d'ailleurs. Je voudrais juste que tu sois heureux ET riche. Pense aux enfants : ton salaire de prof ne permettrait pas de payer leurs frais de scolarité actuels – encore moins de les envoyer en pension à Eton et Benenden. Et tu ne pourrais pas financer le tiers du quart de tout ça.

Elle embrassa d'un geste éloquent les lampes, les vases, les tapis et les coussins choisis par un décorateur d'intérieur aux honoraires hors de prix, qu'il faudrait remplacer aussitôt démodés.

— Réfléchis, Piers… Veux-tu annoncer à Minty qu'elle doit vendre son poney ? insista Candida. Elle était déjà bouleversée par le départ de Magda. Imagine ce qu'elle ressentirait si elle devait se séparer de son poney adoré !

— Avons-nous vraiment besoin de tout ça ? objecta-t-il. Serions-nous moins heureux si les enfants fréquentaient une école publique ? Et si Minty avait un hamster ou un poisson rouge ? J'aurais tué pour avoir un hamster à son âge.

— Et c'est reparti ! « Mes parents étaient tellement durs avec moi que j'ai dû me contenter me contenter d'un cloporte dans une boîte d'allumettes », marmonna Candida en l'imitant.

— C'était un *perce-oreille*, rectifia Piers, acide. Eric.

Candida lui sourit comme elle souriait à Theo quand il réclamait une autre histoire avant de s'endormir. Un sourire qui disait : « Je t'aime, mais non. Tu n'as pas cumulé assez de points pour prétendre à un traitement de faveur. »

— Écoute, reprit-elle. Pourquoi ne pas continuer à bosser à la City jusqu'à ce que les enfants aient terminé leurs études ? Ensuite, tu pourrais faire ce que tu veux ! Enseigner, si tes ambitions s'arrêtent là. Ou nous pourrions vendre la maison, acheter un bateau et partir naviguer autour du monde, nus sur le pont, un bandana noué sur la tête… Ou encore aller nous cloîtrer dans une retraite bouddhiste en Thaïlande afin d'écouter notre voix intérieure... Tout serait possible, tu comprends ? Alors, pourquoi ne pas se concentrer sur « riche » pour le moment, et remettre « heureux » à plus tard ?

Quand les enfants auront terminé leurs études ? Dans quinze ans, donc, calcula Piers. Certains meurtriers purgeaient des peines moins longues que ça.

— D'accord, murmura-t-il, tandis que Candida terminait son troisième verre de vin.

Elle soupira, s'efforçant d'éteindre la lueur à la fois victorieuse et soulagée qui éclairait son regard. Qu'allait-il faire, à présent ? Comment lui avouer que la décision échappait *déjà* – et dans une large mesure – à son contrôle ?

Sanjay

8 h 35, New Malden – Waterloo

Quand Sanjay arriva à la gare, son train habituel était déjà parti. Il fonctionnait au ralenti, ce matin. Tout lui semblait trouble, même après le double expresso avalé en chemin.

Il avait très mal dormi. Et pas assez : il s'était couché tard. Ses deux colocataires étaient rentrés en fin d'après-midi, eux aussi, ce qui ne se produisait pour ainsi dire jamais, leurs horaires de travail étant rarement synchrones. Tous trois avaient alors passé des heures à jouer à la console, et terminé la soirée par un jeu de type *Star Wars* qui consistait à piloter des vaisseaux spatiaux à travers une pluie de météorites, et à tirer sur les obstacles ou les extraterrestres qui leur barraient le passage. Ces images avaient traqué Sanjay jusque dans son sommeil, se muant en un cauchemar en technicolor. Il imaginait que plusieurs de ses patients, amis et membres de sa famille développaient des tumeurs à croissance rapide dans différentes parties de leur corps. Sanjay les pulvérisait à l'aide d'un pistolet laser en forme de seringue géante, tandis que sa mère, avocate dans la vraie vie, surgissait de nulle part en criant : « Arrêtez tout de suite, ou je vous poursuis en justice ! »

— Eh bien, Sanjay, vous en avez mis du temps, ce matin ! lança une voix derrière lui, le faisant sursauter.

Il se retourna. Iona était assise sur un banc, cachée derrière un exemplaire du *Times*. On aurait dit une espionne dans un film sur la guerre froide, attendant d'échanger une mallette contre une autre. La vision était d'autant plus déconcertante, que Sanjay avait rêvé d'elle : une excroissance ornait son oreille gauche, gonflée comme un ballon d'hélium. Il avait tiré, lui arrachant accidentellement la tête. Il était soulagé de constater qu'elle était encore en un seul morceau.

— Que faites-vous ici ? s'étonna-t-il. Ce n'est pas votre gare.

— Ne soyez pas si possessif, mon cher. Ce n'est pas *ma* gare, mais ce n'est pas non plus la *vôtre*. Elle appartient à tout le monde. Ou du moins, à tous ceux qui ont un titre de transport.

Il soupira.

— Vous faites exprès de ne pas comprendre… Vous savez bien ce que je veux dire : ce n'est pas ici que vous prenez le train, d'habitude.

— Très juste. En fait, je vous cherchais. Vous n'étiez pas dans ma rame ce matin, ni hier, d'ailleurs. Alors, je suis descendue ici. J'avais besoin de vous voir avant le week-end.

— Pourquoi ? demanda-t-il, de plus en plus inquiet.

Cette soudaine familiarité avec Iona le mettait mal à l'aise. Ne jamais engager la conversation avec les autres passagers. Il aurait dû le savoir ! Il faisait exception à la règle pour Emmie, bien sûr… mais sur ce plan-là, il était mal parti.

— Ah, voici notre carrosse ! s'exclama Iona. Montons et je vous expliquerai tout.

Ils grimpèrent dans la voiture 3. Iona promena un regard courroucé sur le wagon bondé, puis se fraya un passage dans l'allée centrale, sourde aux protestations des autres passagers. Sanjay la suivit, rouge de confusion et bredouillant des excuses, jusqu'à ce qu'elle atteigne son carré favori, au fond de la voiture.

— Bonjour, dit-elle au voyageur assis côté couloir, dans le sens de la marche. Je suis navrée, mais je crois que vous occupez mon siège.

Lulu émit un grognement sourd, comme pour souligner son propos. Sanjay observait la scène avec intérêt. Qu'allait-il se passer ? Sur cette ligne, personne ne cédait son siège sans se battre. Lui-même offrait toujours sa place aux femmes enceintes et aux invalides, mais il constituait une exception.

— Oh ! Désolé, dit l'homme en se levant d'un bond.

Sanjay écarquilla les yeux, stupéfait.

— C'est adorable, minauda Iona.

Elle s'assit, posa Lulu sur ses genoux et ses affaires sur la tablette, puis chuchota à Sanjay, resté debout près d'elle :

— Heureusement que ce type ne connaissait pas la Règle n° 4 de l'Usager du Train de Banlieue.

— Quelle règle ? s'inquiéta Sanjay, se demandant s'il s'agissait d'une brochure d'information qu'il n'avait pas eue en achetant son titre de transport.

— Ne jamais quitter son fauteuil ! expliqua Iona. Bon, si je vous cherchais tout à l'heure, c'était pour vous inviter à une petite excursion dimanche matin, à 10 heures. Vous êtes libre, n'est-ce pas ?

— Oui, acquiesça-t-il sans réfléchir.

— Formidable ! Je vous emmène au labyrinthe de Hampton Court.

— Ah… Pourquoi ?

— Parce que je n'y suis pas allée depuis des lustres, et que j'adore cet endroit.

— Vous ne préférez pas y aller avec Bea ?

— Elle déteste les labyrinthes. Elle se perd tout le temps.

— N'est-ce pas le but d'un labyrinthe ?

— J'ai pensé que ça vous plairait, enchaîna Iona, éludant sa question. Je croyais que vous seriez content de passer la matinée avec moi. Je me trompais, manifestement... Vous avez mieux à faire que de perdre votre temps avec une vieille bique dans mon genre !

Elle renifla, l'air affligé, comme si elle était sur le point de pleurer. Sanjay baissa les yeux, rongé par la culpabilité. Si Iona l'avait choisi, lui, pour l'accompagner à Hampton Court, c'est qu'elle tenait à leur amitié naissante. Or, même si c'était involontaire, il venait de la blesser ! Sa mère serait très déçue par son comportement. Ne lui avait-elle pas appris qu'il est grossier de décliner l'invitation d'une fille qui a eu le courage de vous inviter à danser ou à sortir avec elle ? Certes, Iona n'était pas le genre de personne que Meera avait en tête, mais la leçon de savoir-vivre n'en était pas moins valable.

— Pas du tout ! se récria-t-il. Je serais ravi de venir avec vous. Je suis certain que nous nous amuserons comme des fous !

— Parfait. C'est réglé, alors, décréta Iona, oubliant aussitôt son chagrin.

Le train s'arrêta à Wimbledon et la passagère assise en face de Iona se leva pour partir. Sanjay se laissa choir avec reconnaissance sur le siège vacant.

— Sanjay ! siffla Iona. Debout, vite !

Pourquoi ? Je viens juste de m'asseoir. Je croyais que la Règle n° 4 de l'Usager...

— Ce cas fait exception à la règle, l'interrompit-elle.

— De quelle exception s'agit-il ?

— Ne jamais quitter le fauteuil que vous occupez, *à moins que Iona vous le demande*. Là-bas ! L'Homme au sandwich qui parle ! Vous vous souvenez ? Il faut absolument que je prenne de ses nouvelles.

Sanjay lorgna vers le voyageur en question. Il se souvenait de lui, mais impossible de se rappeler son prénom. Iona, qui s'était redressée, fit un geste vers le siège qu'il rechignait à abandonner.

— Ohé ! cria-t-elle. Par ici ! Il y a une place libre !

L'Homme au Sandwich leur lança un regard inquiet, puis s'assit avec prudence sur le fauteuil.

— Bonjour, Iona. Bonjour, Sanjay, dit-il.

— Bonjour, Daniel ! lança Sanjay avec soulagement, à l'instant où son prénom lui revenait en mémoire.

— David, rectifia ce dernier d'un air résigné – visiblement, ce n'était pas la première fois que cela arrivait.

— Dites-moi comment ça s'est passé, l'autre soir, l'enjoignit Iona. Avez-vous parlé à votre femme du petit mot qu'elle avait glissé dans votre lunch box ? Et surtout, l'avez-vous *écoutée* ?

— Oui, mais j'aurais dû réagir plus tôt. Cette conversation n'a pas servi à grand-chose… C'était un peu comme mettre un sparadrap sur une plaie béante.

— Vous auriez dû poser un garrot, intervint Sanjay, qui se sentait sur la touche.

— Ben voyons, marmonna Iona, avant de préciser, à l'attention de David : Il est infirmier.

Sanjay ne pouvait voir son visage, mais il devina qu'elle levait les yeux au ciel.

— Alors, reprit-elle, quelles sont ses intentions ?

— Ne parlons pas de ça ici, chuchota David. Tout le monde nous entend !

Je confirme, pensa Sanjay – même si, de toute évidence, Iona n'était pas sensible à ce genre d'argument.

— Ne soyez pas bête, rétorqua-t-elle. C'est ce qu'il y a de merveilleux avec l'anonymat du train : ici, personne ne s'intéresse à vous. Allons, racontez-moi tout ! Mais d'abord, rappelez-moi le nom de votre épouse ?

— Olivia. Elle m'a annoncé qu'elle voulait vendre la maison pour s'acheter un endroit à elle. Peut-être à l'étranger. Elle dit qu'elle veut du changement. De l'aventure. De la passion.

— N'est-ce pas ce que nous voulons tous ? s'exclama Iona.

Croisant le regard incrédule de son interlocuteur, elle ajouta :

— Bon… Peut-être pas. Dites-moi, David : quand avez-vous étonné Olivia pour la dernière fois ? En l'emmenant dans un endroit nouveau et fascinant, par exemple ?

— Eh bien… Je ne sais pas. Pour être honnête, depuis le départ de Bella, notre fille, nous nous sommes installés dans une sorte de routine. On ne se parle plus beaucoup. Avant, toutes nos conversations portaient sur elle, vous voyez ? Bella était le cœur battant de notre foyer. Quand elle est partie, la maison m'a fait l'effet d'une coquille vide.

— Ah, le syndrome du nid vide ! Vous n'êtes pas le premier à en souffrir, vous savez.

Iona tapota le genou de David, qui parut plus alarmé que réconforté.

— C'est assez courant, poursuivit-elle. J'ai même une brochure là-dessus, au bureau. Quand votre fille est-elle partie ?

— Il y a dix ans. Quelques années après, elle s'est installée en Australie.

— Dix ans au cœur d'une coquille vide, c'est un peu long, vous ne croyez pas ? Dans ces conditions, que votre femme désire un peu de nouveauté me paraît tout à fait naturel. Vous auriez dû ranimer votre mariage depuis longtemps !

— Il vous faut un défibrillateur, suggéra Sanjay.

Ni l'un ni l'autre ne lui prêtèrent attention.

— J'ai compris la leçon, répliqua David à Iona d'un air exaspéré. Mais je m'y prends trop tard. C'est ce qu'elle a dit.

— Pas forcément, objecta Iona. Elle veut du changement, de l'aventure, de la passion ? Tâchez de lui prouver qu'elle peut vivre tout ça avec vous ! Elle restera, vous verrez.

Sanjay songea que ce serait un combat difficile. Il voyait mal David sacrifier son gilet et ses pantoufles pour se lancer dans une folle aventure.

— L'usure guette tous les couples, vous savez, déclara Iona d'un ton docte. On a vite fait de sombrer dans la routine… Un matin, vous lui dites que ses yeux brillent comme des milliers d'étoiles, et le lendemain, c'est : « Chérie, est-ce que cette culotte est sale ? Je vais lancer une machine de foncé. »

David se figea. De toute évidence, il était aussi choqué par l'évocation des culottes sales de son épouse, que par l'idée de lancer une lessive – qu'il s'agisse de vêtements clairs ou foncés, d'ailleurs.

— Vous devez lui rappeler pourquoi elle est tombée amoureuse de vous, insista Iona. Ah, zut. On arrive à Waterloo. Nous reprendrons cette conversation la prochaine fois ! Je dois filer : la rédaction est convoquée à un *brainstorming*.

À sa manière de prononcer le terme « brainstorming », il était manifeste qu'elle méprisait ce type de réunion.

Elle saisit son cabas, prit Lulu sous son bras et se faufila dans la foule, abandonnant derrière elle un David abasourdi.

— À dimanche, Sanjay ! claironna-t-elle par-dessus son épaule. Ne soyez pas en retard !

— Vous devriez vous estimer heureux, mon vieux, intervint un voyageur en s'adressant à David. Ça fait des années que j'essaie de me débarrasser de ma moitié.

Sanjay retint un sourire. Et dire que Iona leur vantait « l'anonymat du train » un moment plus tôt.

Il sentit son téléphone vibrer dans sa poche. Un texto s'afficha sur l'écran.

MON AMIE ANITA VIENT DÉJEUNER DIMANCHE.

Meera envoyait toujours ses messages en majuscules. Sanjay soupira. Il savait où elle voulait en venir.

« Super », répondit-il.

DOIS-JE LUI PROPOSER D'AMENER SA FILLE ? ELLE A TON ÂGE !

Sanjay hésita avant de taper sa réponse. L'expérience lui avait appris que la meilleure stratégie consistait à changer de sujet.

« Sur quoi travailles-tu en ce moment ? » demanda-t-il.

Seuls ses dossiers la passionnaient autant que les menus détails de la vie de ses enfants.

UN MARIAGE FORCÉ. FASCINANT, MAIS TRAGIQUE.

Drôle de coïncidence, non ?

JE NE SUGGÈRE PAS QUE TU TE MARIES ! 😠 JE NE VEUX JUSTE PAS QUE TU SOIS SEUL 😔

Merci, mais je ne suis pas seul.

Il se demanda si c'était vrai. Il n'était presque jamais seul, effectivement, mais ce n'était pas de cette solitude-là que parlait Meera.

« Ces clients te paient-ils ? » Une question qu'il n'oubliait jamais de poser.

J'AI FIXÉ MES HONORAIRES EN FONCTION DE LEURS MOYENS.

Autrement dit : ils ne payaient rien. Par bonheur, le père de Sanjay, qui dirigeait une compagnie de taxis florissante, renflouait régulièrement le cabinet de son épouse. Le couple partageait les mêmes locaux professionnels : conseils juridiques (souvent gratuits) à l'étage, taxis au rez-de-chaussée. Au grand dam de son mari, Meera avait convaincu les chauffeurs de conduire ses clients au tribunal et de les en ramener sans leur réclamer un centime.

Meera, aussi habile que son fils à changer de sujet, reprit :

LA FILLE D'ANITA EST ASSISTANTE DENTAIRE. ALORS BROSSE-TOI BIEN LES DENTS AVANT DE VENIR DÉJEUNER !

Merci, maman, mais ça tombe mal,
je suis déjà pris dimanche.

En l'invitant à Hampton Court, Iona lui avait rendu un fier service, en fin de compte. Il n'y a rien de plus gênant qu'un rendez-vous galant organisé pour vous, surtout lorsqu'il s'agit de sa propre mère.

Iona

Les sessions de « brainstorming » se déroulaient dans la salle Clark Kent. Quand Ed avait pris la direction du magazine, il avait décidé, entre autres idées révolutionnaires, de rebaptiser les salles de réunion en hommage aux journalistes ayant marqué l'histoire de la presse. C'est ainsi qu'ils avaient hérité d'une salle Clark Kent – Ed devait être à court de *vrais* journalistes. Iona avait mené campagne pendant des mois pour qu'il renonce au héros de *Superman* au profit de Nora Ephron, sans obtenir gain de cause. Le fait que seule une minorité de ses collègues aient entendu parler de l'incomparable Nora en disait long sur la politique d'embauche de leur nouveau rédacteur en chef.

Iona avait d'abord été dispensée des réunions hebdomadaires de brainstorming en raison (pensait-elle) de son ancienneté. Aujourd'hui, plus moyen d'y échapper : Ed s'était appuyé sur les résultats de son « évaluation à 360° » pour décréter sa présence obligatoire. Une participation active et enthousiaste aux réunions d'équipe constituait, selon lui, l'un de ses ICP. Iona n'avait pas la moindre idée de ce qu'était un « ICP », mais elle s'était bien gardée de poser la question à Ed, préférant interroger Google. ICP était l'acronyme de « indicateur clé de performance », lui apprit le moteur de recherche. Iona était restée perplexe. L'expression lui évoquait un outil de diagnostic à destination des serruriers.

Ed était déjà en salle de réunion quand Iona arriva, en même temps que plusieurs de ses collègues. Il se tenait près d'un tableau blanc, une poignée de marqueurs fluo à la main.

— Entrez, entrez, mes amis ! s'exclama-t-il. Bienvenue à tous. Et rappelez-vous : il n'y a pas de mauvaise idée !

Bien sûr que si, songea Iona. Certaines idées sont notoirement mauvaises. Le visiophone, par exemple. Ou les chips au goût de crevettes cocktail. Ou la bougie au « Parfum Vagin »… Mais Ed était peut-être sincèrement persuadé du contraire. En tout cas, il avait mis en œuvre un paquet de très mauvaises idées depuis qu'il avait pris la tête du magazine. Le réaménagement de cette salle de réunion, notamment. Au bon vieux temps, elle abritait une grande table ovale entourée de chaises simples et pratiques. Maintenant, la pièce était remplie de poufs en forme de poires, aux couleurs criardes qui, selon Ed, favorisaient la créativité.

Les poufs ne contribuaient pas du tout à améliorer la créativité de Iona. Primo, quand elle était en jupe, elle craignait qu'on voie ses dessous. Deuzio, ces trucs ressemblaient à des sables mouvants : une fois assise, elle était prise au piège – impossible de se relever. Elle n'avait alors que deux solutions : soit demander de l'aide, ce qui était humiliant ; soit se pencher sur le côté, poser mains et genoux sur le sol pour se retrouver à quatre pattes et parvenir enfin à se redresser, essoufflée par l'effort. Tous ses collègues réussissaient cette épreuve sans difficulté. Peut-être parce qu'ils étaient plus jeunes et plus souples, ou parce qu'ils avaient plus d'expérience dans les poufs – c'était de leur génération, après tout. Iona résolut d'en acheter un et de s'entraîner chez elle. En attendant, il lui faudrait inventer un prétexte pour s'attarder dans la salle Clark Kent jusqu'à ce que tout le monde soit parti, afin que personne ne la voie se débattre sur la moquette comme un poisson hors de l'eau. Ce qu'elle était, en fait.

Elle serra les dents et se laissa tomber sur un gros haricot jaune vif. Elle avait confié Lulu à l'assistante d'Ed, préférant lui épargner cette réunion. Ce type de décor ne lui conviendrait pas du tout. Lulu était très conventionnelle.

— Iona ! l'interpella l'homme affalé au creux du pouf vert émeraude à sa gauche.

C'était Olly, le responsable des réseaux sociaux – une fonction qui, ainsi qu'elle l'avait découvert à la faveur d'un malentendu assez embarrassant, l'amenait à surfer sur Twitter et Instagram, et non à organiser des soirées.

— Oui ? dit-elle, en espérant qu'il ne lui demanderait pas d'être son « ami » sur Facebook.

— Tu as mis le feu au fil Twitter du magazine cette semaine. Bravo !

— Ah bon ?

Comment diable avait-elle accompli un tel exploit ? Elle n'était même pas sur Twitter ! Ce réseau lui avait toujours semblé trop agressif. Les abonnés passaient leur temps à s'insulter ou à poster des photos de chatons. *Raciste ! Misogyne ! Homophobe ! Regardez mon adorable chat angora !*

— Mais oui ! Ton post sur la pornographie et les poils pubiens a été partagé des milliers de fois. J'étais soufflé. Pour être franc, je m'attendais à ce que tu nous proposes un sermon sur le contrôle parental.

— Oh non, je n'aurais jamais fait un truc pareil, répliqua Iona. À dix ans, tous les gamins dignes de ce nom savent contourner le contrôle parental, tu sais.

Voyant Ed les observer d'un air perplexe, elle haussa la voix.

— Quoi qu'il en soit, je suis ravie d'avoir séduit nos *followers* avec un contenu *pétillant* à destination de la *génération Y*.

Prends ça dans les dents, Ed. Et fais grimper mon ICP, compris ?

— Bon, les amis, vous êtes tous bien installés ? lança Ed en frappant le tableau de son feutre pour obtenir l'attention de son équipe. Parfait. Pour commencer, j'aimerais donner la parole à Olly, qui a d'excellentes nouvelles à nous annoncer. Olly, à toi de jouer.

Olly jaillit de son pouf de manière inutilement démonstrative, sans même se servir de ses mains. Puis il brancha son iPad à un câble et fit apparaître un graphique sur le grand écran fixé au mur. La technologie moderne accomplissait des miracles. Pourtant, Iona ne put s'empêcher d'éprouver une pointe de nostalgie au souvenir de l'époque où les salles de réunion étaient équipées de rétroprojecteurs et de feuilles d'acétate de cellulose. Celui ou celle qui avait la parole pouvait alors demander « Diapositive suivante, s'il vous plaît », d'un ton poli, mais impérieux, au larbin qui actionnait le carrousel.

— Comme vous le savez tous, commença Olly, notre lectorat est de plus en plus âgé. Nos lectrices sont désormais plus proches de la cinquantaine que de la trentaine.

Il avait prononcé le mot *cinquantaine* d'un ton incrédule, comme s'il ne comprenait pas qu'on puisse atteindre cet âge canonique. Il apprendrait un jour que la vie, et a fortiori cinq décennies, filait en un clin d'œil.

— Il est essentiel que nous attirions de jeunes lectrices avant que celles d'aujourd'hui ne disparaissent. Littéralement.

Ed acquiesçait avec tant de vigueur que Iona se demanda si sa tête n'allait pas se détacher de ses épaules et rouler parmi les poufs. Bien que macabre, l'image lui parut assez plaisante.

— Nous avons donc besoin d'influenceuses capables de montrer la voie et d'entraîner avec elles leurs légions d'adeptes. Des influenceuses comme celle-ci...

Il désigna le visage qui venait de s'afficher sur l'écran. Un visage que Iona était certaine d'avoir déjà croisé. Elle fronça les sourcils, essayant de se remémorer où. Puis elle se souvint qu'elle ne devait pas froncer les sourcils – sans quoi la responsable des pages « Beauté » lui tendrait gentiment la carte de visite d'un spécialiste du Botox.

Dans le train ! C'est la photo que m'a montrée Emmie !

— Je tiens à préciser que nous n'avons pas payé pour obtenir ce cliché. Fizz l'a posté il y a quelques jours avec la légende : « On a toutes besoin d'un moment à soi ». Comme vous pouvez le constater, le magazine qu'elle a choisi de lire dans son bain est *notre* magazine. C'est exactement le genre de publicité dont nous avons besoin. Fizz est l'archétype de la femme moderne. Je l'ai contactée via ses réseaux sociaux et son agent, mais je n'ai pas eu de nouvelles – elle ne consulte sans doute jamais ses messages.

Quand les gens ont-ils commencé à se contacter *au lieu de simplement* s'appeler *?* se demanda Iona. À l'exception des Américains, qui eux, le faisaient depuis des années.

— L'un d'entre vous saurait-il comment la joindre ?

Les yeux d'Olly se posèrent tour à tour sur chaque personne présente – sauf sur Iona.

— Minute, intervint Ed en levant une main, comme un agent de la circulation face à un flot de voitures. Nous devrions commencer par nous assurer que tout le monde ici sait qui est Fizz.

Il braqua si brusquement son regard sur Iona que toutes les têtes se tournèrent vers elle.

— Iona doit penser que c'est une boisson gazeuse ! ajouta-t-il en riant.

— Très drôle, Ed, répliqua-t-elle de sa voix la plus ferme. Fizz est le surnom d'une jeune femme qui fait sensation sur TikTok. Il se trouve que c'est la grande copine d'une de mes plus proches amies. Si tu veux, je peux m'arranger pour l'inviter à déjeuner afin de discuter d'un éventuel partenariat. Je crois savoir qu'elle adore le Savoy Grill.

En fait, Iona n'en savait rien, mais qui n'aimait pas le Savoy Grill ? L'assistance la fixait avec tant d'incrédulité – mêlée, lui semblait-il, d'un soupçon d'admiration –, qu'elle se surprit à apprécier la situation. Elle en aurait volontiers profité pour s'offrir une sortie triomphale, laissant ses collègues à leur stupide *brainstorming*, mais c'était physiquement impossible, hélas. Elle était coincée dans ce satané pouf jusqu'à l'heure du déjeuner.

Piers

18 h 17, Waterloo – Surbiton

Le fait que Piers attendait désormais avec impatience le moment de la journée où il retrouverait Iona dans le train était la preuve que sa vie partait vraiment en vrille. Il allait jusqu'à l'attendre sur le quai n° 5 pour s'assurer qu'ils voyageraient ensemble.

Et ce qu'il avait découvert la nuit précédente en surfant sur Internet avait totalement changé la vision qu'il avait d'elle.

Iona et Bea étaient les coqueluches des paparazzis dans les années 1980 et 1990. Elles assistaient à toutes les premières, ne manquaient aucun gala et partaient en vacances avec les célébrités les plus en vue. Sur les photos, Iona était svelte, blonde et affichait un sourire mystérieux. Bea était encore plus grande, la peau ébène, ses longs cheveux tressés tombant en cascade jusqu'à sa taille ou rassemblés sur sa tête en torsades savamment élaborées. Son regard effronté paraissait jaillir de l'écran pour venir le narguer par-delà les décennies écoulées.

— Je vous ai cherchée sur Google. Quelle classe ! Vous étiez fabuleuse. Vous vous faisiez appeler « Iona Yacht », n'est-ce pas ? C'est si bien trouvé !

Piers s'était exprimé d'un ton badin, conscient que ce soudain intérêt pour sa gloire éteinte risquait de le faire passer pour un snob, voire un type complètement superficiel.

— Ah ! soupira Iona. C'était le bon temps… Je ne possédais pas de yacht, mais je séjournais souvent sur ceux des autres. Je tenais la chronique mondaine, à ce moment-là. Nous étions invitées partout, Bea et moi. On nous payait, même, pour assister à certains événements ! À cette époque, croyez-le ou non, il était assez scandaleux d'être ouvertement lesbiennes. La presse nous avait surnommées « le couple infernal » ! Les paparazzis nous suivaient à la trace.

— Je vous crois volontiers, dit Piers en remarquant pour la première fois à quel point ses traits ciselés et ses yeux bleu cobalt conféraient à son visage une grâce unique.

Pourquoi ne l'avait-il pas vu avant ? Parce que sa peau un peu ridée, plissée au coin des paupières, trahissait son âge ? Il n'était pourtant pas du genre à s'en tenir aux apparences, si ?

— D'ailleurs, vous vous rendez compte que vous venez de parler de moi à l'imparfait ? reprit Iona. Comme si je n'existais plus… Trois petites décennies ont suffi à transformer la personnalité en vogue en femme démodée bonne pour le recyclage.

Elle baissa la tête, l'air affreusement triste. *Oh, non. Pourvu qu'elle ne se mette pas à pleurer ici, au beau milieu du train !* Il devait exister une règle contre ce genre de comportement dans les transports publics. S'il n'y en avait pas, il faudrait y pourvoir.

Du coin de l'œil, Piers s'aperçut que plusieurs de leurs compagnons de voyage tapaient subrepticement « Iona

Yacht » dans le moteur de recherche de leurs portables. Et il constata que les places situées à proximité du carré étaient toutes occupées ; cela lui donna l'impression que les passagers, qui évitaient jusqu'à présent de s'asseoir près de Iona, tenaient maintenant à être aux premières loges d'un spectacle renouvelé chaque soir. Ou d'une série addictive. Cela faisait-il de lui un des personnages secondaires de la première saison ?

— Je suis désolé, Iona. Je me suis mal exprimé.

— Pas de souci, répondit-elle en s'éventant – comme si ce geste pouvait empêcher ses larmes de couler, ou encore arrêter l'écoulement fatal du temps. Vous n'êtes pas le premier à m'enterrer vivante, vous savez ! Le plus pénible, c'est que j'ai toujours vingt-sept ans, dans ma tête. Au fond, je suis restée la même…

— La sagesse en plus !

— C'est vrai, acquiesça-t-elle. Je suis bien plus sage, mais cela ne change pas grand-chose à mon statut social. Aujourd'hui, toute personne âgée de plus de cinquante ans est considérée comme un rebut. Un dinosaure.

— Je suis sûr que ce n'est pas vrai, protesta Piers, oubliant un peu vite qu'il avait tenu un discours semblable jusqu'à la veille au soir. De toute façon, j'adore les dinosaures. Vous n'avez pas idée des heures que j'ai passées au Muséum d'Histoire naturelle quand j'étais gamin !

Il se garda de préciser que l'attrait du musée résidait en grande partie dans le fait que c'était un lieu gratuit et chauffé, et que pendant quelques heures, il pouvait se mêler en toute sécurité à la foule des familles heureuses comme s'il était des leurs.

— À l'époque, je ne pouvais pas sortir, même vêtue d'un sac-poubelle, sans provoquer un embouteillage, poursuivit

Iona. Maintenant, même si je me baladais toute nue, personne ne me prêterait la moindre attention !

Piers garda le silence, espérant qu'elle changerait de sujet. Il n'avait pas du tout envie d'imaginer Iona nue en pleine rue. Une vision qui lui gâcherait sa journée.

— Il paraît qu'au Japon, les anciens sont vénérés. Nous devrions peut-être aller vivre là-bas, Bea et moi… Dommage que je n'aime pas le poisson cru. Ni le karaoké. Enfin, ce serait toujours mieux que chez les Inuits : ils laissent leurs aînés mourir sur la banquise !

— Je doute que ce soit encore le cas, tempéra Piers. À mon avis, ils ne le font plus depuis des siècles.

— Si vous le dites… Mais parlons de choses plus intéressantes. Vous, par exemple. Où en êtes-vous de vos projets de reconversion professionnelle ?

Elle se tut et plissa les yeux, guettant sa réponse. Piers eut l'impression désagréable d'être scanné par le lecteur automatique d'une caisse de supermarché.

— Pour tout dire… Je n'ai pas beaucoup avancé. En fait, je ne sais pas comment m'y prendre. Je suis peut-être trop vieux pour me reconvertir.

Il se garda de lui avouer la véritable raison de son renoncement : le manque total de soutien de Candida. Avec le recul, il se sentait un peu trahi par l'attitude de son épouse.

— C'est absurde : vous n'êtes qu'un bébé. Même pas quarante ans, je parie ! Vous devriez en parler avec quelqu'un du métier, un enseignant ou un instituteur. Ils pourraient vous mettre sur la voie. Vous en connaissez ?

Piers songea aux amis que Candida avait conviés à leur dernière soirée : des avocats, des banquiers, des gestionnaires de fonds spéculatifs, des capital-risqueurs, des PDG, mais aussi des publicitaires, histoire d'ajouter du piquant. Pas un seul professeur. Ils auraient été dévorés vivants.

Servis sur un plateau par le personnel embauché pour l'occasion, avec les blinis au saumon fumé et les tempuras de crevettes, arrosés de champagne millésimé.

— Hélas, non, murmura-t-il.

Il y avait bien l'institutrice de Minty, mais Piers ne pouvait guère se confier à elle sans que Candida soit au courant. En outre, ce qu'il souhaitait, c'était transmettre ses connaissances à des adolescents en difficulté, pas à des enfants-rois de cinq ans et demi.

— Bon, je suis sûre que les choses vont bouger, d'une manière ou d'une autre. Croyez-en ma longue expérience : tout finit toujours par arriver !

— Si vous le dites, répondit-il sans conviction.

Dans quel étrange univers vivait Iona ? Celui des Bisounours ?

Piers descendit du train à Surbiton quelques instants plus tard. Il regagna sa voiture de banquier pour retrouver sa maison de banquier et sa femme de banquier.

À quoi bon rêver d'autre chose ? Iona perdait son temps, et lui aussi. Il avait des problèmes plus urgents à régler.

Sanjay

En traversant les jardins du château de Hampton Court, réputés pour leurs pelouses impeccables, leurs fontaines majestueuses et leurs parterres aux formes géométriques, Sanjay sentit les tensions qui nouaient son cou et ses épaules se relâcher peu à peu. À force de passer le plus clair de son temps sous la lumière artificielle des salles aseptisées d'un hôpital, il avait tendance à oublier à quel point le grand air peut être bénéfique. Dire que ce parc splendide se trouvait à peine à quelques kilomètres de chez lui ! Pourtant c'était la première fois qu'il y mettait les pieds.

C'était l'une de ces superbes matinées où l'hiver commence timidement à céder la place au printemps. Aucun nuage dans le ciel bleu, mais l'air restait frais et une brume légère flottait sur les étangs. Les premières fleurs de l'année – perce-neige et crocus – se frayaient un passage à travers le sol gelé, telles des exploratrices en terre inconnue.

Sanjay avait l'impression d'être une des créatures magiques du *Monde de Narnia* assistant à la chute de la Sorcière blanche, enfin privée de ses pouvoirs. Qui serait-il ? Un castor, peut-être. Ou un faune. C'était mieux, un faune.

Créé à la fin du XVII*e siècle, le labyrinthe du château de Hampton Court, constitué de haies verticales, est le plus ancien labyrinthe végétal d'Angleterre*, se récita-t-il mentalement. La veille, il s'était documenté sur l'histoire du site afin de ne pas se trouver à court de conversation. Jamais il n'était parti en excursion avec une inconnue de trente ans son aînée, et il appréhendait les heures à venir. Il ne comprenait toujours pas pourquoi Iona l'avait invité – ni pourquoi il avait accepté. Lorsque cette femme était dans les parages, il n'avait plus aucun contrôle sur les événements, et tout pouvait arriver.

— Sanjay ! l'interpella Iona – si fort que le héron qui posait patiemment pour un groupe de touristes japonais s'envola à tire-d'aile, à la grande surprise de Sanjay, qui le croyait en plastique.

Iona l'attendait à l'entrée du labyrinthe. Elle portait une longue redingote en velours vert émeraude ornée d'un col en fausse fourrure, de gros boutons dorés et d'épaulettes à galons – un costume tout à fait approprié au décor. Et des Doc Martens noires, nettement moins adaptées.

— Oh, regardez ! s'exclama-t-elle en tendant le bras vers les grilles du parc. N'est-ce pas Emmie, là-bas ?

Sanjay se tourna vers la direction indiquée, et sentit son cœur s'affoler. Était-ce *elle*, vraiment ? Oui, c'était bien elle. Emmie. La seule et unique Emmie.

Elle était encore trop loin pour que Sanjay puisse discerner ses traits, mais il la reconnaissait sans peine, à sa manière de se glisser entre les colonies de touristes et les nuées d'oies canadiennes – de la même façon qu'elle se faufilait le matin parmi les voyageurs de la voiture 3. Pleine d'énergie et d'optimisme, comme si elle était impatiente d'arriver à destination, comme si la journée était un beau fruit mûr qui n'attendait que d'être cueilli.

Sanjay émergea de sa rêverie. Que faisait Emmie à Hampton Court, ce matin ? Puis, la réponse lui sauta aux yeux. Ou plutôt, elle se tenait *sous* ses yeux – que Iona semblait déterminée à éviter à tout prix.

— Ohé, Emmie ! Nous sommes là ! cria-t-elle.

— Hello, Iona ! dit Emmie légèrement essoufflée, les joues rosies par le froid. Cet endroit est fabuleux, non ? Bonjour, Sanjay ! Je ne savais pas que vous viendriez, vous aussi.

— Pareil pour moi, répliqua-t-il. J'ignorais que vous seriez là.

Iona leur devait des explications, mais elle paraissait très occupée à nouer les lacets de ses Doc Martens.

— Êtes-vous déjà venu ici, Sanjay ? demanda Emmie en souriant.

— Euh… Non, bredouilla-t-il.

Par une étrange ironie du sort, Sanjay, réputé pour son aptitude à converser avec n'importe qui dans les couloirs de l'hôpital, voire à transformer des inconnus en amis en moins de temps qu'il n'en faut pour aller chercher un thé au distributeur, était frappé de mutisme lorsqu'il se trouvait devant Emmie. Comme si sa langue se dilatait dans sa bouche, qu'elle se transformait en une sorte de limace avinée, incapable de se mouvoir. Et plus Emmie le regardait, plus son esprit se vidait de toute pensée cohérente. Elle devait le prendre pour un imbécile. Il maudit Iona d'avoir joué les entremetteuses avec si peu de tact. Elle aurait pu le prévenir, au moins !

— J'adore vos bottes, Iona, déclara Emmie, renonçant à obtenir plus de Sanjay. C'est le modèle végan ?

— Pas du tout, répondit Iona en fronçant les sourcils. Ce sont des *chaussures*, ma belle. Elles ne sont ni végan ni carnivores. Les objets inanimés n'ont pas besoin de s'alimenter, voyons !

Visiblement décontenancée, Emmie préféra changer de sujet.

— Ce labyrinthe est immense. Vous pensez que Henri VIII venait ici pour échapper à son épouse du moment et flirter avec celle qu'il destinait à la remplacer ?

— J'en doute, intervint Sanjay, rebondissant avec reconnaissance sur l'un des faits qu'il avait mémorisés la veille. Henri VIII est mort plus de cent ans avant la création du labyrinthe. C'était une idée de Guillaume III.

Il se tut, embarrassé. Maintenant, il allait passer pour un Monsieur-je-sais-tout détestable.

— Enfin… je crois, conclut-il, espérant nuancer son propos.

Emmie aperçut un paon qui se pavanait devant la fontaine en toisant les touristes d'un air hautain, comme s'il se demandait qui les avait autorisés à pénétrer sur sa propriété. Elle s'éloigna pour le prendre en photo, laissant Sanjay seul avec Iona. Il saisit l'occasion pour confronter l'entremetteuse du dimanche.

— Iona, dit-il, je suis sûr que vous avez voulu bien faire, mais…

— Mais quoi ? l'interrompit-elle. Allons, mon chou, faites-moi confiance : c'est une excellente idée. Cessez de vous montrer ingrat, sinon je viendrai vous le rappeler le jour de votre mariage !

Il soupira.

— Puisque vous nous avez mis dans cette situation embarrassante, pourriez-vous au moins me rendre un service et disparaître ?

— Disparaître ? répéta-t-elle d'un air blessé. Vous voulez que je parte ?

— Non, je vous demande juste de vous perdre dans le labyrinthe… J'aimerais passer un moment en tête-à-tête avec Emmie, précisa-t-il.

— Me perdre ? Vous semblez oublier que je suis une véritable experte de ce labyrinthe. Pourquoi ne pas vous perdre, tous les deux ? Ce ne sera pas trop difficile… et je vous retrouverai au centre, ajouta-t-elle tout bas tandis qu'Emmie revenait vers eux.

— On fait la queue pour les billets ? suggéra-t-elle.

— Je les ai déjà achetés, annonça Iona en sortant trois billets de son sac à main. J'insiste, vous êtes mes invités ! Entrez avant moi, les jeunes. J'irai de mon côté. Je connais ce labyrinthe comme ma poche, je risquerais de vous indiquer le chemin… Ce ne serait pas drôle du tout ! Je vous attends au milieu.

— Il faut environ vingt minutes pour atteindre le centre, intervint Sanjay, heureux de citer une des innombrables données qu'il avait absorbées en surfant sur le site Internet de Hampton Court.

— Un beau défi, mes agneaux, décréta Iona. Voyons si vous parviendrez à le relever !

Allez ! se dit Sanjay, *ça ne doit pas être si compliqué que ça.* Il n'y avait qu'un nombre limité de chemins possibles… Ils finiraient bien par trouver le bon !

Ils longèrent une première allée, puis s'engagèrent dans une autre. Quelques instants plus tard, ils entendirent les cris de joie d'un groupe de visiteurs parvenus à destination. Ils semblaient si proches, et pourtant si difficiles à rejoindre.

— Je suis sûr que c'est juste après le prochain virage ! s'exclama Sanjay.

Il obliqua au coin de la haie… et fit face à une impasse. Qu'il aurait juré avoir déjà vue. Il faut dire que les haies se ressemblaient toutes !

— On tourne en rond, dit-il. Il nous faudrait un fil d'Ariane !

Il était plutôt satisfait de sa référence. En montrant à sa compagne de route qu'il connaissait la mythologie grecque, il avait peut-être marqué un point.

— Tu as raison, renchérit Emmie. Oh, ça ne t'embête pas, si je te tutoie ? (Sanjay secoua la tête en signe d'assentiment, trop ému pour répondre.) As-tu pensé à apporter des provisions de survie ? Il se peut qu'on reste ici un bon moment… On nous découvrira peut-être dans quelques semaines, tout desséchés derrière une haie !

— Nous devrions adopter une stratégie et nous y tenir, déclara Sanjay en s'efforçant de paraître responsable et déterminé – le genre d'homme auquel on se confie les yeux fermés. Si on ne prenait que les allées qui partent vers la droite, par exemple ?

Son initiative se solda par un échec. Tout comme l'alternance gauche-droite.

— Je crois qu'on réfléchit trop, dit Emmie. On devrait imiter les gamins qu'on a vus passer en courant… Ils paraissaient entrer et sortir d'ici sans aucune difficulté ! Faisons pareil : courons au hasard et voyons où cela nous mène !

Emmie lui prit la main et ils s'élancèrent droit devant eux, esquivant en riant les touristes égarés qui piétinaient dans les allées, fonçant tantôt à droite, tantôt à gauche, au gré de leur fantaisie… jusqu'à ce qu'ils débouchent enfin au centre du labyrinthe. Un grand espace dégagé avec un banc au milieu. Un banc vide.

— Où est Iona ? s'étonna Sanjay en s'asseyant, éreinté, à côté d'Emmie.

Il crispa les doigts sur le bord du banc pour s'empêcher de passer un bras autour de ses épaules.

— Aucune idée, répondit-elle en reprenant son souffle. Elle s'est peut-être lassée de nous attendre… Ou alors, elle a été dévorée par le Minotaure.

— Je ne suis pas certain que le Minotaure aurait le courage de s'attaquer à Iona, répliqua Sanjay. À mon avis, elle commencerait par le foudroyer du regard, avant de lui demander : « D'où vient votre colère ? Parlez-moi de votre relation avec votre mère. Je suis une excellente thérapeute, vous savez. Des années d'expérience auprès de mes fidèles lectrices. »

Emmie éclata d'un rire si franc que le cœur de Sanjay manqua d'exploser, ivre de bonheur. Il n'aurait pas été plus radieux s'il avait gagné au loto.

— Iona ! appela-t-elle d'une voix forte. Iona, où êtes-vous ?

— J'arrive ! l'entendirent-ils répondre. Je vous ai laissé une longueur d'avance.

Elle semblait tout près d'eux. En se retournant, Sanjay distingua un éclair émeraude à travers une haie.

— On s'est bien amusés, n'est-ce pas ? reprit Emmie.

Sanjay hocha la tête. Dès qu'ils avaient cessé de se préoccuper de leur destination, il avait également cessé de penser à leur destinée commune. Pour la première fois, il se sentait détendu en sa compagnie, comme si elle n'était qu'une de ses patientes – une patiente ravissante, et sans cancer.

— Iona ! cria-t-elle de nouveau.

— Je vous rejoins dans une seconde !

La voix familière semblait plus loin, à présent. Sanjay se demandait si l'heure était venue de déclarer son amour à Emmie, lorsque Iona surgit devant eux – ou plutôt, quand elle émergea d'une haie, les joues rouges, tout essoufflée. Son beau chignon avait glissé sur le côté et une petite branche en dépassait. On aurait dit un brin de houx piqué dans un pudding de Noël.

— Bravo, les... jeunes ! haleta-t-elle en s'accrochant au dossier du banc, si fort que ses jointures blanchirent, accentuant le contraste avec ses ongles laqués de rouge. Vous avez réussi ! Assez vite, d'ailleurs. Vous formez une équipe de choc. Ça vous a plu ?

— Oh, oui. C'était fabuleux, répondit Emmie. Je devrais revenir avec Toby. Il adorerait cet endroit.

Il y eut un silence, puis Sanjay s'entendit poser la question dont il ne voulait vraiment, vraiment pas connaître la réponse.

— Qui est Toby ?

— Mon petit ami. Il adore résoudre les énigmes, les casse-tête... J'imagine que c'est pour ça qu'il est si doué en codage informatique. Il a fondé sa propre société dans ce domaine.

Ah. Tant mieux pour lui. Sanjay se demanda comment il était possible de détester autant quelqu'un que l'on n'avait jamais rencontré.

Iona

Comment une telle victoire avait-elle pu virer si vite au désastre ?

Un instant plus tôt, quand Iona était enfin parvenue au centre du labyrinthe – manifestement modifié depuis sa dernière visite –, elle avait aperçu ses deux tourtereaux assis côte à côte sur le banc. Tout semblait se passer à merveille… jusqu'à ce qu'Emmie leur annonce l'existence de son « petit ami ».

Sanjay plaqua un sourire peu convaincant sur son visage. Ce pauvre garçon n'avait aucun talent pour jouer la comédie… hormis face à ses patients en phase terminale, peut-être ? Pourtant, tout n'était pas encore perdu. Avec un peu de chance, ce petit ami n'était pas solidement installé dans la vie d'Emmie.

Iona s'assit près de celle-ci sur le banc, la forçant à se rapprocher de Sanjay.

— Vous êtes ensemble depuis longtemps ? demanda-t-elle d'un air détaché.

— Presque deux ans.

Autant dire une seconde, pensa Iona – sauf que, pour les jeunes gens, deux courtes années s'apparentaient à une éternité… Mais il s'agissait peut-être d'une relation à distance, ou en perte de vitesse ? D'ailleurs, Emmie ne portait pas d'alliance. Iona avait pris soin de s'en assurer dans le train avant d'organiser l'excursion. Comme toute journaliste qui se respecte, elle mettait un point d'honneur à se documenter avant de passer à l'action.

— Vous n'êtes pas mariés ? poursuivit-elle.

— Pas encore, répondit Emmie, mais on vit ensemble, donc ça revient au même.

Et merde.

— Vous auriez dû venir avec Bea, ajouta la jeune femme. Je serais ravie de la rencontrer !

— J'aurais pu l'amener, en effet. Je lui ai tant parlé de vous deux qu'elle meurt d'envie de vous connaître, elle aussi. Bon, que diriez-vous d'aller boire un café ? Emmie, j'aimerais que vous me parliez un peu de Fizz. Je dois l'inviter à déjeuner avec mon rédacteur en chef – je vous expliquerai. Ensuite, il vous restera le château à visiter… Vous verrez, c'est une merveille ! Moi, il faudra que je rentre retrouver ma chère Lulu. Elle n'aime pas que je m'absente trop longtemps.

— Vous nous montrez le chemin pour sortir ? demanda Emmie.

— Ah, non. Ce serait de la triche ! Partez devant, je vous rejoins.

Puisqu'elle prenait un café avec deux représentants de la génération Y, qui étaient officiellement devenus des amis – elle se permettait désormais de les tutoyer –, et qui lui devaient une fière chandelle (même si les événements avaient pris une tournure imprévue), Iona en profita pour consulter discrètement dans son carnet la page où elle notait les problèmes de ses lectrices.

— Dites-moi, commença-t-elle, supposons qu'une fille de votre âge soit attirée par l'ex de sa meilleure amie. D'après vous, peut-elle tenter le coup ?

Emmie et Sanjay l'observèrent d'un air circonspect.

— C'est juste une question en passant, ajouta-t-elle aussitôt, ce qui ne fit qu'accroître leur perplexité.

— Dans ce genre de situation, répondit Emmie, le mieux est de se référer au Code des Bonnes Copines.

Un code ? Quel code ? Iona mourait d'envie de prendre des notes, mais elle se l'interdit fermement.

— Ah oui, le code ! répondit-elle d'un air entendu. Et que dit-il à ce sujet ?

— Le Code des Bonnes Copines stipule qu'il ne faut jamais fréquenter l'ex de sa meilleure amie sans son accord préalable. D'autant qu'ils se sont sans doute séparés pour une bonne raison. On doit donc s'assurer qu'on dispose de toutes les informations nécessaires avant de se lancer et…

Le téléphone d'Emmie, qu'elle avait posé sur la table, se mit à vibrer, interrompant son exposé. *TOBY* s'afficha sur l'écran, accompagné d'une photo montrant un jeune homme aux yeux d'un bleu translucide, affublé d'une de ces horripilantes barbes de hipster que les collègues masculins de Iona avaient tous adoptées ces derniers temps.

— Ça vous ennuie que je prenne cet appel ? demanda Emmie.

Sans attendre leur réponse, elle repoussa sa chaise et s'éloigna à grands pas, téléphone et tasse de café à la main.

— Ne fais pas cette tête, Sanjay, marmonna Iona en sortant son carnet.

Elle griffonna ce qu'elle venait d'apprendre, puis releva les yeux vers lui. Il avait vraiment l'air lugubre.

— Vous avez vu cette photo ? dit-il. Un vrai...

— ...play-boy, acheva Iona, tandis que Sanjay énonçait « connard branché » avec mépris.

— Il était assis sur un télésiège, non ? reprit-il.

— Absolument

— Je ne suis jamais allé au ski.

— Tu n'as rien perdu ! C'est très surfait : un tas de « connards branchés », comme tu dis, grandes gueules et mal attifés, avec de grosses bottes et des planches de snow aux pieds. Hors de prix, en plus.

Sanjay soupira.

— C'est sans espoir, Iona.

— Ce n'est jamais, au grand jamais, sans espoir ! s'écria-t-elle. Sais-tu que Bea était quasiment devant l'autel, sur le point d'épouser un homme influent – mais d'un ennui abyssal – et de dix ans son aîné, quand elle l'a quitté pour s'enfuir avec moi à Londres ?

Elle s'interrompit, émue par la scène qui venait de ressurgir dans sa mémoire : Bea et elle à Paris, au volant d'une Coccinelle décapotable jaune d'or qu'elles tentaient de manœuvrer sur le rond-point de la place de la Concorde, en riant aux éclats.

Elles avaient entassé leurs vêtements et leurs objets préférés à l'arrière de la voiture, abandonnant en France les autres vestiges de leurs vies passées. Pour faire tenir ce chargement démesuré, elles avaient replié le toit au risque de perdre quelques affaires en route. Ce qui s'était produit, d'ailleurs : Nigel-le-Yucca, sa plante fétiche, et la théière de la grand-mère de Iona étaient tombés au détour d'un virage sur la route de Calais.

Les ceintures de sécurité étant hors d'usage, Bea – assez courageuse pour conduire à droite – tendait le bras pour protéger Iona à chaque coup de frein. *Mon amour, je suis si heureuse que tu veilles sur moi !* criait Iona par-dessus le bruit de la circulation.

L'image de la voiture fut brusquement remplacée par celle du voile de mariée que Bea avait lancé dans la Manche, depuis la poupe du ferry. Il avait flotté au vent, dans le sillage du navire, tel un albatros bordé de dentelle.

— Il a fallu remballer et retourner deux cent cinquante cadeaux de mariage, reprit-elle.

— Quel courage… déclara Sanjay.

— Sur le moment, j'ai pensé que c'était plutôt du gaspillage, en fait. Certains de ces cadeaux étaient splendides.

— Je parlais de Bea, rectifia Sanjay. Il lui a certainement fallu une bonne dose de courage pour suivre son cœur.

— Elle n'avait pas le choix, mon chou. Quand le destin te montre la voie, tu n'as d'autre option que de le suivre. Si ton destin est lié à celui d'Emmie, vous trouverez un chemin l'un vers l'autre, crois-moi. Il suffit de patienter. Tant que le rideau n'est pas tombé, la pièce n'est pas terminée.

Emmie

Emmie n'avait pas l'habitude de sortir le week-end avec des gens qu'elle connaissait à peine. Seule sa fascination pour Iona l'avait incitée à accepter cette excursion impromptue.

La jeune femme lui vouait une admiration secrète depuis près d'un an – depuis qu'elle prenait le train de Thames Ditton à Waterloo. Elle l'avait repérée tout de suite. Impossible de ne pas la remarquer, en même temps. Voilà le genre de personne à laquelle Emmie rêvait de ressembler, plus tard ! Iona était unique en son genre. Et elle se fichait royalement de ce qu'on pensait d'elle.

Elle rappelait à Emmie un poème de Jenny Joseph qu'elle avait appris à l'école. *Quand je serai vieille, je m'habillerai de mauve…*

Dès qu'elle le pouvait, Emmie s'asseyait près de Iona et l'observait à la dérobée, cachée derrière un livre, pour tenter d'en savoir plus. Quelle vie cette femme avait-elle menée ? Quelle profession exerçait elle ? Avait elle été danseuse étoile dans sa jeunesse, d'où ce maintien parfait ? Emmie se représentait une ballerine prodige, adulée dans le monde entier, jusqu'à ce qu'un terrible accident l'ait forcée à prendre sa retraite à vingt-trois ans, le dos brisé par une chute – son partenaire russe, trop enthousiaste, l'ayant lâchée au moment critique. La jeune femme se plaisait aussi à l'imaginer en violoncelliste célèbre. Dans ce scénario, Iona interrompait sa brillante carrière après qu'un chef d'orchestre italien avait brisé son cœur en s'enfuyant avec le second clarinettiste.

Grâce à Piers et à son raisin récalcitrant, Emmie avait fini par découvrir le nom et la profession de la mystérieuse passagère. Elle avait décrit l'incident à Fizz lors d'un dîner entre amies.

— Iona Yacht ! s'écria Fizz. Tu as rencontré *la* Iona Yacht ? Cette nana était influenceuse avant même que le terme existe... Ma mère l'adorait ! Elle me lisait ses chroniques tous les week-ends quand j'étais môme. Tu dis qu'elle tient le courrier des lectrices d'un magazine ? C'est fabuleusement rétro, tu ne trouves pas ? Je n'ai pas lu de journal papier depuis des années, mais je vais acheter le sien tout de suite. Lequel est-ce ?

— *Modern Woman*, avait répondu Emmie.

Son amie avait plissé le nez d'un air dégoûté.

— Quelle horreur, ce titre ! Je ne savais pas que Iona Yacht vivait encore à Londres... Ni qu'elle prenait le train de banlieue ! J'ai du mal à y croire. Je pensais qu'elle avait perdu la vie dans un accident tragique et terriblement glamour, à la Isadora Duncan.

De retour chez elle, Emmie avait effectué des recherches sur Isadora Duncan : la danseuse américaine était décédée à cinquante ans, sur la Côte d'Azur, étranglée par son propre foulard, ce dernier s'étant pris dans les roues de la décapotable qui la ramenait à Nice. Fizz avait raison : Iona était le genre de personne susceptible de mourir de manière tout aussi rocambolesque que Miss Duncan. À moins qu'elle soit immortelle, comme le docteur Who ? Un docteur Who au féminin, ayant vécu mille vies, et réincarné dans le corps de Scarlett Johansson.

« Présente-moi à Iona », l'avait suppliée Fizz, ce soir-là. Le rendez-vous ne serait guère compliqué à organiser, puisque Iona *aussi* souhaitait rencontrer Fizz. Emmie éprouva un pincement de jalousie à l'idée que les deux femmes deviennent les meilleures amies du monde.

— Devine quoi, mon cœur ? reprit Toby à l'autre bout de la ligne. J'ai préparé ton plat favori, le rôti du dimanche ! Et tout ce qui va avec : pommes de terre, petits légumes, et même des Yorkshire puddings.

— Mais..., objecta Emmie en s'efforçant de masquer son irritation, je t'avais dit de déjeuner sans moi ! Je suis à Hampton Court, tu te souviens ?

— Mince, ça m'était sorti de la tête ! s'exclama Toby.

Au ton de sa voix, elle devina qu'il se tapait le front du plat de la main, comme toujours quand il découvrait qu'il avait oublié quelque chose.

— Nous venons de sortir du labyrinthe, là, et j'espérais visiter les cuisines du château avec Sanjay. Ça t'ennuie ? demanda-t-elle en se mordant les lèvres, n'ayant pas envie de mettre un terme à leur excursion.

Elle était ravie de se faire de nouveaux amis. Il faut dire que sa vie sociale s'était beaucoup ralentie depuis qu'elle avait emménagé à Thames Ditton. *C'est inévitable, lorsqu'on s'installe dans une relation sérieuse*, supposait-elle. D'autant plus qu'elle vivait en grande banlieue, à présent. Son compagnon avait souhaité s'éloigner du centre de Londres afin qu'ils puissent acheter une maison assez vaste pour accueillir leurs futurs enfants. Emmie appréciait sa nouvelle vie tout en éprouvant parfois un sentiment d'exil forcé difficile à surmonter.

La maison qu'ils avaient acquise était bien plus spacieuse que l'appartement qu'elle partageait deux ans plus tôt avec ses colocataires à Dalston, dans le nord-est de Londres. Pourtant, et elle était bien consciente de l'ironie de la situation, elle se sentait souvent à l'étroit dans sa petite ville de banlieue. Et puis, ses anciennes colocataires lui manquaient, tout comme le fait de retrouver ses amis au pub du quartier, à quelques pas de chez elle.

— Sanjay ? répéta Toby. Je croyais que tu allais rejoindre une dame d'une soixantaine d'années !

— J'avais rendez-vous avec Iona, mais elle a invité Sanjay à se joindre à nous. C'est un infirmier qui travaille dans un hôpital de Londres, il prend le train pour Waterloo tous les matins, lui aussi.

— Cool, commenta Toby.

Son ton était un peu sec, mais il avait l'air content pour elle, même si Emmie le soupçonnait d'être un peu jaloux. Les hommes sont si fragiles ! Leur ego vacille à chaque instant. Toby, par exemple, était convaincu que le monde entier voulait coucher avec elle… N'était-ce pas flatteur, en un sens ?

Elle lança un regard vers Sanjay et Iona. Penchés l'un vers l'autre, ils semblaient en grande conversation. Par chance, Toby ne l'avait pas appelée en vidéo : s'il avait vu Sanjay, il aurait eu de quoi être jaloux. Parce que, franchement, Sanjay était canon. S'il se présentait au casting d'*Urgences* pour jouer un infirmier gentil, intelligent, et dont toutes les patientes sont amoureuses, il serait recruté sur-le-champ. Il avait de beaux cheveux noirs, souples et brillants. Un peu trop longs, peut-être, ce qui l'amenait souvent à les balayer d'un souffle pour éviter qu'ils ne tombent dans ses yeux.

Des yeux aux iris d'un brun profond, riche et changeant, cerclés de cils épais – le genre de cils qui lui coûtaient, à elle, une fortune en mascara.

Quant à son métier, il paraissait évident que Sanjay le pratiquait avec talent. Emmie ne doutait pas de sa capacité à garder son calme et à se montrer plein d'empathie envers ses patients – le genre d'infirmier avec lequel vous n'hésiteriez pas à discuter des aspects les plus embarrassants de votre pathologie. À moins que vous ne cherchiez à lui plaire, bien sûr. Ce qui n'était pas le cas d'Emmie, bien entendu.

— Ne t'inquiète pas pour moi, ma chérie, reprit Toby. Amuse-toi avec tes amis. C'est moi qui me suis trompé, après tout. Je n'aurais pas dû préparer ce repas ! Je vais jeter ta part à la poubelle, j'ai peur qu'elle ne se conserve pas. Et je ne pense pas pouvoir la congeler.

Emmie soupira. Elle allait devoir réajuster son programme.

— Ne jette rien, dit-elle. Si je pars maintenant, je peux arriver à la maison vers 13 heures. Ça ira ?

— Parfait ! s'enthousiasma Toby, de nouveau radieux. Je meurs d'impatience. Je t'aime tant ! Je te l'ai déjà dit, non ?

— Environ un million de fois, confirma Emmie en souriant. Je t'aime aussi, et pas seulement parce que tu fais les meilleures patates rissolées au monde !

Iona et le cercle croissant de passagers qu'elle attirait autour d'elle n'étaient pas les premières personnes rencontrées dans les transports en commun avec lesquelles Emmie nouait des liens. Deux ans plus tôt, alors qu'elle s'apprêtait à prendre le métro à Dalston pour aller travailler, elle avait constaté avec horreur que son portefeuille avait disparu. Elle avait fouillé son sac à main – en vain. Pas le moindre ticket de métro. Pas d'argent, pas de carte bancaire. Pire encore, voilà qu'elle venait de perdre une photo précieuse pour elle, un cliché d'elle, bébé, dans les bras de sa mère.

— J'ai l'impression que vous avez besoin d'aide, avait-elle entendu quelqu'un déclarer dans son dos.

Elle s'était retournée. Il était là. Son preux chevalier, sans armure, mais enveloppé dans un doux manteau en cachemire bleu marine, fleurant bon les agrumes et le bois de santal. Il avait persuadé le vigile de l'autoriser à franchir le tourniquet, puis il lui avait prêté vingt livres, à condition qu'elle accepte une invitation à dîner le soir même.

Si Emmie tirait une grande fierté de sa force et de son indépendance, sa détermination la conduisait souvent, en matière sentimentale, à prendre les décisions, à imposer son rythme et ses projets à son partenaire. Avec Toby, c'était différent. Il l'adorait (il le lui disait régulièrement) et voulait s'occuper d'elle sans qu'elle ait besoin de réfléchir à quoi que ce soit. Et bien qu'elle détestait l'admettre, elle éprouvait un immense soulagement à abandonner une partie de son pouvoir.

Emmie ne lui avait pas parlé des affreux messages anonymes qu'elle recevait au bureau. Elle savait qu'il serait furieux, mais sa colère ne l'aiderait pas à résoudre le problème. Et elle refusait de laisser cette histoire sordide s'immiscer dans sa vie privée, au cœur du cocon qu'elle avait tissé avec Toby. Le seul fait de le retrouver, chez eux, à l'issue de sa journée de travail, apaisait ses inquiétudes. Et si elle s'abstenait de répondre aux messages, son correspondant, quel qu'il soit, finirait par se lasser et cesserait de la tourmenter.

Emmie se glissa dans le hall d'entrée au carrelage immaculé. Un délicieux fumet s'échappait de la cuisine, au son d'une joyeuse cacophonie : Toby chantait, reprenant avec entrain la musique qui passait à la radio, en s'embrouillant dans les mesures et les paroles, comme toujours.

Elle quitta ses ballerines et les rangea dans le « coin à chaussures ». Toby tenait à ce que chaque chose soit à sa place. Il détestait le désordre et livrait contre lui une bataille quotidienne. Résultat : leur intérieur ressemblait à celui d'une maison témoin. Même Marie Kondō, la reine du rangement, aurait été impressionnée ! Quand ils avaient emménagé, ils avaient passé la soirée à boire du champagne et à trier les bibelots d'Emmie. Toby les sortait un à un des cartons en disant : « Est-ce que cet objet éveille en toi une étincelle de bonheur, Emmie ? » La réponse à cette question les aidait à choisir ce qu'il fallait garder, jeter ou donner à une œuvre de charité.

Au bout d'un moment, Emmie s'était penchée vers lui et l'avait embrassé. Un long baiser au goût de champagne. « Est-ce que ça éveille en toi une étincelle de bonheur ? » avait-elle soufflé. Et ils avaient fait jaillir les flammes de leur propre joie jusqu'au milieu de la nuit, environnés de sacs débordant d'objets à donner aux associations caritatives.

— Ah, voici la chouchoute du chef ! s'exclama Toby en lui servant un verre de vin rouge. Viens par ici, ma chérie.

Il l'attira contre lui et l'embrassa comme s'il ne l'avait pas vue depuis des semaines.

Emmie se blottit dans ses bras. Pouvait-elle rêver mieux ? Elle avait passé une excellente matinée à Hampton Court, mais elle était ravie de rentrer chez elle.

Sanjay

8 h 19, New Malden – Waterloo

En s'installant dans le carré, Sanjay ne prêta pas attention à la gamine assise face à lui : il était trop occupé à penser à la première séance de chimio de Julie, prévue ce matin-là. Il lui avait promis d'être là pour lui tenir la main. Le train s'arrêta à Raynes Park et un groupe de collégiennes monta à bord. Aussitôt, le volume sonore augmenta d'un cran, et l'atmosphère se tendit dans le wagon. Soudain, il remarqua la jeune fille. Elle portait le même uniforme que les nouvelles passagères, mais le sien paraissait plus soigné. Et elle se raidit, tel un chevreuil dans le viseur d'un fusil de chasse.

— Oh, non ! Changeons de wagon, déclara l'une des adolescentes d'une voix forte, cherchant manifestement à être entendue de tous les voyageurs.

— Pourquoi ? s'enquit l'une de ses amies.

— Regarde qui est assise là-bas. C'est Martha.

Elle avait prononcé le prénom trois fois plus lentement que nécessaire – par provocation, sans doute.

Ses copines se tournèrent à l'unisson vers cette Martha. La collégienne se recroquevilla sur son siège, comme s'il pouvait l'aspirer dans un trou noir et la téléporter dans un univers moins cruel.

Enfant, Sanjay avait souvent souhaité disparaître, lui aussi. Au collège, puis au lycée, il oscillait entre le désir de se démarquer – dans l'espoir d'être choisi par le capitaine de l'équipe de foot ou abordé par une fille qu'il aimait bien –, et celui de s'enfuir – pour ne pas se faire voler son argent de poche ou humilier par les petits caïds de la cour de récréation. Son instinct lui criait de rassurer cette collégienne, de lui dire que tout finirait par s'arranger. Et que les petits caïds sont généralement malheureux, eux aussi – raison pour laquelle ils s'en prennent à plus faibles qu'eux.

Mais il ne pouvait pas lui dire tout ça. Pas ici, pas dans ce train. À Londres, vous êtes censé fermer les yeux et vous boucher les oreilles. Les problèmes des autres ne vous regardent pas. Un matin, Sanjay avait remarqué que la jupe d'une passagère était coincée dans ses collants. La femme, qui n'en savait rien, était descendue à Waterloo sans que personne ne l'ait avertie. Elle s'était fondue dans la foule, sa jupe toujours retroussée sur ses fesses. Sanjay s'en était voulu toute la journée.

Ses pensées se tournèrent vers Iona. Comment aurait-elle réagi ? Elle n'aurait pas laissé la femme aux collants subir une telle humiliation, c'est certain. Et aujourd'hui, elle prendrait la défense de Martha.

Sois plus Iona, s'exhorta-t-il.

Il reporta son attention sur sa voisine. Ses traits anguleux semblaient un peu trop accentués – un léger défaut qui disparaîtrait avec le temps, Sanjay n'en doutait pas. Dans quelques années, quand les filles de son âge, à la beauté conventionnelle, deviendraient des jeunes femmes ordinaires, son visage à elle serait éblouissant. Pour l'heure, elle n'en savait rien, et elle ne le croirait pas s'il le lui affirmait.

— Ohé, chuchota-t-il, sur le ton qu'il utilisait avec les enfants qui reprenaient conscience après une anesthésie générale. Je m'appelle Sanjay. Je suppose que tu es Martha ?

L'intéressée ne répondit pas, et se tassa plus encore contre le dossier du fauteuil.

— Ne t'inquiète pas : elles sont parties, assura-t-il. À ton âge, j'ai dû supporter ce genre de gamins dans mon collège, moi aussi. Ils me traitaient de « Paki » et me lançaient des « Retourne d'où tu viens ! » chaque fois que je les croisais. Je leur ai expliqué que j'étais né à Wembley et que mes parents venaient d'Inde, pas du Pakistan… Ils s'en fichaient, évidemment. Tu sais ce qu'ils sont devenus ?

— Non, marmonna-t-elle, en jetant un coup d'œil inquiet vers les portières.

— Le premier bosse à la station d'épuration de Berrylands – et pas dans un bureau, si tu vois ce que je veux dire. Le deuxième est au chômage depuis des années, et je le soupçonne d'être accro aux jeux d'argent. Quant au troisième, il a fêté ses vingt ans en prison pour coups et blessures.

Sanjay mentait. En fait, il ignorait ce qu'étaient devenus ses trois persécuteurs, mais il prenait souvent plaisir à leur inventer des trajectoires plus piteuses les unes que les autres. Comme quoi, les infirmiers ne sont pas des saints, contrairement à ce que pensent la plupart des gens.

— Soyons clairs, poursuivit-il. Je ne me réjouis pas de ce qui leur est arrivé. Je t'en parle afin que tu saches que ceux qui s'amusent à humilier ou à ridiculiser les autres ont des tas de problèmes, eux aussi.

— Et vous avez fait quoi, alors ? demanda-t-elle, le regardant dans les yeux pour la première fois.

— J'ai décidé de devenir infirmier.

— Vraiment ? Trop cool.

Elle sourit – un sourire léger, mais sincère. C'était l'un des aspects les plus agréables du métier de Sanjay : il lui suffisait d'annoncer qu'il était infirmier pour voir s'éclairer le visage de ses interlocuteurs.

— Au fait, reprit-il, pourquoi ces filles s'en prennent-elles à toi ? Est-ce parce que tu es super intelligente et qu'elles sont super jalouses ?

Martha soupira.

— J'aimerais bien. Non, j'ai fait un truc vraiment, vraiment nul. Une grosse connerie. Maintenant, toutes mes potes m'évitent comme la peste. Elles m'ont complètement ghostée.

Sanjay se garda d'interroger Martha sur la nature exacte de la « connerie » : il savait qu'il risquait de l'effaroucher en se montrant intrusif. Il conservait un souvenir assez vif de son adolescence pour deviner ce qu'elle ressentait. En revanche, il ne voyait pas comment l'aider. À moins que… Et s'il en parlait à Iona ? Elle saurait s'y prendre, elle !

— Écoute, répliqua-t-il, as-tu déjà croisé Iona dans ce train ? C'est une grande dame blonde, assez extravagante : elle porte toujours des chignons compliqués et des vêtements incroyables. Elle voyage avec un bouledogue français, qu'elle installe sur un siège à côté d'elle.

Martha hocha la tête avec vigueur.

— Oui, je vois qui c'est ! Je savais pas qu'elle s'appelait Iona. Je l'ai surnommée « la Dame au Cabas Magique », parce que son sac a l'air doté de super-pouvoirs, comme s'il permettait d'accéder à un autre univers. Et elle en sort un nombre incalculable de trucs… Bref, elle a pris ma défense l'autre jour quand je me suis sentie mal pendant le trajet.

J'ai vomi sur l'ordinateur d'un bonhomme, qui s'est mis en pétard. Elle lui a crié dessus et l'a remis à sa place !

— Il n'y a que Iona pour réagir de cette façon, affirma Sanjay en souriant.

Il venait de faire le rapprochement entre sa jeune interlocutrice et l'adolescente saisie de nausée dont avait parlé Iona, mais il préféra se taire : inutile de préciser que Iona lui avait raconté l'incident. La pauvre gamine ne serait pas ravie d'apprendre qu'elle alimentait les conversations des passagers du train, en plus des méchancetés qu'elle subissait au collège…

— Au fait, le bouledogue n'est pas son chien : c'est son dæmon, déclara Martha.

— Son démon ?

— « Da-emon », corrigea Martha. Vous avez pas lu *À la croisée des mondes*, de Philip Pullman ? Un dæmon, c'est l'incarnation de votre âme en dehors de votre corps, sous forme animale. Rien ne peut vous séparer. C'est pareil pour Iona. Je veux dire… Vous l'avez déjà vue sans son chien dans le train ?

— Euh… Non.

— Vous voyez ! triompha Martha. C'est bien ce que je disais.

Sanjay n'était pas sûr de voir quoi que ce soit.

— En tout cas, elle voyage toujours ici, dans la voiture 3. La prochaine fois que tu verras Iona et son « dæmon », raconte-lui ce qui t'arrive. Je parie qu'elle saura quoi faire. Elle est incroyable !

Il marqua une pause, avant d'ajouter :

— Surtout, ne réduis pas son travail de journaliste à la lecture du courrier du cœur. Et ne la laisse pas organiser un rendez-vous galant pour toi !

Iona

En pénétrant dans le hall du Savoy, Iona mesura à quel point le restaurant légendaire du grand hôtel lui avait manqué. Certes, Londres avait beaucoup changé au cours des vingt années écoulées, mais le Savoy Grill, lui, demeurait identique, niché entre le Strand et la Tamise, tel une oasis hors du temps.

Construit à l'origine par un imprésario, l'établissement conservait l'allure d'un petit théâtre : chaque fois que Iona s'y rendait, elle croyait entrer en scène. Le style Art déco du mobilier ajoutait une touche glamour, très hollywoodienne, à l'atmosphère luxueuse et raffinée de l'établissement. Iona s'était habillée en conséquence : elle portait une robe de soie et velours orange, inspirée des années 1920. Lulu arborait une plume assortie, fixée à son collier en strass.

— Iona, commença Ed sur le ton qu'il employait pour signifier *Je suis ton patron, ne l'oublie pas*, je ne pense pas que tu sois autorisée à déjeuner ici avec ce chien. Pas dans un endroit aussi chic. Ce serait contraire à toutes les règles d'hygiène et de sécurité. Je te suggère donc de le ramener chez toi, ce qui me dispensera des récriminations humiliantes du maître d'hôtel. Quant à la rencontre avec Fizz, je m'en sortirai très bien tout seul. Mieux, peut-être.

— N'est-ce pas splendide, ma chérie ? souffla Iona à Lulu, calée au creux de son bras. Je savais que ça te plairait !

Pas question d'écouter les doléances de son rédacteur en chef, qui s'agitait de plus en plus. Il poussa un soupir théâtral et se dirigea vers le maître d'hôtel à l'air impérieux qui montait la garde devant les portes de l'établissement. Iona le suivit, faisant claquer ses talons aiguilles sur le sol en marbre.

— Je suis Mr Lancaster, dit Ed. Rédacteur en chef de *Modern Woman*.

Plus il se sentait intimidé, plus il se montrait prétentieux. Pourquoi fallait-il qu'après son nom, il précise sa fonction au sein du journal ?

— J'ai une réservation pour un déjeuner avec Fizz – l'influenceuse. Vous avez forcément entendu parler d'elle… Donnez-moi votre meilleure table, je vous prie, et n'oubliez pas la réduction habituelle pour la presse !

Iona, qui se tenait à côté de lui, nota qu'il ne l'avait pas mentionnée. De toute évidence, Ed ignorait que vous ne devez jamais piétiner vos subalternes quand vous grimpez au mât de cocagne, car ils vous piétineront à leur tour lorsque vous en chuterez. Par bonheur, Iona avait souvent rendu de menus services autour d'elle à l'époque de sa gloire. Parfois, des années plus tard, elle était remboursée d'une de ces dettes. Elle croisa les doigts dans son dos. Avec un peu de chance, ce scénario n'allait pas tarder à se produire.

Le maître d'hôtel toisa Ed par-dessus ses lunettes, puis il se tourna vers Iona et lui adressa un large sourire.

— Iona, chérie ! dit-il en l'embrassant sur les deux joues. Pourquoi n'es-tu pas venue depuis si longtemps ? Tu nous as manqué ! Dieu du ciel, tu n'as pas changé d'un iota !

Écoute, les chiens sont strictement interdits dans le restaurant...

Ed décocha à Iona un regard triomphant.

— ... mais pour toi, nous ferons une exception ! Je pensais installer Mr Lancaster et ses invitées dans un coin, puisque *personne* ne m'avait dit que tu serais de la partie.

Il leva un menton accusateur en direction du rédacteur en chef.

— Maintenant que tu es là, c'est différent. Je vais vous placer à ton ancienne table, avec vue sur la Tamise. Le ministre des Finances l'a réservée, mais il ira s'asseoir ailleurs. Suivez-moi.

— Merci, François, répondit Iona, résistant à l'envie de s'attarder sur la mine déconfite de son patron. Comment va l'adorable Nicole ?

— Toujours aussi belle. Mon épouse ressemble à nos délicieux fromages : elle s'améliore en prenant de l'âge, confia-t-il avec un clin d'œil. Surtout ne lui dis pas que je l'ai comparée à un stilton !

Iona éclata de rire, puis fit le geste de zipper une fermeture Éclair sur ses lèvres. Elle se souvenait de François lorsqu'il était apprenti : à l'époque, il s'appelait Frank et parlait avec l'accent des faubourgs. Il se faisait constamment taper sur les doigts par le maître d'hôtel pour des erreurs mineures – dresser le couvert en posant le couteau lame vers l'extérieur et non vers l'intérieur, ou laisser une trace de doigt sur un sous-verre en argent. Un soir, Iona avait dédicacé une serviette pour Nicole, la femme de chambre avec laquelle il sortait, et par la suite, elle leur avait offert à plusieurs reprises des invitations aux spectacles donnés dans le West End.

Ils furent installés à la meilleure table, qui croulait sous la porcelaine et les verres en cristal. Iona s'efforça de réprimer le sourire victorieux qui lui chatouillait les lèvres – et n'y parvint qu'à moitié.

— Tu es sûre que Fizz voulait déjeuner ici ? l'interrogea Ed d'un ton soupçonneux, soucieux de regagner le terrain qu'il avait perdu. Ce n'est vraiment pas son style. Beaucoup trop démodé. À mon avis, elle aurait préféré un endroit branché à Shoreditch.

— Non, c'est son resto favori, assura Iona.

À dire vrai, elle se sentait un peu inquiète. Après tout, elle n'avait jamais rencontré Fizz, et n'en avait même jamais entendu parler, avant qu'Emmie ne lui montre sa photo, deux semaines plus tôt, quelque part entre Hampton Court et Waterloo. Depuis, Iona avait visionné plusieurs de ses étranges petites vidéos, et plus elle découvrait la personnalité de la jeune femme, moins elle était sûre de s'entendre avec elle.

L'obsession des jeunes gens pour les confidences la laissait perplexe. Pourquoi désiraient-ils tant partager le moindre détail de leur vie ? Où était le mystère ? Le jeu de séduction ? À l'époque où Iona et Bea étaient sans cesse interviewées et photographiées, tout Londres savait à quelles fêtes elles assistaient, ce qu'elles portaient et avec qui elles dînaient en ville. En revanche, le grand public ignorait où elles vivaient, et ce qu'elles mangeaient au petit-déjeuner – repas qui, soit dit en passant, n'impliquait jamais d'avocat, écrasé ou non sur un toast. Leur maison avait toujours été leur refuge. Un lieu sacré et confidentiel.

Or avec Fizz, rien ne semblait confidentiel. Dix minutes de navigation sur les réseaux sociaux avaient suffi à Iona pour apprendre de quel côté du lit dormait l'*influenceuse*, comment elle était devenue accro au Nutella et ce qu'elle s'était fait tatouer sur la fesse gauche. Non, vous ne voulez pas le savoir.

Soudain, Ed se redressa sur sa chaise, et se métamorphosa, tel un serpent qui perd sa mue. Délaissant son air boudeur et suffisant, il revêtit son costume de fan enthousiaste et obséquieux.

— Fizz ! s'exclama-t-il. Quel plaisir de vous rencontrer *in real life* ! Je suis l'un de vos premiers *followers* !

Il ignora Iona, omettant de la présenter à leur invitée. À croire qu'elle s'était transformée en pot de fleurs.

— Merci, c'est gentil, répondit Fizz. Quel endroit extraordinaire ! Je n'aurais jamais pensé venir ici. Ce n'est pas du tout mon genre de *spot*.

Iona retint un soupir. Cette fille était aussi horripilante qu'elle l'avait soupçonné. Elle beurra un morceau de pain encore chaud et le tendit en douce à Lulu. Un excellent repas pour elles deux : voilà tout ce qu'elles pourraient tirer de cette mascarade. *D'ailleurs*, décida-t-elle, *je vais commander les plats les plus chers du menu.*

— Je m'en doutais, répliqua Ed en foudroyant Iona du regard. Je suis désolé de…

— Tout est absolument *fabuleux*, l'interrompit l'influenceuse. Totalement unique. L'opposé des cantines branchées de Shoreditch, qui sont toutes interchangeables ! C'est *vous* qui avez eu l'idée de me convier ici, je parie, dit-elle en tournant vers Iona ses lèvres pulpeuses, ses piercings et ses cheveux aux couleurs éclatantes.

Son sourire était si charmant que Iona sentit son irritation se dissiper.

— Ah, et j'ai croisé ce type en arrivant, murmura la jeune femme en désignant le ministre des Finances. Je suis sûre de l'avoir déjà vu quelque part…

— Ma chère Fizz, reprit Ed d'une voix sirupeuse, je suis si heureux que vous soyez fan de mon petit magazine !

Iona faillit s'étrangler. *Son* petit magazine ?

— En fait, je ne le lis pas, déclara Fizz du tac au tac en chatouillant Lulu sous le menton. Mais je suis une grande fan de Iona.

Les dernières résistances de l'intéressée fondirent comme neige au soleil. Tout compte fait, il n'était pas impossible qu'elles deviennent les meilleures amies du monde.

— Non, mais rendez-vous compte : Iona Yacht, quoi ! s'exclama la jeune femme.

— Tu possèdes un yacht, Iona ? s'étonna Ed. Incroyable. Où est-il amarré ?

— Ah, ah, très drôle, Ted, rétorqua Fizz. C'est comme ça qu'on surnommait Iona. Vous devez le savoir, non ? Quelle chance vous avez de la compter dans votre équipe !

— En effet, acquiesça Ed, avec un sourire plus glacé qu'une route de montagne en plein hiver.

Iona se sentit plus légère, le poids qui pesait sur ses épaules depuis plusieurs années s'envolant. Elle commençait à retrouver les sensations de la femme dont parlait Fizz. La femme qu'elle avait été. Et à laquelle elle ressemblait encore.

Peut-être que tout allait bien se passer, en fin de compte.

Iona

18 h 17, Waterloo – Hampton Court

Iona flottait sur un petit nuage après son merveilleux déjeuner au Savoy. Elle était si euphorique qu'elle grimpa à bord de la voiture n° 3 comme s'il s'agissait du yacht qu'elle n'avait jamais possédé. Fizz avait accepté de rédiger une chronique hebdomadaire pour le magazine, intitulée « In & Out ». D'après Ed, cette nouvelle rubrique attirerait des milliers de jeunes lectrices.

Iona fronça les sourcils. Son wagon était souvent bondé ces temps-ci, même lorsque le reste du train semblait désert. Devait-elle envisager de s'installer dans une autre rame ? Non, Lulu détestait le changement. Et puis, cette voiture lui rappelait tant de bons souvenirs !

L'espace de quelques instants, elle se laissa envahir par l'un d'eux que Bea et elle avaient surnommé « le Jour du Costume ».

Elle se revit, une dizaine d'années plus tôt, installée à sa place habituelle, occupée à sortir ses affaires de son sac. Absorbée par la préparation de son cocktail – elle avait un faible pour le Negroni, à l'époque –, elle n'avait pas remarqué la passagère assise en face d'elle. Une femme vêtue d'un costume trois-pièces à rayures, agrémenté d'une cravate en soie flamboyante et d'une pochette à pois. Son visage était caché derrière un exemplaire de l'*Evening Standard.* Iona avait discerné des notes acidulées de parfum – une fragrance de Jo Malone, mêlant citron vert, basilic et mandarine. Quant à ses mains… Elle les auraient reconnues entre mille. De belles mains sombres et élégantes, dont les ongles impeccablement polis venaient allonger des doigts fins ; elles auraient pu, dans une autre vie, être celles d'une concertiste. Les mains de Bea.

— Vous prenez souvent ce train ? avait demandé Iona de sa voix la plus rauque, voluptueuse.

Baissant son journal, Bea l'avait toisée d'un air perplexe, comme si elle la voyait pour la première fois.

— Non, mais je pourrais y prendre goût, avait-elle répliqué posément en repliant l'*Evening Standard.*

Le train venait de s'arrêter à Vauxhall. Elle avait tendu la main à Iona.

— Je m'appelle Beatrice. Enchantée de faire votre connaissance.

— Vous a-t-on déjà dit à quel point vous êtes séduisante ? avait lancé Iona quand elles quittèrent Wimbledon.

À Raynes Park, Bea avait caressé le genou de Iona, et à Berrylands, elles s'embrassaient avec fièvre, penchées l'une vers l'autre au-dessus de la tablette centrale.

À Thames Ditton, elles furent jetées dehors.

— Je ne tolérerai pas ce genre d'obscénités à bord de mon train ! avait crié le contrôleur.

À en juger par la mine de plusieurs passagers, cet homme n'était pas le seul à désapprouver leur comportement. Toutefois, lorsque le train redémarra, abandonnant Bea et

Iona sur le quai désert, une jeune trentenaire se leva pour les applaudir, penchée par la vitre ouverte.

— Où as-tu déniché cette tenue ? s'était enquis Iona.

— Le major qui vit près de chez nous faisait du tri, expliqua Bea. La costumière du théâtre a accepté de retoucher la veste et le pantalon pour moi, et je n'ai pas pu résister à l'envie de leur offrir une petite sortie. J'ai pensé que ce serait la tenue idéale pour draguer une belle inconnue dans un train. Et j'avais raison !

— C'est bien joli, tout ça, avait bougonné Iona, mais on va devoir rentrer à pied, maintenant ! Je n'ai pas le courage de prendre un autre train. Tu ne crois pas que nous devrions être plus… discrètes ? Et cesser d'attirer l'attention sur nous ?

Bea l'avait dévisagée avec horreur.

— Chérie, à quoi bon être *en vie* si c'est pour passer inaperçues ? Dis-toi que chaque fois qu'un type aussi borné que ce contrôleur nous prendra à partie, une jeune personne se lèvera pour nous applaudir. De plus, s'il s'agit de quelqu'un qui se cherche, qui s'interroge sur sa propre sexualité, notre attitude pourrait l'aider ! C'est justement en refusant d'être discrètes que nous contribuerons à changer le regard de la société.

— Bien sûr, mon ange. Tu as raison, comme toujours, avait concédé Iona tandis qu'elles s'éloignaient, main dans la main, vers Hampton Court.

De retour dans le présent, une décennie plus tard, Iona s'approchait du même carré. Un attaché-case trônait, bien en évidence, sur le siège qu'elle occupait le Jour du Costume. L'attaché-case de Piers. Il lui avait gardé une place. Quelle délicate attention ! Et son manteau était posé sur le siège d'à côté, pour Lulu.

Désormais, il était rare que Iona ne rencontre pas l'un de ses nouveaux amis pendant son trajet. Pourquoi lui avait-il fallu tant de temps pour découvrir les formidables possibilités qu'offrait ce train de banlieue ? Il ne lui permettait pas seulement de se déplacer d'un point A à un point B : il lui ouvrait une porte sur d'autres histoires que la sienne. Cet hiver, alors que sa vie professionnelle – et même sa vie tout court – semblait partir à vau-l'eau, son groupe d'amis lui avait offert une distraction bienvenue : accaparée par leurs conversations, elle avait cessé de ruminer ses malheurs. Ce n'est jamais une bonne idée de ruminer. Sauf pour les bovins, bien entendu.

— Bonsoir, Piers. Merci de nous avoir gardé une place, à Lulu et moi. C'est vraiment gentil de votre part !

— Ce n'était pas évident. J'ai dû ignorer un nombre incalculable de regards indignés et de soupirs excédés. Il m'a fallu déployer une force de caractère surhumaine, et me montrer têtu comme une mule !

— Cela a dû être difficile, en effet… Eh bien, que diriez-vous de terminer cette fabuleuse journée par un gin-tonic ? J'ai deux verres, des cacahuètes, et même des serviettes en papier !

— Vous transportez tout un magasin là-dedans ? s'enquit Piers en désignant son cabas.

— Règle n° 5 de l'Usager du Train de Banlieue : se préparer à toute éventualité. Je peux aussi vous dépanner si vous filez vos collants, si vous êtes piqué par un moustique ou si vos règles surviennent de manière inattendue.

— Me concernant, ce serait vraiment inattendu.

— Idem pour moi, renchérit Iona. Ce tampon est au fond de mon sac depuis 2014.

Piers détourna les yeux, manifestement gêné par l'évocation de la biologie féminine.

— Trop d'informations ? s'amusa Iona. Racontez-moi plutôt comment s'est passée votre journée.

— Pas très bien, admit-il d'un ton lugubre.

Iona retint un soupir. Elle se sentait comme Winnie l'ourson lorsqu'il croise Bourriquet dans le bois des Cent Acres : elle en voulait un peu – juste un peu – à Piers d'avoir cassé l'ambiance.

— Si nous en parlions ? proposa-t-elle avec un sourire d'encouragement.

Ce soir, elle éprouvait assez de joie de vivre pour en distribuer autour d'elle.

— Avez-vous déjà eu l'impression que votre vie ressemble à un jeu de construction – vous savez, ces petits rectangles de bois qu'il faut superposer pour bâtir une tour ?

— Les Kapla ?

— Exactement. Eh bien, avez-vous déjà pensé que votre vie est une tour en Kapla et que tout va s'écrouler si on enlève encore une pièce ?

— Euh… oui, avoua Iona, tandis que le visage de Brenda des RH surgissait dans son esprit.

Elle s'apprêtait à demander des précisions à Piers – notamment sur l'identité de celui, ou de celle, qui faisait vaciller sa tour –, quand une voix s'éleva derrière elle.

— Excusez-moi… C'est vous, Iona ?

— Oui, acquiesça Iona en se retournant vers la nouvelle venue, une jeune fille à l'air embarrassé.

— Je… je m'appelle Martha. Sanjay m'a conseillé de venir vous parler, expliqua l'adolescente, toute en coudes et en genoux, avec de jolies pommettes, qui ne devait avoir guère plus de quinze ans.

Pour Iona, les gens de moins de quarante ans paraissaient tous en avoir quinze.

— Assieds-toi, assieds-toi !

Elle prit Lulu sur ses genoux et épousseta le siège où la chienne avait laissé quelques poils.

La collégienne lança un regard nerveux vers Piers, comme s'il s'apprêtait à lui mordre les mollets. Iona se souvint alors des circonstances de sa rencontre avec Martha.

— Ne t'inquiète pas, ma belle. Notre ami Piers, ici présent, est maintenant parfaitement apprivoisé. Il est désolé de t'avoir crié dessus quand tu étais malade. N'est-ce pas, Piers ?

Iona accompagna sa question d'un froncement de sourcils assassin vers son compagnon de voyage. Ce dernier sembla enfin se remémorer l'incident.

— Oh, c'est toi ! Le vomi sur mon ordinateur… Par chance, le mal a pu être réparé – au prix fort. Je suis navré de m'être emporté.

Martha n'était pas encore tout à fait rassurée.

— Bien, dit Iona. Les amis de Sanjay sont mes amis. Que puis-je pour toi, mon lapin ? Piers, ça ne vous ennuie pas que je m'occupe de cette jeune fille ? Ensuite nous reprendrons notre conversation.

Il parut contrarié, mais Iona décida de l'ignorer. Son temps de trajet était compté. Elle devait se partager de manière équitable entre les passagers qui réclamaient son attention.

Martha entreprit de raconter le harcèlement qu'elle subissait au collège depuis qu'elle avait envoyé une photo compromettante à un camarade de classe. Manifestement gênée, elle usa de gestes et de grimaces pour étayer son récit sans recourir à des termes trop explicites.

— Du coup, conclut-elle, je peux pas en parler à mes profs. Ni à mes parents parce qu'ils vivent plus ensemble et que tout est… compliqué. Ils rejetteraient la faute sur moi ou ils s'accuseraient mutuellement d'être responsables, et ils se disputeraient, une fois de plus. Je peux pas non plus en parler à mes copines, parce qu'elles me fuient.

— On dirait une tour en Kapla, constata Piers.

Martha s'interrompit, perplexe.

— Ne l'écoute pas, ma chérie. Il traverse une crise professionnelle que nous aborderons plus tard, affirma Iona en gratifiant Piers d'un regard éloquent.

— Même avant cette histoire, reprit l'adolescente, j'étais pas vraiment intégrée, au collège. Maintenant, c'est sûr que je le serai jamais. Je sais pas quoi faire.

Elle fondit en larmes, enfouit son visage au creux de son coude et s'essuya les yeux sur son blazer. Lulu, qui avait un sens de l'empathie très développé, se mit à pleurnicher à son tour. Elle avait sans doute été une thérapeute renommée dans une vie antérieure.

— Ben voyons ! soupira Iona. Pourquoi cherches-tu à *t'intégrer* ? C'est la pire chose qui soit ! Je frémis, rien que d'y penser. D'après Bea, ma femme, le but dans la vie, c'est de se distinguer, pas de s'intégrer.

Elle retroussa mentalement ses manches et se mit au travail.

— Si je te suis bien, tu ne souhaites pas en parler à tes professeurs ni au proviseur. Je me trompe ?

Elle marqua une pause, quêtant l'assentiment de Martha, qui secoua la tête avec vigueur.

— Donc, ce n'est pas le genre de problème que nous pouvons aborder de front. Parler de la photo ne ferait qu'attirer davantage l'attention sur toi – mettre de l'huile sur le feu, en quelque sorte. Il va falloir agir de manière *indirecte*. S'approcher en douce, comme dans le jeu de la sentinelle… Tu vois ?

Martha, perdue, esquissa un sourire embarrassé. Iona soupira.

— Un des jeux auxquels les enfants de ton âge jouaient pendant la récré avant l'apparition des téléphones portables, précisa-t-elle.

— Ah. Mais je comprends toujours pas ce que vous voulez dire.

— Je m'explique : pour que tes camarades cessent de t'imaginer…

— … toute nue ? acheva Martha.

— C'est ça. Eh bien, tu dois les amener à t'associer à autre chose. Faire diversion. Remplacer une image par une autre.

— Il faut que je fasse *pire* ? s'affola l'adolescente.

— C'est une stratégie possible, acquiesça Iona. Toutefois, je ne la recommande pas. Non, tu dois faire quelque chose de mieux, bien mieux ! Pense à Kim Kardashian !

Martha haussa les sourcils, l'air sceptique.

— Est-ce qu'on la surnomme « la Fille de la Sex-Tape » ? enchaîna Iona. Bien sûr que non ! Kim a donné tant d'autres raisons de faire parler d'elle ces dernières années que ses fans se souviennent à peine de cette vidéo.

— Quelle vidéo ? fit Martha.

— Et toc ! jubila Iona. C'est exactement ce que je veux te prouver. Alors, c'est quoi, ton *truc* ?

— Mon truc ?

— Oui. Tout le monde a un truc – une passion, si tu préfères. Unc activité qui te plaît et pour laquelle tu es douée. Réfléchis… La musique ? Le dessin ? Le sport ?

Martha semblait toujours aussi désorientée. *Décidément*, songea Iona, *cette gamine ne me facilite pas la tâche.*

— La passion de Piers…

Elle désigna l'intéressé qui redressa la tête. Contrairement à ce qu'il pensait, elle n'avait pas oublié son existence.

— … Ce sont les chiffres, poursuivit-elle. Je sais, c'est bizarre, mais chacun son truc !

— Et vous, reprit Martha, c'est quoi, le vôtre ?

— À ton avis, ma belle ? Pourquoi penses-tu que Sanjay t'a conseillé de me parler ?

Elle haussa les sourcils, attendant la réponse. Martha secoua la tête.

— Je sais pas.

— Parce que c'est ça, mon truc ! Aider les gens. Je suis une spécialiste.

— Vous êtes psy ?

— En quelque sorte. Je suis thérapeute pour un magazine.

— Oh. Un mélange de psy et de journaliste ? Cool, commenta Martha.

Iona se rengorgea, satisfaite. La gamine était plutôt maligne, en fait.

— Le problème, c'est que je suis pas sûre d'avoir une passion, confia cette dernière. Enfin… J'aime bien le théâtre. Jouer au théâtre, je veux dire. Mais j'en ai pas fait depuis longtemps.

— Bingo ! s'exclama Iona.

Elle abattit le poing sur la tablette, si violemment qu'elle faillit renverser son gin-tonic.

— J'étais comédienne autrefois, dans le West End. Comme Bea. On s'est rencontrées sur scène. Le miracle du théâtre, c'est qu'il te permet de sortir de toi-même. De te glisser dans la peau d'une autre et d'habiter des mondes différents. C'est l'antidote idéal aux difficultés du quotidien. Si tu joues dans un spectacle, les élèves du collège, au lieu de te voir comme la Fille Toute Nue, ne parleront que de ta performance en tant qu'actrice. On louera ton talent, on dira que tu as mis le public à tes pieds… Tu vois ?

Alors, par quoi on commence ? Y a-t-il un club de théâtre dans l'établissement ?

— Oui. Ils montent *Roméo et Juliette*, répondit l'adolescente, à la fois exaltée et terrifiée par le discours de Iona. La pièce est au programme en littérature anglaise. Les auditions vont bientôt débuter… mais ma mère me laissera jamais y aller.

— Pourquoi ?

— Elle dit que c'est une *année cruciale*.

Martha arbora un air sévère et mima des guillemets autour des deux derniers mots de sa phrase, prenant le rôle de sa mère, supposa Iona. *Une véritable actrice en herbe.*

— Je passe le brevet à la fin de l'année, continua la collégienne. Mon prof de maths dit qu'à ce rythme, je vais droit dans le mur. Maman m'interdira d'aller au club de théâtre parce que les répétitions me prendraient trop de temps et que je dois me concentrer sur mes cours. C'est archi-sûr. Je vous le parie !

Iona réprima un sourire. *Le destin a parfois une manière bien à lui de venir frapper à votre porte*, songea-t-elle.

— Écoute, ce qu'il te faut, c'est un prof particulier. Quelqu'un qui te donnerait gratuitement des cours de maths. Un prof débutant qui aurait besoin de s'exercer…, lança-t-elle en laissant ses propos en suspens.

Un ange passa.

— Au fond, ce ne serait pas trop demander. Cette personne te rendrait un petit service. Il ne s'agit tout de même pas de te *sauver la vie* !

Toujours rien.

— Piers, vous connaissez sans doute ce merveilleux proverbe bouddhiste : *Quand l'élève est prêt, le professeur apparaît ?* insista Iona, en soulignant le mot « professeur ».

Enfin, leur compagnon de voyage s'éclaircit la gorge.

— Je peux t'aider, si tu veux, dit-il à Martha. Puisque nous prenons souvent le même train, nous pourrions en profiter pour faire des maths. À condition que tu promettes de ne pas me vomir dessus.

Et voilà[1] !

1. En français dans la version originale.

Emmie

Emmie avait l'impression d'avoir débarqué par hasard sur le tournage d'un film hollywoodien.

Imaginez la scène :

Dans un restaurant italien, une table pour deux éclairée par la lueur vacillante des bougies. Deux assiettes à demi-entamées de *spaghetti alle vongole*. Emmie, penchée vers Toby, lequel, un genou à terre, lui tend avec délicatesse un écrin à bijou ouvert qu'il tient entre ses deux mains. Au cœur de cet écrin, une bague surmontée d'un solitaire. D'une minute à l'autre, le réalisateur va crier « Coupez ! » et tous les serveurs quitteront la scène pour aller vapoter et boire du thé dans des tasses en polystyrène.

— Chéri, chuchota-t-elle, tu es conscient que nos propres enfants ne nous croiront pas, quand nous leur décrirons ta demande en mariage ? C'est trop parfait pour être vrai. Moi-même, j'ai du mal à y croire.

— Écoute, je ne veux pas te presser, mais je suis au bord de la crise cardiaque, et je commence à avoir une crampe au mollet. Tu viens de mentionner nos futurs enfants. Dois-je en déduire que tu vas répondre « oui » à ma question ?

— Bien sûr que oui ! Je serais très heureuse d'être ta femme !

Un large sourire éclaira le visage de Toby. Il se tourna vers les autres convives, qui guettaient la réponse d'Emmie dans un silence anxieux.

— Elle a dit oui ! leur cria-t-il.

Une explosion de joie s'ensuivit. Manifestement soulagés de ne pas assister à une humiliation publique (qui aurait gâché leur propre soirée), les clients applaudirent les futurs mariés avec enthousiasme.

Tandis que Toby serrait Emmie aussi fort que possible contre lui – comme s'il craignait qu'elle change d'avis et tente de s'enfuir –, le serveur leur apporta une bouteille de champagne sans doute mise au frais en prévision de l'événement. Elle remarqua qu'il avait attendu son « oui » avant de la déboucher.

Toby avait organisé la mise en scène avec autant de soin que l'aménagement de leur maison : chaque détail avait été pensé ; chaque réaction, anticipée. *Même la bague semble avoir été taillée pour moi*, pensa-t-elle. Elle passa son pouce sur les bords tranchants du diamant, songeuse : finirait-elle par s'habituer à sa présence permanente autour de son doigt ?

— Comment as-tu fait pour choisir la bonne taille ? s'enquit-elle.

— J'ai mesuré ton annulaire pendant que tu dormais. Ce n'était pas évident, je t'assure ! J'étais terrorisé à l'idée de te réveiller et de passer pour un affreux fétichiste. Elle te plaît, j'espère ? Je l'ai achetée chez un joaillier écoresponsable. Je savais que ce serait important pour toi.

— Je l'adore ! assura Emmie, avec un peu trop d'enthousiasme, peut-être.

À dire vrai, si elle avait eu le choix, elle aurait préféré une émeraude à un diamant, mais il aurait été injuste de faire la fine bouche – et ça ne lui ressemblait pas. De toute façon, si Toby lui avait demandé quel genre de bague elle désirait, la surprise serait tombée à l'eau, n'est-ce pas ?

Quand ce sera le bon, tu le sauras. Combien de fois Emmie avait-elle entendu cette phrase ? Elle l'avait toujours jugée stupide. Maintenant, elle la trouvait pertinente, au contraire. Elle ne pouvait plus concevoir sa vie sans Toby. Depuis qu'elle l'avait rencontré, leur relation s'était déployée au point d'emplir tout son univers. Jamais personne ne l'avait aimée avec autant d'intensité. Sa demande en mariage n'en offrait-elle pas la preuve ?

Elle promena un long regard autour d'elle, soucieuse de graver chaque détail dans sa mémoire – l'odeur de l'ail et du pain frais, la douceur de la nappe en lin sous ses doigts, le pétillement des bulles de champagne sur sa langue, le bruit des casseroles dans la cuisine ouverte sur la salle – afin de pouvoir revivre la scène chaque fois qu'elle le souhaiterait.

Sitôt de retour chez eux, Emmie appela son père en visioconférence. Il s'apprêtait à débuter sa journée sur la côte ouest des États-Unis, alors qu'elle terminait la sienne à Londres. Il s'était installé en Californie après la mort de son épouse. « Cette ville m'évoque trop de mauvais souvenirs », avait-il expliqué, alors qu'Emmie venait juste d'achever ses études. Des mauvais souvenirs qui n'étaient, visiblement, pas compensés par le plaisir d'être à proximité de sa fille unique. Bien que le temps ait passé, ce constat faisait encore souffrir Emmie. Fonder sa propre famille avec Toby l'aiderait peut-être à soigner cette blessure ?

Le visage de son père apparut à l'écran : des yeux du même vert que les siens dans un visage sillonné de fines rides d'expression ; des cheveux épais et ondulés, mais presque entièrement gris, à présent. « Je suis un fringant sexagénaire » se plaisait-il à répéter.

Comme souvent depuis quelque temps, il lui semblait à la fois très familier et très lointain. Elle percevait la distance croissante qui les séparait à de menus détails : son teint bronzé, comparé à ses joues pâles ; les rayons du soleil matinal qui réchauffaient sa cuisine, alors qu'ici, le salon baignait dans la lueur blafarde d'une ampoule électrique.

Par chance, Delilah n'était nulle part en vue. La « locataire » de son père, à peine plus âgée qu'Emmie, apparaissait souvent à l'arrière-plan, munie d'un tapis de yoga ou préparant un smoothie, vêtue d'un crop top et d'un short en jean révélant de longues jambes bronzées, telle une publicité pour la vie saine et sportive des Californiens. Même après trois ans de ce petit manège, le non-dit perdurait : ni Emmie ni son père ne paraissaient décidés à évoquer la situation de front.

En apprenant ses fiançailles, il la félicita avec tendresse, et lui promit de venir dès que possible rencontrer son futur gendre. Les deux hommes s'entendraient à merveille, elle en était certaine.

Le lendemain matin, la fortune sourit encore à Emmie : depuis le quai de la gare de Thames Ditton, elle eut le bonheur d'apercevoir Iona et Lulu assises dans leur carré habituel et, face à elles, un siège libre. Ces derniers temps, il devenait de plus en plus difficile de trouver une place vacante près de Iona. Elles se contentaient souvent de se sourire et de se saluer de loin, par-dessus la tête des autres voyageurs.

Avec un peu de chance, Sanjay les rejoindrait à New Malden. Elle avait hâte d'annoncer la grande nouvelle à ses nouveaux amis. Ils seraient si contents pour elle ! Emmie cacha sa main gauche sous la tablette, tandis que le train passait à Surbiton, puis à Berrylands. Enfin, la rame arriva à New Malden. Par la vitre, elle vit Sanjay qui s'apprêtait à embarquer.

Ce dernier réussit à se frayer un chemin jusqu'à leur carré et à dégager un espace suffisant pour se tenir debout à côté d'elles. Un homme assez corpulent lui marcha sur le pied. Sanjay grimaça, mais ne céda pas un pouce de terrain.

— Bonjour, Sanjay ! dit-elle en agitant la main gauche de manière ostentatoire.

Sa bague de fiançailles projeta des éclats de lumière sur la tablette, comme une boule à facettes miniature. *Regardez-moi*, criait-elle. *Ne suis-je pas splendide ?*

Personne ne lui prêta attention.

Quand le train redémarra, Sanjay leva le bras pour se tenir à la barre fixée au plafond, un geste qui souleva son pull-over, révélant quelques centimètres de peau brune tendue sur un ventre lisse, à la hauteur du visage d'Emmie. Elle se surprit à le contempler, puis détourna les yeux. *Arrête !* se sermonna-t-elle. *Les fiancées heureuses de l'être ne s'extasient pas sur le ventre des autres hommes. Même s'ils sont musclés.*

Après New Malden, Emmie fut incapable de se concentrer sur la conversation : elle était bien trop occupée à attendre que ses amis notent la présence de sa bague. À Wimbledon, un grand nombre de voyageurs descendirent, ce qui permit à David de les rejoindre.

— Bonjour, David, dit-elle. Voulez-vous vous asseoir ? Ça ne me dérange pas de rester debout.

Elle lui tendit sa main gauche pour qu'il l'aide à se lever.

— Quel magnifique diamant ! commenta-t-il.

— Alléluia ! s'exclama-t-elle. Je me demandais au bout de combien de temps l'un d'entre vous la remarquerait !

J'ai eu beau agiter la main depuis New Malden comme la reine pendant un défilé, Iona et Sanjay n'ont rien vu. Ils ont continué à discuter du dernier épisode de *Love Island* sans s'apercevoir de rien !

— Emmie ! Tu es fiancée ? s'époumona Iona. Qui a fait la proposition : toi ou Toby ? À quand le mariage ? Oh, dis-nous tout ! Vite !

— Quelle bonne nouvelle ! déclara Sanjay. Je suis si heureux pour toi ! Et pour lui, évidemment !

Entre Earlsfield et Clapham Junction, Emmie raconta la soirée du vendredi. Ses amis la pressèrent de questions, auxquelles elle répondit de bonne grâce. Tous trois semblaient ravis – surtout Sanjay, manifestement très romantique. Elle se dit qu'elle devait lui faire rencontrer une de ses amies célibataires.

— Et pour vous, Iona, laquelle a demandé la main de l'autre ? s'enquit Emmie à l'issue de son récit. Bea ou vous ?

Elle n'était pas prête à changer de sujet, même après avoir évoqué la déclaration de Toby dans ses moindres détails.

— Aucune de nous deux, hélas, et ce pendant des années, répondit Iona. Nous avons dû patienter deux décennies avant d'obtenir le droit de nous marier, Bea et moi. Nous avons milité sans relâche en faveur de la légalisation du mariage homosexuel… Alors, dès que la loi a été adoptée, en juillet 2013, nous nous sommes fiancées. Et nous avons organisé la cérémonie de mariage le plus tôt possible, le 30 mars 2014. Nous étions l'un des premiers couples gays légalement unis de Grande-Bretagne !

Un sourire radieux flottait sur ses lèvres, signe que la seule évocation de cette journée la comblait encore de bonheur.

— Et vous, David ? reprit-elle.

— J'ai gardé la bague sur moi pendant des semaines en attendant de trouver le bon moment, et le courage de poser la question. Un soir, nous sommes allés dans le West End voir une pièce de théâtre – *L'Importance d'être Constant*, d'Oscar Wilde. Elle nous a fait mourir de rire ! Ensuite, nous sommes allés dîner chez J. Sheekey, près de Leicester Square. Un repas absolument délicieux. J'ai compris qu'aucun moment ne serait mieux choisi que ce soir-là. Alors, quand j'ai raccompagné Olivia chez elle, elle m'a invité à venir boire un dernier verre, et j'ai sorti la bague de ma veste. Le reste, comme on dit, ne regarde que nous.

— Quelle belle histoire ! s'écria Emmie en battant des mains.

— Certes, acquiesça David d'un air morose, mais c'est de l'histoire ancienne.

— J'adore cette pièce, confia Iona. Pauvre Oscar ! C'était tellement compliqué d'être gay, à son époque ! Dites-moi, c'est bien la comédie où un bébé est oublié dans un grand cabas de cuir noir à la consigne de la gare de Victoria ?

Un grand cabas ? En repensant à la pièce qu'elle appréciait beaucoup, elle aussi, Emmie songea que Iona ressemblait un peu à Lady Bracknell, la tante à la fois fantasque et conservatrice des jeunes héros – mais elle ne se risqua pas à lui en faire la remarque.

— Vous êtes sûre de ne pas avoir un bébé dans le vôtre, Iona ? plaisanta Sanjay. Vous avez tellement de trucs là-dedans !

— Petit insolent, dit Iona en faisant mine de lui pincer l'oreille. Pas de bébé, non, mais un petit pot de crème pour soigner l'érythème fessier des nourrissons. Contre les rides, c'est un vrai miracle !

— En fait, reprit David, la date anniversaire de notre mariage approche. Presque quarante ans.

— Pourquoi ne pas emmener Olivia dîner chez J. Sheekey pour l'occasion ? suggéra Iona. Je suis sûre que ce restaurant existe encore. Vous pourrez lui rappeler l'époque où elle éprouvait pour vous ce qu'Emmie ressent pour Toby.

— Tentez le coup, David, insista Sanjay. Après tout, tant que le rideau n'est pas tombé, la pièce n'est pas terminée. N'est-ce pas, Iona ?

En l'observant, Emmie se demanda pourquoi il semblait si triste.

Par chance, elle n'avait pas de réunion en début de matinée, ce qui lui permit de passer les deux heures suivantes à informer ses collègues de ses fiançailles. Tous s'extasièrent devant sa bague et la couvrirent de compliments. Même Joey se joignit au concert de félicitations, alors qu'il redoutait certainement déjà de la voir partir en congé maternité.

Lorsque Emmie parvint enfin à regagner son poste de travail, elle commença par consulter ses courriels. Elle ne prit pas le temps de vérifier le nom de l'expéditeur du message portant le titre « TA BONNE NOUVELLE ! » Elle n'était donc pas du tout préparée au message qu'il renfermait.

TU NE MÉRITES PAS UN HOMME PAREIL.
UN AMI.

Sanjay

19 h 00, Waterloo – New Malden

Campé devant le distributeur de friandises, Sanjay se demandait si cette machine lui en voulait, elle aussi. Elle venait d'avaler ses dernières pièces de monnaie, et refusait obstinément de lui délivrer la barre chocolatée qui, espérait-il, apaiserait la faim qui le tenaillait – une fois de plus, il avait travaillé au lieu d'aller déjeuner.

Il donna un coup de poing contre la paroi vitrée. En vain. Non seulement il se fit très mal aux doigts, mais la machine se moqua de lui : la friandise convoitée ne vacilla même pas. Autant dire qu'elle n'était pas près de dégringoler dans le tiroir !

L'estomac de Sanjay se mit à gargouiller, noué par la faim et la frustration. Tout l'exaspérait, à présent : cette stupide machine. Son incapacité totale à réussir quoi que ce soit. Pas de Mars, pas d'Emmie. Putain de distributeur ! Putain de Toby, avec sa stupide société informatique, sa stupide barbiche de hipster, sa stupide planche de snow et sa stupide bague de fiançailles – un solitaire d'une banalité à pleurer.

S'il avait demandé Emmie en mariage, Sanjay aurait choisi une émeraude, d'une couleur assortie à ses yeux.

Furieux contre le distributeur qui le narguait, il recula de quelques pas pour prendre de l'élan et lui donna un violent coup de pied.

— Va te faire voir, espèce de connard ! rugit-il.

La machine vibra légèrement et la lumière qui éclairait les marchandises diminua d'un cran, à croire qu'elle éprouvait une certaine empathie vis-à-vis du pauvre humain qui la défiait, avant de revenir à son état initial.

Sanjay entendit des pas derrière lui. Une jeune mère approchait, tenant son enfant par la main. Il le reconnut aussitôt : c'était Harry, un des petits patients du service d'oncologie pédiatrique. Sa maman semblait épuisée.

— Vous avez un souci, Sanjay ? demanda-t-elle en désignant le distributeur.

Il se tourna vers elle, plaquant un sourire sur son visage. Cette femme avait plus de raisons que lui d'en vouloir au monde entier. Il ajouta la honte aux émotions négatives qui l'assaillaient.

— Non, non, tout va bien, éluda-t-il.

Il s'accroupit pour se mettre à la hauteur de son jeune patient.

— Désolé pour les gros mots, Harry. Parfois, quand la vie paraît vraiment injuste, ça fait du bien de se défouler un peu – tu comprends ?

Le garçonnet hocha la tête.

— Malgré tout, ce n'est pas bien de dire des gros mots. Je regrette d'avoir crié sur cette machine.

Il se redressa, prêt à s'excuser auprès de la mère de Harry. Elle l'interrompit d'un geste.

— Ne vous inquiétez pas. J'en dis aussi, des gros mots. Et de plus vilains que ça !

Sanjay ne revit pas Harry avant la fin de sa journée de travail, alors qu'il passait de chambre en chambre pour prendre la tension des malades. L'enfant était couché. Très pâle, le crâne chauve, il paraissait aussi fragile qu'un nouveau-né. À vrai dire, la chimio ayant détruit son système immunitaire, il était même plus fragile qu'un nouveau-né.

Harry se redressa en le voyant entrer. Il saisit son oreiller, le tint devant lui et, avec une force surprenante, y plongea son poing à plusieurs reprises.

— Va te faire voir, espèce de connard ! cria-t-il.

Dieu merci, sa mère était déjà partie.

— Est-ce que ça t'a soulagé ? demanda Sanjay.

— Oui, acquiesça Harry, et, pour la première fois depuis longtemps, Sanjay le vit sourire.

À peine Sanjay venait-il de s'asseoir dans le train du retour que son téléphone émit un petit bip, annonçant la réception d'un texto.

PAPA DIT QUE TU AVAIS L'AIR FATIGUÉ QUAND IL T'A APPELÉ EN VISIO. EST-CE QUE TU DORS ASSEZ ?

Sanjay soupira.

TU PENSES AUX MULTIVITAMINES QUE JE T'AI DONNÉES ?

Je vais bien, maman.
Je travaille beaucoup, c'est tout.

AU FAIT, LA FILLE D'ANITA DIT QUE SI TU PRENDS RENDEZ-VOUS À SON CABINET, ELLE TE FERA UNE RÉDUCTION SUR LE DÉTARTRAGE ET LE POLISSAGE.

Maman, tu essaies encore de me marier ?

Il ajouta un smiley pour ne pas la vexer. Meera était plus susceptible qu'elle n'en avait l'air.

BIEN SÛR QUE NON ! JE M'INQUIÈTE POUR TES GENCIVES, C'EST TOUT.

Un instant plus tard, Sanjay vit s'afficher l'émoji 😬, peut-être choisi pour évoquer l'anxiété maternelle, ou à cause du nombre de dents qu'il exhibait. Meera avait salué avec enthousiasme l'avènement des émoticônes, estimant qu'ils compensaient les failles déplorables de la langue anglaise, incapable de restituer l'étendue et la profondeur de ses émotions.

— Tu as l'air bien pensif, déclara une voix familière.

Sanjay leva la tête. Emmie venait de s'asseoir en face de lui.

— Bonsoir, Emmie. J'étais en conversation avec ma mère. Par textos, précisa-t-il en désignant son téléphone portable. Elle n'admet pas que son fils chéri soit capable de s'organiser tout seul. Elle m'envoie des messages à longueur de journée pour vérifier que je mange assez de fibres et que je mets un débardeur sous ma chemise pour ne pas attraper froid. Honnêtement, je suis assez grand pour m'occuper de mes intestins ! Est-ce que ta mère fait pareil ?

Voyant Emmie se rembrunir, il comprit qu'il avait fait une gaffe.

— Oh, elle aurait sûrement été un vrai pot de colle, répondit Emmie d'un ton faussement enjoué. Mais elle est morte il y a des années.

— Je suis désolé, murmura Sanjay.

Il s'en voulait terriblement. Quel imbécile ! Pourquoi fallait-il qu'il gâche tout chaque fois qu'il lui parlait ?

— Je vois souvent mourir des mères de famille, emportées par la maladie alors qu'elles sont encore jeunes, enchaîna-t-il. Je ne connais rien de plus tragique. C'est tellement injuste !

Il aurait voulu lui offrir des mots apaisants, riches de sens, au lieu de ces platitudes. Affronter la mort jour après jour ne l'aidait pas à les trouver, hélas. Sa mère avait raison : dans certaines circonstances, la langue anglaise manquait de subtilité.

— Pourtant, je suis sûre que ton travail est très gratifiant, déclara Emmie, changeant habilement de sujet.

— Oui, mais c'est un métier difficile, physiquement pénible : on passe des heures debout, à retourner les patients pour soulager les escarres, à pousser des brancards, à changer les pansements et les bassins de lit…

Il s'interrompit, gêné. Pourquoi avoir insisté sur le fait qu'une grande partie de son travail impliquait les fluides corporels ? Il aurait mieux fait de s'en tenir à des missions plus attrayantes – soutenir le moral de ses petits patients, par exemple. Lors des fêtes de fin d'année, l'hiver dernier, il s'était costumé en lutin pour distribuer des cadeaux de Noël aux enfants du service d'oncologie pédiatrique.

— Et c'est aussi épuisant sur le plan émotionnel, ajouta-t-il. Toute cette souffrance !

— Je comprends, dit Emmie en le regardant comme s'il était une sorte de super-héros. Mais toi, tu gères de vrais problèmes. Des choses qui comptent. La vie, la mort… En ce moment, moi, je rédige des argumentaires pour persuader les adolescents d'utiliser une nouvelle marque de dentifrice !

— D'accord, ça semble un peu futile, mais ça reste amusant, non ? Et c'est créatif, au moins. Et puis, l'hygiène dentaire n'est pas un petit problème, crois-moi. C'est à ce propos que m'écrivait ma mère, d'ailleurs. Elle aimerait que je prenne rendez-vous chez le dentiste.

Plus Sanjay parlait, plus il avait le sentiment d'être un imposteur. Il aurait voulu confier à Emmie qu'il était sujet à des crises de panique et que, parfois, il ne parvenait à se calmer qu'en récitant le tableau périodique des éléments, caché dans un local de service de l'hôpital. Il rassembla son courage pour se lancer – puis renonça : le train arrivait à New Malden.

Il sortit de la gare et poussa la porte du café voisin. Il n'avait rien avalé de la journée, puisque le distributeur n'avait rien voulu lui donner. Le gérant du café lui offrait parfois un muffin à moitié prix, s'il lui restait des invendus.

Sanjay mit un moment à s'apercevoir que Piers était attablé dans la salle. Penché sur son ordinateur portable, il marmonnait entre ses dents. Que faisait-il ici, alors qu'il vivait à Surbiton, deux arrêts plus loin ?

— Vous n'avez pas envie de rentrer chez vous ce soir, Piers ? demanda Sanjay.

Il s'agissait d'une boutade, mais Piers sursauta comme un voleur pris la main dans le sac. Il rabattit d'un coup sec le couvercle de son ordinateur portable – à croire qu'il était en train de visionner un film porno. *Impossible.* Pas dans ce café, rempli de bambins et de mères de famille.

— Je me suis arrêté pour répondre au mail d'un client. Une urgence. Vous savez ce que c'est...

Sanjay hocha la tête, même si, de toute évidence, son travail et celui de Piers n'avaient rien en commun. Ses urgences à lui se nommaient écouvillons, points de suture, cathéters et analyses de sang. Les courriels de ses patients ne figuraient pas au programme. De plus, le travail de Piers consistait à gagner des sommes faramineuses. Le sien rapportait nettement moins.

Ce devait être incroyable de n'avoir aucun problème d'argent. Cet homme était sans doute passé de grenouillères en cachemire à une scolarité dans les écoles les plus chics du pays, avant de trouver un job chez un ami de son père. Il n'avait jamais été contraint, comme Sanjay, de chiper une briquette de lait à la cantine de l'hôpital, parce qu'il avait du mal à boucler ses fins de mois.

Piers était-il seulement conscient de la chance qu'il avait ? Le salaire annuel de Sanjay après impôts n'aurait pas suffi à payer la montre ridiculement tape-à-l'œil qui brillait au poignet de son interlocuteur. *Arrête*, s'ordonna Sanjay. Ce genre de pensée avait de quoi vous rendre fou de jalousie.

Il se demanda de nouveau ce que le financier faisait ici, dans ce café. Que cachait-il ? Une liaison, peut-être ? Vu le personnage, ce ne serait pas étonnant. Piers vivait dans l'opulence. Après tout, pourquoi n'aurait-il pas deux femmes, alors que Sanjay, lui, ne parvenait même pas à en trouver une ?

Piers

8 h 13, Surbiton – Waterloo

Piers attendait Martha sur le quai de la gare de Surbiton. Une fois dans le train, ils chercheraient deux sièges côte à côte, pour leur demi-heure de mathématiques. Piers avait découvert que la phrase : « Je suis son tuteur de maths, pourrions-nous, s'il vous plaît, échanger nos places ? » fonctionnait très bien. Et Martha apprenait à gérer sa timidité. Elle avait *presque* cessé de le regarder avec méfiance et semblait commencer à l'apprécier. Mais il aurait parié qu'elle avait accepté son aide uniquement à cause de la présence rassurante d'autres voyageurs, et de la recommandation de Iona.

Il était content de la voir apprivoiser les mathématiques. Leçon après leçon, Martha acquérait rapidité et précision, à l'opposé des performances financières de Piers, lesquelles auraient été annotées au stylo d'un *Peut mieux faire* ou d'un *Venez me voir à la fin du cours*.

Afin d'adapter ses horaires à l'emploi du temps de Martha, Piers se rendait chaque jour de plus en plus tard à la City, ce qui leur permettait d'échapper aux rames bondées. Candida ne paraissait pas s'en apercevoir. Pas plus qu'elle n'avait remarqué qu'il se ruait sur la boîte aux lettres afin de récupérer avant elle les enveloppes sur lesquelles figurait URGENT ! DERNIER AVIS ! qu'il rangeait ensuite au fond du tiroir à chaussettes de sa commode.

Candida était bizarrement aveugle à ces détails, alors que son œil d'aigle repérait à vingt pas une minuscule toile d'araignée oubliée par la femme de ménage, ou une baisse d'un point de pourcentage dans les scores de capacités cognitives de Minty. Piers était tenté de lâcher une énormité, juste pour vérifier qu'elle prêtait attention à ce qu'il lui disait. Mais il n'en avait pas le courage ; s'il balançait un début de vérité, ne serait-ce qu'une fois, une avalanche d'aveux s'ensuivrait et son monde s'écroulerait.

— Comment va ma meilleure élève aujourd'hui ? s'enquit-il dès qu'il vit Martha.

— Elle est votre unique élève, répliqua la jeune fille. Et elle va bien, merci.

— Tu as réussi à faire ton devoir de maths, hier soir ?

— Presque tout. J'ai un peu bloqué sur les équations simultanées.

— Le truc avec les équations, c'est d'arrêter d'y voir des vieux chiffres ennuyeux et d'imaginer plutôt des dessins d'art abstrait. Elles sont très belles. Je vais te montrer.

En montant dans le compartiment, ils rejoignirent Iona, installée à sa place habituelle, et Lulu qui gardait un siège au chaud. Piers parvint à récupérer le fauteuil voisin en usant de son charme auprès de la passagère d'âge mûr qui l'occupait.

Tandis qu'il expliquait la beauté des équations simultanées à Martha, il repensait au jour où il avait découvert l'algèbre et envisagé les mathématiques non seulement comme des problèmes à résoudre, mais comme un passeport ouvrant sur une nouvelle existence. Constatation paradoxale, puisque désormais il souhaitait justement échapper à cette vie.

— Alors, tu vois ce que je veux dire ? demanda-t-il à Martha qui se mordillait la lèvre inférieure, plongée dans ses réflexions.

— Oui, je crois que j'ai compris, souffla-t-elle avec un grand sourire.

— Tu n'es pas du tout mauvaise en maths, Martha. Tu manques juste de confiance en toi, et je suppose qu'on n'a pas su t'enseigner les règles de base. Tu as un bon prof ?

— *Un* prof ? J'en ai eu des tas. On a souvent des remplaçants. Mon prof de théâtre est même venu deux ou trois fois nous faire cours. Le pauvre, il s'y connaît pas plus que moi en maths. Ma mère s'est plainte au proviseur, qui lui a parlé d'une « pénurie de diplômés de mathématiques au niveau national ».

— Comment s'appelle ton collège, déjà ?

— St Barnabus. Pourquoi ?

— Comme ça.

Piers nota mentalement le nom, juste au cas où...

Depuis le début de la leçon, il avait ignoré Iona qui, de toute évidence, n'appréciait pas d'être laissée pour compte. Elle bouillait d'impatience. On aurait dit une cocotte-minute sur le point d'exploser.

— Écoutez les enfants, ces cours de maths étaient mon idée, au départ, et j'estime mériter des remerciements, mais bonté divine, pourriez-vous faire une pause ? J'aimerais avoir des nouvelles des auditions de *Roméo et Juliette*.

Martha lâcha son stylo plus vite que Piers l'aurait souhaité.

— Elles ont lieu dans quinze jours. On nous a donné un court dialogue à apprendre. Bon, je finirai sûrement en coulisses, à m'occuper des costumes et des accessoires, mais tant pis. Ça me plaît, de toute façon, de participer à la création de la pièce. Ça m'aide à oublier cette histoire de photo.

— En coulisses, dis-tu ? C'est ce qu'on va voir ! Une protégée de Iona Iverson brille toujours sur les planches ! L'extrait en question, tu l'as avec toi ?

Martha sortit de son sac une feuille de papier froissée, qu'elle posa sur la tablette, par-dessus l'exercice d'algèbre, au grand dam de Piers. Elle la défroissa avec sa manche et la tendit à Iona. Celle-ci plissa les paupières pour déchiffrer les petits caractères. En vain. Elle fouilla son cabas, en quête de ses lunettes de lecture.

— C'est bien parce que c'est toi, Martha chérie, murmura-t-elle. Je ne les porte jamais en public. Elles me vieillissent horriblement.

Piers se retint de lui dire, en représailles contre l'interruption intempestive de son cours de maths, que c'était l'âge qui la vieillissait. Asticoter Iona, c'était amusant, jusqu'à un certain point. Et Piers avait appris, à ses dépens, que si on allait trop loin, elle pouvait mordre.

— Oh ! C'est la scène du balcon ! s'exclama Iona, ravie. Bon, tu joues Juliette, et je serai ton Roméo. Nous avons trois arrêts avant Waterloo pour convaincre Piers et ce monsieur…

Elle désigna l'occupant du carré voisin, un homme costaud à l'allure sportive, vêtu d'un T-shirt et d'un simple short, malgré le froid.

— … que nous sommes follement amoureuses l'une de l'autre. On va bien s'amuser ! Je me présente, Iona, et voici Martha, annonça-t-elle. Alias Roméo et Juliette.

— Enchanté. Jake, répliqua Monsieur Muscles en lui tendant la main. Alias Jake.

— Ah, oui, c'est écrit sur votre poitrine d'athlète ! Comme c'est pratique !

En effet, on pouvait lire, imprimé en travers du T-shirt : *JAKE – COACH SPORTIF*.

Martha paraissait terrifiée, mais Piers comprenait la stratégie derrière l'extravagance de Iona. Si la gamine pouvait surmonter sa crainte de lire en public ici, dans ce compartiment, son audition se déroulerait dans les meilleures conditions possible.

Iona

18 h 17, Waterloo – Hampton Court

Comme la vie peut changer en deux mois, songea Iona en montant dans le train, à la fin d'une journée de travail fructueuse.

Ayant repéré Piers et Sanjay sur le quai, elle s'arrangea pour qu'ils s'installent auprès d'elle, en bousculant au passage une jeune mère avec son nourrisson dans une poussette. Elle se sentit un peu coupable, jusqu'à ce qu'elle entende la maman dire à son bébé : « Ne fais pas attention à cette vieille bique, mon trésor. »

— Je ne vois pas pourquoi elle lui dit du mal de moi, chuchota Iona à l'oreille de Lulu.

L'assistante de direction avait inscrit une réunion à son agenda pour le lendemain, à 17 heures. Quelque temps plus tôt, Iona se serait affolée ; désormais, elle était confiante. Voire impatiente d'y participer.

Depuis qu'elle soumettait certaines lettres de lecteurs à Emmie, Sanjay et Martha, et qu'elle compilait le meilleur de leurs conseils avant de répondre, elle avait causé un certain remue-ménage sur les réseaux sociaux. Son courrier avait notablement augmenté, ainsi que sa cote auprès de ses collègues. Et depuis que Fizz avait rejoint *Modern Woman* la semaine précédente, l'équipe était plongée dans une effervescence indescriptible.

Oui, cette réunion allait être très amusante. Avec peut-être, en perspective, une hausse de salaire dont elle n'avait pas bénéficié depuis des années. Jusqu'à présent, elle ne s'en était jamais plainte, supposant que la relative modestie de ses appointements justifiait la sauvegarde de son poste.

Soudain, elle eut une illumination : cette semaine, elle allait fêter ses trente ans de maison ! Ce ne pouvait être une coïncidence. Ses collègues avaient-il prévu une petite *fiesta* ? À l'occasion de son dixième anniversaire, ils avaient organisé une grande soirée, avec champagne et canapés. Pour le vingtième, elle avait eu droit à un gâteau et des bons d'achat chez Harvey Nichols, un magasin de luxe. Que lui apporterait le trentième ? Elle devait se souvenir de feindre la stupéfaction, pour ne pas gâcher l'effet de surprise.

En attendant, deux choses gâtaient sa bonne humeur. Tout d'abord, l'épouvantable odeur du hot-dog que mâchait l'individu assis derrière elle. Ignorait-il la Règle n° 3 de l'Usager du Train de Banlieue : « Ne jamais manger chaud » ? Ensuite, l'attitude de Sanjay, qui fixait d'un air lugubre son gobelet de café, à croire que celui-ci détenait le secret de son avenir. Le moment était venu de lui secouer les puces.

— Sanjay, commença-t-elle, il est temps de te ressaisir et d'aller de l'avant. Une de perdue, dix de retrouvées, comme on dit.

Pour la première fois depuis qu'ils avaient fait connaissance, il lui jeta un regard noir.

— Iona, vous disiez vous-même que tant que le rideau n'était pas tombé…

— La pièce n'est pas encore terminée, Sanjay, l'interrompit-elle. Parfois rien ne se passe comme on l'a prévu – j'en sais quelque chose, crois-moi. Et je t'interdis de faire la tête. C'est manquer de respect envers ses amis.

— Vous n'avez rien à m'interdire ! Vous n'êtes pas ma mère ! riposta Sanjay. Qu'est-ce que j'y peux, si Emmie est la femme de ma vie et qu'elle se marie avec un autre ?

— « La femme de ma vie », et puis quoi encore ! On peut avoir plusieurs compagnes au cours de son existence.

— Ah bon ? ricana Sanjay. Vous vous voyez vivre avec une autre que Bea, vous ?

— Moi ? Non, quelle question ! Mais ce Toby est fait pour Emmie, avoue-le. Elle est follement heureuse et, en tant qu'amis, nous devons nous réjouir, aussi dur que cela puisse être pour toi.

— Je me réjouis pour elle, se défendit Sanjay. D'ailleurs, ça m'est égal. C'était juste une toquade idiote. J'ai tourné la page.

— Faux, nous le savons tous les deux. Souviens-toi, je suis une professionnelle de l'empathie. Je sais *lire* les émotions des gens. Là, tu boudes comme un marmot capricieux. Arrête un peu !

Le téléphone de Sanjay, posé en travers sur la tablette, signala un message.

— « Je t'ai pris un rendez-vous samedi prochain », lut Iona tout haut.

— C'est ma mère. Elle essaie de me caser auprès d'une assistante dentaire, même si elle s'évertue à le nier.

— Excellente initiative ! Tu vois, une de perdue, dix de retrouvées ! répéta Iona.

Elle prit le téléphone et envoya l'émoticône pouce levé. Furieux, Sanjay lui arracha l'appareil des mains.

— Ne vous mêlez pas de ça !

Sa voix résonna dans tout le compartiment, particulièrement silencieux ce soir-là.

— J'ai déjà assez de ma mère sur mon dos ! Ma vie amoureuse ne vous concerne pas ! Vous n'êtes qu'une vieille frustrée qui n'a rien d'autre à faire que de fouiner dans celle des autres !

Iona crut avoir reçu un coup de poing à l'estomac. Venant de n'importe qui, ces mots auraient fait mal ; de la part de Sanjay, un garçon si doux et si attentionné, ils étaient atrocement douloureux.

Frustrée. Vieille. Fouineuse. Laquelle de ces trois fléchettes empoisonnées piquait le plus fort ?

De son côté, Piers demeurait muet, le nez plongé dans son *Evening Standard*, telle une tortue rentrée dans sa carapace. Pourquoi n'avait-il pas volé à son secours ? Avait-elle dépassé les bornes, cette fois ? Iona se souvint de ces trajets pendant lesquels personne ne se parlait, avant l'Épisode du Grain de Raisin. Ces silences-là étaient normaux, dénués de sens, pas gênés, ni chargés de rancune comme celui qui régnait à cette minute entre eux trois.

Sanjay fixait la vitre avec obstination. Visiblement, il ne supportait pas l'idée de croiser son regard, et encore moins de lui adresser la parole. Quand il se leva pour descendre à New Malden, Piers marmonna un rapide au revoir, sans abaisser son journal. Sanjay ne répondit pas. Et Iona ne dit rien.

Elle contempla le camaïeu rouge orangé du soleil couchant et l'impressionnant ballet d'une nuée d'étourneaux. Comment des milliers d'oiseaux parvenaient-ils à se déplacer si vite et à ne jamais se percuter ? Absorbée par ce spectacle, elle faillit pousser un cri de frayeur lorsque le train s'arrêta en gare de Surbiton et qu'elle vit surgir derrière la vitre le visage d'une femme d'une quarantaine d'années, qui aurait pu être belle si ses traits n'avaient pas été déformés par la hargne.

— Mon Dieu, qu'est-ce qui lui arrive ? s'exclama Iona, au moment où Piers se levait de son siège.

La femme portait une tenue de yoga de marque, avec OM SHANTI imprimé en travers d'une poitrine généreuse. Deux mots qui s'accordaient mal aux vibrations furieuses qu'elle dégageait.

— C'est Candida, murmura Piers, défait.

— Mon petit doigt me dit que votre tour en Kapla a dû s'effondrer, commenta Iona.

— Votre petit doigt dit vrai. Je ferais mieux d'aller affronter l'orage, répondit Piers, qui ajouta dans sa barbe : « Ça ne pouvait plus durer, de toute façon. »

Il se fraya un chemin vers les portières, puis se retourna et lança à Iona un regard affolé, comme celui d'un écolier fugueur traîné jusqu'au bureau du directeur et conscient de son renvoi prochain.

Iona demeura dans le carré, face aux sièges vides, en compagnie de Lulu, de *l'Evening Standard* abandonné, et d'un fort sentiment de malaise. Qu'avait donc fait Piers pour mériter un tel comité d'accueil ? Une histoire d'adultère, sans doute. C'était tristement banal.

La journée parfaite s'achevait en eau de boudin. Rien n'allait plus. Tout à coup, la réunion du lendemain lui apparut bien moins réjouissante.

Piers

Piers décida d'y aller au bluff.

— Candida ! Comme c'est gentil de venir me chercher à la gare !

— J'ai vu la Porsche sur le parking, répliqua-t-elle, voix vibrante et narines frémissantes. J'en ai conclu que tu avais pris le train. La question était de savoir *pour où* ?

Les voyageurs présents sur le quai avaient renoncé à faire semblant de ne pas écouter et assistaient à la scène comme les spectateurs d'un match de tennis particulièrement offensif. Toutes les têtes pivotaient de concert vers l'un ou l'autre des protagonistes.

— Que veux-tu dire ?

Piers le savait très bien, mais relancer la balle dans le camp de l'adversaire permettait de jouer la montre.

— Ce que je veux dire ? siffla sa femme. Pourquoi descends-tu de ce train, en costume, attaché-case à la main, alors que selon les dires d'une fille de mon cours de pilates, Felicia, tu as perdu ton travail depuis *trois mois* ?

Jeu, set et match pour Candida. Piers, éliminé du tournoi.

Il bénéficia de dix minutes de répit sur le chemin du retour, car ils rentraient chacun avec leur voiture. Au volant de sa Mini décapotable, Candida abordait les virages dangereusement vite. Piers avait l'impression de suivre une grenade dégoupillée.

Sitôt la porte de la maison refermée, Candida explosa.

— TU ESPÉRAIS QUOI, en m'humiliant de la sorte ? Quand Felicia m'a demandé si tu reprenais le dessus, je suis tombée des nues ! Tu m'as fait passer pour une idiote !

Son visage était si près du sien qu'il sentit des postillons éclabousser sa joue. Il n'osa pas s'essuyer, de peur que le moindre mouvement n'exacerbe la fureur de sa moitié.

— J'essayais de te protéger, expliqua-t-il avec douceur. J'ai été licencié en janvier, lors de la dernière charrette, et j'ai jugé inutile que l'on soit deux à se ronger les sangs. Je pensais t'en parler après avoir décroché un nouveau poste. Mais… ça s'avère un peu plus compliqué que prévu. L'heure est davantage aux mises à pied qu'aux recrutements. Et plus j'attendais, plus il devenait délicat d'aborder le sujet.

— Bien. Comment va-t-on payer les frais de scolarité des enfants ? Le prêt hypothécaire ? La nounou ? Hein ? COMMENT VA-T-ON FAIRE ?

— Voilà précisément les questions que je ne voulais pas entendre. C'était déjà assez difficile d'accepter que la banque pour laquelle je travaillais depuis quinze ans venait de me virer comme un malpropre, alors que je lui avais fait engranger des profits faramineux en lui sacrifiant mes soirées, mes week-ends, et mes vacances ! On m'a donné un carton et cinq minutes pour vider mon bureau, sous surveillance. Ensuite, les agents de sécurité m'ont accompagné jusqu'à la sortie et ont récupéré mon passe.

Piers eut un haut-le-cœur en repensant à cette matinée, à l'humiliation d'avoir été escorté par des vigiles à travers la salle des marchés. La même scène s'était produite devant lui tant de fois. Certains de ses collègues, ceux qui se croyaient invulnérables, avaient scandé « Mi-das ! Mi-das ! » sur son passage. Les plus chevronnés gardaient les yeux rivés sur leurs écrans, en songeant : *Ça aurait pu être moi*. Peu d'entre eux atteindraient l'âge de la retraite sans avoir eux aussi à subir leur Marche de la Honte.

— Qu'as-tu fait du carton ? demanda Candida avec un léger sourire, minuscule fissure craquelant sa cuirasse.

— Je l'ai jeté dans une benne.

— Même la photo de moi que tu gardais sur ton bureau ?

— Je n'avais pas de photo de toi sur mon bureau, répliqua-t-il du tac au tac.

Il n'aurait peut-être pas dû, mais dans le grand ordre des choses, cette entorse à la tradition n'avait guère d'importance.

— Alors, que fais-tu de tes journées ? Où vas-tu ?

Elle était là, l'inévitable question qui mènerait à une nouvelle série de révélations. Piers prit une profonde inspiration, et sauta dans le précipice.

— Je passe des heures au pub ou à la bibliothèque, à répondre à des petites annonces. J'ai fait jouer quelques relations et obtenu deux ou trois entretiens qui n'ont abouti à rien.

Il s'interrompit et fit tourner sa chevalière autour de son auriculaire, avant d'ajouter :

— Et j'ai effectué des opérations en journée.

— Des opérations en journée ? Tu veux dire… tu as investi ton propre capital ?

Piers hocha la tête.

— Oui. Je pensais qu'après toutes ces années passées à faire gagner de l'argent à mes clients, je pourrais réaliser la même chose pour moi. Pour nous.

Candida plissa les yeux.

— Avec quels fonds ?

— Mes indemnités de licenciement.

— Et qu'est-ce que ça donne ? s'enquit-elle d'un ton désabusé qui suggérait qu'elle connaissait la réponse.

— Eh bien, pour l'instant, ce n'est guère brillant. Jongler avec le capital des autres n'a rien à voir avec risquer le sien. Il faut changer d'état d'esprit, et cela nécessite un temps d'adaptation, voilà tout.

— Et depuis que tu… *t'adaptes*, combien as-tu perdu du montant de tes indemnités ? Ou plutôt, de *nos* indemnités ?

— Environ les deux tiers, avoua Piers.

Il n'osa pas lui confier le ratio exact : soixante et onze pour cent. Rien que d'y penser, son estomac se nouait d'angoisse.

— Rassure-toi. Ce n'est pas de l'argent perdu. Je vais le récupérer. C'est juste une mauvaise passe. Tout va changer, je le sens.

— Mon pauvre Piers, tu parles comme un flambeur accro aux jeux. Tu me fais penser à un type qui gaspille l'argent du ménage en pariant aux courses. Tiens, tu veux savoir la différence entre le clochard couché sur un banc qui biberonne de l'alcool à brûler et le « fin connaisseur » qui boit trois bouteilles de château-lafite pendant un dîner à l'Ivy ? Il n'y en a aucune, excepté la somme d'argent dépensée. Il faut mettre un terme à tout ça.

— Je ne peux pas, Candida. Pas avant d'avoir récupéré mes pertes.

— Et ça fait combien de temps que tu te voiles la face ?

Il n'avait pas besoin de répondre. Elle le savait.

— Ça n'a pas fonctionné, jusqu'à présent, hein, Piers ? Ça n'a fait qu'empirer.

— Il est trop tard pour revenir en arrière, Candida.

— Il est trop tard pour *ne pas* revenir en arrière, Piers.

Il s'effondra dans un fauteuil, la tête entre les mains. La sangle qui le maintenait debout, mais l'enserrait chaque jour davantage, lâcha d'un coup. Pour la première fois depuis cette horrible matinée de janvier, pour la première fois depuis qu'il s'était débarrassé de son ancienne peau et avait enfilé le costume de Piers l'Invincible, il se mit à pleurer. Et il ne pouvait plus s'arrêter.

Il lui fallut un moment pour comprendre où il était. La lueur du soleil levant tombait à un angle anormal et quand Piers étendit son bras de l'autre côté du lit, les draps étaient froids. Alors seulement, il se souvint. Il avait dormi dans la chambre d'amis. Les événements de la veille lui revinrent à l'esprit et, telle une avalanche, l'étouffèrent.

Les mots de Candida avaient germé en lui et pris racine pendant son sommeil, car il envisageait désormais sa situation avec une désagréable lucidité. Elle disait vrai : il n'était qu'un parieur malchanceux refusant de quitter la table de jeu avant l'extinction des dernières lumières du casino.

La partie était terminée.

Il prit une douche, se rasa et ouvrit son dressing. Il caressa par habitude la rangée de costumes presque identiques, amoureusement confectionnés par son tailleur de Jermyn Street, puis choisit un jean et un pull en cachemire. Il n'avait plus de raison d'endosser un costume.

Et maintenant ?

La perspective de l'interminable journée qui l'attendait lui était insupportable : devoir marcher sur la pointe des pieds et se faire tout petit afin d'éviter la colère de Candida. Ou pire, son mépris. Jusqu'à présent, elle l'avait toujours estimé, même après sa brève et malencontreuse passade avec la jeune fille au pair hollandaise. Dorénavant, elle n'éprouverait plus aucun respect pour lui. Rien d'étonnant, puisque lui-même ne se respectait plus.

Il enfila un manteau, sortit de la maison et démarra la Porsche, respirant l'odeur rassurante du cuir luxueux des sièges, l'oreille à l'écoute du ronronnement du moteur. D'ordinaire, ces détails lui procuraient un frisson de plaisir, mais ce matin, il ne ressentait rien. Comme si tous ses sens étaient émoussés.

Il roula sans réfléchir jusqu'à la gare de Surbiton, laissa la voiture au parking, traversa la passerelle et se retrouva sur le quai, à l'endroit habituel. Et pourtant ce matin, rien n'était habituel. *Tu n'es qu'un imposteur. Un simple avatar en 2D.*

Il repensa au jour où il avait failli s'étouffer avec ce grain de raisin. Il avait eu si peur de mourir. Aujourd'hui, il ne comprenait pas pourquoi, deux mois plus tôt, il tenait désespérément à la vie.

Qu'est-ce que je fais ici ? À quoi bon exister ? Je ne sers à rien. Il avança vers la bordure du quai, les yeux rivés sur la voie. Un rat déguerpit dans l'ombre. Piers distingua le bourdonnement électrique d'un train à l'approche. Plus le bruit augmentait, plus les rails l'attiraient. Il serait si facile d'avancer un pied, puis l'autre, et de tout arrêter. Disparaître.

Le bourdonnement se fit plus insistant. Piers devinait la présence de silhouettes alentour, les regards interrogateurs posés sur lui. Encore quelques secondes, et il aurait manqué le moment d'en finir.

Plus il fixait les rails, plus ils se rapprochaient. Plus près, toujours plus près. Pas besoin de sauter. Pas de chute. Juste un pas en avant. Le bruit se fit chuintement qui disait *Oui… oui… oui…*

— Non ! hurla quelqu'un dans son dos.

Martha

07 h 59, Surbiton – Waterloo

Martha ne reconnaissait plus dans le nouveau Piers l'homme sur lequel elle avait vomi quelques semaines plus tôt. Ce matin, elle se réjouissait par avance de le retrouver à la gare : trop contente d'être parvenue à terminer tous ses exercices de maths, elle escomptait secrètement recevoir des éloges de la part d'un adulte qui s'intéressait à elle. Martha excluait d'office de cette description sa mère et l'amant de sa mère, ça allait de soi.

Elle avait aussi besoin de se changer les idées, car aujourd'hui, la liste des élèves choisis pour interpréter *Roméo et Juliette* serait placardée dans le hall du collège. Martha espérait décrocher au moins un petit rôle. Après tout, elle avait été coachée par Iona, une actrice *professionnelle*, chaque matin pendant quinze jours. Au début de l'audition, elle avait buté sur deux ou trois répliques, mais elle était parvenue à se détendre, et ça s'était bien passé. Plus que bien, même. Elle avait ressenti des picotements d'excitation en interprétant Juliette sur une vraie scène, face à un garçon de seize ans en chair et en os, et non plus dans un train, à feindre d'être amoureuse d'une vieille lesbienne.

Comme l'avait prédit Iona, la préparation de l'audition l'avait empêchée de se focaliser nuit et jour sur la photo maudite. Et dès qu'elle cessait de s'en préoccuper, elle remarquait qu'elle recevait moins de piques sarcastiques et de regards en coin. Iona soutenait que les pensées honteuses étaient « comme de la cataire » pour les harceleurs. Martha n'avait pas osé demander ce qu'était la « cataire », mais elle avait saisi grosso modo le sens de la phrase. *C'est l'effet Pygmalion, une prophétie autoréalisatrice, ma chérie : si tu te prends pour une victime, tu* deviens *une cible*. Impossible d'imaginer Iona en victime. Cette femme était indestructible.

Martha s'avança sur le quai de Surbiton, à la recherche de Piers.

Elle ne le reconnut pas tout de suite, sans son costume. Mais même en jean et manteau, il était plus élégant que la plupart des autres voyageurs. En tout cas, il n'avait pas l'allure d'un prof !

Elle le héla.

— Piers !

Il ne réagit pas. Il se tenait sur la bordure du quai, au-delà de la ligne de sécurité. Il scrutait la voie comme s'il venait de laisser tomber une pièce de monnaie dans une fontaine à vœux et qu'il souhaitait à tout prix la récupérer.

— Piers ? répéta-t-elle. Ça va ?

On aurait dit qu'il ne l'entendait pas, alors qu'elle se tenait tout près de lui. Hypnotisé, il fixait les rails en se balançant doucement d'avant en arrière. Les sens de Martha devaient être plus aiguisés qu'à l'ordinaire, car les bruits qui l'entouraient, piétinements, reniflements, raclements de gorge, lui parvenaient amplifiés. La sueur lui picotait les aisselles. Elle devina ce qui allait se passer, la scène se jouant au ralenti sous ses yeux.

— Non ! hurla-t-elle en attrapant Piers par le bras.

Le train direct pour Waterloo traversa la gare à une vitesse et une puissance qui lui soulevèrent le cœur à l'idée de ce qui aurait pu arriver. Mais son soulagement se mua très vite en embarras. Avait-elle surréagi ? Était-ce simplement son imagination ? Piers n'avait pas avancé son pied ; il avait juste eu l'air… *bizarre*.

Le vide laissé sur la voie par le train fut aussitôt comblé par l'arrivée d'une nouvelle rame, précipitant la foule vers les portières. Martha restait figée, toujours agrippée à la manche de Piers. Elle se sentait affreusement désarmée face à la situation.

Il tourna vers elle un visage inexpressif, comme s'il se trouvait en terre étrangère en compagnie d'une parfaite inconnue.

— Non, non, je n'allais pas sauter, marmonna-t-il, cherchant sans doute à s'en convaincre lui-même.

— On va s'asseoir une minute, d'accord ? lui dit-elle en le guidant vers un banc.

Que dirait David Attenborough, dans ces circonstances ? *Même solitaire, le loup blessé a besoin de regagner la sécurité de la meute.*

— Si on appelait votre femme ? proposa Martha.

Piers s'assit en regardant droit devant lui. On aurait dit un poste de télévision branché, mais qui ne voulait pas s'allumer. Et Martha ne savait pas où se trouvait la télécommande.

Elle fouilla la poche du manteau et sentit sous ses doigts la forme familière d'un iPhone. Elle prit la main de Piers et retint une petite grimace lorsqu'elle remarqua au passage que l'ongle du pouce était rongé jusqu'au sang et sa peau à vif, contrastant avec les autres, parfaitement coupés. Elle appuya la pulpe du pouce sur la touche en bas de l'appareil. Ouf. Déverrouillé. Dans les favoris de la liste des contacts, elle trouva l'entrée *MAISON*.

Quinze minutes plus tard, Candida était là. Elle courut jusqu'à eux et s'assit sur le banc, à côté de son mari.

— Merci… euh…

— Martha.

— Merci beaucoup, Martha. Je prends le relais. Je ne veux pas que tu sois en retard au collège. Un peu d'hypoglycémie, je suppose. Il n'a pas pris son petit-déjeuner ce matin. Ça va aller, ne t'inquiète pas.

— Bien sûr, dit Martha, qui n'était sûre de rien.

En montant dans le train, les jambes encore flageolantes, elle se rendit compte qu'elle avait oublié de demander à Candida le numéro de portable de Piers. Comment saurait-elle s'il allait mieux ? Si un adulte instruit, marié et riche pouvait craquer aussi brutalement, quel espoir restait-il aux autres ?

— Ça va, Martha ? entendit-elle, tout près d'elle.

La jeune fille eut l'impression que les rôles s'étaient inversés. Que c'était elle et non Piers qui désormais fixait la voie ferrée. Elle se retourna et croisa le regard alarmé de Jake, le coach sportif qui lui avait servi d'auditoire lors de sa première répétition de la scène du balcon.

— Pas trop, j'avoue. Iona est là ? J'ai besoin de lui parler.

Jake eut un geste en direction du siège habituel de Iona, occupé par un voyageur ignorant l'importance de la septième place sur la droite dans le sens de la marche.

— Non ! D'ailleurs, quand j'y pense… Je ne l'ai pas vue depuis quelque temps. Pour être honnête, j'ai appris son nom le jour où vous répétiez toutes les deux cette scène de théâtre. Cette Iona, quel phénomène !

— Ah ça, elle passe pas inaperçue.

Martha aurait juré que plusieurs voyageurs hochaient la tête en signe d'assentiment.

— Je la surnommais Mohammed Ali, lui confia Jake.

— Mohammed Ali ? Pourquoi ? À la limite, vous, vous lui ressemblez un peu. Iona, pas du tout.

— Parce qu'elle est à la fois élégante et féroce, comme lui. Tu sais, son : « vole comme le papillon, pique comme l'abeille ».

Martha ne savait pas, mais elle approuva vigoureusement, afin de s'épargner un cours d'histoire de la boxe.

Jake lui tendit une canette de boisson énergisante, un truc qui aurait horrifié sa mère, à cause du nombre astronomique de calories.

— Tiens, bois, ça va te requinquer.

Il avait raison. Une gorgée, et elle se sentait déjà mieux. À la deuxième, ses forces et son équilibre lui revinrent.

— Au fait… commença Jake, hésitant. L'autre jour, j'ai surpris par hasard votre conversation au sujet de ton harcèlement au collège. Tu ne m'en veux pas ?

— Non. Je pense que c'est quasi-impossible de pas entendre Iona !

— Tiens, un petit cadeau, dit Jake en lui remettant une carte plastifiée. Un passe VIP pour ma salle. Si tu ne peux pas affronter tes harceleurs avec *Roméo et Juliette*, apprends au moins à leur mettre une droite.

Le nom écrit sur la carte était celui d'une salle de sport très connue et branchée, suivi des mots *ACCÈS À TOUTES LES ACTIVITÉS*.

— Merci, mais je peux pas accepter. Ça doit coûter une fortune. Et puis, Iona m'a cité un proverbe de Lao Tseu :

« Si quelqu'un t'a offensé, ne cherche pas à te venger. Assieds-toi au bord de la rivière et bientôt tu verras passer son cadavre. » Je crois que ça veut dire qu'ils finiront par avoir ce qu'ils méritent !

Jake parut sceptique.

— Mmm… Pas sûr. Pour la salle, pas de problème, c'est gratuit. J'en suis le propriétaire. Par contre, si tu peux me faire de la pub, je ne dis pas non !

— C'est vrai ? Alors d'accord ! C'est vraiment gentil à vous, Jake, le remercia-t-elle en glissant la carte dans sa poche de blazer. *De la pub ?* Elle n'était pas influenceuse… Elle était tout le contraire, même. Recommander son établissement reviendrait à lui faire perdre sa clientèle ! Un baiser de la mort commercial !

— Ne te bile pas pour la pub, je plaisantais, dit Jake, qui devinait ses pensées. Tu sais, j'ai une fille de ton âge. Si elle subissait ce que tu viens de subir, je serais heureux de savoir que quelqu'un est là pour lui prêter main-forte…

Martha sourit à nouveau. Quelle chance d'avoir comme nouvel ami ce géant si gentil et généreux.

— …ou pour traquer les salopards qui la harcèlent et leur en faire voir de toutes les couleurs, enchaîna Jake. Tu sais, parfois, il ne faut pas se contenter d'attendre au bord de la rivière. Il vaut mieux jeter le cadavre dans l'eau et vérifier qu'il a bien coulé.

Bon, disons un géant généreux.

— On se voit à la salle, Martha !

Sanjay

La journée avait mal commencé.

Sanjay avait passé une nuit agitée, à regarder s'écouler les heures sur le cadran lumineux de son réveil. Pourquoi le temps filait-il si vite quand il s'occupait de tous ses patients, alors que chez lui, au milieu de la nuit, les chiffres se traînaient à grand-peine ? Il était pris dans un cercle vicieux : plus il craignait d'être trop fatigué pour travailler correctement le lendemain, plus le sommeil le fuyait, et plus il s'angoissait.

— Sanjay ? le héla Julie Harrison. Vous auriez une minute ?

Il s'efforça d'émerger du brouillard et cligna des yeux.

— Oui ?

— Ça m'embête de vous demander ça, mais si vous pouviez me rendre un service…

— Bien sûr, Julie, dit Sanjay, se maudissant aussitôt d'avoir accepté.

Il devait cesser de dire oui avant de savoir de quoi il retournait.

Elle sourit jusqu'aux oreilles.

— Vous êtes un amour ! J'étais sûre de pouvoir compter sur vous. Ce casque réfrigérant me fait horriblement mal, et ça n'agit pas. Je continue de perdre mes cheveux par poignées. Chaque jour après la douche, j'en sors d'énormes paquets de la bonde, et ce matin en me réveillant, j'ai cru que j'en avais laissé la moitié sur l'oreiller. Je n'en peux plus, Sanjay. Je veux me raser la tête.

— Je comprends, Julie. Le traitement par le froid n'est pas toujours efficace. Sachez que nous avons un excellent perruquier rattaché à l'hôpital. Il travaillait chez Vidal Sassoon, le grand coiffeur.

Julie fit la grimace.

— Je préfère m'en tenir aux bonnets et aux foulards. Et j'espérais que vous le feriez.

— Pardon ? Faire quoi ?

Sanjay peinait à suivre la conversation. Quand Julie arrivait à la fin d'une phrase, il avait oublié le début.

— Que vous accepteriez de me raser la tête. Je sais, ça ne fait pas partie de vos attributions, mais je ne veux pas demander à ma coiffeuse. L'autre jour, je lui ai suggéré d'essayer une coupe courte, pour donner un peu de volume à mes cheveux. Quand ils lui sont restés dans les mains pendant le shampoing, elle s'est mise à gémir : « Vos pauvres petits ! Ils sont si jeunes ! » Comme si j'étais déjà morte ! J'ai quitté le salon en larmes, la tête encore mouillée.

— Et votre mari, Adam ? Il pourrait le faire, non ?

Julie fut parcourue d'un frisson.

— Ah ça, hors de question ! C'est déjà difficile de garder un semblant de vie amoureuse quand on a un cancer, alors là, ce serait la fin de tout. S'il vous plaît…

Sanjay chercha une échappatoire. Ça ne faisait pas partie de ses attributions. Il n'avait pas le temps. Il allait de nouveau avoir des ennuis s'il outrepassait ses fonctions.

Mais il était trop fatigué pour lutter. Et peut-on dire non à une femme qui a déjà tant perdu ?

— Je n'ai personne d'autre vers qui me tourner, Sanjay. Et puis, vous avez l'habitude de voir des crânes chauves, ça devrait moins vous perturber.

Si seulement elle savait.

— J'ai apporté des ciseaux et une tondeuse, insista-t-elle, le sentant faiblir.

— Bon, d'accord, soupira Sanjay. Venez, on va chercher un box disponible.

Il resta derrière elle, afin qu'elle ne le voie pas se décomposer pendant qu'il coupait grossièrement les cheveux le plus près possible du crâne. Les longues boucles châtain tombaient sur le carrelage autour d'eux, souvenirs de jours heureux où ils étaient coiffés en chignons rigolos ou que des doigts attentionnés s'y enfouissaient pendant l'amour. Puis il rasa avec délicatesse, s'efforçant de maîtriser le tremblement de son bras, jusqu'à ce que le crâne soit uniformément lisse.

Ensuite, il la raccompagna à son lit et lui prit les mains.

— J'ai l'air de quoi ? demanda Julie, en essuyant ses larmes.

— C'est parfait. Vous avez une jolie tête bien ronde. Certaines personnes sont complexées par leur crâne bosselé.

Elle lui adressa un sourire sans conviction, prit son téléphone et le mit en mode selfie, pour se voir. Elle éclata en sanglots.

— Mon Dieu, Sanjay, je ressemble à un œuf ! On dirait Humpty Dumpty, dans *Alice au pays des merveilles* !

Elle enfouit son visage entre ses bras. Elle était si vulnérable, sans sa longue chevelure pour se dissimuler. Elle n'avait plus que sa peau nue et ses larmes.

— Mais merci, Sanjay, ajouta-t-elle en reniflant. C'est tout de même moins moche, comme ça. D'ici demain, ça ira mieux, je vous assure.

— Adam vient vous chercher ?

— Oui, avec Sam, notre plus jeune fils. Ils m'attendent à la cafétéria. Oh non, ils vont être horrifiés en me voyant ! Je crois que je ne vais pas réussir à sauver la face.

— Accordez-moi cinq minutes, Julie. Accrochez votre plus beau sourire à vos lèvres, je descends les prévenir et leur dire de monter. Ici, ce sera plus intime.

Sanjay consulta sa montre et dégringola l'escalier de service jusqu'à la cafétéria. Il avait déjà pris une heure de retard, qu'il n'allait pas pouvoir rattraper. Il repéra immédiatement Adam et Sam assis à une table, penchés sur un livre de coloriage.

— Bonjour ! dit-il en s'accroupissant devant le garçonnet. Ta maman préfère que vous alliez la voir là-haut. Mais d'abord, je dois te dire quelque chose.

Sam leva vers lui de grands yeux noisette, déjà trop sérieux et mélancoliques pour son âge.

— Elle a une nouvelle coiffure. Nous lui avons coupé tous ses cheveux, comme l'acteur Dwayne Johnson, « The Rock ». Tu le connais ?

— Oui.

— Ça ne va pas durer, ils vont vite repousser. Le problème, c'est que ta maman a peur que sa nouvelle coupe ne te plaise pas. Moi je sais que tu la trouveras très belle, parce que c'est ta maman, et que c'est la plus belle maman du monde.

Sam hocha la tête.

— Alors, il faut que tu sois très, très fort pour ne pas avoir l'air triste et lui dire qu'elle est très jolie, d'accord ?

Tout en parlant, Sanjay regardait Adam, qui comprit que le message s'adressait aussi à lui.

— On va y arriver, hein, fiston ? dit-il en prenant Sam par les épaules.

— Super ! s'exclama Sanjay. Je suis désolé, je dois vous laisser. D'autres patients m'attendent.

— Encore merci ! lui lança Adam.

Au moment où Sanjay sortit de la cafétéria, un homme poussa la porte battante si violemment qu'il fut presque projeté contre le mur.

— Désolé, s'excusa Sanjay.

Il s'arrêta au pied de la cage d'escalier où tout résonnait en écho, et s'appuya contre le mur pour reprendre son souffle. Son cœur battait à tout rompre, ses paumes étaient moites. Une nouvelle crise de panique le gagnait.

Non, pas maintenant ! Il n'avait pas le temps. Ni hier, ni aujourd'hui, ni demain.

Il se laissa glisser contre le mur et mit sa tête entre ses genoux, essayant de ralentir son rythme cardiaque et d'ignorer l'évidence qui le narguait durant ses interminables heures d'insomnie : il ne pouvait plus gérer cette souffrance tout seul.

Cette fois, il allait demander de l'aide.

À Iona.

Piers

Piers consulta sa montre. Trois heures de l'après-midi, et il était au lit. La blancheur immaculée des draps repassés ne faisait qu'accentuer la sensation de dégoût qu'il s'inspirait : il ne voyait en lui que défauts et imperfections. Une tache sombre à éliminer par javellisation.

Il aurait juré s'être levé ce matin. D'ailleurs, il portait des vêtements de ville. Serait-il déjà revenu de la City ? Il sentit un nœud familier lui tordre le ventre. Non, on l'avait licencié, et feindre d'aller travailler ne servait plus à rien désormais.

Pourtant, dans son souvenir, il avait vu Martha. Lui avait-il donné une leçon de maths ?

On toqua légèrement à la porte. Il essayait d'articuler « Entrez ! » quand Candida entra, justement, une tasse de thé à la main. Elle ouvrit les rideaux puis s'assit près de lui et s'enquit avec une douceur qui le surprit :

— Ça va, Piers ? Comment te sens-tu ?

En général, elle utilisait ce ton en parlant aux enfants, et encore, uniquement s'ils s'étaient blessés ou s'ils avaient de la fièvre.

N'ayant pas la réponse à la question, il resta muet.

— Tu sais en quelle année nous sommes, Piers ? Tu te souviens du nom du Premier ministre ?

— Je n'ai pas totalement perdu le sens de la réalité, répliqua-t-il, avant d'ajouter : C'est dommage, d'ailleurs.

— Ne t'inquiète pas. On va s'en sortir, assura Candida en lui tapotant le bras.

— Je ne vois pas comment, coassa-t-il.

Par quels moyens espérait-elle rétablir la situation ? Bisou magique ? Sparadrap ? Doliprane ?

— Nous allons résoudre ensemble le problème financier. D'abord, calculer ce qu'il nous reste, consolider le tout et réfléchir à la marche à suivre, reprit-elle avec calme et fermeté.

Elle envoya valser ses escarpins et vint se glisser sous l'édredon.

Comment Piers avait-il pu à ce point sous-estimer son épouse ? Il s'était toujours considéré comme le pilier de la famille et pourtant, aujourd'hui c'était elle qui lui maintenait la tête hors de l'eau. Pourquoi ne lui avait-il pas avoué la vérité tout de suite ? Était-il encore possible de sauver les meubles, dans ce chaos ?

Soudain, quelque chose vint sauvagement heurter la vitre, faisant sursauter Candida. Piers constata que ses propres réflexes étaient ralentis, comme emmitouflés dans de la ouate.

— Bon sang, qu'est-ce que c'était ? s'écria Candida en allant ouvrir la fenêtre.

Elle se pencha pour examiner l'allée.

— Ah ! C'est un pigeon.

— Il va bien ? demanda Piers.

— À mon avis, il est mort.

— Mais c'est affreux !

Piers se mit à pleurer.

— Bon Dieu, ce n'est qu'un pigeon ! s'énerva Candida. D'après toi, qu'est-ce que j'en fais ? Je le mets dans la poubelle ordinaire ou dans celle du compost ? J'imagine qu'il ne peut pas être recyclé.

— Ce n'est pas un simple pigeon, murmura Piers. C'est un mauvais présage.

— Piers, je crois que tu as besoin de consulter. Il faut que tu te fasses aider par un professionnel. Tu vis très mal cette situation.

Candida avait raison. Prétendre aller au travail chaque matin lui avait permis de tenir. Tant qu'il jouait au roi des marchés boursiers, il pouvait encore croire qu'il l'était. Il avait l'assurance des gagnants. Il se sentait encore Piers.

Mais à la minute où elle avait braqué les projecteurs sur lui, révélant, comme l'enfant dans le conte, que le roi était nu, son monde avait implosé. Débarrassé de son maquillage de scène, Piers redevenait Kevin : l'adolescent qu'il était, avant son changement de personnage, et de prénom. Le Kevin à la mère alcoolique. À l'uniforme scolaire de seconde main trop petit, et aux repas gratuits à la cantine. Le Kevin au bon à rien de père, incapable de nourrir sa famille. Les chiens ne font pas des chats. Le passé finit par vous rattraper. On ne peut le fuir indéfiniment.

— Je vais demander à notre médecin traitant de nous recommander un psychothérapeute, et je te prendrai rendez-vous, décida Candida.

— Non, ne fais pas ça, s'il te plaît. Je connais quelqu'un. Je m'en occupe.

Il n'y avait qu'une personne à qui il pouvait se confier.

Candida sourit et lui tapota l'épaule, comme s'il venait de recevoir le diplôme d'honneur de l'étudiant le plus méritant.

— Bon, d'accord. Est-il compétent ?

— *Elle*, corrigea Piers. Oui, elle exerce ce métier depuis longtemps.

Tenir le courrier du cœur d'un magazine féminin vous conférait-il des compétences en psychothérapie ? Sans doute pas, selon les critères de Candida. De toute façon, si Iona ne pouvait pas l'aider, elle connaîtrait un spécialiste susceptible de le faire.

Piers se tourna sur le côté et replongea dans le sommeil.

Martha

Martha était entrée dans la peau de son personnage. Un matin, à la fin d'une leçon de maths – avant son effondrement – Piers lui avait conseillé : « Fais semblant, et le reste suivra. » Cette philosophie, lui avait-il confié, était le secret de son succès. Il l'avait incitée à se créer une personnalité imaginaire, idéale, et à lui donner un nom. Martha l'avait écouté. Elle l'appelait « l'Autre Martha ».

L'Autre Martha avait plein d'amis. Non pas parce qu'elle était spécialement jolie, mais parce qu'elle avait en elle une confiance innée, et qu'elle possédait un grand charisme. Peu lui importait ce que les autres pensaient d'elle. Comme Iona, au fond. L'Autre Martha et Iona avaient des points communs. Une relation étroite, non pas de mère à fille, trop compliquée, plutôt de tante à nièce.

L'Autre Martha était une brillante comédienne ; remarquée au cours d'une représentation théâtrale au collège, elle avait décroché un rôle dans une série Netflix. Elle pouvait venir en cours accoutrée d'un sac à patates, personne ne se moquait d'elle. Au contraire, le lendemain, toutes les filles cool du collège arboraient la même tenue.

L'Autre Martha circulait dans l'établissement la tête haute, contrairement à son double minable qui rasait les murs en regardant ses pieds. Tout le monde s'écartait sur son passage, comme la mer Rouge devant Moïse.

Martha repéra, au bout du couloir, un groupe de filles lancées dans une discussion animée. En la voyant approcher, elles se turent brusquement et la fixèrent, alertes, pareilles à une bande de suricates dans le désert du Kalahari. *Les suricates sont toujours sur le qui-vive, que ce soit face au danger ou lorsqu'ils recherchent nourriture ou partenaires*, disait David Attenborough. Non. L'image était trop mignonne. Elle évoquait des animaux en peluche. Là, on aurait plutôt dit une hydre à cinq têtes, créature dont les mœurs se situaient au-delà des capacités narratives de Mr Attenborough.

Juste au moment où Martha avait le plus besoin d'elle, l'Autre Martha disparut dans un nuage de poussière, la laissant complètement à découvert. *Merci pour l'astuce, Piers. Jamais je n'aurais dû écouter les conseils d'un type qui, au bout du compte, a plus de problèmes que moi.*

Martha regarda droit devant elle, en direction de l'escalier, et hâta le pas, pour dépasser l'hydre au plus vite.

— Hé, Martha ! l'interpella l'une des têtes.

Elle feignit de n'avoir pas entendu.

— Hé, toi ! T'as vu le tableau d'affichage ?

Elle se figea.

— Non, pourquoi ?

— Ben, va voir ! lança une autre tête.

Martha faillit les ignorer, par principe, cependant la curiosité l'emporta. Elle fit volte-face et repartit vers le hall d'entrée.

Elle entendit quelqu'un crier : « Félicitations ! », mais la phrase ne lui était sûrement pas destinée.

Toutefois, plus elle se rapprochait du tableau d'affichage, plus les élèves l'observaient, non avec un mépris railleur, mais avec intérêt. De la façon dont ils auraient pu regarder l'Autre Martha.

La liste était bien là. Lui avait-on donné un rôle ? Elle retint son souffle en parcourant la feuille du bas vers le haut. Rien. Rien. Toujours rien. Voilà pourquoi tous la dévisageaient ! Parce qu'ils savaient qu'elle avait osé auditionner et qu'ils se réjouissaient d'avance de son échec.

Elle arriva au dernier nom, tout en haut de la liste.

Juliette – Martha Andrews

À cet instant, la seule personne à laquelle Martha pensait était Iona. Elle avait trop hâte de voir sa réaction en apprenant que sa protégée n'avait pas simplement obtenu *un* rôle, mais *le rôle principal* ! Iona allait être folle de joie. Soudain, le ventre de Martha se noua : n'avait-elle pas réussi l'audition uniquement grâce à l'aide de Iona ? Tout ce qu'elle avait appris n'était-il pas une forme de tricherie, au fond ? Dès le début des répétitions, elle serait démasquée. Et si elle avait mis quinze jours pour parvenir à réciter sans se tromper la scène du balcon, combien de semaines mettrait-elle à mémoriser la totalité de son texte ?

Devait-elle avouer au prof de théâtre qu'elle ne savait pas jouer, et laisser le rôle à une élève plus douée ?

Iona saurait la conseiller. Iona ne souffrait pas de manque de confiance en soi. Après David Attenborough, elle était de loin sa personne âgée préférée. Tiens, ils auraient fait un beau couple, si Iona n'avait pas été lesbienne. Ou mariée.

Martha savait que Iona prenait le train de 18 h 17 à Waterloo, pour rentrer. Il suffirait donc à Martha de tuer le temps pendant une heure après les cours. Elle plongea la main dans la poche de son blazer et sentit sous son pouce les contours aigus d'une carte plastifiée.

Tiens. Pourquoi ne pas faire un tour à la salle de sport ? C'était exactement le genre d'initiative que prendrait l'Autre Martha.

Elle attendait près des portillons du quai n° 5 depuis vingt bonnes minutes. Trois trains pour Hampton Court étaient déjà partis, et toujours aucun signe de Iona. L'aurait-elle loupée ? Non, impossible de manquer Iona, même dans la foule.

Le découragement la gagnait. Elle avait beau se répéter que c'était fabuleux d'avoir décroché le rôle, sans personne avec qui partager sa joie, son plaisir était gâché. Et sans adulte pour la rassurer, lui jurer qu'elle allait y arriver, le défi lui paraissait insurmontable.

Martha soupira, balança son sac à dos sur son épaule et monta dans le train à quai.

Iona

18 h 40, Waterloo – Hampton Court

Iona se précipita dans le magasin de souvenirs le plus proche du quai, et se dissimula derrière le présentoir de cartes postales autant que le lui permettait sa haute taille. Elle le fit lentement pivoter, feignant de s'intéresser aux photos de Big Ben, des bus rouges à deux étages et des ponts sur la Tamise. Parfois les trois figuraient sur la même carte. Comme il avait plu, la boutique sentait la laine humide, la transpiration, et l'odeur chimique d'un parfum d'intérieur à la sève de pin.

Elle aperçut son reflet dans la vitrine et se trouva ridicule. Pour son trentième anniversaire au sein du magazine, elle avait revêtu ce que Bea surnommait son « déguisement de Chat botté ». Or la fête escomptée n'avait été que le fruit de son imagination.

Ce matin-là, avant de quitter la maison, elle s'était sentie resplendir dans son pantalon noir moulant, ses cuissardes, sa veste croisée en velours bordeaux et son feutre noir. Indomptable. Invincible. Elle avait virevolté devant sa psyché, tel le Prince charmant prêt à emballer l'élue de son cœur.

À présent, elle se voyait comme l'une des vilaines belles-sœurs jouées par des hommes grimés dans la pantomime de *Cendrillon*. Une vieille bique habillée en agnelle. Un objet de risée. Elle jeta un coup d'œil vers le quai n° 5 et vit Martha, enfin lassée d'attendre, composter son ticket et monter en voiture.

— Vous l'achetez, oui ou non ? lui cria le vendeur.

Iona reposa le taxi noir miniature qu'elle avait pris en main sans réfléchir, et sortit de la boutique. Puis elle se ravisa, y entra de nouveau et tira la langue au commerçant.

Elle suivit des yeux le train qui emportait Martha, et monta ensuite dans celui de 18 h 40. Il partait du quai n° 4. *Un chiffre pair, quelle horreur*. À l'intérieur de la voiture 3, le compartiment était identique aux autres, et pourtant si différent. Sur la tablette en Formica, un paquet de chips vide, abandonné. Inutile. Comme elle. Reprendrait-elle un jour ses trajets habituels à sa place préférée ? Elle se mit à pleurer. Des larmes silencieuses ruisselaient sur ses joues, entraînant avec elles son maquillage de guerrière – mascara et eye-liner – soigneusement appliqué le matin même. De petites gouttes coulaient de son nez et s'écrasaient sur la tablette devant elle.

Une maman, assise dans le carré situé de l'autre côté du couloir, lisait *Thomas et ses amis* à son fils qui semblait à peine âgé de quatre ans. Elle éleva la voix d'un cran : « On n'arrivera jamais à la gare en temps voulu, Thomas. Comment va-t-on faire ? » Elle pointa du doigt une image afin de détourner l'attention du garçonnet loin du drame bien réel qui se jouait à côté d'eux, comme si le désespoir d'une presque sexagénaire pouvait nuire aux plus petits.

Iona se souvint de l'article qu'elle avait écrit après l'épisode du Grain de Raisin, et qui commençait par : « La fin est souvent le début déguisé d'une autre aventure ». C'était faux. Certaines fins sont brutalement et injustement définitives. Elle maudit cette Iona-là, et sa philosophie galvaudée. Aucune baliverne inspirée n'y changerait rien.

Pour la première fois depuis des mois, les sièges autour d'elle demeuraient vides. Les gens qui montaient à chaque arrêt continuaient leur chemin quand ils voyaient son visage ravagé, préférant aller s'asseoir ailleurs. Certains restaient debout, le dos tourné, pour ne pas avoir à endurer la vue d'une femme éplorée dont la vie s'effondrait.

Et personne ne disait rien.

Sanjay

8 h 19, New Malden – Waterloo

Sanjay avait envisagé de se rendre à l'hôpital en bus plutôt qu'en train, mais il avait vite abandonné l'idée, car le détour pouvait lui coûter presque une heure de trajet supplémentaire, en fonction de la circulation. Aussi, chaque matin, il devait éviter à la fois Emmie *et* Iona.

Emmie d'abord, parce que Iona avait raison. Tout était fini. D'ailleurs, rien n'avait commencé, et sa simple vue, même à distance, lui déchirait le cœur. Quant à Iona, la honte de l'avoir aussi crûment rembarrée l'empêchait de l'approcher. Sa mère serait furieuse, si elle apprenait qu'il s'était emporté contre cette femme. Il devait lui demander pardon, mais comment s'y prendre ?

Il repensa avec nostalgie à l'époque où, comme tout Britannique usager des trains de banlieue, il ne connaissait personne et ne parlait à personne. Désormais la véritable cause de cette réticence commune lui sautait aux yeux : la nécessité d'esquiver certains individus une ou deux fois par jour ajoutait un niveau de stress inutile à sa routine.

Ces derniers temps, il apercevait souvent Emmie, de loin. Il s'était entraîné à la repérer dans la masse des voyageurs, comme la hyène se focalise sur l'impala blessé, mais sans intentions malveillantes de sa part, bien entendu. En revanche, il n'avait pas revu Iona, elle qui prenait pourtant le train à la même heure tous les jours.

Aussi, pour la première fois de la semaine, quand celui de 8 h 19 s'arrêta à Surbiton, Sanjay monta-t-il dans la voiture 3, déterminé à parler à Iona. Il allait lui présenter ses excuses et lui jurer qu'il ne pensait aucune des paroles cruelles qu'il lui avait lancées. Qu'au contraire, il aimait la façon dont elle s'intéressait à sa vie. Ses conseils seraient toujours les bienvenus. Voire ardemment sollicités. Il avait besoin de son aide.

Il lui avouerait qu'il n'avait pas dormi correctement depuis des mois, que le stress et le surmenage le rendaient irritable, ce qui expliquait sa brusque explosion de colère. Il lui avouerait ses crises de panique, et l'angoisse constante de les voir apparaître, qui était parfois aussi terrible, voire pire que la crise elle-même.

Oui, s'épancher lui ferait du bien. Iona saurait le conseiller. À qui d'autre s'adresser ? S'il se confiait à ses collègues, ils en concluraient qu'il n'avait pas les épaules pour ce métier.

Sanjay, tu n'es qu'un raté. Pas étonnant qu'Emmie ne s'intéresse pas à toi. Ils ne jouaient pas dans la même cour. Son Toby ne devait pas céder à des crises de panique, lui. Sa spécialité devait plutôt être l'autosatisfaction permanente.

La place préférée de Iona était libre. D'ailleurs c'était l'unique siège non occupé de la voiture 3. Sanjay hésita, se demandant s'il serait irrespectueux de s'y installer.

— Comme vous pouvez le constater, elle n'est pas là, dit une voix familière.

— Oh, bonjour, Piers !

Sanjay s'assit en face de lui avec l'impression d'être le vizir s'appropriant le trône du sultan.

— Je ne vous avais pas reconnu ! Votre employeur autorise le jean et pull-over, aujourd'hui ?

Un ange passa. Piers finit par répondre :

— J'ai été viré. Enfin, « licencié pour raisons économiques ».

— Je suis désolé, dit Sanjay, affreusement gêné.

Même si Piers ne lui inspirait guère de sympathie, il ne souhaitait à personne de perdre son emploi.

— Ça va, dit Piers, qui n'avait pas du tout l'air dans son assiette. En réalité, ça fait trois mois que je suis sans travail.

Sanjay demeura abasourdi. Cet homme qui affichait chaque jour son succès, ses privilèges de nanti, ses costumes sur mesure, ses chaussures Gucci et sa Rolex, *faisait semblant* d'aller travailler ! Sanjay rembobina le film dans sa tête, en l'envisageant sous un angle différent. Au fond, Piers ne cherchait peut-être pas à se faire valoir. C'était lui, Sanjay qui le voyait ainsi. Était-il lui aussi victime de ses préjugés ? Cette pensée s'incrusta dans son cerveau comme une méchante écharde.

— Mais alors… pourquoi prenez-vous le train pour Waterloo chaque matin ? bredouilla-t-il.

Piers paraissait avoir rapetissé depuis la semaine précédente. Replié sur lui-même comme un soufflet d'accordéon vidé de son air. À moins que la taille dépende également de la vision de l'observateur ?

— Pour diverses raisons, soupira-t-il. D'abord parce que je ne voulais pas que ma femme et mes enfants me considèrent comme un raté. Ensuite parce que je refusais de me confronter à mes échecs. Mais surtout parce que j'étais sûr de retomber sur mes pieds. Il s'avère que ce n'est pas le cas. Les choses n'ont fait qu'empirer.

Stupéfait par cet aveu, Sanjay se contenta d'opiner. Il se serait senti plus à l'aise si Piers lui avait dit souffrir d'un cancer des testicules. Un terrain familier pour lui, et un taux de survie à cinq ans de quatre-vingt-quinze pour cent. Ce cancer-là était l'un des rares à ne pas lui donner d'insomnies. Peu de gens étaient au courant de ce fait, mais même si ce n'était pas l'idéal esthétiquement parlant, un homme pouvait très bien s'en sortir avec un seul testicule. On appelait ça la monorchidie.

— Si ce n'est pas trop indiscret, où allez-vous, aujourd'hui ? s'enquit-il, vaguement coupable de se sentir plus proche de Piers depuis que celui-ci avait chuté de son piédestal.

— J'espérais voir Iona. Je n'ai pas son numéro de téléphone portable et j'ai besoin de lui parler de… enfin de lui parler.

Il hésita avant de poursuivre :

— En fait, je voulais son avis de thérapeute. Vous n'auriez pas son numéro, par hasard ?

— Non. Moi aussi, j'aimerais la voir, confessa Sanjay. Je me demande où elle est passée.

Il n'était tout de même pas responsable de son absence ! Préférait-elle l'éviter parce qu'il lui avait mal parlé ? Elle se serait vexée ? Impossible. Iona était une coriace, non ?

Emmie

8 h 08, Thames Ditton – Waterloo

Emmie sortit la tourte du four et la plaça sur la table de la cuisine, où elle avait dressé le couvert. Cette recette lui rappelait sa mère. Elle sentait sa présence à ses côtés quand elle hachait les carottes, les oignons et le céleri.

Emmie aurait volontiers diminué sa consommation de viande, eu égard à l'état de la planète, mais Toby refusait de renoncer à son régime carné. Elle avait demandé au boucher du quartier la provenance de l'agneau. « Du Devon, ma p'tite dame. » D'après lui, l'animal avait profité d'une vie heureuse, bien que courte, en bord de mer, dans des prés verdoyants dénués de pesticides. Son sourire narquois laissait entendre qu'il se payait sa tête.

Les soirs de semaine, Emmie n'avait guère le loisir de mijoter des plats élaborés ; aujourd'hui, c'était différent, elle avait travaillé chez elle, ce qui lui arrivait de plus en plus souvent.

Toby appréciait le télétravail. Se rendre au bureau, disait-il, était un vestige de l'ère pré-Internet. Une perte de temps, d'argent et d'énergie. Et le transport, une activité polluante, en partie responsable du changement climatique.

Lorsqu'avec Bill, son associé, il avait lancé une affaire de conseil en informatique, la location d'un bureau leur avait paru inutile et trop onéreuse. Ils employaient maintenant une vingtaine de geeks, des jeunes hommes dépourvus de goût vestimentaire et à l'hygiène douteuse. Tous travaillaient à domicile, sauf les jours où ils rencontraient des clients. La plupart des réunions internes se déroulaient en visioconférence et, s'ils avaient besoin de se voir face à face, ils louaient une salle dans l'un des nombreux espaces de coworking de la capitale.

Toby avait toujours une longueur d'avance sur tout.

— Toby ! Le dîner est prêt !

— Mmm ! Ça a l'air fantastique ! dit-il en se penchant pour l'embrasser sur la nuque. J'adore quand je n'ai pas à te partager avec ton agence.

Au cours du repas, il lui parla d'une histoire de système informatique mystérieusement défectueux, d'un câble Ethernet, et d'un chiot issu d'un croisement entre un caniche et un cocker, avant de lui demander si elle avait passé une bonne journée.

— Disons que cette pub de dentifrice ne me passionne pas, répondit Emmie. Mon rêve serait d'œuvrer au service d'entreprises vertueuses, mais je ne suis qu'une stupide utopiste.

Toby lui prit la main.

— Ne dis pas de bêtises ! C'est justement ce que j'aime le plus chez toi, ton idéalisme. À ce propos, j'ai une super idée. Ça fait un moment que j'ai envie de t'en parler.

Son enthousiasme aurait dû être contagieux, toutefois Emmie avait appris à se méfier des « super idées » de Toby, qui variaient de la peinture des toilettes du rez-de-chaussée au stage de parapente dans les Alpes, avec, entre les deux, toutes sortes de propositions saugrenues.

— Je t'écoute.

— Voilà : j'ai remarqué que tu n'aimes pas trop aller au bureau et que tu préfères travailler à la maison.

Ce n'était pas tout à fait vrai, mais Emmie ne voulait pas gâcher la soirée en le contredisant. Elle acquiesça en silence, en attente de la suite.

— Alors j'ai réfléchi, et j'en ai conclu que tu devrais créer ta propre entreprise. Quitte cette agence où tu n'as aucune perspective d'évolution, et où tu n'es pas appréciée à ta juste valeur. Tu pourrais t'installer comme consultante, en restant chez nous. Au départ, je t'aiderai avec la paperasse : l'inscription au registre du commerce, les mentions légales, les impôts – je maîtrise tout ça, je l'ai fait pour ma boîte. Penses-y ! Être son propre patron. Choisir des clients qui partagent ta philosophie. Moi, par exemple ! Tu signerais ton premier contrat avec moi ! Finies les heures gâchées en transport en commun pour aller bosser dans un bureau ringard. Une fois que l'argent commencera à rentrer, on te construira un espace de travail au bout du jardin. Et en attendant, tu pourras partager mon bureau.

Sur ces mots, il se cala contre le dossier de sa chaise, sourire aux lèvres.

Emmie était sidérée. Toby avait tout prévu, jusqu'au moindre détail. Elle ne souhaitait pas doucher sa bonne humeur, mais sa suggestion représentait un énorme changement.

— Je ne sais pas, Toby. Au fond, j'aime bien mon métier, tu sais. Il y a juste deux ou trois aspects qui me dérangent. Et puis j'aime retrouver mes collègues, j'ai de bonnes copines à l'agence. Et j'ai aussi rencontré des gens formidables dans le train. Tout ça me manquerait beaucoup, je crois.

Elle cherchait juste des raisons de refuser, mais elle se rendit compte qu'elle pensait vraiment ce qu'elle venait de dire.

Toby lui lança un regard de chien battu, comme si elle le décevait profondément, comme si elle n'était pas celle qu'il croyait.

— Emmie… Essaie de voir les choses *en grand*, pour une fois, et fais preuve d'ambition ! Un peu de courage, bon sang ! Souviens-toi, tu avais été élue « La Fille qui va sans doute changer le monde » au bal de fin d'année. On ne peut pas dire que tu changes le monde, dans ta petite agence, hein ?

Emmie était pompette quand elle lui avait raconté cette anecdote, et l'avait très vite regretté. Elle ne s'attendait pas à ce qu'il s'en serve pour la provoquer.

— Tu imagines Richard Branson disant : « Désolé les gars, je ne peux pas lancer Virgin Records parce que papoter avec une bande de tocards à côté de la machine à café me manquerait trop ? »

Toby n'avait sans doute pas tort. Il était toujours prêt à écouter ses jérémiades et elle lui en était reconnaissante, mais elle se sentait blessée par sa façon de l'imiter d'un ton goguenard, et de dévaloriser ses collègues avec désinvolture. Et pourquoi pensait-il qu'elle n'avait pas d'avenir professionnel ? Elle avait toujours bien réussi. Très bien, même. Se berçait-elle d'illusions ? Pointait-il du doigt quelque chose dont elle n'avait pas conscience elle-même ?

Cette nuit-là, Emmie, incapable de trouver le sommeil, tourna et retourna la proposition de Toby dans sa tête. Qu'il croie à ce point en sa capacité à créer sa propre entreprise aurait dû la stimuler ; au contraire, elle se sentait nulle, même pas estimée par ses employeurs. Et les mots enfouis au tréfonds de sa mémoire remontaient à la surface. *TU TE CROIS INTELLIGENTE, MAIS PERSONNE N'EST DUPE.* Elle s'était convaincue que ce message avait été envoyé par un envieux ; finalement, il s'agissait peut-être d'un individu franc et honnête, qui formulait noir sur blanc ce que les autres pensaient.

La perspective de ce saut dans l'inconnu aurait dû l'enchanter, alors pourquoi avait-elle la sensation que son monde rétrécissait au lieu de s'élargir ? Pourquoi l'idée de ne plus retrouver sa nouvelle bande d'amis dans le train et ses collègues de travail l'emplissait d'une telle sensation de perte, presque de peur ? Était-elle donc si lâche ?

Dans ces moments-là, sa mère lui manquait terriblement. Emmie aimait beaucoup son père, mais même avant son départ pour la Californie, ils n'avaient jamais partagé leurs soucis respectifs. Depuis la mort de sa mère, ils avaient conclu un accord tacite et mettaient un point d'honneur à ce que leurs échanges demeurent les plus joyeux possible, afin de contrebalancer le chagrin que chacun ressentait de son côté.

Emmie savait à qui elle devait se confier, celle qui, assurément, lui prodiguerait des conseils avisés : Iona.

Le lendemain matin, en s'avançant vers sa place habituelle dans la voiture 3, elle constata que le siège d'en face était inoccupé. Où diable était passée Iona ? Emmie ne l'avait pas vue depuis longtemps. Pas plus que Sanjay, d'ailleurs.

Quand le train fit halte à Surbiton, elle scruta le quai, espérant apercevoir Piers. Lui non plus n'était pas là. Bizarre. Elle se serait crue dans *Pile et Face*, un film où deux versions du futur s'offrent à l'héroïne, sur le quai du métro. Un peu comme si, dans un univers parallèle, le même train roulait sur la même voie, avec Iona, Sanjay et Piers à bord, mais sans elle.

— Emmie ?

Un raclement de gorge la ramena à la réalité.

— Vous êtes l'amie de Iona, je crois ? Moi, c'est Martha.

— Oh, bonjour, Martha ! Oui, je me souviens de toi. *Roméo et Juliette* !

— Vous croyez que Iona m'en voudra si je prends sa place ?

Martha dansait d'un pied sur l'autre, comme une élève quémandant une autorisation de sortie à un professeur.

— Bien sûr que non ! Après tout, elle n'est pas là. D'ailleurs, je me rends compte que cela fait une éternité que je ne l'ai pas vue.

— Moi non plus. Dommage, j'avais une super nouvelle à lui annoncer.

— Ah bon ? Je peux savoir ?

— J'ai décroché un rôle dans la pièce de théâtre de mon école. Le rôle principal, en fait ! déclara Martha avec un sourire éclatant.

Pendant un instant, elle fut méconnaissable ; si éblouissante qu'on aurait dit Julia Roberts adolescente.

— Formidable ! Félicitations ! s'exclama Emmie. Iona va être tellement fière de toi !

— Merci ! Mais j'ai besoin d'elle pour répéter mon rôle. Dans le temps, elle était comédienne.

— Ah ? Je l'ignorais. Dans quelle compagnie ? La Royal Shakespeare Company ?

— Euh… Je crois. C'est une super coach, en tout cas. Bien meilleure que mes profs de théâtre.

— Écoute, je ne suis pas Iona, mais je peux te faire réciter ton texte, si tu veux.

Martha balançait visiblement entre l'envie d'accepter son offre et l'embarras de demander un service à une quasi-inconnue.

Emmie désigna la feuille que la jeune fille tenait à la main.

— C'est le texte ?

Après une brève hésitation, Martha la lui tendit timidement.

— Oui. Vous pouvez jouer la nourrice ? Moi, je suis Juliette.

« Où est donc cette fille… ? Allons, Juliette ! » lut Emmie.

« Eh bien, qui m'appelle ? » répliqua Martha.

« Votre mère », dit Emmie.

Si elle n'effectuait plus ce trajet quotidien, elle manquerait des moments comme celui-ci. Et toutes ces interactions éphémères, mais chaleureuses avec la myriade de gens qui ensoleillaient sa journée. Le serveur du café de la gare, le portier de l'agence, le vendeur de la gazette des sans-abri, avec lesquels elle échangeait quelques mots tous les matins. Grâce à eux, elle restait connectée au monde qui l'entourait, et se sentait partie prenante d'un grand tout.

Mais où êtes-vous, Iona ?

Piers

8 h 13, Surbiton – Waterloo

Une fois de plus, Iona n'était pas dans le train. Arrivé en gare de Wimbledon, Piers envisagea de descendre et de rentrer chez lui, mais n'ayant rien de spécial à faire, il décida de rester à bord en compagnie de Martha, d'Emmie et de Sanjay. De toute façon, la rame repartirait en sens inverse et le ramènerait à Surbiton.

Piers se sentait plus à l'aise avec le petit groupe de passagers, maintenant qu'ils étaient au courant de sa situation. En outre, Emmie, Sanjay et Martha ne semblaient ni le juger trop sévèrement, ni le rejeter, ce dont il leur était reconnaissant – preuve qu'il aurait pu rétablir la vérité depuis longtemps, au lieu de s'enfoncer dans le mensonge.

Piers regarda par la fenêtre et aperçut David avant qu'il ne se fonde à nouveau parmi la foule des voyageurs. L'homme monta dans leur voiture et se dirigea vers eux. Par chance, une place s'était libérée dans le carré voisin du leur.

— David, avez-vous vu Iona récemment ? s'enquit Emmie, exprimant à voix haute la question que tous avaient à l'esprit.

David secoua la tête.

— Pas depuis deux semaines, au bas mot. Serait-elle partie en vacances ?

— Non, elle nous en aurait parlé, j'en suis sûr, intervint Sanjay. Iona n'est pas du genre cachottière !

L'expression de chacun d'entre eux était morose. En les observant, Piers songea qu'ils s'apparentaient aux rayons d'une roue dont Iona serait le pivot. Sans elle, ils n'avaient aucun but, et très peu en commun. Si Iona ne réapparaissait pas, finiraient-ils par cesser de se parler – voire de se saluer ? Non, quand même pas. Du moins, pas tout de suite.

— Elle est peut-être malade ? avança Martha. Je veux dire... Quand on est vieux, on dévale vite la pente, non ? Ma grand-mère jouait au bingo, dansait la zumba et pratiquait l'aquagym. Un jour elle a attrapé une pneumonie, et elle est morte deux semaines après.

— Quand on est *vieux* ? répéta David, interloqué. À mon avis, Iona a dix ans de moins que moi. Je suis presque sûr qu'elle n'a pas encore soixante ans... mais je n'ai jamais osé l'interroger à ce sujet, bien sûr.

Ils eurent tous l'air horrifiés à l'idée de demander son âge à Iona.

— Je suis navrée pour ta grand-mère, Martha, reprit Emmie, mais Iona est taillée dans de l'acier trempé. C'est une dure à cuire. Il en faudrait beaucoup pour l'empêcher de travailler pendant deux semaines. Raison de plus pour essayer de la retrouver... Mais comment nous y prendre ? Quelqu'un a une idée ?

— Quand je ne sais pas quelle décision prendre, répondit Martha, je me pose la question : *que ferait Iona ?*

— Moi aussi, renchérit David. Franchement, si on m'avait dit qu'un jour je confierais mon avenir à une lesbienne excentrique, je ne l'aurais pas cru ! Mais ça fonctionne plutôt bien, en fait.

Il y eut un long silence, pendant que tous se demandaient ce que ferait Iona à leur place.

— Martha, tu es géniale ! s'exclama soudain Sanjay. Emmie, Piers, vous vous souvenez de notre première rencontre dans ce train ?

Ils acquiescèrent.

— Eh bien, voilà ce que Iona aurait fait !

Il se leva, un peu hésitant, puis prit une profonde inspiration et cria à la cantonade :

— Est-ce que l'un d'entre vous sait qui est Iona ?

Des dizaines de regards se tournèrent vers eux.

— Elle porte toujours des vêtements de couleurs vives, précisa Sanjay. Avant de mieux la connaître, je l'avais surnommée « la Dame Arc-en-Ciel ».

— Moi, je l'appelais « la Foldingue au Chien », intervint Piers d'une voix forte. À cause de Lulu, son petit bouledogue, et du fait qu'elle est un peu… excentrique.

— Pour moi, c'est « la Dame au Cabas Magique », déclara Martha. Parce que son sac contient plus de trucs qu'il n'y en a dans tout l'univers. Et parce qu'elle a un *daemon*.

— Ou Mohammed Ali, ajouta un homme assis derrière eux.

Piers le reconnut aussitôt : c'était le voyageur qui avait assisté à la première répétition de Martha dans le rôle de Juliette. Pourquoi Mohammed Ali ? Piers ne comprenait pas le rapport avec Iona – mais chacun son truc, après tout.

— Si vous savez de qui nous parlons, veuillez lever la main, reprit Sanjay.

Une forêt de bras se dressa.

Piers se demanda en quels termes ces voyageurs le décriraient, s'ils avaient à le faire. Ce ne serait sans doute pas flatteur. Et combien de gens s'inquiéteraient de sa disparition ? Probablement personne – sauf Martha, peut-être. Et ses enfants, bien sûr.

— Merci ! dit Sanjay. Maintenant, si vous avez vu Iona au cours des deux dernières semaines, veuillez garder la main en l'air.

Un à un, tous les bras se baissèrent.

— Quelqu'un parmi vous aurait-il son numéro de téléphone ? poursuivit Sanjay, un peu inquiet.

Les passagers secouèrent la tête. Plusieurs murmurèrent : « Non, désolé... » Sanjay se rassit, dépité.

— Ça n'a pas aussi bien marché que lorsque Iona a crié à l'aide pour sauver Piers, soupira-t-il.

— Vous aviez donné un surnom à Iona, vous aussi ? demanda Martha à David.

— Eh bien... Oui, avoua le sexagénaire. Je lui avais trouvé un petit nom.

Tous se tournèrent vers lui. Piers avait quasiment oublié sa présence.

— Je l'appelais « La Femme du Train ».

— Comme c'est... inventif, observa Piers.

— Eurêka ! J'ai trouvé la solution ! s'écria Emmie. Quelle idiote. Je me demande pourquoi je n'y ai pas pensé plus tôt ! Fizz travaille avec elle. Je vais lui passer un coup de fil.

— Fizz ? La *vraie* Fizz ? Celle qui est sur TikTok ? demanda Martha, les yeux écarquillés, comme si Emmie avait annoncé qu'elle allait contacter Bill Gates ou Beyoncé.

— Oui, oui, la vraie, acquiesça Emmie en faisant apparaître un numéro sur l'écran de son portable. Salut, Fizz ! C'est Emmie. J'espère que tu pourras m'aider. Je me fais du souci pour Iona. Personne ne l'a vue dans le train depuis une quinzaine de jours. L'aurais-tu croisée dans les locaux du magazine, par hasard ?

Les autres attendirent, tendant l'oreille, tandis qu'Emmie s'exclamait « Non ? Pas possible ! » et « Incroyable... Quelle horreur ! » suivi d'un « Tu n'as pas... ? ». Puis la jeune femme éclata de rire et s'écria : « C'est tellement Iona ! »

— Fizz ? marmonna David. Est-ce un diminutif de Felicity ou de Fiona ? Aucun vicaire qui se respecte ne permettrait à un enfant d'être baptisé Fizz, vous ne croyez pas ?

Personne ne lui répondit.

Emmie reposa son téléphone sur la tablette et se tourna vers eux.

— Eh bien, tout s'explique, dit-elle.

Elle s'interrompit, ravie de prolonger le suspense, comme les juges de *Danse avec les Stars* – une émission que Piers regardait parce que Candida l'y obligeait. Et que certaines danseuses étaient hyper sexy.

— Quoi ? demandèrent-ils en chœur.

— Elle a démissionné depuis presque trois semaines, révéla Emmie.

— Démissionné ? s'étonna Piers. Pourquoi ? Elle adore son travail !

— D'après Fizz, le rédacteur en chef a convoqué Iona dans son bureau. Il aurait délibérément laissé la porte ouverte, décidé à l'humilier en public. Il lui a annoncé qu'elle devrait partager sa rubrique avec un « petit con de vingt-deux ans » – ce sont les mots de Fizz, pas les miens. Un gars nommé Dex, embauché pour « moderniser le courrier des lectrices » et le « faire entrer en fanfare dans le XXIe siècle ».

— J'imagine que l'entretien s'est mal passé ? dit Piers.

— Effectivement, confirma Emmie. Iona a traité le rédac' chef de « sale con ». Puis, elle s'est reprise et lui a balancé un truc du genre : « Je retire ce que je viens de dire. J'ai rencontré beaucoup, beaucoup de cons dans ma vie, et tous avaient un certain charme. Certains étaient même assez exceptionnels. Te traiter de con serait faire preuve d'injustice à leur égard. En fait, tu es un énorme TROUDUC ! » Sur ce, elle est partie en claquant la porte. Fizz aussi, d'ailleurs. Elle avait rejoint l'équipe de *Modern Woman* uniquement pour Iona.

Un calme inhabituel régnait dans le wagon, à l'exception du carré occupé par Piers et ses amis. Quand Emmie se tut, un long silence s'ensuivit – si profond qu'on aurait pu entendre une mouche voler. Pas de bruissement de journaux, de musique nasillarde s'échappant des écouteurs ni de raclement de gorge. Tous les voyageurs écoutaient le récit de la démission explosive de Iona.

— Incroyable..., dit Sanjay. Est-ce que Fizz a son numéro ?

— Iona a dû rendre son portable après avoir démissionné, c'était un téléphone professionnel, précisa Emmie. Fizz a tenté d'obtenir son numéro personnel auprès des ressources humaines : ils ont refusé de le lui communiquer, en invoquant la réglementation sur la protection des données.

— Foutue réglementation ! grommela Piers.

— Ne dites pas ça, tempéra David. Elle existe pour d'excellentes raisons.

— Alors, qu'est-ce qu'on fait, maintenant ? intervint Martha, timidement.

— À mon avis, nous devrions partir des informations que nous avons, déclara David.

Ses compagnons lui lancèrent un regard surpris.

— Nous savons, enchaîna-t-il avec un regain d'assurance, qu'elle vit non loin de la gare de Hampton Court. Que diriez-vous de nous retrouver samedi à… disons, dix heures du matin, au café d'en face ? De là, nous partirons à sa recherche. Je dresserai une liste de tous les magasins, cafés et restaurants du voisinage qu'elle est susceptible de fréquenter. Nous interrogerons les commerçants. Si l'un d'eux la connaît, il nous indiquera peut-être son adresse.

— C'est une excellente idée, Paul ! dit Piers.

— David, rectifia David.

Piers se maudit intérieurement. Pourquoi persistait-il à oublier le prénom de cet homme ? D-A-V-I-D. Ces cinq lettres ne se fixeraient-elles donc jamais dans sa mémoire ? Il inspira un grand coup et reprit :

— Je pourrai imprimer une photo d'elle. Il y en a plein sur Internet, même si la plupart datent des années 1980. Ce sera plus efficace auprès des commerçants. Un peu comme dans l'émission *Appel à témoins* !

— Allez sur le site web de la Royal Shakespeare Company, suggéra Emmie. Vous trouverez peut-être une photo datant des années où elle était actrice.

Piers regarda ses compagnons, ces rayons de la roue qui s'employaient avec efficacité à la faire tourner, et il se réjouit d'être l'un des leurs.

Iona

Si un arbre tombe au cœur d'une forêt et que personne n'entend le fracas de sa chute, fait-il du bruit ? Quand on n'a pas de travail ni de salaire, a-t-on encore de la valeur ?

Iona se sentait affreusement dévalorisée. Était-ce la fin de sa vie active ? Allait-elle passer les trente prochaines années en pyjama à espionner ses voisins et à regarder *Des chiffres et des lettres* en sirotant discrètement du porto dans une tasse à thé ?

Il fut un temps où elle aurait rêvé d'avoir trois semaines de congé. Quel bonheur de traîner au lit, bouquiner, faire du lèche-vitrines, voyager ! Mais trois semaines de congé sans autre perspective… L'idée était insupportable. Une existence terne et monotone. Interminable. Inutile.

Elle essayait de s'astreindre à une discipline quotidienne : petit-déjeuner à 8 heures, promenade avec Lulu à 8 h 30, fitness avec Jane Fonda à 10 heures, thé avec Bea à 16 heures, suivi du jeu télévisé animé par le sympathique Richard Osman ; et ainsi de suite, tous les jours de la semaine. Déjà, cette routine commençait à lui peser. Comment se sentirait-elle dans trois mois ? Trois ans ? Trente ans ?

Et surtout, ses amis du train pour Waterloo lui manquaient. Ils avaient pris une place primordiale dans son existence, si bien qu'elle avait un instant envisagé de continuer à emprunter le train de 8 h 05 pour conserver un semblant de relations humaines. Mais il fallait être toquée, non, pour se rendre en ville chaque jour sans aller travailler ?

Si Bea et elle avaient fondé une famille, regretterait-elle autant d'avoir perdu son emploi ? Aurait-elle plus facilement fait fi de ses ambitions professionnelles si elle était devenue mère ? Aurait-elle déployé toute son énergie au service de la génération future afin de l'aider à s'épanouir ? Peut-être. Cependant, l'exemple de David prouvait le contraire : le pauvre homme dépérissait chez lui depuis le départ de sa fille. Élever des enfants ne faisait donc que repousser, puis accentuer, ce sentiment de vide et d'inutilité.

Même si Iona avait cessé de l'écouter, Jane Fonda continuait à donner des instructions. *Sentez vos muscles qui s'étirent !* criait-elle. Mais Iona ne ressentait qu'un horrible engourdissement.

Elle n'avait connu cet état de déprime qu'une seule fois, au cours de l'automne 1991, et les images de ce mois d'octobre, qu'elle refoulait depuis bientôt trois décennies, ne cessaient de ressurgir à n'importe quelle heure de la journée. Lorsqu'elle se brossait les dents, le souvenir d'une molaire perdue roulant dans sa bouche, le goût métallique du sang, lui revenaient. Un matin que, à genoux, elle désherbait une plate-bande de son jardin, une douleur atroce à la poitrine l'avait terrassée ; pas une douleur nouvelle, non : celle de ses côtes brisées par l'embout d'acier d'une Doc Martens.

Le pire, c'était la nuit, quand le souvenir de cet événement s'invitait dans ses rêves. Elle se revoyait à Soho, allongée, inconsciente, sur la chaussée d'Old Compton Street. En entrouvrant les yeux, elle avait aperçu des mégots de cigarettes, un emballage de Bounty et, dans le reflet d'un réverbère sur une flaque d'huile de moteur, des motifs irisés.

Ce soir-là, pendant une fête chez des amis, elle était sortie fumer. À l'époque, fumer était autorisé partout, mais elle avait promis à Bea d'arrêter la cigarette. Aujourd'hui encore, elle ignorait s'ils l'avaient attendue, elle, ou si l'agression était due au hasard. Quoi qu'il en soit, le résultat était le même.

Du trottoir d'en face, ils l'avaient traitée de sale gouine. Ce genre d'injure ne la touchait plus. C'était le revers de la médaille de sa notoriété grandissante. Elle s'était tournée vers eux, cigarette à la main, et lentement, délibérément, leur avait fait un doigt d'honneur.

De l'huile sur le feu.

Comment s'était-elle retrouvée par terre, au milieu de la rue ? Impossible de s'en souvenir. En revanche, elle se souvenait de la sensation du bitume froid et dur sous sa joue, et des coups de pied qui pleuvaient sur son dos, sa tête, son ventre. Elle se souvenait de s'être roulée en boule, d'avoir fermé les yeux, souhaitant que tout s'arrête. Elle se souvenait d'avoir entendu s'ouvrir les braguettes de leurs pantalons, puis de l'odeur ammoniaquée de l'urine, du chuintement des éclaboussures accompagné d'éclats de rire, et de l'horrible chaleur humide s'infiltrant dans la belle robe en soie qu'elle avait empruntée chez Christian Lacroix.

Puis les cris de Bea. Iona aurait voulu la supplier d'être prudente, de retourner chez leurs amis, mais sa bouche pleine de sang et de dents cassées, et sa mâchoire disjointe, l'en empêchaient.

— J'ai appelé la police, bande de salauds ! avait hurlé Bea. Laissez-la tranquille !

Ces brutes l'avaient laissée, mais pas avant d'avoir déversé sur sa Bea chérie des mots que même son subconscient ne pouvait supporter de se rappeler.

Ensuite, Bea s'était agenouillée à côté d'elle, et avait glissé une main sous sa joue pour la protéger du froid du bitume, en veillant à ne pas la déplacer avant l'arrivée des secours. Elle avait supplié les passants de leur prêter un manteau pour tenter d'apaiser les violents frissons qui parcouraient Iona.

Pendant que dans l'ambulance les secouristes lui administraient calmants et antalgiques, Bea tenait sa main, caressait ses cheveux et la taquinait.

— Je t'avais bien dit que fumer n'était pas bon pour toi !

Iona avait essayé de rire, avant de sombrer dans un néant amnésique et bienheureux.

Peu après, elle avait démissionné du magazine, terrifiée à l'idée de retourner sous le feu des projecteurs, préférant rester dans l'ombre. Mais cette fois-là, ses supérieurs étaient prêts à tout pour la voir revenir : elle recevait chaque jour des bouquets de fleurs, des vœux de bon rétablissement, des collègues munis de promesses d'augmentation de salaire et de primes ; ils lui avaient aussi proposé un chauffeur – le fameux Darren – qui les conduirait aux avant-premières, aux restaurants chics ou aux soirées mondaines, et les ramènerait chez elles ensuite, en sécurité dans le cocon doublé de cuir de l'élégante Mercedes-Benz.

Mais seule Bea avait su trouver les mots pour la remettre sur pied.

— Si tu renonces, ils gagnent la partie, trésor. Ils veulent nous mettre à genoux ? Levons-nous ! Ils veulent que nous rasions les murs ? Soyons provocantes ! Ils veulent nous faire taire ? Crions plus fort qu'eux ! Ils veulent que nous nous rendions ? Battons-nous jusqu'au bout.

Et elles s'étaient battues. Elles s'étaient battues pour que l'âge du consentement soit le même pour les homosexuels et les hétérosexuels ; pour mettre fin à l'interdiction faite aux gays de servir dans l'armée ; et pour l'abrogation de la Section 28, qui interdisait d'évoquer l'homosexualité au sein des établissements scolaires. Elles avaient rejoint les rangs du défilé de la Gay Pride et fait campagne en faveur du mariage homosexuel. Et Iona avait aussi gagné sa bataille contre la nicotine : elle n'avait plus jamais fumé – principalement à cause de sa mâchoire douloureuse, câblée pendant plusieurs semaines.

Mais aujourd'hui, comment pouvait-elle se battre ? Quel ennemi combattait-elle, au juste ? Mère Nature ? La marche du temps ? Son propre corps, qui se dégradait d'année en année ? Le vieillissement n'était pas un problème qu'elle pouvait résoudre en faisant pression sur les députés, en manifestant devant le parlement, en distribuant des tracts ou en signant des pétitions.

En fait, c'était un problème qu'elle ne pourrait jamais résoudre. Et sa chère et féroce Bea non plus.

Sanjay

9 h 10, New Malden – Hampton Court

Ce samedi-là, la journée de Sanjay commença plus tard que de coutume ; son train ne roulait pas vers Waterloo, mais vers le sud, en direction de Hampton Court. Il avait dépassé deux stations qu'il ne traversait pas habituellement, Berrylands et Surbiton. Les usagers ne ressemblaient pas non plus à ceux qu'il croisait en semaine : pas de costume trois-pièces, pas d'expressions tendues, juste des gens au visage ouvert, et des enfants, beaucoup d'enfants, joyeux et bruyants. Des familles en route vers le château et son labyrinthe.

Sanjay craignait d'être en retard. Une peur qui remontait à l'enfance : son père s'apercevait toujours à la dernière minute qu'il avait oublié quelque chose de « vital » à la maison. Une image demeurait gravée dans sa mémoire : lui aux côtés de ses frères et sœurs, tous entassés à l'arrière de la berline tandis que leur mère consultait sa montre d'un air angoissé. Ils arrivaient systématiquement en retard aux mariages, aux matchs de football, aux remises de prix. Aussi, Sanjay ne voyageait pas avec le reste du groupe ce matin-là, ayant pris le train beaucoup plus tôt que nécessaire.

Mais lorsque le train arriva à Thames Ditton, il aperçut Emmie sur le quai. Elle s'apprêtait à embarquer. Partageait-elle la même phobie ? Prévoyait-elle vingt minutes de marge chaque fois qu'elle prenait un moyen de transport ? Encore un signe du destin prouvant qu'ils étaient faits l'un pour l'autre. Quand l'un des deux arriverait à une soirée avant l'heure prévue, l'autre serait là pour lui tenir compagnie.

Emmie s'approcha de lui, un livre à la main.

— Salut Sanjay !

— Bonjour Emmie, je vois que tu es en avance, toi aussi !

Décidément, il débitait toujours des banalités, face à elle. Il désigna le livre du menton.

— Qu'est-ce que tu lis ?

— *La Fille du train*, de Paula Hawkins.

— Quelle coïncidence ! s'exclama Sanjay.

— Pourquoi ?

— Parce que, pour moi, tu es la Fille du Train.

Elle le regarda comme s'il était un peu simplet. Ce qu'il était, manifestement.

— En parlant de livres, j'ai l'impression d'être un personnage d'un roman d'Agatha Christie… C'est si excitant ! reprit-elle en battant des mains.

— Du moment qu'il ne s'agit pas du *Crime de l'Orient-Express*, plaisanta Sanjay.

— En fait, c'est le contraire. Dans *l'Orient-Express*, les voyageurs ont tous une bonne raison de vouloir tuer Mr Ratchett. De notre côté, il semblerait que nous ayons tous une raison personnelle de vouloir retrouver Iona.

— C'est vrai, acquiesça Sanjay. Toi aussi, tu dois lui parler ?

— Oui…

Emmie parut soudain peu sûre d'elle, ce qui ne lui ressemblait pas.

— J'ai… J'ai une décision importante à prendre et j'ai besoin de ses conseils. Pourquoi veux-tu la voir, toi ?

— Je dois lui présenter des excuses, avoua Sanjay. Je me suis montré extrêmement grossier envers elle, la dernière fois…

Il s'interrompit, pestant contre lui-même. *Un type qui insulte les vieilles dames.* Il n'était même pas fichu de se montrer sous un meilleur jour !

— Tu sais, je suis contente de te revoir, Sanjay, déclara Emmie. Tu m'as manqué.

Je lui ai manqué !

— Vous m'avez tous manqué.

Bon, pas plus que ça, finalement.

— Ça faisait une éternité que je ne t'avais pas vu dans le train. Je commençais à me demander si tu ne faisais pas exprès de m'éviter ! Et puis Iona a disparu, ensuite Piers… Je me croyais l'une des dernières victimes de *Ils étaient dix* – ou plutôt *Ils étaient six*, dans notre cas.

— J'étais souvent de garde de nuit, ces derniers temps, expliqua-t-il, ce qui n'était pas complètement faux, mais pas tout à fait vrai non plus. Tu es au courant, pour Piers ?

Emmie hocha la tête.

— Oui. On ne sait jamais ce qui trotte dans la tête des gens, pas vrai ?

Et c'est tant mieux, songea Sanjay. *Si Emmie savait ce qui trotte dans la mienne…* Il se promit de ne plus la fuir, s'il la croisait dans le train. Tant pis s'ils n'étaient pas destinés l'un à l'autre. Il finirait par s'en accommoder. Il souhaitait devenir son ami. Il fallait simplement qu'il cesse de l'imaginer nue. Argh… Il venait encore de le faire.

— Ça y est, on arrive ! s'écria Emmie.

Le train parut exhaler un soupir d'aise à l'idée d'être parvenu à son terminus.

— Ça te dit de boire un café, en attendant les autres ? proposa-t-elle.

— Avec plaisir, répondit Sanjay, envoyant des prières à l'Univers dans l'espoir qu'une défaillance de signalisation empêche les rames suivantes d'entrer en gare de Hampton Court pendant une heure ou deux.

Pourquoi les trains sont-ils toujours en retard lorsqu'on est pressé d'arriver à destination, et toujours ponctuels quand on désire quelques minutes d'intimité avec la fille dont on est secrètement amoureux ?

Sanjay se corrigea sur-le-champ : la fille qu'on aimerait avoir pour amie, de manière platonique. Rien de plus.

— Tu pourras me parler des préparatifs du mariage, reprit-il, prenant conscience, à mesure que les mots quittaient sa bouche, du pur masochisme de sa proposition.

Autant plonger sa main dans de l'eau bouillante.

Il restait une table libre à la terrasse du café qui donnait sur la sortie de la gare. L'endroit idéal pour guetter l'arrivée des autres.

— Installe-toi Emmie, je vais passer la commande. Qu'est-ce qui te fait envie ?

— Un cappuccino avec du lait de soja, s'il te plaît. Si le café est issu du commerce équitable. Sinon, je prendrai un thé vert.

« Un thé vert » furent les trois derniers mots de la jeune femme qu'entendit Sanjay car, quand il ressortit quelques minutes plus tard, chargé de deux cappuccinos et de deux parts de cake à la banane – bananes également issues du commerce équitable, et qui n'aimait pas le cake à la banane ? – Emmie avait disparu.

Piers

9 h 45, Surbiton – Hampton Court

La vie de Piers s'était grandement améliorée depuis l'épisode de « la matinée perdue », expression qu'il avait adoptée car elle conférait à cet épisode terrifiant un caractère romantique.

Candida avait redressé la situation de main de maître. Elle lui avait fait remarquer, sans ménagement, mais d'une voix douce, qu'il avait « foutu le bordel en essayant d'arranger les choses par lui-même ». Désormais, Piers se laissait porter par la vague et accédait à toutes ses requêtes.

Elle avait placé l'argent restant des indemnités de licenciement dans une épargne à faible taux d'intérêt. Quand Piers avait suggéré d'opter pour un rendement plus élevé, elle lui avait lancé l'un de ses regards lourds de sous-entendus dont elle avait le secret.

Au cours d'entretiens qu'elle décrivait comme *nécessaires, mais humiliants*, Candida avait persuadé les trésoriers de l'école privée de Minty et de la crèche de Theo de renoncer à encaisser les frais du dernier trimestre. Une initiative qui leur accordait un peu de répit en attendant de voir venir.

La Porsche avait été vendue, ainsi que l'enclos du poney de Minty que leur voisin convoitait depuis longtemps. Les recettes de la vente du terrain avaient permis de rembourser une partie de leur emprunt immobilier. Le poney, lui, était désormais nourri et hébergé gratuitement au centre équestre de Surbiton. En échange, d'autres jeunes cavaliers pouvaient le monter. Enfin, Candida se rendit à l'évidence : sa boutique fonctionnait à perte plutôt qu'à profit. Elle était en négociations avec une amie au mari aussi riche et stupide que l'avait été Piers.

Elle se chargeait aussi de régler toutes les factures qu'il avait dissimulées au fond de son tiroir à chaussettes, tel un écureuil cachant son butin, et remboursait quand c'était possible les dettes de sa carte de crédit. Elle lui donnait de l'argent de poche pour ses menues dépenses quotidiennes. Piers acceptait d'être traité comme son troisième enfant. Après tout, il le méritait. Il lui avait menti pendant des mois et avait menacé leur train de vie. Finalement, il était très reposant de déléguer les responsabilités financières, de vivre l'enfance protégée qu'il n'avait jamais eue.

En arrivant à la gare de Surbiton le samedi suivant, Piers repéra très vite Martha sur le quai quasiment désert.

— Je suis content de te voir seul à seule. Je voulais te remercier, Candida m'a dit ce que tu avais fait pour moi, l'autre jour. Je peine encore à me remémorer ce qui s'est passé. Tu as dû avoir très peur, j'en suis désolé. Tu sais, jamais je n'aurais...

Il laissa sa phrase en suspens.

— Non, bien sûr, affirma Martha, qui n'avait pas du tout l'air de le croire. Pas de problème. On n'en parle plus. Je suis contente, si vous vous sentez mieux.

— Oui, beaucoup mieux ! s'écria Piers avec un peu trop d'enthousiasme, pas certain de se sentir *aussi bien* que cela. Et si tu es d'accord, j'aimerais que nous reprenions nos cours particuliers. J'ai besoin de me sentir utile !

Martha sourit et hocha la tête. En voyant arriver le train, Piers recula de trois pas sur le quai. Bientôt ils aperçurent David, qui leur faisait de grands signes derrière la vitre.

Piers avait retenu son prénom, car, par précaution, il l'avait noté au stylo-bille à l'intérieur de son poignet gauche, caché sous sa manchette.

— Bonjour, *David* ! lança-t-il d'une voix assurée.

— Piers ! Martha ! Je vous ai gardé deux places ! Et regardez...

David sortit du sac à dos posé près de lui une thermos et des tasses en plastique.

— J'ai suivi votre exemple, Martha, et j'ai pensé : *Que ferait Iona à ma place ?* Et voilà le résultat !

Tout fier de lui, il versa du chocolat chaud dans trois tasses.

— J'espère que votre maman ne voit pas d'inconvénient à ce que vous vous joigniez à notre petite expédition ?

— Elle est ravie de pas m'avoir dans les pattes. Elle va pouvoir traîner au lit et se promener toute nue dans la maison avec son petit ami. Je lui ai dit que j'allais rejoindre des mauvais garçons dans un parc.

— Vraiment ? fit David, choqué. Vous ne l'avez pas prévenue ?

— Surtout pas. Elle s'inquiète déjà que je sois pas une « ado normale ». Alors si je lui avais dit que je passais la journée avec des vieux, à chercher une rédactrice de courrier du cœur portée disparue, elle aurait direct téléphoné à la pédopsychiatre. Elle préfèrerait me voir fumer des joints et coucher à droite à gauche que de me savoir avec vous !

— Attention, Martha, on ne dit pas « courrier du cœur », intervint Piers avec un clin d'œil complice. Et quand tu parles des « vieux », tu exagères. Emmie et Sanjay ont à peine trente ans, et moi je n'en ai pas quarante.

— Vous vous trouvez peut-être jeune, mais pour les gens de mon âge, vous êtes *vieux*. Désolée. Vous faites partie des types à qui on doit dire non s'ils nous offrent des bonbons ou s'ils nous proposent un tour en voiture.

— Puisque nous sommes tellement rasoirs, railla Piers, va plutôt traîner au parc avec les mauvais garçons briseurs de cœur.

— Non, je préfère passer du temps avec les adultes, en fait. C'est facile, il suffit d'appliquer les règles : *serrer la main fermement. Se présenter poliment. Regarder son interlocuteur dans les yeux. Éviter les sujets qui fâchent. Ne pas dire de gros mots.* Et souvent, ils m'aiment bien. Au collège, c'est beaucoup plus compliqué. D'abord, on peut pas parler à n'importe qui. Il faut savoir où sont les autres dans la hiérarchie par rapport à soi – moi en général, je suis tout en bas de l'échelle. Ensuite, si on a le droit de parler, on doit se glisser dans la conversation sans avoir l'air trop intéressé. Et il faut connaître les bonnes références et maîtriser le bon langage, qui change tous les jours, ou presque. C'est un champ de mines.

— Eh bien ! s'exclama Piers.

Ces règles existaient-elles de son temps ? Peut-être les avait-il assimilées de manière intuitive.

En sortant de la gare de Hampton Court, ils repérèrent aussitôt Sanjay. Arrivés à sa hauteur, ils remarquèrent qu'il parlait tout seul, marmonnant des mots bizarres qui ressemblaient à *aluminium*, *silicium*, *phosphore*...

— Ça va, Sanjay ? demanda David.

— Euh, oui, oui, tout va bien.

— Bon, il ne manque plus qu'Emmie, et nous serons au complet, déclara Piers. Comme dans le *Club des Cinq* ! Je suis François.

Martha secoua la tête.

— Je dirais que vous êtes plutôt son frère, Nick ! Non, pas Nick : Mick.

— Ah, tu crois ? Pourtant François a le sens de l'orientation, et moi aussi.

— Emmie est partie, annonça Sanjay d'un air désespéré.

— Comment cela, *partie* ? s'enquit David.

— Elle était assise à cette table, là-bas, expliqua l'infirmier. Je suis allé chercher deux cappuccinos, et à mon retour, elle n'était plus là.

— On est supposés retrouver une personne aujourd'hui, pas en perdre deux, ironisa Piers. Vous avez dit quelque chose qui l'a vexée ?

— Bien sûr que non ! s'offusqua Sanjay.

— Désolé, s'excusa Piers. Moi, ça m'arrivait tout le temps, avec les femmes : elles se souvenaient soudain d'un rendez-vous avec une amie ou elles avaient un coup de fil urgent à passer. Ça s'appelle prendre un râteau.

Sanjay grommela entre ses dents : « Ça m'étonne pas. »

— Heureusement, il y en avait toujours une autre pour boucher les trous, et en général toujours plus canon, plaisanta Piers, qui ne l'avait pas entendu. Bon, vous avez le numéro de téléphone d'Emmie ?

— Non, je ne pensais pas en avoir besoin, répliqua Sanjay, agacé, puisqu'elle était assise à cette table, *juste là*, bon sang !

— Voyons, ne nous disputons pas, s'interposa David. Je suis certain qu'Emmie va bientôt réapparaître.

Il n'avait pas l'étoffe d'un meneur, mais en l'absence de Iona, il avait d'office endossé ce rôle.

— Si nous voulons retrouver Iona, ajouta-t-il, nous devons nous serrer les coudes.

Martha

Pourvu qu'on la retrouve vite, se disait Martha, parce qu'en l'absence de Iona, les adultes se chamaillaient ou s'évanouissaient dans la nature. Avant, elle croyait que « les grands » avaient réponse à tout et qu'elle seule naviguait dans l'existence sans compas ni boussole. Manifestement, ils étaient aussi perdus qu'elle la plupart du temps. Devait-elle s'en réjouir ou s'en inquiéter ?

Le sac à dos de David était l'antithèse vestimentaire du cabas magique de Iona. Il paraissait avoir appartenu à sa fille, avec son autocollant « J'aime les Backstreet Boys » sur la poche de devant, où on voyait cinq types qui ressemblaient un peu aux garçons de One Direction, mais avec des coupes de cheveux atroces. David en sortit plusieurs feuillets photocopiés.

— Bon, reprenons. J'ai établi la liste de tous les commerces du quartier, y compris les cafés et les restaurants. Chacun d'entre nous va se voir octroyer un périmètre précis – que j'ai surligné en jaune. J'espère que nous n'aurons pas besoin des magasins de la liste d'Emmie ; mais, si jamais elle ne nous rejoint pas, nous nous répartirons son secteur. Piers, vous avez les photos ?

Il tendit à chacun un feuillet où leur prénom était écrit en lettre capitales, ainsi qu'un portrait de Iona imprimé par Piers. Martha se dit qu'il ne leur manquait plus que le plan et le ciré, et ils se retrouvaient au départ d'une course d'orientation organisée par le collège.

Elle observa la photo, qui devait dater d'une dizaine d'années. On y voyait Iona habillée pour une soirée chic : tiare dans les cheveux et faux cils extravagants qui ressemblaient à de gros mille-pattes. Mais c'était bien elle. Au niveau de son bras, Piers avait superposé l'image d'un bouledogue français prise au hasard sur Internet. Les proportions étant mal respectées, la fausse Lulu avait à peu près la taille d'un labrador.

— Commençons d'abord par faire ensemble le premier sur la liste, ce café, là-bas, annonça David. Nous pourrons ainsi nous entendre sur la meilleure tactique à employer. Avec un peu de chance, nous aurons retrouvé Iona d'ici le milieu de l'après-midi !

Sanjay, Piers et Martha le suivirent à l'intérieur du café et demeurèrent en retrait, pareils à des choristes mal assortis. David s'avança seul vers le comptoir.

— Excusez-moi de vous déranger…

Le patron le toisa d'un œil méfiant, croyant sans doute avoir affaire à un inspecteur du service d'hygiène alimentaire – David avait le physique de l'emploi, pour sa défense.

Celui-ci lui tendit la photo.

— Voilà : nous cherchons une amie et nous nous demandions si vous pouviez nous aider.

— Oh, mais c'est Iona ! s'exclama le cafetier. Et Lulu ! Même si elle a l'air d'avoir sacrément grossi. Non pas que je puisse critiquer…, ajouta-t-il avec un sourire, en tapotant son embonpoint.

— Formidable ! s'écria David, dont la voix prenait par moments des intonations d'animateur d'émissions enfantines. Sauriez-vous où elle habite ?

— Un peu plus loin, au bord de la Tamise. Le marchand de journaux lui apporte la presse tous les matins. Il vous donnera l'adresse exacte.

Il s'interrompit et plissa les yeux.

— Vous seriez pas huissier, par hasard ?

— Non, du tout, pourquoi cette question ? Nous sommes des amis de Iona, mais comme nous n'avons pas de nouvelles d'elle depuis plusieurs jours, nous commencions à nous faire du souci.

— Pas besoin ! répliqua le patron. Iona est indestructible. C'est pour la pauvre Bea qu'il faut s'inquiéter…

Martha allait lui demander pourquoi, mais David, peu curieux de nature, se dirigeait déjà vers la porte. Tout le monde ne s'appelle pas Hercule Poirot.

David réitéra sa question au marchand de journaux. L'homme sortit un registre qu'il feuilleta par ordre alphabétique jusqu'à la lettre « I » en suivant les noms du bout de l'index. Arrivé à « Iverson », en bas de la page, il s'arrêta et regarda David par-dessus ses lunettes.

— Oui, j'ai son adresse.

Tous se penchèrent en avant.

— Mais vous ne l'aurez pas. Protection des données personnelles, vous comprenez.

Il se tut, index pointé sur le nom – Martha aurait juré qu'il lui avait fait un clin d'œil –, avant de refermer le registre d'un claquement sec et de le replacer sous le comptoir.

Une fois dehors, David s'exclama :

— Crotte de bique ! (Martha sentit que c'était ce qui se rapprocherait le plus du juron, chez lui.) Juste au moment où je pensais que c'était dans la poche !

— « Riverview House, Hurst Road », récita Martha.

Tous la dévisagèrent avec des yeux ronds.

— J'ai appris à lire à l'envers, expliqua-t-elle. Ça me permettait de savoir ce que la psy pensait vraiment de moi. Des choses pas très sympas, d'ailleurs. Mais comme on dit, savoir, c'est pouvoir.

— Ce n'est guère éthique…, remarqua David. Mais parfois la fin justifie les moyens, non ?

Il entra l'adresse dans son téléphone et fit ce que font tous les vieux avec Google Maps : ils tournent en rond en regardant l'écran pour essayer de comprendre vers où ils doivent aller. Finalement il le tint en l'air au-dessus de sa tête et ils suivirent à la queue leu leu, comme un troupeau de touristes en excursion. Environ dix minutes plus tard, ils se tenaient devant la porte d'entrée de Iona.

Une maison traditionnelle, aux formes un peu baroques – pas toute jeune, mais en bon état, comme sa propriétaire. À travers les petits carreaux de la fenêtre, Martha aperçut une salle à manger lambrissée, avec une grande table, une cheminée ouverte, un piano droit et un lustre en verre. Elle s'étonnait que des gens puissent encore dîner dans une *vraie* salle à manger. Aujourd'hui, la mode était aux îlots centraux, aux comptoirs de cuisine avec tabourets de bar et aux repas livrés à domicile.

Dès que David appuya sur la sonnette, Lulu se mit à aboyer, ses jappements se faisant de plus en plus forts à mesure qu'elle galopait vers la porte.

Martha se demandait si les autres se sentaient aussi gênés qu'elle. Lorsqu'ils avaient découvert qu'aucun d'entre eux n'avait vu Iona depuis des semaines, se lancer à sa recherche leur avait paru une initiative évidente, mais à présent qu'ils étaient devant son domicile, leur comportement lui paraissait intrusif, à la limite du harcèlement. Au fond, elle aurait peut-être mieux fait d'aller traîner au parc en compagnie de beaux gosses dangereux. Était-elle la seule à retenir son souffle en attendant de voir la porte s'ouvrir ?

Rien ne se produisit. Lulu continuait de japper. Sanjay poussa le rabat en cuivre de la boîte à lettres encastrée dans la porte, et se pencha pour jeter un coup d'œil à l'intérieur.

— Je ne vois personne. Iona n'a pas pu aller bien loin, sinon elle n'aurait pas laissé la chienne.

— Vous avez raison. On ne peut pas être séparé de son *daemon*, opina Martha.

— Je vais regarder si je peux passer par-derrière, suggéra Piers.

Devant l'expression interloquée de la jeune fille, il ajouta :

— J'étais plus jeune que toi quand j'ai appris à m'introduire chez les gens par effraction… Mais je te jure que c'était seulement parce que j'avais faim. Imagine la tête du type qui se rend compte qu'on a forcé sa porte juste pour se faire un sandwich au beurre de cacahuète !

Décidément, Piers n'était pas du tout le type qu'elle croyait. Elle gomma l'image de l'enfance de rêve dans un manoir au cœur des collines des Cotswold, avec cuisinière en fonte, cellier, mère attentionnée qui confectionne de la marmelade d'orange, et épagneuls aux noms improbables que seuls les riches trouvent drôles – genre Bonnie et Clyde, ou Gin et Tonic.

— Sanjay, pouvez-vous me faire la courte échelle ? Je suis moins agile qu'avant.

Sanjay l'aida maladroitement à enjamber le portail en bois situé sur le côté de la maison. Cette brutale infraction à la loi laissa David muet de stupeur. Ce qui au fond n'était pas si mal.

Puis l'attente reprit.

Iona

Par la fenêtre de la salle à manger, Iona aperçut ses amis du train sur le pas de la porte. Vite, elle se dissimula derrière les rideaux, puis fonça sur la pointe des pieds jusqu'au petit salon, à l'autre bout de la maison. Là, elle s'assit par terre, dos au mur, la tête entre les bras, pour se faire minuscule et, espérait-elle, invisible, en attendant l'arrêt des coups de sonnette.

Enfin, le silence revint et Lulu cessa de japper. Iona s'apprêtait à se relever, quand un visage apparut à la porte-fenêtre. Elle poussa un cri strident.

— Ce n'est que moi, Iona !

La voix de Piers lui parvint, assourdie par le double vitrage.

— Vous pouvez m'ouvrir ?

— Allez-vous-en !

Il prit son air de chien battu.

— S'il vous plaît, Iona ! Sinon…

Son ton changea du tout au tout, et, confirmant la véracité de l'adage « Chassez le naturel, il revient au galop », il passa en mode mâle agressif :

— … sinon, je vais devoir casser un carreau !

Avec un gros soupir, Iona se releva et alla débloquer la porte-fenêtre, maudissant l'obstination arrogante du macho sûr de lui.

— Qu'est-ce que vous voulez ?

— Nous nous faisions du souci, Iona. Nous voulions juste vérifier que vous alliez bien.

— Comme vous pouvez le constater, tout va bien. Merci de vous être dérangés. Au revoir.

— Non, visiblement, ça ne va pas, riposta Piers en la détaillant de la tête aux pieds. D'abord, c'est quoi cette tenue ?

Il parlait de son justaucorps en Lycra turquoise et de ses guêtres en laine orange.

— Un justaucorps et des guêtres. Vous avez vu la série *Fame* ? Quand miss Grant leur dit : « Vous voulez la gloire ? Vous devrez en payer le prix : en litres de sueur ! »

Elle avait imité à la perfection l'accent américain de la professeur de danse.

Piers la regardait comme si elle avait perdu la boule. C'était possible, après tout.

— Je répète les exercices d'aérobic de Jane Fonda. Les plus anciens, ceux des années 1980. Ce sont les meilleurs. Vous voyez, je suis en pleine forme.

— Nous avons appris, pour votre travail, dit Piers. Je suis désolé.

Ces trois mots firent voler en éclats son simulacre de gaieté et de bravade. Elle se laissa glisser par terre et se mit à pleurer. Piers s'accroupit à côté d'elle. *Il ne manquerait plus qu'il me console en me prenant dans ses bras.*

Il n'en fit rien. Du coup, elle regretta qu'il n'en ait pas pris l'initiative.

— Je sais ce que vous ressentez, Iona.

Que pouvait en savoir un homme dans la fleur de l'âge ? Piers avait encore vingt ou trente ans devant lui avant d'être rejeté sur le même rivage qu'elle. *Non, il n'a aucune idée de ce que c'est.*

— J'ai été viré il y a trois mois, lui annonça-t-il.

Iona renifla et s'essuya le nez du revers de la main.

— Vous plaisantez. Je vous ai vu tous les jours dans le train.

— Je faisais semblant, parce que je n'acceptais pas la réalité. J'avais trop honte.

À ces mots, Iona sentit leurs deux mondes, si opposés, se connecter en quelques secondes, accompagnés du sentiment réconfortant d'être comprise.

— Piers, vous devez vous souvenir de la Règle n° 1 de l'Usager du Train de Banlieue : toujours avoir un travail où aller.

Ils échangèrent un sourire complice.

La sonnerie retentit à nouveau dans le vestibule et Lulu se remit à japper avec une vigueur accrue.

— On pourrait leur ouvrir, non ? proposa Piers. Ils ont dû entendre votre hurlement. Imaginez, s'ils appelaient la police…

Il exagérait, évidemment.

— D'accord. Accordez-moi une minute. Je vais me rafraîchir.

En sortant de la salle de bain du rez-de-chaussée un moment plus tard, elle aperçut David, Sanjay et Martha debout dans le vestibule. Tous trois contemplaient, médusés, l'immense photographie en noir et blanc représentant une rangée de danseuses de french cancan, qui lançaient en l'air leurs jambes interminables, gainées de bas opaques, jaillissant au milieu de jupons à froufrous et de culottes à fanfreluches.

David s'en rapprocha pour étudier l'une des danseuses, au centre de la rangée. Il se figea devant la photo, la tête au niveau des seins constellés de paillettes de la jeune femme, et pointa le doigt vers elle.

— Iona ? C'est vous, là ?

— Touché, mon cher ! Vous avez reconnu mes cuisses ? plaisanta-t-elle, ragaillardie par la présence de ses amis.

David rougit jusqu'aux oreilles.

— Non, votre visage.

— Quand nous vivions à Paris, Bea et moi, nous dansions aux Folies Bergère.

— Ça ne ressemble pas à du Shakespeare, constata Sanjay.

— Bien sûr que non ! Quelle idée !

— Emmie m'a dit que vous faisiez partie de la Royal Shakespeare Company, avant de devenir… journaliste.

— Oh, c'est à cause de moi, intervint Martha. J'ai dit à Emmie que vous étiez actrice et elle a cru que vous étiez à la RSC.

Iona rit à gorge déployée, pour la première fois depuis trois semaines. Comme c'était bon de rire ! Elle avait l'impression de retrouver une vieille amie perdue de vue.

— C'est amusant ! Je t'avais parlé de nos spectacles, Martha, et tu en as conclu que j'étais comédienne. Non, nous étions danseuses de revue aux Folies Bergère, c'est là-bas que nous nous sommes rencontrées. Regarde, là, c'est ma belle Bea.

Iona désigna la danseuse noire d'une incroyable beauté qu'elle tenait par l'épaule, sur la photo. Toutes les filles fixaient le photographe, sauf Iona et Bea qui se dévoraient des yeux.

— Bon, installez-vous au salon et attendez-moi. J'en ai pour cinq minutes.

Sitôt dit, elle monta l'escalier en courant, entra dans la salle de bain à bout de souffle et s'employa à ce qu'elle appelait son « maquillage express ». Puis, dans son placard, elle dénicha un foulard Hermès noir et blanc et s'en fit un turban – bien plus rapide que d'essayer de coiffer ses cheveux en bataille. Ensuite elle enfila une robe de chambre de velours carmin qu'elle serra à la taille avec une ceinture de cuir argenté, et glissa ses pieds dans des mules dorées à hauts talons.

Satisfaite de l'image que lui renvoyait la glace, elle descendit à la cuisine et prépara une théière d'Earl Grey, qu'elle plaça sur un plateau au milieu de cinq jolies tasses en porcelaine et une assiette de sablés. Puis elle s'avança dans le salon, prête à honorer ses hôtes. *Toujours faire bonne figure, Iona.* Bea disait qu'il fallait se montrer sous son meilleur jour lorsqu'on avait de la visite, même inopinée. À la condition, bien sûr, d'avoir envie de recevoir les visiteurs en question, ce qui était le cas pour ses amis du train.

Elle les trouva en train de regarder ce qu'elle appelait « Le Mur de la Gloire » et que Bea surnommait ironiquement « Notre Étalage d'Ego ».

En effet, on comptait là des centaines de photographies encadrées les montrant pendant leurs années de légende, posant aux côtés de célébrités telles que Sean Connery ou Madonna. De temps à autre, on remarquait un espace vide, pareil à une dent manquante dans une dentition éclatante : certains clichés avaient été ôtés – ceux où figuraient des personnages dont le passé s'était révélé un peu trop malsain. Iona tenait à ce qu'ils soient consignés au fond d'un tiroir fermé à clé, afin de bien réfléchir aux conséquences de leurs actes.

Quand ils eurent fini d'admirer les photos, ils se tournèrent vers elle, Sanjay faisant office de porte-parole.

— Nous sommes au courant, pour *Modern Woman*. Comment vous sentez-vous ?

Iona ouvrit la bouche, avec l'intention de proférer un beau mensonge, mais la vérité jaillit malgré elle.

— Mal. Très mal. Je veux dire, je ne suis pas si vieille que ça ! Je n'ai que cinquante-sept ans... Or apparemment je suis devenue inutile. Obsolète. Hors sujet et hors d'usage... Bref, je ne sais pas quoi faire de ma vie, je l'avoue.

— Vous n'êtes pas inutile ! objecta Sanjay. Vous prodiguez vos conseils dans l'un des magazines les plus lus du pays. Emmie affirme que vos rubriques sont partagées sur tous les réseaux sociaux.

— Merci, Sanjay, c'est gentil. Mais vois-tu, je vis dans l'imposture. Si j'ai fait sensation ces temps-ci dans ces médias, c'est grâce à vous tous. Je vous ai volé vos idées. Mon patron m'a remplacée par une amibe nommée Dex. Personne n'a plus besoin de moi et...

— Iona, la coupa David avec sévérité, si c'était vrai, nous ne serions pas là. Nous avons besoin de vous. Regardez l'impact que vous avez eu sur notre quotidien ! Je rêve de vous ressembler. Moi, je glisse à travers la vie sans être remarqué. Les gens ne se rappellent pas m'avoir rencontré ; si par miracle ils s'en souviennent, ils ont oublié mon nom.

Il y eut un silence gêné. Heureusement, David enchaîna très vite.

— En résumé, que ferions-nous sans vous ?

— Ne dites pas de bêtises. Vous essayez juste de me remonter le moral.

— C'est faux ! s'exclama Martha. On est tous complètement perdus. Surtout les adultes.

Bouleversée, Iona s'assit sur sa méridienne et se remit à pleurer. Dommage, car le « maquillage express » qui disparaissait au moindre crachin, supportait d'autant moins les grandes eaux.

Ils firent cercle autour d'elle, embarrassés.

— C'est vous, là, Iona ? demanda Martha à brûle-pourpoint, dans l'espoir évident de lui changer les idées.

Iona se tourna vers le portrait accroché au-dessus de la cheminée.

— Oui. Un tableau peint en 1988 par Julian Jessop[1]. J'avais vingt-six ans, il devait en avoir trente de plus. Bea et moi arrivions juste de Paris et nous avions un succès fou sur la scène londonienne. J'ai posé pour lui dans son atelier de Fulham Road. Nous chantions à tue-tête *God Save the Queen and her fascist regime*, des Sex Pistols, pendant qu'il peignait. Julian était très drôle.

— Je crois avoir vu son avis de décès dans le journal, il y a peu, remarqua Piers. On disait que c'était un coureur de jupons, c'est vrai ?

— Oui. Bea me conseillait de prendre une bombe au poivre chaque fois que je partais à une séance de pose. Au cas où. Comment sa femme, Mary, pouvait-elle supporter ses frasques, je me le demande encore. Elle m'aimait beaucoup. Étant ouvertement lesbienne, je ne représentais pas une menace pour elle !

Iona prit un mouchoir en papier dans la boîte posée sur la table basse et souffla avec bruit.

— Assez parlé de moi. Quoi de neuf, de votre côté ?

— Emmie a disparu, s'empressa d'annoncer Sanjay, qui guettait le moment de partager cette information cruciale.

— Une formulation plutôt exagérée, si vous me permettez, dit David. Emmie devait se joindre à nous ce matin. Elle est venue jusqu'à Hampton Court, a retrouvé Sanjay, puis elle a dû changer d'avis, car elle est repartie.

— Dans ce cas, elle aurait pu me dire au revoir ! protesta Sanjay.

1. Personnage du *Fabuleux Voyage du Carnet des Silences*, Fleuve Éditions, 2021 (traduction de Karine Reignier).

Un point pour lui. Emmie était très polie.

— Sanjay, intervint Iona d'une voix douce. Lui as-tu dit quelque chose qui a pu la perturber ?

— Vous n'allez pas vous y mettre, vous aussi ! J'ai demandé : « Tu veux un café ? » Et quand je suis ressorti avec les cappuccinos et des tranches de cake à la banane…

— Oh, du cake à la banane ! J'adore ça ! s'exclama Iona. Vous l'avez apporté ?

Martha lui lança un regard sévère, sourcils froncés.

— Désolée de t'avoir interrompu, s'excusa Iona en agitant la main, comme pour chasser une mouche importune.

— Et quand je suis ressorti, reprit-il, elle avait disparu.

— Elle était peut-être aux toilettes ?

Sanjay gonfla les joues, agacé. Iona sentit le besoin de se rattraper.

— Écoute, je suis certaine qu'Emmie va très bien, mais on pourrait lui téléphoner pour s'en assurer.

— Personne n'a son numéro, gémit Sanjay, que Iona commençait à juger un peu trop pleurnichard.

Elle comprenait pourquoi Emmie avait pris la poudre d'escampette. Elle devait craindre de se noyer dans un océan de larmes.

Tandis que Piers se resservait une tasse de thé, Iona avisa un tatouage sur son poignet gauche. Étrange. C'était la première fois qu'elle le voyait.

— DIVAD ? Qu'est-ce que ça signifie ? demanda-t-elle, avant de comprendre qu'elle avait lu le mot à l'envers.

Piers fit mine de ne pas avoir entendu et lui posa une question à son tour. Une question à laquelle elle ne savait par quel bout commencer pour y répondre.

— Iona ? Où est Bea ?

Sanjay

Tous guettaient sa réponse, dans un silence religieux. Finalement, Iona s'assit et prit une profonde inspiration.

— Je me demandais si vous alliez vous décider à me poser la question… Comme vous le constatez, Bea n'est pas là. Elle ne vit plus ici.

Elle s'interrompit pour contempler le portrait de sa compagne accroché au-dessus de la cheminée, ignorant délibérément leurs regards interrogateurs.

— Mais… vous disiez…, balbutia Piers quand le silence devint insupportable.

— Non, Piers, je n'ai rien dit. Vous n'avez fait que supposer. Il faut toujours veiller à ne pas tirer de conclusions trop hâtives – vous êtes bien placé pour le savoir.

— Elle est où ? demanda Martha, avec le franc-parler de l'adolescence.

— Les symptômes d'une maladie d'Alzheimer précoce sont apparus voilà sept ans…, expliqua Iona.

Chaque mot semblait lui réclamer un effort surhumain.

— Elle a d'abord oublié le nom des gens, ensuite certains gestes de la vie quotidienne. Je la retrouvais figée devant la machine à laver, qu'elle ne savait plus mettre en marche. Elle me posait la même question plusieurs fois d'affilée. Au début, on a accusé la ménopause, vous comprenez ? Non, vous ne pouvez pas comprendre. La ménopause est responsable de bien des maux, mais pas des pertes de mémoire. Nous les compensions par des pense-bêtes affichant son planning du jour, des Post-it collés un peu partout pour lui rappeler où étaient rangés les objets. Un soir, le buraliste de la gare m'a téléphoné : Bea était devant sa vitrine, incapable de se souvenir du chemin de la maison.

Elle se servit une tasse de thé d'une main tremblante, but une gorgée et fit la grimace.

— Zut, il est froid.

Ses amis ne dirent rien, refusant de perturber son récit. Iona se racla la gorge et poursuivit :

— Peu après, le diagnostic officiel est tombé. Au début, je me suis occupée d'elle toute seule. Nous ne sortions plus que rarement, nous n'invitions plus personne. À partir de là, j'ai perdu de vue la plupart de mes amis. J'ai embauché une aide à domicile pour veiller sur Bea les jours de semaine, lorsque j'allais au bureau. Mon travail me raccrochait au monde extérieur. Le soir et le week-end, nous restions dans notre bulle ; mais malgré tous mes efforts, Bea était de plus en plus confuse et effrayée. Je ne pouvais plus la garder près de moi. Elle a été prise en charge par un établissement de santé.

— Ça a dû être terrible, perdre votre moitié de cette façon…, murmura Sanjay.

Iona lui jeta un regard noir.

— Bea n'était pas… Bea n'*est* pas ma moitié.

— Non, bien sûr, s'empressa de corriger Sanjay, déconcerté.

— Aucune femme n'est la moitié d'une autre. Chacun de nous est une entité unique. Mais parfois, l'association de deux êtres radicalement différents produit comme par magie une alchimie parfaite. Bea disait : « Tu es les œufs et le sucre, je suis la farine et le beurre. Quand on nous mélange, nous ne sommes pas simplement une combinaison d'ingrédients, nous devenons un super bon gâteau. » Et je répondais : « Oui, à nous deux, on fait une magnifique pièce montée, ma Bea ! » Elle avait raison. Voyez-vous, le problème, quand on est un gâteau qui met l'eau à la bouche, c'est qu'il est très, très difficile de redevenir des œufs et du sucre.

Sanjay était à court de mots. Il préféra ne pas filer la métaphore culinaire et s'en tenir à une banalité.

— Elle doit terriblement vous manquer.

— Oui… Et surtout, je me sens coupable de l'avoir abandonnée. Je vais la voir le plus souvent possible, mais elle ne me reconnaît pas toujours. Notre passé est devenu son présent et nous voyageons dans des souvenirs qui la ramènent à une sorte de réalité, même ancienne. La musique l'aide beaucoup. En général, Bea ignore quel jour on est, et ce qu'elle a pris au petit-déjeuner, alors qu'elle connaît encore par cœur les paroles des chansons des années 1980.

À leurs yeux, Iona était une force de la nature. Une créature invincible. Aujourd'hui, elle ressemblait à une fleur flétrie. Ils exprimèrent quelques platitudes – que dire d'autre ? « Désolé », « C'est terrible », « Pauvre Bea », « Ce n'est pas votre faute… », mais les mots demeurèrent en suspens dans l'air, inutiles.

— J'en viens à l'autre raison pour laquelle mon travail était si important pour moi, reprit Iona. Presque tout mon salaire servait à payer les frais d'hébergement et médicaux de Bea. Je devrais chercher une autre maison de repos, moins onéreuse, mais je ne peux m'y résoudre. Bea a besoin de stabilité, d'un endroit où elle a ses repères. Je n'ai plus qu'une solution : vendre cette demeure, la seule chose qui me reste de notre vie commune.

— Iona, pourquoi ne pas nous en avoir parlé ? s'écria Sanjay le cœur serré, ne pouvant s'empêcher de se sentir un peu blessé. Comment pouvez-vous passer votre temps à secourir les autres et ne jamais demander d'aide pour vous-même ? Nous sommes vos amis, non ?

— Oui, et vous êtes des amours. Voyez-vous, j'aimais vous laisser croire que j'étais une femme heureuse en ménage et épanouie au travail. Pendant nos trajets en train, j'avais l'impression d'être la Iona d'autrefois, connectée au monde. Vous m'avez aidée à tenir bon quelques mois de plus, et je vous en suis très reconnaissante.

Elle se leva et s'approcha de la baie vitrée en contournant un drôle de pouf en forme de poire jaune canari, très incongru au milieu de ce salon.

— Si nous faisions le tour du propriétaire ? Le jardin est la joie et la fierté de Bea. Je ne suis pas aussi douée qu'elle, loin de là. Les arbustes ont besoin d'être rafraîchis, mais l'ensemble reste spectaculaire ! Un peu comme moi !

Elle renversa la tête en arrière et éclata de rire.

À cette minute, ils retrouvèrent la Iona du train. Celle à laquelle elle essayait désespérément de ressembler.

Sanjay ne prêta qu'une attention distraite à la visite du jardin : il cherchait un moyen de parler à Iona en privé, afin de lui présenter ses excuses et soulager sa conscience. L'occasion se présenta quand David, Piers et Martha se précipitèrent vers le bassin d'ornement où évoluait une grosse carpe koï.

— Iona, dit-il en l'attirant à l'écart, je suis désolé d'avoir élevé la voix, l'autre jour, dans le train. C'est impardonnable. Depuis, j'étais persuadé que vous m'évitiez comme la peste.

— Sanjay, je crois que nous devons tous deux garder à l'esprit que le monde ne tourne pas autour de nos petits problèmes. C'est vrai, j'ai été blessée, mais c'est oublié. Sincèrement. J'imagine que tu traversais des moments difficiles, et moi, comme d'habitude, je suis arrivée avec mes gros sabots.

— En effet, dit-il sans oser la regarder dans les yeux, de crainte de craquer. Et pas seulement à cause d'Emmie. Je dors très mal, vous savez. À cause de mon travail, aussi. Je suis stressé, angoissé en permanence. J'y pense sans arrêt, même chez moi. Mes patients me suivent partout, jusque dans mes rêves.

— Oh, Sanjay…

Iona paraissait réellement compatir.

— Pour quelqu'un d'empathique comme toi, l'anxiété est le revers de la médaille. C'est pour cela que tu es un excellent infirmier. Il doit y avoir moyen de trouver un équilibre entre prendre soin des autres et prendre soin de toi-même… Tâche d'appliquer la consigne de sécurité des compagnies aériennes : mettre son masque à oxygène avant d'aider ses voisins.

— Je pourrais vous retourner le conseil, sourit Sanjay.

— C'est vrai… Mais réfléchis : pourquoi réclamerais-je de l'aide ? Personne ne me fera rajeunir ! Rien n'empêchera le monde d'idolâtrer la jeunesse. Et surtout, rien ne fera revenir ma Bea chérie à la réalité.

— Qu'est-ce que je devrais faire, alors ?

— À mon avis, il y a certainement un groupe de soutien psychologique à l'hôpital.

— Mais je ne peux pas leur dire comment je me sens ! se récria Sanjay, qui commençait à regretter d'avoir abordé le sujet. S'ils apprennent que je fais des crises de panique, ils refuseront de me confier des patients fragilisés par la maladie. Et je pourrai dire adieu à toute promotion.

— Sanjay, écoute-moi. Je suis sérieuse. Tu n'es pas le premier soignant à souffrir de ce genre de symptôme, et tu ne seras pas le dernier ! Bon sang, tu travailles dans un *hôpital* ! C'est le meilleur endroit pour être pris en charge, non ? Commence par le panneau d'affichage du personnel. Vois s'il existe un groupe d'entraide. Et fais leur confiance, tout restera confidentiel.

Sanjay hocha la tête.

— Au fond, vous ressemblez à ma mère. Vous devriez la rencontrer !

Sitôt les mots sortis de sa bouche, il s'en mordit les doigts. Lui, pris en tenailles entre Iona et Meera ? Un vrai cauchemar.

— Ça me ferait très plaisir ! Tiens, à propos, comment s'est passé le rendez-vous galant avec l'assistante dentaire ?

— Galant ? C'est vite dit. Elle portait une visière en plastique, des gants jetables, et me posait des questions auxquelles je ne pouvais pas répondre, entre le fait que j'avais la bouche ouverte et le bruit strident de l'instrument pointu avec lequel elle détartrait mes molaires.

— Et ensuite, tu l'as invitée à boire un verre ? Elle était sympathique ? Mignonne ?

— Oui, mais…

— … pas comme Emmie, conclut Iona à sa place.

Tous deux poussèrent un profond soupir.

— Qu'est-ce que j'ai pu faire de mal ? Je ne comprends vraiment pas pourquoi elle est partie sans un mot, gémit de nouveau Sanjay.

— Oh, je suis sûre que cela n'a rien à voir avec toi ! rétorqua Iona.

Il aurait voulu la croire, mais il la soupçonnait de ne pas être convaincue par sa propre affirmation.

Piers

Agacé de voir Sanjay accaparer l'attention de Iona, Piers rongeait son frein en feignant de s'intéresser à l'horrible poisson rouge mutant. Il était pressé de lui parler seul à seule. Ils finirent par le rejoindre et ils partirent tous trois en direction d'un pavillon d'été en assez piteux état, mais très romantique, presque entièrement couvert de chèvrefeuille et de jasmin.

Juste avant d'y entrer, Piers prit Iona par le coude, et l'entraîna sous la pergola.

— Wouah ! Il y a belle lurette que personne ne m'a fait ce coup-là ! s'écria-t-elle avec une œillade coquine. Allez-vous m'embrasser passionnément et me proposer de sortir avec vous ?

Elle avança les lèvres en les resserrant, une mimique qui lui rappela avec un léger dégoût le cul d'une poule.

— Euh, non, je n'en avais pas l'intention, bredouilla Piers, déconcerté. Je voulais savoir si vous accepteriez d'être ma thérapeute.

— Étant donné notre précédente conversation à propos de ces « trajets fictifs », je suppose qu'une thérapie est nécessaire, et je suis flattée que vous pensiez à moi ! Mais enfin, Piers, je n'ai pas les diplômes requis. À moins que vous comptiez devenir une personnalité mondaine incurablement sans-gêne ?

— Iona, j'ai promis à ma femme de voir un psy, et vous êtes la seule personne à qui je veux parler. On pourrait faire un essai ? Si ça ne nous convient pas, vous pourrez me rediriger vers un vrai professionnel.

Iona prit le temps de réfléchir.

— Écoutez, déclara-t-elle, voilà ce que je vous propose : demandons l'avis de Lulu.

Elle souleva la chienne à ses pieds et tint son museau écrasé devant le visage de Piers.

— Allez-y, posez-lui la question.

— Euh… Lulu…

Piers se sentait ridicule.

— … penses-tu que ta maîtresse devrait être ma thérapeute ?

Lulu demeura silencieuse, mais sortit sa langue rose et lui lécha consciencieusement le nez.

— Ça veut dire oui ou non ? questionna Piers en s'essuyant la figure sur la manche de sa veste Armani.

Iona reposa la chienne au sol.

— Oh, c'est un oui, sans hésitation. Donc, puisque Lulu est partante, nous nous verrons ici deux fois par semaine. Hors de question que vous me payiez. Je vous parlerai en amie, pas en thérapeute.

— Voyons, Iona, vous avez besoin d'argent !

— Vous aussi, mon cher, puisque vous ne gagnez plus votre vie.

Elle n'avait pas tort, même si ses éventuels honoraires ne représentaient pour lui qu'une goutte d'eau dans l'océan de ses charges financières mensuelles.

— Toutefois… vous pouvez m'offrir un gros bouquet de fleurs à chacune de nos séances, reprit Iona. J'adore avoir des fleurs dans le vestibule.

— Volontiers, mais ce serait porter de l'eau à la rivière, non ? remarqua Piers en désignant les superbes plates-bandes fleuries du jardin.

— Les bouquets… c'est pour faire parler les voisins ! Ils seront ravis de cancaner. Je les entends déjà : « Qui est ce charmant jeune homme qui lui rend visite deux fois par semaine ? » J'adore qu'on parle de moi, vous savez !

Piers sourit.

— Je l'avais remarqué.

— Mon voisin, un major à la retraite, sera particulièrement enthousiaste à cette idée. Il a toujours considéré mon homosexualité comme un « choix de vie », « une phase qui passera ». C'était le dernier homme à m'avoir entraînée sous cette pergola jusqu'à aujourd'hui, quand j'y repense. Il ne cherchait pas une thérapeute, si vous voyez ce que je veux dire.

— Ça s'est fini comment ?

— Par un coup de genou bien placé. Ensuite, Bea s'est vengée en balançant tous les escargots qu'elle trouvait dans nos plantes par-dessus la clôture de son jardin. Jusqu'à ce qu'il installe un système de vidéosurveillance et la prenne en flagrant délit. Mais il ne m'a plus jamais fait d'avances.

— Je m'en doute, commenta Piers qui se demandait s'il ne risquerait pas sa vie, à venir seul chez Iona deux fois par semaine.

Iona

Iona chantonnait tout en se livrant à son rituel du soir : démaquillage, lotion tonique et crème de nuit.

La dernière fois qu'elle s'était inspectée dans le miroir de la salle de bain – le matin même –, elle y avait vu un visage de vieille femme solitaire et déprimée. Celui qui lui faisait face était complètement transformé. Elle avait des amis à qui elle avait manqué. Des amis inquiets de son absence au point de s'être réunis un samedi matin pour partir à sa recherche. Des amis qui paraissaient avoir besoin de ses conseils. Son grand agenda relié de cuir, resté aussi vierge et immaculé que la toundra arctique – hormis l'inscription de l'heure de ses visites à la maison de repos – se trouvait maintenant bien rempli, d'une belle écriture soignée, à l'encre turquoise.

Sanjay et Piers étaient venus se confier à elle, mais aussi la petite Martha, qui avait attendu le départ de tout le monde pour lui parler de la pièce de théâtre. Iona n'aurait pas été plus fière si elle avait elle-même décroché le rôle de Juliette. Cela dit, interpréter le personnage d'une gamine de treize ou quatorze ans aurait été une sacrée prouesse, à son âge !

Martha lui avait demandé si elle pourrait venir à Hampton Court deux ou trois fois par semaine, après ses cours, pour que Iona l'aide à apprendre son texte. Le fait que cette dernière ait été danseuse de cabaret et non sociétaire de la Royal Shakespeare Company n'avait pas l'air de perturber ses plans.

Iona lui avait répondu qu'elle était honorée et qu'elle prendrait très au sérieux son rôle de répétitrice « *in loco parentis* ». Elle consentait à lui faire réciter son texte, à la condition expresse que la collégienne ait d'abord fini tous ses devoirs. Martha, qui n'avait jamais fait de latin, mais suivait des cours d'espagnol, lui avait répliqué que sa mère, raide dingue d'un dénommé Paul, était en ce moment « plus *loca* que *mama* ». Par conséquent, Martha préférait de loin faire ses devoirs chez Iona, sur la table de la salle à manger.

Iona se mit au lit, suivie de Lulu. La chienne était trop courte sur pattes et son ventre trop rond pour qu'elle puisse sauter sur les draps. Iona avait donc fait fabriquer une rampe d'accès sur mesure. Bea aurait été horrifiée. Cette femme à l'esprit si ouvert avait des idées bien arrêtées et affreusement conservatrices quant à l'occupation des lits humains par les animaux de compagnie.

Iona prit son nouveau téléphone, acheté en remplacement de celui qui avait été confisqué d'office par la Brenda des RH. Les numéros de ses compagnons de voyage y figuraient en bonne place, afin qu'ils puissent, le cas échéant, la prévenir de leur arrivée, plutôt que de surgir à l'improviste avant qu'elle soit coiffée et maquillée.

Elle regrettait de ne pas avoir le numéro d'Emmie, car elle aurait souhaité entendre de sa bouche la vraie raison de sa subite disparition. Que s'était-il passé avec Sanjay pour qu'elle disparaisse ainsi dans la nature ? Il devait s'agir d'un malheureux quiproquo.

Soudain, elle eut une idée : Emmie était du genre à avoir un compte Instagram, non ? Or Iona maîtrisait parfaitement cette application – combien de femmes de cinquante ans et des brouettes pouvaient se targuer de savoir utiliser Instagram ?

Elle ne mit pas longtemps à trouver la page d'Emmie. Celle-ci n'avait pas posté grand-chose, juste quelques photos de couple, Toby et elle enlacés devant des paysages de rêve, ou en train de déguster des plats de chefs étoilés ou encore s'adonnant à des activités qui démontraient leur énergie, leur altruisme et leur créativité. Puis elle repéra sur un cliché une silhouette familière. C'était elle, dans sa redingote en velours vert émeraude et ses Doc Martens, debout à l'entrée du labyrinthe de Hampton Court. La légende disait : *Voici la femme que j'aimerais devenir*. Emmie avait dû la prendre lorsqu'elle était partie photographier le paon devant la fontaine. Iona sentit l'émotion lui serrer la gorge, et une vague de tendresse pour Emmie monta en elle. Une sorte de tendresse *maternelle*. Ou du moins ce qu'elle imaginait être de la tendresse maternelle.

Iona cliqua sur l'icône « message » et tapa : « Coucou, Emmie, c'est Iona. Est-ce que tout va bien ? Si tu as besoin de parler, viens me voir. Voici mon adresse : Riverview House, Hurst Road, East Molesley. Je m'inquiète de ne pas avoir de tes nouvelles. » Elle ajouta son numéro de téléphone, quelques émojis souriants et appuya sur « Envoyer ». Elle se faisait sans doute inutilement du souci, mais maintenant, la balle était dans le camp d'Emmie.

Elle éteignit son téléphone et le rangea au fond du tiroir de la table de chevet. N'avait-elle pas écrit de nombreux articles sur les effets délétères de la lumière bleue sur les rythmes circadiens ?

Iona et Bea avaient toujours adoré ces instants magiques qui précèdent le sommeil. Baignées par l'obscurité, doigts enlacés, petit orteil contre gros orteil, elles échangeaient sous la couette des bribes de leur journée et entretissaient leurs deux mondes : histoires des coulisses du théâtre distillées par Bea, derniers potins du magazine rapportés par Iona. Bea, imitatrice hors pair, mimait les expressions et les gestes des membres de la troupe. Leurs disputes et leurs amourettes prenaient vie dans le silence feutré de la chambre.

— Bonne nuit, Lulu, murmura Iona.

En entendant des petits coups de langue réguliers, elle plissa le nez. Elle préférait ne pas savoir quelle partie de son anatomie la chienne léchait si consciencieusement.

Comme elle le faisait chaque soir depuis le départ de Bea à la maison de repos, Iona appuya sur la touche « PLAY » du radiocassette posé sur l'oreiller de Bea et écouta le phrasé apaisant du présentateur de la météo marine. « Péninsule de Galloway et péninsule de Kintyre, y compris l'estuaire de la Clyde. » Bien plus efficace et moins addictif que des somnifères.

Elle se tourna vers la moitié du lit où Bea avait dormi durant tant d'années. Iona n'avait pas lavé la taie d'oreiller dans l'espoir de garder son parfum, mais avec le temps, la délicieuse fragrance citronnée s'était effacée.

— Bonne nuit, chérie, chuchota-t-elle à l'oreiller. Je t'aime.

— « Vent variable, principalement dans le secteur est/nord-est, force deux à quatre, averses, visibilité bonne à modérée », répondit l'oreiller.

Martha

Martha n'écoutait que d'une oreille l'interminable monologue du principal à l'assemblée du matin. Il avait dû regarder trop de vidéoconférences éducatives, car il émaillait son discours d'expressions telles que « donnez le meilleur de vous-même », de citations de chercheurs en sciences humaines et même, pour faire jeune, de paroles de chansons de Taylor Swift.

Martha déplia subrepticement les feuilles imprimées qu'elle gardait dans la poche de son blazer et commença à lire tout bas la scène 5 de l'acte III de *Roméo et Juliette*.

Veux-tu donc partir ?
Le jour n'est pas proche encore ;
C'était le rossignol et non l'alouette dont la voix perçait ton oreille craintive…

Dans la marge, elle avait résumé la tirade d'un lapidaire *S'il te plaît, reste encore un peu*, après avoir constaté que Shakespeare ne disait jamais en sept mots ce qu'il pouvait dire en vingt-trois. Il était peut-être un super dramaturge, mais il aurait été incapable de rédiger une notice d'évacuation d'urgence !

La vie de Martha avait changé du tout au tout depuis le matin où elle avait rencontré Sanjay dans la voiture n° 3. Les relations avec ses anciennes copines du collège n'étaient pas revenues au beau fixe. Difficile de leur faire confiance, puisqu'elles l'avaient laissé tomber au moment où elle avait le plus besoin d'elles. En revanche, elle se sentait à sa place au milieu de la petite troupe d'acteurs amateurs.

Désormais, en arrivant à la cantine, elle n'avait plus la boule au ventre à l'idée de se retrouver seule à table, ou pire, avec les rebuts de l'école qui n'appartenaient à aucun clan et se détestaient les uns les autres. Martha courait rejoindre ses nouveaux amis ; ils échangeaient des potins sur la troupe, ou se testaient mutuellement en récitant par cœur quelques répliques. Elle était d'autant plus motivée à relever ces défis que le garçon qui jouait Roméo était l'élève le plus sexy du collège. Bien trop beau et trop intelligent pour elle, évidemment, mais le simple fait d'être admise dans son cercle lui conférait un certain prestige. S'ils avaient entendu parler de la photo maudite, ce qui devait être le cas, ses nouveaux amis ne la mentionnaient jamais. Pour eux, elle était Martha/Juliette, un membre de la troupe.

Cerise sur le gâteau : ses notes avaient monté en flèche en même temps que son statut au sein du collège s'était affirmé. Grâce aux cours particuliers de Piers, elle avait maintenant la moyenne en maths et parvenait même parfois à décrocher les meilleures appréciations !

Elle s'était également améliorée dans d'autres matières depuis qu'elle faisait une grande partie de ses devoirs chez Iona, même si cette dernière ne lui était d'aucune aide dans ses révisions. Tout ce dont Iona se souvenait de sa scolarité dans les années 1970, autant dire le Moyen Âge aux yeux de Martha, se résumait à la formation des bras morts, à la réaction explosive de l'hydrogène, et à un gros béguin pour son entraîneuse de basket-ball.

Cependant, grâce à l'inaptitude enthousiaste de Iona, Martha avait pu constater qu'elle avait plus de connaissances qu'elle ne le croyait, et cette découverte stimulait sa confiance en elle. Iona ne manquait jamais de lui rabâcher : « Dans la vie, la confiance en soi est pri-mor-diale ! Si tu fais fausse route, ma chérie, fais-le avec PANACHE ! Tu auras au moins droit à une bonne note pour ton style, hein ? »

Martha avait dû lui expliquer que les jurys d'examen n'envisageaient pas les choses sous cet angle.

— J'aimerais vous présenter Kevin Sanders, poursuivit le principal, ou plutôt, Mr Sanders, puisque c'est ainsi que vous vous adresserez à lui.

— Plutôt pas mal pour un prof, chuchota une fille assise derrière Martha.

— Ouais, de loin, il a un petit air de Keanu Reeves, renchérit sa voisine.

— Bof, vraiment de loin, alors, commenta la première.

Intriguée, Martha leva la tête. Et n'en crut pas ses yeux. C'était Piers ! Pourquoi le principal avait-il dit *Kevin* ? Piers ne ressemblait pas du tout à un Kevin ! Quant à la ressemblance avec Keanu Reeves… Elle plissa les paupières. En cherchant bien, oui, on pouvait trouver une vague, très vague ressemblance. Si l'acteur virait son coach sportif et se mettait au régime donuts pendant des mois.

— Mr Sanders s'occupera du soutien scolaire en mathématiques jusqu'à la fin de l'année. Tous les midis, il recevra à la bibliothèque les élèves qui le souhaitent, pour les accompagner dans leurs révisions ou leurs devoirs.

Et chaque semaine, il donnera des cours plus avancés à ceux qui veulent se présenter à Oxbrigde.

Le principal avait toujours des trémolos dans la voix quand il prononçait « Oxbridge », un mot-valise désignant Oxford et Cambridge. On aurait dit qu'il évoquait l'entrée à l'école des sorciers de Poudlard. Ce devait être tout aussi palpitant pour les gens de sa génération. Sauf qu'à Oxbridge, on ne trouvait ni chouettes, ni escaliers mouvants, ni tableaux parlants.

Martha sut qu'elle allait trépigner d'impatience jusqu'à l'heure du déjeuner.

Elle écoutait Piers expliquer patiemment le théorème de Pythagore à une élève de quatrième.

— Tu comprends mieux, maintenant ?

— Oui ! Avec vous, c'est plus facile. Merci beaucoup.

Piers semblait ravi d'avoir pu aider cette élève. Martha se demanda au bout de combien de temps il deviendrait aussi blasé que ses futurs collègues. *Finira-t-il par perdre ses illusions, comme les autres ? Enseigner en face à face, ce n'est pas compliqué. Comment se débrouillera-t-il devant une classe de trente ados déchaînés ?*

Il leva la tête et l'aperçut.

— Martha ! Je désespérais de te croiser dans les couloirs. Finalement, c'est toi qui m'as débusqué !

— Qu'est-ce que vous faites là ? Et pourquoi le principal vous appelle *Kevin* ?

Il désigna la chaise à côté de lui.

— Bienvenue au dispensaire de mathématiques, miss Andrews ! Installe-toi. J'ai une pause entre deux patients !

Martha s'assit, croisa les bras sur la poitrine et attendit l'explication.

— Voilà : tu m'avais dit qu'il y avait pénurie de profs de maths dans ton collège. Alors j'ai pris rendez-vous avec le principal et je lui ai proposé mes services. Il a accepté de me prendre comme stagiaire.

Martha se maudit intérieurement. Elle aurait dû se douter que les adultes utilisaient des informations qu'on leur fournissait par inadvertance afin de s'en resservir plus tard contre vous. Tout comme le font les réseaux sociaux. Elle en avait fait la triste expérience avec l'histoire de la photo.

Et puis, c'étaient les troisièmes qui devaient faire des stages, pas des vieux comme Piers. Ça ne la dérangeait pas qu'il travaille dans son collège, au contraire : elle était plutôt contente de le voir. Mais il aurait pu la prévenir !

— Pourquoi *Kevin* ? insista-t-elle. Vous n'êtes pas agent double, ou je sais quoi !

— Non, hélas. Kevin est mon vrai prénom. Je l'ai fait officiellement changer à mes dix-huit ans. Tu te rappelles, quand je te disais « fais semblant et le reste viendra » ?

Martha acquiesça, le souvenir de l'Autre Martha encore douloureux.

— Eh bien pour moi, « Piers » était l'homme que je voulais devenir… Mon alter ego, en quelque sorte.

— C'est Kevin qui entrait chez les gens par effraction, et se faisait un sandwich au beurre de cacahuète ?

Dans son esprit, les pièces du puzzle commençaient à s'assembler.

— Oui, avoua Piers. Mon père dépensait tout l'argent du ménage aux courses, et ma mère était trop ivre pour préparer à manger, alors j'étais souvent affamé. Mais d'après Iona, il n'est pas sain de chercher à fuir son passé, aussi pénible soit-il. Honnêtement, il aurait pu être pire. Mes parents, qui se battaient comme des chiffonniers, n'ont jamais levé la main sur moi. Donc, tu as devant toi Kevin

Sanders. Cela dit, tu peux continuer de m'appeler Piers, si tu préfères.

Martha se demanda si Iona rendait vraiment service à Piers, en lui disant cela. Cet épanchement de sentiments était bizarre de la part d'un adulte, et encore plus d'un prof. Un prof, c'était censé être coincé et refoulé, non ? Et oui, elle préférait Piers à *Kevin*. Conclusion : elle ne savait pas quoi répondre.

— Cool.

Ce fut tout ce qu'elle trouva à dire.

— N'est-ce pas ? sourit Piers – non, Kevin.

Bref. Martha inspira un grand coup et reprit :

— Au fait, je voulais vous dire…

— Que se passe-t-il ? s'enquit-il, inquiet.

— Vous vexez pas, si je vous parle plus dans le train, maintenant. Au cas où des élèves du collège nous verraient. C'est pas contre vous, hein, c'est que je commence juste à rétablir la communication après des mois de silence radio. Fraterniser avec les profs, c'est plutôt mal vu, même s'ils ressemblent un peu à Keanu Reeves.

— Bien sûr, dit Piers. Je ne t'en tiendrai pas rigueur.

Il marqua une pause, puis ajouta, en gonflant la poitrine :

— J'ai bien entendu « Keanu Reeves » ?

Martha leva les yeux au ciel.

Piers

17 h 30, Waterloo – Surbiton

Piers se sentait plus léger, ces derniers temps.

Son nouvel emploi lui rappelait ses premiers pas dans la finance : l'intense concentration que nécessite l'apprentissage de compétences inexplorées, et le formidable sentiment d'accomplissement procuré par le travail bien fait. Et dans ce cas précis, il n'était pas accompagné par la honte d'être un imposteur, de renier son milieu d'origine en jouant un rôle qui n'était pas le sien, ni par la crainte sourde d'être démasqué.

En un sens, l'arrivée des agents de sécurité dans son bureau, munis d'un carton vide, avait été un soulagement. Quand le moment tant redouté se produit, vous ne craignez plus rien ; il s'était juste présenté avec quinze ans de retard.

Au collège St Barnabus, Piers n'éprouvait pas cette sensation d'imposture. Plus besoin de convoquer son alter ego pour jouer un rôle. Ni d'entendre scander le gratifiant *Mi-das ! Mi-das ! Mi-das !* Plus de rituels rassurants, ni de bonus pour gonfler son estime de soi. Être lui-même lui suffisait, avec son amour des mathématiques et le désir sincère, cette fois, de ne pas rechercher le profit. Il avait posé sa candidature au stage de formation pédagogique organisé par l'établissement au mois de septembre, en espérant que les heures de cours et de soutien qu'il donnait actuellement à titre gracieux favoriseraient son admission.

Piers entra dans la gare de Waterloo. Quelques jours plus tôt, il s'était fait la remarque, avec un certain étonnement, que ses trajets quotidiens en compagnie de Iona lui manquaient. Elle savait si bien agréger leur petit groupe de bras cassés ! Sans sa présence, tout était différent… Décidément, sa reconversion le rendait sentimental.

Il aperçut Emmie assise dans le carré habituel, face à la place laissée vacante par Iona. Ne sachant trop quoi lui dire, après sa désertion inexpliquée de leur expédition à Hampton Court, il alla s'installer à l'autre bout du compartiment. Il n'avait pas envie d'assombrir cette fin d'après-midi par une conversation qui serait embarrassante autant pour lui que pour elle.

En sortant de la gare, il s'arrêta chez le fleuriste et choisit un énorme bouquet de roses blanches, les préférées de Candida. Le prix indiqué dépassait de loin le petit budget d'un prof de maths, surtout non rémunéré, mais Candida le méritait bien. Piers passa ensuite chez le traiteur acheter du bœuf bourguignon et une bouteille de nuits-saint-georges. Ils n'avaient pas savouré de bon vin depuis que Candida avait vendu tous les grands crus de leur cave.

Comme il regrettait de l'avoir si mal jugée ! Lui qui pensait que leur mariage n'était qu'une mascarade, un simulacre, une coquille vide, comme le reste de sa vie, découvrait que leur union avait survécu à la tornade. Durant ce passage critique, Candida avait gardé son calme et réussi à préserver son énergie. Elle l'avait aidé à se relever et l'avait soutenu pendant qu'il tentait péniblement de reprendre ses esprits. Elle s'était occupée de réorganiser leur trésorerie, ce qui leur avait permis d'avoir un peu d'argent de côté pour voir venir. Ce soir, il allait lui prouver sa gratitude.

Piers avait disposé de jolies assiettes et allumé des bougies sur la table de la cuisine.

— Chérie… Je voulais te dire à quel point j'apprécie tout ce que tu as fait pour moi. Tu es formidable. Honnêtement, j'ignore comment je m'en serais sorti sans ton aide.

— Je n'allais pas te laisser dans ce sale état, assis sur un banc de la gare, répondit Candida. Tu te sens mieux ? La psychothérapie te fait du bien ?

— Oui, je suis un autre homme ! Je ne me reconnais plus ! Ma reconversion va métamorphoser mon quotidien. *Notre* quotidien. Je sais, cela impliquera des moyens financiers réduits et des vacances moins exotiques. Minty et Theo devront fréquenter l'école publique, mais je pense qu'une vie simple et honnête leur fera du bien, à eux aussi. Ils grandiront moins gâtés, sans croire que tout leur est dû. Un juste milieu entre nos deux enfances : toi, celle privilégiée, moi, celle sans le sou. Une bonne moyenne, en quelque sorte !

Il sourit au souvenir du jour de leur mariage : comme Candida était belle, s'avançant vers lui sur le chemin de l'autel ! Aujourd'hui, ils entamaient un nouveau chapitre de leur existence commune, différent sans doute, mais meilleur, à de nombreux égards. Ils allaient enfin se rapprocher.

Candida fronça légèrement les sourcils – autant que le lui permettait son front botoxé.

— Piers, je crois que tu n'as pas tout à fait saisi la situation.

— Pardon ?

Elle croisa son couteau et sa fourchette sur son assiette, signe que le bœuf bourguignon n'était pas à la hauteur de ses attentes gustatives.

— Écoute, je suis très heureuse que les choses s'arrangent pour toi. J'attendais que tu sois rétabli. Tu es le père de mes enfants, nous sommes liés, à travers eux, et pour la vie, que cela nous plaise ou non. D'une certaine façon, je t'aime encore.

Elle marqua une pause.

D'une certaine façon ?

Piers eut la sensation d'être au volant de son ancienne Porsche et de foncer droit dans un mur. Il voyait ce qui allait arriver, mais les freins ne répondaient plus, et la catastrophe était inévitable.

— Je pensais avoir été claire sur le fait que je ne veux pas de cette existence-là, enchaîna Candida aussi posément que s'ils discutaient de leurs prochaines vacances dans les Cyclades. Je ne t'ai pas épousé pour devenir « Mrs Sanders, la femme du prof de maths ». Non, je ne veux pas d'une existence étriquée, avec des fins de mois difficiles. Et je doute que la « moyenne » dont tu parles soit « bonne ». Je n'ai jamais aspiré à une vie modeste. Je veux une éducation et une instruction *au-dessus* de la moyenne pour mes enfants. Bref, je refuse d'être mariée à un *Kevin*. L'homme que j'ai épousé avait eu la sagesse de laisser son passé derrière lui.

— Je vois, dit Piers. Mais sache que même si on me proposait un poste à la City, je refuserais. Retourner dans ce monde-là me rendrait fou.

— Je n'exige pas ça de toi, mon chéri. Je dis juste que je ne partagerai pas cette nouvelle étape avec toi. Voilà pourquoi j'ai redressé nos finances. Nous allons t'acheter un appartement, pas loin d'ici, où tu pourras recevoir les enfants. J'espère que nous serons capables de nous comporter avec civilité, en adultes responsables. Et nous séparer à l'amiable – tiens, comme Gwyneth Paltrow et Chris Martin, par exemple. Chacun a refait sa vie, mais ils sont restés bons amis. Ne gaspillons pas le reste de tes indemnités de licenciement en frais d'avocats dispendieux et en batailles juridiques dont les enfants seraient les pions.

Il se souvint du mauvais présage, la mort du pigeon fracassé en plein vol, désormais en décomposition dans leur composteur. Piers ressemblait à cet oiseau qui filait gaiement vers un avenir teinté de rose sans avoir vu la baie vitrée infranchissable qui se dressait devant lui. Assommé par l'annonce de sa femme, il gisait par terre, perdant son sang. Comment Candida pouvait-elle conserver ce calme olympien ? Élever seule deux enfants avec une modeste pension alimentaire ne faisait sûrement pas partie de ses projets.

Une image floue se forma dans l'esprit de Piers, puis se précisa, jusqu'à devenir un tableau très net.

— Tu m'as déjà trouvé un remplaçant, c'est ça ? Une autre vache à lait ?

Il se sentait plus las qu'indigné, même s'il soupçonnait que la colère viendrait plus tard.

— Qui est-ce ? Je le connais ?

— Non, tu ne le connais pas, murmura Candida en regardant ses ongles laqués.

Les ongles de l'épouse d'un ex-riche banquier, qui griffaient déjà sauvagement le dos d'un autre riche banquier.

— Il te tournait déjà autour, pendant tout ce temps ? Je suis vraiment trop con de ne pas l'avoir vu venir !

— Oh, chéri, ne commence pas... Une femme doit toujours avoir un plan B. C'était un flirt de rien du tout, qui le serait resté si ton égoïsme n'avait pas fichu notre vie en l'air.

— Tu ne peux pas me faire ça, Candida. As-tu oublié « Dans la joie comme dans la peine ; dans la richesse et la pauvreté ; pour le meilleur et pour le pire » ?

— Écoute, si nous devons pinailler sur des critères moraux – ce qui serait mortellement ennuyeux –, n'oublie pas que c'est *toi* qui m'as bernée pendant *des mois*, en endossant ton costume tous les matins, soi-disant pour aller au bureau. Et que c'est *toi* qui as dilapidé l'argent destiné à payer les frais de scolarité des enfants. Si je n'étais pas intervenue, nous aurions tout perdu.

— Les enfants, justement ! Ils ont besoin de moi, autant que j'ai besoin d'eux !

— Je le sais bien. Rassure-toi, tu les verras beaucoup plus qu'avant, quand tu travaillais jusqu'à pas d'heure. Et pense à tes looongues vacances d'enseignant ! Tu pourras les aider à faire leurs devoirs après l'école – tu sais combien j'ai horreur de ça. Avec toi comme prof, finis les cours particuliers hors de prix ! Et si tu es nommé dans un établissement correct, il se peut qu'ils te fassent une réduction sur les frais d'inscription. Il faut voir le bon côté des choses.

Elle réprima un bâillement.

— Bon, je vais me coucher. On discutera de la suite demain matin, d'accord ?

Elle repoussa sa chaise et se leva, le laissant seul, entouré d'assiettes sales – reliefs d'une vie dévastée. Le bouquet de roses blanches était encore sous cellophane, abandonné dans l'évier.

Candida s'arrêta à la porte et lui lança par-dessus son épaule, avec un petit rire perlé :

— Tu sais, papa m'avait avertie que notre mariage serait pour moi « un galop d'essai ». Il avait raison, en fin de compte.

Comment pouvait-elle être aussi dure ? Derrière ce beau visage lisse se cachait un Terminator au féminin.

Depuis qu'il avait vu Candida marcher vers lui, au bras de son père, dans la nef de l'église, il savait qu'il boxait au-dessus de sa catégorie. Qu'il n'était pas assez bien pour elle. Il avait toujours éprouvé la crainte lancinante qu'un jour ou l'autre, elle le quitte. Tout comme les agents de sécurité s'approchant de son bureau avec un carton vide, ça n'avait été qu'une question de temps.

Iona

19 h 35, Hampton Court – Wimbledon

— Reste tranquille, ma Lulu. Sinon, maman risque de te mettre du savon dans les yeux.

La chienne la regarda à travers la vapeur d'eau parfumée à la lavande, l'air de dire : *Je juge ma position tout à fait humiliante, alors dépêche-toi d'en finir.*

Iona la sortit de la baignoire, l'enveloppa dans une serviette moelleuse rose pâle et l'emporta dans la chambre, pour la séance sèche-poils.

Bien qu'officiellement sans emploi, Iona avait un planning bien chargé.

Tout d'abord, avec Martha. Elle passait un temps fou à la faire répéter. Si d'aventure Roméo était victime d'un accident de voiture, perdait sa voix ou l'un de ses membres, Iona serait capable d'endosser son rôle. Ce qui serait un sérieux défi pour l'habilleuse.

Ensuite, avec Piers. Il venait la voir deux fois par semaine, sans jamais oublier le bouquet de fleurs exigé. Elle parlait beaucoup trop d'elle pendant leurs rendez-vous, ce qui n'était évidemment pas le but, aussi avait-elle affiché sur le mur un Post-it – caché de la vue de Piers –, qui disait TAIS-TOI, IONA. Et elle s'était jurée de limiter ses questions à « Comment vous sentez-vous après ça ? » ou « Parlez-moi de votre relation avec votre mère ».

Cette tactique n'avait guère porté ses fruits, Iona ayant toujours eu du mal à suivre des instructions, y compris celles qu'elle s'imposait.

En revanche, ces entrevues se révélaient plutôt positives, car chaque fois qu'elle le voyait, Piers marchait d'un pas plus vif et plus léger ; au fil des jours, le Bourriquet mélancolique se muait en joyeux Tigrou. Au lieu d'avoir honte de son enfance misérable et de la fuir par tous les moyens, il apprenait à faire la paix avec lui-même et à être fier de son parcours. « Les expériences passées sont les fondations sur lesquelles on bâtit son avenir. Pierre par pierre, avec fierté, et sans complexes. Nier sa propre histoire revient à marcher sur des sables mouvants et risquer d'être englouti. » Iona était plutôt fière de cette analogie. Elle songerait à la réutiliser dans sa rubrique.

À ceci près qu'elle ne tenait plus de rubrique.

Piers lui avait parlé du divorce imposé par Candida, ainsi que d'une étrange histoire de pigeon à laquelle elle n'avait pas compris grand-chose. Pourtant, il ne semblait pas trop affecté par la fin de son mariage. Peut-être ne saisissait-il pas tout à fait ce qui lui arrivait ? Il paraissait soucieux de l'impact de leur séparation sur ses enfants, mais également convaincu qu'il s'occuperait davantage d'eux qu'auparavant.

À dire vrai, Iona soupçonnait que la métamorphose de Piers devait plus à ses débuts dans l'enseignement qu'à ses séances de « thérapie ». Toutefois, ce constat ne l'empêchait pas de s'en attribuer le mérite – c'était elle qui avait eu l'idée de sa reconversion, après tout, non ?

Depuis son départ fracassant de *Modern Woman*, elle se voyait contrainte de puiser dans ses économies, malgré toutes ses tentatives de réduire ses dépenses. Elle avait même résilié son panier mensuel d'épicerie fine de chez Fortnum & Mason. Iona devait se rendre à l'évidence : l'heure de contacter des agences immobilières allait bientôt sonner. Elle regarda autour d'elle et sentit une immense tristesse l'envahir. Sa maison. Là où elle avait vécu tant d'années avec Bea. Lulu, qui avait un don de télépathie, lui lécha la joue.

Ce sujet de tracas lui fit penser au silence d'Emmie, qui l'inquiétait davantage. La jeune femme n'avait pas répondu à son message sur Instagram, et n'avait donné signe de vie à personne depuis sa mystérieuse disparition, à Hampton Court. Pourtant, les autres l'avaient aperçue de loin, dans le train, donc elle n'avait été ni kidnappée, ni hospitalisée. Quelque chose ne tournait pas rond, Iona le sentait.

En entendant la sonnerie de son téléphone portable, elle se dit que c'était peut-être Emmie, justement, convoquée par la force de sa pensée. Elle se hâta de répondre. Aïe. Sur l'écran s'affichait « DAVID WIMBLEDON ».

— Hello, David ! s'exclama-t-elle d'un ton guilleret qui masquait sa déception.

— Iona, fit David, pressé. Je ne vous dérange pas ? Si vous êtes libre, pourriez-vous venir tout de suite à Wimbledon ?

— David, mon chou, roucoula Iona, si c'est pour un plan cul, je suis flattée, mais vous savez, mes inclinations naturelles ne penchent pas en ce sens.

Silence au bout de la ligne. Était-il embarrassé ou cherchait-il la signification de « plan cul » ? Iona devait se souvenir que, contrairement à elle, la plupart des gens d'âge mûr n'étaient pas coutumiers du langage des jeunes. Mieux valait le rassurer tout de suite.

— Je plaisantais. Je me fais une joie de venir découvrir *Chez David*. Envoyez-moi votre adresse par SMS et je saute illico dans le premier train.

Sans jamais l'avoir vue, Iona reconnut la maison de loin. Toutes les propriétés voisines avaient été rénovées, améliorées, agrandies. Vérandas, porches avec ouverture automatique sécurisée, portes d'entrée ripolinées flanquées de lauriers-roses ornés de guirlandes électriques... Rien de tout cela chez David. La bâtisse semblait coincée dans une faille spatio-temporelle. Comme son propriétaire, elle n'avait pas changé depuis des décennies.

— Entrez, entrez ! fit David. Oh, c'est pour moi ? Il ne fallait pas ! Merci, il est magnifique.

Iona lui tendit le gros bouquet de roses blanches que Piers lui avait offert. Par chance, elle n'avait pas eu le temps d'ôter le papier cellophane. Le recyclage de cadeaux était une pratique excellente pour la planète. Tiens, cela ferait un bon sujet d'article... *Oh, mer... Oublie, Iona !*

David la conduisit dans un salon confortable quoique vieillot : parquet recouvert de tapis anciens, meubles et chaises en bois foncé, grande cheminée ouverte. Un agent immobilier l'aurait décrit comme « offrant ses caractéristiques d'origine, meublé de nombreux éléments d'époque, avec possibilités de modernisation ».

David emporta le bouquet dans la cuisine. Quelques minutes plus tard, il revint avec les roses disposées dans un vase, et lut à voix haute la petite carte blanche qu'il tenait à la main :

— « Candida chérie, merci pour tout. Je t'aime. »

Bon, je ne suis pas la seule à croire au recyclage, songea Iona.

— Comme c'est étrange, dit-elle d'un ton évasif ; puis, incapable de refréner sa curiosité plus longtemps, et désireuse de changer de sujet, elle enchaîna : Dites-moi tout, en quoi puis-je vous être utile, David ?

— En fait, vous m'avez déjà beaucoup aidé, Iona.

— Ah ?

De quoi diable parlait-il ?

— Vous et vos amis du train m'avez fait comprendre que je m'encroûtais. J'ai donc décidé de me secouer un peu ! Je me suis inscrit à des cours du soir.

— Excellente idée. Des cours de quoi ?

— Le mardi, conversation russe, et le jeudi, mécanique : comment démonter et remonter un moteur.

— Formidable ! s'écria Iona. Vous pourriez devenir chauffeur pour oligarques russes en exil.

David ne parut pas apprécier son humour.

— Et j'ai l'impression que les choses s'améliorent avec Olivia, poursuivit-il. Lentement, certes, mais tout n'est pas perdu, je crois.

— Ça, c'est une bonne nouvelle, David.

— Alors, voilà : je tenais à vous remercier. Vous savez que je suis juriste, n'est-ce pas ?

Iona l'ignorait. Toutefois, l'admettre prouverait son manque d'intérêt pour lui. Aucun membre du groupe n'avait demandé à David ce qu'il faisait dans la vie. Elle se sentit tellement coupable qu'elle hocha la tête avec une vigueur exagérée. Simultanément, une pointe de jalousie la traversa : David avait dix bonnes années de plus qu'elle. Pourtant, il exerçait toujours son métier. Pour quelle raison un homme ridé, aux cheveux grisonnants, était-il encore pris au sérieux, alors qu'une femme de cinquante-sept ans, bien conservée, devenait invisible ?

— Ma spécialité étant le droit immobilier, je ne peux vous être d'une grande aide, à moins que vous ne songiez à déménager.

— Hélas, je crains ne plus avoir le choix, soupira Iona.

— Au contraire, peut-être que si…, fit David, énigmatique.

Il s'interrompit : on sonnait à la porte.

— Ah, la voilà ! Toujours à l'heure !

— David, vous n'essayez tout de même pas de me caser ? s'agaça Iona alors qu'il se dirigeait vers le hall d'entrée.

— En fait, si, d'une certaine manière, dit-il en revenant accompagné d'une femme d'une quarantaine d'années, dont le regard pénétrant perçait derrière ses lunettes. Je vous présente Deborah Minks, spécialisée en droit du travail. L'une des associées de mon cabinet. J'ai pris la liberté de lui parler de votre situation. Vous ne m'en voulez pas ?

— Euh, non, dit Iona, prudente.

— Puis-je vous poser quelques questions, Iona ? s'enquit Deborah.

En voilà une qui aime aller droit au but ! songea Iona. Quand on facture ses clients à l'heure, mieux vaut ne pas gâcher un temps précieux en bla-bla. L'avocate s'assit et sortit un mince dossier d'un horrible attaché-case, assorti à ses horribles souliers plats.

— Je suppose que vous n'avez pas reçu de prime de départ ?

— Non. Je n'ai pas été licenciée pour motif économique : j'ai démissionné. Ou plus exactement, je suis partie en claquant la porte, après avoir traité le rédacteur en chef de conn…

David l'arrêta d'un geste.

— Notre interprétation des événements est la suivante, poursuivit Deborah. Il ne s'agit pas à proprement parler d'une démission, plutôt d'un licenciement déguisé. Diriez-vous que la situation était telle que vous ne pouviez plus rester à votre poste ?

Elle regarda Iona par-dessus la monture de ses lunettes. Iona acquiesça d'un signe de tête.

— Pourriez-vous affirmer que l'ambiance chez *Modern Woman* était devenue toxique, et que vous vous sentiez discriminée à cause de votre âge ?

— Grave discriminée.

Plus Deborah paraissait sérieuse et adulte, plus Iona se sentait redevenir adolescente et parlait comme Martha.

Deborah prit un Pim's à l'orange dans l'assiette que David avait placée sur la table, en mordit une bouchée et le reposa. Iona s'émerveilla de cette capacité surhumaine à se restreindre. Le genre de personne qu'il fallait avoir dans son camp, en dépit des chaussures plates.

— Avez-vous l'impression d'avoir été manipulée pour être poussée à la démission ?

Iona se souvint du clin d'œil d'Ed à Brenda des RH, quand elle lui avait lancé le cordon de son passe à la figure.

Elle opina, mais s'empressa d'ajouter :

— Je ne tiens pas à aller en justice, Deborah. Je ne supporte pas l'idée de perdre mon temps à cause de ce conn…

David l'arrêta à nouveau d'un geste. Décidément, il était un peu trop collet monté.

— À mon avis, nous n'irons pas jusque-là, la rassura Deborah. Ils préféreront sûrement conclure un accord à l'amiable, afin d'éviter toute publicité négative. Nous exigerons les indemnités de licenciement que vous méritez, après… combien d'années, déjà ?

— Trente ans.

— Trente ans de bons et loyaux services.

Deborah s'appuya contre le dossier de sa chaise en souriant.

— Parfait. Affaire conclue. À présent, vous me dites tout, et moi, je prends des notes.

Iona lui raconta l'échange qu'elle avait surpris entre Brenda des RH et Marina dans les toilettes, à propos du dinosaure. Elle lui fit part des nombreuses petites piques du style, « ça, Iona ne comprendra pas », ou « à son époque », et aussi de la façon dont on ne l'invitait plus aux déjeuners ni aux apéritifs entre collègues. Les conversations qui s'interrompaient quand elle s'approchait de la machine à café. La photo de Noël où toute l'équipe du magazine était présente – même l'agent de sécurité –, sauf elle.

Elle expliqua qu'on l'avait peu à peu amputée d'une partie de ses responsabilités, si bien qu'elle passait ses journées à faire mine de travailler, avec la sensation que les aiguilles de la pendule tournaient au ralenti. Enfin, elle revécut la matinée où on lui avait demandé de soumettre le contenu de tous ses articles à une nouvelle recrue qui ponctuait chacune de ses phrases de stupides « OMG », « ASAP » ou encore « C'est *so* 2019 ». Un jeunot qui, par-dessus le marché, n'était même pas né lorsqu'elle avait été engagée en pleine gloire chez *Modern Woman*.

Tout en parlant, Iona se sentait plus légère. Le poids d'années d'affronts et de railleries s'envolait de ses épaules. Un harcèlement plus subtil et plus insidieux que celui que subissait Martha de la part des élèves de son collège, mais non moins destructeur.

— Merci, Deborah. Et merci à vous aussi, David, dit-elle lorsqu'elle se fut libérée de tous ces souvenirs douloureux et humiliants.

Deborah replaça le capuchon de son stylo-plume avec un bruit sec, comme si elle rengainait un pistolet dans son étui.

— De rien, Iona. On va les faire casquer, d'accord ?

Emmie

8 h 08, Thames Ditton – Waterloo

Emmie crut un instant que Sanjay viendrait s'asseoir à ses côtés. Elle leva la tête et lui sourit, mais il tourna les talons et alla s'installer plus loin. Comme il l'avait fait la veille. Et les jours précédents.

Certes, elle s'était montrée grossière avec lui, mais son attitude n'était-elle pas un peu exagérée ? Voire puérile ? Chaque pas qui l'éloignait d'elle, chaque sourire qu'il ignorait la piquait à vif, telles des guêpes énervées.

Comment s'excuser, puisque Sanjay ne lui en laissait pas la possibilité ? Secrètement, une partie d'elle-même s'en réjouissait, car, ne s'expliquant pas ce qui lui était arrivé ce jour-là, elle ne pouvait se justifier aux yeux de quiconque. Et lorsqu'elle se rejouait mentalement la prise de bec avec Toby, elle voyait une jeune femme faible et apeurée face à un homme paranoïaque et agressif. Ce qu'ils n'étaient ni l'un ni l'autre, n'est-ce pas ?

Une question la taraudait : avaient-ils finalement retrouvé Iona ? Elle souhaitait lui parler de sa crainte de voir son monde se réduire à son couple avec Toby, dans la bulle de leur maison de rêve. Était-ce égoïste d'attendre davantage de la vie ? Iona aurait la réponse à ses interrogations, Emmie en était sûre.

Toutefois, plus encore que Iona, Sanjay lui manquait. Elle l'imaginait sortant sur la terrasse du café avec leurs consommations, le sourire aux lèvres, et découvrant sa disparition subite. Que pensait-il d'elle, désormais ? Elle qui se sentait si détendue en sa compagnie, si certaine qu'ils deviendraient bons amis... voilà comment elle l'avait remercié de sa gentillesse !

Pour la énième fois, elle revit la scène qui s'était déroulée ce matin-là à Hampton Court, tentant de visualiser une issue différente.

Sanjay était allé commander un cappuccino, non sans lui avoir adressé un grand sourire avant d'entrer dans le café. Installée à une table en terrasse, elle offrait son visage au soleil printanier. Soudain un picotis sur la nuque l'avait fait frissonner – cette sensation inexplicable quand on a l'impression d'être observé. Emmie s'était retournée et avait aperçu, garée quelques mètres plus loin le long du trottoir en stationnement interdit, une voiture en tout point semblable à celle de Toby. Or, à sa connaissance, Toby n'était jamais venu à Hampton Court. Ça ne pouvait pas être lui. Elle avait étudié le véhicule avec attention, à la recherche du détail révélateur qui le différencierait – une éraflure sur l'aile, un porte-bagages sur le toit ou un sticker *Bébé à bord*.

Juste au moment où elle se répétait « Ça ne peut pas être lui », la vitre du conducteur s'abaissa et la tête de Toby apparut.

— Monte, siffla-t-il. Tout de suite.

Emmie, perplexe, fronça les sourcils. Jamais elle n'avait vu une telle expression sur le visage de son fiancé. Il devait avoir une terrible nouvelle à lui annoncer… *Mon Dieu, pourvu qu'il ne soit pas arrivé malheur à mon père.* Mais comment Toby avait-il su où la trouver ? Elle se leva et s'avança vers la voiture.

— Toby ! Que se passe-t-il ? Pourquoi es-tu là ? Je ne comprends pas.

— Ne reste pas plantée sur le trottoir, sous les yeux de tout le monde. Allez, monte, on doit discuter.

Elle fit le tour du véhicule et s'installa sur le siège passager. Sans un mot, Toby mit le contact.

— Tu es fou ! Attends ! cria Emmie. Je suis avec des amis. Nous avions rendez-vous. S'il y a une urgence, je dois les prévenir !

— Des *amis* ? ricana Toby. Moi, je n'en ai vu qu'*un*. J'imagine qu'il s'agit de ce Sanjay, dont tu sembles très proche.

Comment le mot « proche » pouvait-il être prononcé de manière aussi hostile ?

— J'ai vu la façon dont il te regardait ! Certainement pas comme une amie.

Toby enclencha la première avec rage, se vengeant sur la voiture.

— Tu m'as menti ! Tu m'as dit que tu allais faire des courses dans le West End.

Oubliant d'actionner son clignotant, il déboîta sur la voie à grande vitesse, obligeant la camionnette qui arrivait en sens inverse à freiner brutalement. Furieux, son conducteur l'incendia de coups de klaxon.

— Tu ferais bien de mettre ta ceinture de sécurité, grogna Toby.

Emmie fut prise de nausée. Oui, elle avait menti, et mentir à l'être que l'on aime le plus au monde, avec lequel on compte passer le reste de sa vie, c'est impardonnable.

Mais la haine de Toby envers Sanjay et Iona était tout à fait irrationnelle, dans la mesure où il ne les avait jamais rencontrés. En fait, depuis le jour où elle les avait retrouvés au château de Hampton Court, il ne supportait pas *l'idée même* de leur existence.

Elle chercha à se rassurer. Il s'agissait de la jalousie classique qui accompagne la passion des débuts. Après plusieurs années de vie commune, Toby ne se préoccuperait plus de savoir où elle allait, ni avec qui ; de son côté, Emmie se souviendrait avec tendresse de ces instants si chargés d'émotions. D'ici là, un pieux mensonge de temps à autre lui simplifiait la vie, et ne blessait pas Toby. *Enfin, jusque-là.*

Quelque part, cette jalousie la flattait. La tranquillisait, même. Elle prouvait la profondeur des sentiments de son fiancé. D'un autre côté, elle l'obligeait à se comporter d'une manière inhabituelle, voire déloyale, ce qui ne lui ressemblait pas.

— Si je t'ai menti, et j'en suis sincèrement désolée, c'est parce que je me doutais que tu réagirais comme ça. Je ne comprends pas ton problème vis-à-vis de mes amis. Puisque nous parlons de confiance mutuelle, pourquoi m'as-tu suivie jusqu'ici ?

Toby enfonça le pied sur l'accélérateur.

— Je ne t'ai pas suivie ! J'ai appris qu'il y avait un incident sur la ligne entre Thames Ditton et Waterloo, alors je me suis dit : « Je vais jouer le chevalier servant et aller la chercher. » J'ai utilisé mon localisateur de téléphone pour vérifier où tu étais. Imagine ma surprise quand je me suis rendu compte que tu avais pris le train en sens inverse.

Il aborda un virage si vite qu'Emmie fut projetée contre la portière. La ceinture de sécurité lui scia la clavicule.

— Toby, s'il te plaît, ralentis !

Elle aurait voulu qu'il fasse demi-tour afin qu'elle puisse s'excuser auprès de Sanjay, mais la simple mention de ce prénom risquait d'envenimer les choses. Comme elle regrettait de ne pas avoir demandé à Sanjay son numéro de téléphone ! À sa décharge, jamais elle n'aurait cru devoir l'appeler dans le laps de temps de cinq minutes où il était parti commander les boissons.

— Toby, nous avions décidé de partager cette application *uniquement* en cas d'urgence, pas pour tracer les allées et venues de l'autre. Ça s'appelle une atteinte à ma vie privée ! Tu aurais aussi bien pu me téléphoner, non ?

— Emmie, tu m'as menti, droit dans les yeux ! Et tu vas retrouver un homme dans un café, derrière mon dos ! Alors épargne-moi tes leçons de morale !

Il tourna la tête vers elle.

— Tu dis qu'il ne se passe rien entre vous… Tu crois vraiment que je vais gober ça ? Mets-toi deux minutes à ma place !

— S'il te plaît, Toby, regarde la route ! On va avoir un accident ! Écoute, je comprends que tu sois inquiet, mais je te jure que Sanjay est juste un ami. Jamais je ne te tromperai !

— Un ami que je t'interdis de revoir, lança Toby, hors de lui.

— Quoi ? Tu n'as pas à me dire qui j'ai le droit de fréquenter ou non !

Emmie s'efforçait de tenir bon, sans pouvoir réprimer le tremblement de sa voix.

— De toute façon, il m'est impossible de ne pas le croiser. Nous prenons le même train presque tous les matins.

Toby ne répondit pas. Le reste du trajet se déroula en silence. D'ailleurs, il ne lui adressa pas la parole de tout le week-end. Pour la première fois depuis leur rencontre, elle se sentit terriblement seule.

Aujourd'hui, trois semaines après l'incident, la situation semblait revenue à la normale. Toby faisait comme si de rien n'était. Ou plutôt, il se montrait plus amoureux et attentif que jamais. Cependant, cet épisode ne cessait de la turlupiner. Si elle pouvait admettre la raison de la réaction de son fiancé, elle demeurait sur ses gardes. Méfiante. Une attitude absurde, puisque Toby l'adorait. Jamais il ne songerait à lui faire du mal. Il était un peu trop protecteur, voilà tout.

Pourtant, une question gênante virevoltait dans son esprit, comme un papillon de nuit autour d'une ampoule : *où s'arrête la sollicitude, où commence l'emprise ?*

Emmie n'avait nulle intention d'éviter Sanjay à cause de la jalousie maladive de Toby ; mais, finalement, elle n'avait guère le choix, puisque Sanjay ne paraissait toujours pas décidé à lui parler. Chaque fois qu'il prenait le train à New Malden, il s'installait à l'autre bout de la voiture 3. Délibérément.

Ce matin-là, déterminée à mettre les points sur les i, elle prit son sac, se leva d'un bond, et se dirigea droit vers lui.

— Salut Sanjay. Ça t'ennuie si je m'assieds à côté de toi ?

Sanjay

8 h 19, New Malden – Waterloo

Sans attendre de réponse, elle s'installa face à lui.

— Merci, dit Emmie, comme s'il l'avait invité à s'asseoir. As-tu eu des nouvelles de Iona ? Elle va bien ?

— Pour répondre aux deux questions : Oui, et oui.

Emmie souhaitait sans doute davantage de détails, mais aux yeux de Sanjay, elle ne le méritait pas. Elle lui avait fait sentir qu'elle ne tenait pas à passer du temps en sa compagnie. Au cours des dernières semaines, il l'avait aperçue de loin, à plusieurs reprises. Elle n'avait donc pas été enlevée par des extraterrestres ni par les membres d'une secte. Pas plus qu'elle ne souffrait d'amnésie après un terrible choc à la tête. C'était juste une personne mal élevée – pas du tout la fille qu'il imaginait. Il avait commis l'erreur classique de la juger pour sa beauté, tel un livre avec sa jaquette, malgré ses réticences à admettre qu'il pouvait être aussi superficiel.

— Sanjay… Je sais que tu es furieux contre moi, et je le comprends. C'était très impoli de ma part de disparaître comme ça, sans explication. J'en suis sincèrement désolée.

Il ne cilla pas. Pas question de lui faciliter la tâche. Il regarda défiler le paysage qui passait de la banlieue boisée et verdoyante à la brique, au béton et au verre des grands immeubles de la capitale.

— Mon fiancé est arrivé pendant que tu étais à l'intérieur du café. Une urgence. La journée a été assez compliquée.

— Ça n'explique pas pourquoi tu ne m'as pas dit au revoir. J'avais l'air d'un imbécile avec mes cappuccinos et mes cakes à la banane. Bananes issues du commerce équitable, qui plus est.

Tais-toi, imbécile ! Comme si ça avait un rapport.

— Comprends-moi… Toby était un peu… fâché. Je ne lui avais pas dit où j'allais, et parfois, il se montre assez jaloux. Mais c'est plutôt flatteur, non ? lança Emmie, avec un sourire crispé.

Qui s'évertuait-elle à convaincre ? Lui, ou elle-même ? Le ressentiment de Sanjay se mua en perplexité, avant de virer à l'inquiétude.

— Tu veux dire… qu'il t'a *suivie* jusqu'à Hampton Court ?

— Pas exactement

Sanjay attendit l'explication.

— Nous partageons l'application Find My iPhone. En cas d'urgence, c'est pratique. Toby a entendu parler d'un problème sur la ligne de Waterloo et il a vérifié ma localisation, pour venir me dépanner. Super prévenant de sa part, tu ne trouves pas ?

Sanjay s'abstint de tout commentaire. Il était tout à fait possible que son angoisse n'ait rien à voir avec le comportement de Toby. C'était juste du désespoir masqué en syndrome du sauveur. En fait, il cherchait des raisons de détester le fiancé d'Emmie, de trouver la faille chez Monsieur Parfait.

— Toby est très protecteur, reprit-elle. Depuis le jour où nous nous sommes rencontrés. On m'avait volé mon portefeuille dans le métro. J'étais comme une idiote devant le portillon, sans ticket et sans argent. Il s'est précipité à mon secours.

Maudit Toby. Le cliché ambulant du preux chevalier à l'armure étincelante.

— Comme c'est romantique, répondit Sanjay en espérant que son ton ne soit pas trop sarcastique. Emmie, je ne veux surtout pas me mêler de ce qui ne me regarde pas, mais tu ne devrais pas prendre cette histoire de jalousie à la légère.

Voyant qu'elle cherchait à riposter, il poursuivit sur sa lancée, de crainte de manquer de courage s'il s'interrompait.

— Tu sais, avant, je travaillais aux urgences de l'hôpital. J'ai souvent vu arriver des femmes dont le compagnon était « assez jaloux ». Toutes me racontaient un scénario identique : après des mois d'amour-passion, il commençait à leur dicter leur façon de s'habiller, vérifiait leurs allées et venues, leurs fréquentations, leur compte en banque. Ensuite, si elles ne se pliaient pas à ses exigences, elles finissaient par « tomber dans l'escalier » ou « se cogner la tête contre l'angle du buffet ». Et quelques jours, semaines ou mois plus tard, elles pleuraient sur mon épaule dans une salle d'attente, sachant qu'elles devaient fuir le domicile conjugal, sans savoir comment s'y prendre. Je ne veux pas que tu vives ça, Emmie.

Il marqua une pause. Elle demeurait silencieuse, immobile, les yeux fixés sur ses poings qu'elle serrait et desserrait, inlassablement. Il était allé trop loin. Il aurait voulu pouvoir ravaler ses mots. Mais même s'il y parvenait, ils l'étoufferaient.

— Sanjay, murmura-t-elle, je sais que tu crois bien faire. Mais là, tu dis n'importe quoi. Tu ne nous connais pas. Toby m'aime, et je l'aime. Alors retourne à tes patients, eux ont réellement besoin de tes conseils et de ton aide, et laisse-nous tranquilles.

— Emmie… C'est vrai, je ne connais pas Toby. À ceci près que je n'ai pas prévu de l'épouser. Toi, oui, donc je t'en supplie, demande-toi si tu le connais *vraiment*. Tu possèdes un sens aigu de la morale et de la justice ; assure-toi qu'on te considère avec tout autant de respect.

Emmie le fusilla du regard.

— Je ne *prévois* pas d'épouser Toby ! Je *vais* l'épouser.

Le train arriva en gare de Waterloo alors qu'elle lui crachait ces mots. Avant même que Sanjay se soit levé, Emmie avait bondi de son siège, ouvert la portière et sauté sur le quai, louvoyant entre les voyageurs, déjà loin, très loin de lui.

Toute la journée, Sanjay se repassa cette conversation dans son esprit. Il remit en question ses motivations, réexamina les actes de Toby sous tous les angles. Parfois, des symptômes en apparence évidents peuvent, par adjonction, permettre un diagnostic différent. Comme un cas suspect de malignité peut se révéler bénin. Il le savait.

Ce Toby était peut-être la perfection incarnée. Toujours prêt à voler au secours de sa fiancée, à s'assurer de son bonheur et de sa sécurité. Personne ne pouvait le blâmer d'être un peu jaloux. Après tout, Sanjay avait passé des semaines à bouillonner de jalousie, et ça ne faisait pas de lui un manipulateur toxique.

Avec un soupir, Sanjay comprit qu'il venait peut-être de compromettre toute possibilité d'amitié avec Emmie, pour rien. *Si tu l'avais bouclée, crétin, tu aurais pu être là à ses côtés, en cas de besoin.*

Pendant sa courte pause, Sanjay fonça à la cantine s'offrir un thé et un Twix. Il s'installa à une table, sortit son téléphone et tapa *Retard trains Hampton Court Waterloo*, dans les deux sens, en ajoutant la date du samedi où ils s'étaient rendus chez Iona. La recherche ne donna rien. Pas de retards, pas de problèmes particuliers sur la ligne. Sauf en fin de soirée, où un convoi était tombé en panne à Vauxhall.

De deux choses l'une : soit Emmie lui mentait, soit Toby mentait à Emmie.

Emmie

De son côté, Emmie ressassait aussi ce qu'avait dit Sanjay dans le train : « … il commençait à leur dicter leur façon de s'habiller, vérifiait leurs allées et venues, leurs fréquentations, leur compte en banque. » Les mots de Toby résonnaient dans son esprit : « Un ami que je t'interdis de revoir. » Et que dire de ce tailleur qu'il lui avait offert, très bien coupé et hors de prix, qui la faisait ressembler à une hôtesse de l'air de la British Airways bientôt à la retraite ? « À présent que tu vas devenir cheffe d'entreprise, il te faut une tenue adaptée, lui avait-il annoncé, rayonnant. Alors finis les décolletés plongeants et les minijupes ! » Toby faisait mine d'ignorer qu'elle n'avait pas encore décidé de quitter son travail. Selon lui, c'était une affaire conclue.

Et son insistance pour que leurs deux salaires soient versés sur un compte joint. Sa manière d'éplucher les relevés bancaires, surligneur à la main, en lui demandant des explications sur tel ou tel achat. « Nous devons économiser en vue du mariage, Emmie. Arrête de dépenser autant d'argent dans des frivolités comme du maquillage ! » Ensuite, pour se rattraper, toujours un petit compliment : « En plus, tu es très belle au naturel, ma chérie. »

Vint alors à Emmie une pensée encore plus dévastatrice. Les messages dont elle n'avait parlé à quiconque, par honte et par crainte : *TU AS L'AIR D'UNE PÉTASSE DANS CETTE JUPE ROSE. COMMENT VEUX-TU QU'ON TE PRENNE AU SÉRIEUX ?* Elle les repoussa le plus loin possible. Toby l'adorait. Jamais il n'ébranlerait délibérément sa confiance en elle de façon aussi ignoble.

C'était Sanjay qui jouait les surprotecteurs, pas Toby. Il la rendait paranoïaque, semant la discorde au sein d'une relation parfaite. Cette ambivalence lui rappelait la fameuse robe dont la couleur avait déchaîné les passions sur Internet quatre ans plus tôt. Était-elle noire et bleue, ou blanche et dorée ? Impossible qu'elle fût les deux à la fois.

Se tenant sur le seuil de leur maison, elle s'efforça d'apaiser sa respiration avant de pousser la porte. Ce soir, Toby emmenait des clients dîner en ville, elle pourrait réfléchir calmement.

— Coucou ! Je suis rentrée, dit-elle, de sa voix la plus enthousiaste, en ôtant ses ballerines et son manteau, qu'elle rangea consciencieusement aux endroits dévolus.

Il vint la retrouver dans le vestibule.

— Coucou ! Tout va bien ? Tu n'as pas l'air en forme.

Sa voix n'était peut-être pas si enthousiaste.

— Un peu fatiguée. Une journée difficile à l'agence.

— Mon bébé… Plus vite tu quitteras ce travail, mieux ça vaudra. Tu devrais prendre un bon bain et te mettre au lit. Tu te souviens que je sors ce soir ?

— Oui, et ça tombe plutôt bien, je n'aurais pas été de bonne compagnie.

Parfois, le meilleur des mensonges, c'est de dire la vérité.

Emmie vaqua à différentes occupations, l'esprit ailleurs. Elle avait l'impression de visionner un vieux film d'elle-même, tourné à différentes époques. L'image lui ressemblait, mais elle était sans épaisseur, presque transparente, et peu convaincante.

Pour se changer les idées, elle ouvrit Instagram. Elle consultait rarement son compte, dans la mesure où au bureau, elle était constamment plongée dans les réseaux sociaux. L'un des messages venait d'un compte inconnu : @ionabeaetlulu. Elle cliqua dessus. *Emmie, Est-ce que tout va bien ? Si tu as besoin de parler, viens me voir. Voici mon adresse : Riverview House, Hurst Road, East Molesey.* Suivi d'un numéro de téléphone, de quelques émojis souriants et de : *Je m'inquiète de ne pas avoir de tes nouvelles. Iona.* Le message datait du jour où ils s'étaient tous donné rendez-vous à Hampton Court. Le jour de l'apparition des fissures dans son monde parfait. Des fissures qui s'élargissaient au fil des heures.

Son doigt hésitait au-dessus de l'écran. Que répondre, et par où commencer ? Mieux valait attendre un peu. Mais savoir que Iona s'inquiétait pour elle lui faisait chaud au cœur.

Elle entendit la porte d'entrée claquer. Toby était parti. Le corset qui emprisonnait sa cage thoracique se desserra enfin.

Est-ce que tu le connais vraiment, Emmie ? lui soufflait une petite voix, répétant les mots de Sanjay. Bien sûr que oui ! Leur rencontre remontait à deux ans plus tôt, et ils vivaient ensemble depuis plusieurs mois. De plus, sa manie de faire le vide et de tout ordonner – la philosophie de Toby était « une place pour chaque chose et chaque chose à sa place » – comportait aussi des avantages : Emmie pouvait décrire par cœur le contenu exact de tous les tiroirs, de tous les placards de la maison. De construction récente, celle-ci ne recélait aucune lame de parquet mobile, aucun trou dans un manteau de cheminée où Toby aurait pu cacher un secret.

Soudain, Emmie se figea. Une pièce demeurait mystérieuse pour elle : son bureau, qu'il nommait en riant « sa grotte de célibataire ». Elle n'y entrait que s'il s'y trouvait, et toujours après avoir toqué à la porte.

Elle pénétra dans la grotte, le cœur battant, les sens en alerte, comme si la main de Toby pouvait s'abattre sur son épaule à tout instant. L'odeur de son eau de toilette flottait encore dans l'air.

La pièce était aussi impeccable que le reste de la maison. Sur le bureau, un buvard, un stylo à plume, un porte-lettres et un coupe-papier en argent, tous parfaitement alignés les uns par rapport aux autres. Le tic-tac de la pendulette de voyage posée sur une étagère résonnait dans le lourd silence, aussi sinistre que le mécanisme à retardement d'une bombe amorcée.

Emmie s'assit sur le fauteuil pivotant en cuir, qui émit un léger soupir, contraint de s'adapter à son poids et à ses formes inconnues. Elle caressa pensivement le plateau ciré, imitation acajou. Toby était-il aussi peu authentique que ce meuble faussement édouardien ?

Elle alluma l'ordinateur et plaça ses doigts sur le clavier. Elle s'en était servi une fois, un jour où son portable avait buggé. Elle se souvint avoir souri quand Toby lui avait communiqué le mot de passe : Emmie20111990, sa date de naissance. Il ne le lui aurait pas donné s'il avait quelque chose à cacher, non ?

Elle entra le mot de passe. L'écran s'éclaira.

Elle fit défiler les courriels, les fichiers. Le disque dur était aussi net et organisé que le cerveau de son propriétaire.

Rien d'indésirable, rien d'inconvenant. *De quel droit fouilles-tu son intimité de la sorte ? Là, tu fais précisément ce dont tu l'as accusé.*

Emmie repoussa le fauteuil et ouvrit les tiroirs du bureau un par un : leurs deux passeports, bien rangés, des papiers, des photos, rien d'inattendu ici non plus. *Arrête, Emmie, tu n'as aucune raison de te comporter ainsi. Tout ça à cause d'une ridicule conversation dans un train de banlieue. Tu ne sais même pas ce que tu cherches.*

Le tiroir du bas, en revanche, refusa de s'ouvrir. Fermé à double tour. Et la clé était introuvable. Elle poussa un grognement de frustration.

Réfléchis, Emmie, réfléchis. Pourquoi Toby garde-t-il un tiroir fermé à double tour ? Pour conserver des papiers à l'abri des cambrioleurs ? Ou peut-être d'elle ? *Est-ce que tu le connais vraiment, Emmie ?* Elle prit le coupe-papier en forme de dague miniature, et introduisit la pointe dans la minuscule serrure. Elle la remua de haut en bas, tout en tirant sur la petite poignée de cuivre.

Finalement, la chance aidant, il y eut un léger déclic et le pêne céda. Emmie commença à paniquer. Toby s'apercevrait très vite qu'il avait été forcé. Quelle explication allait-elle lui fournir ?

Elle jeta un coup d'œil à l'intérieur. Elle ne vit rien.

Surtout, reste calme. Elle avança la main à tâtons et sentit sous ses doigts le contour bien net d'un téléphone portable. L'ancien iPhone de Toby. Elle était persuadée qu'il l'avait donné au recyclage lorsqu'il avait acheté le modèle dernier cri, à Noël. La batterie devait être déchargée, mais à tout hasard, elle appuya sur le bouton de déverrouillage. Aussitôt, l'écran s'alluma et réclama un code à quatre chiffres. Elle essaya l'année de naissance de Toby. Puis la sienne. Rien. Et enfin, 2017, celle de leur rencontre. Bingo.

Tous ses mots de passe avaient un rapport avec elle. Au lieu de la faire sourire, cette idée la fit frissonner.

L'appareil avait dû être restauré aux paramètres d'usine, car aucune des applications favorites de Toby n'apparaissait. Elle retint son souffle en pressant l'icône « Messages ». Il n'y en avait qu'un, dont chaque mot était gravé au fer rouge dans son âme : *TU TE CROIS INTELLIGENTE, MAIS PERSONNE N'EST DUPE.*

Emmie eut la sensation que les murs se resserraient sur elle. Elle suffoquait. Elle appuya un pouce tremblant sur l'icône Gmail, sachant déjà ce qu'elle allait trouver. Deux courriels, envoyés à sa messagerie. Expéditeur : un.ami@gmail.com. Elle lâcha vivement le téléphone, comme si elle s'était brûlée.

Le cœur battant, elle reprit l'exploration du tiroir. Ses doigts se refermèrent sur une forme au grain familier : son vieux portefeuille au cuir usé. Elle s'efforça de respirer calmement et de défaire les nœuds qui se tordaient dans son ventre. Le portefeuille qu'on lui avait volé dans le métro, le jour où elle avait rencontré Toby. Toby qui l'avait vue devant le portillon, sans ticket et sans argent. Toby qui était venu à sa rescousse. Le preux chevalier en chandail de cachemire.

Elle l'ouvrit et, miracle, elle était là, la photo qu'elle avait cru ne jamais revoir, elle bébé dans les bras de sa mère. Il y avait aussi ses cartes de crédit, qu'elle avait dû annuler, mais plus d'espèces. Emmie ferma les paupières, étourdie. Toby l'avait-il sauvée en lui prêtant son propre argent ?

Pourquoi avoir gardé le portefeuille ? Avait-il eu l'intention de le lui rendre ? Ou le conservait-il comme un trophée ? L'équivalent de la tête de sanglier empaillée qu'on a accrochée au-dessus de la cheminée de sa maison de campagne, ou du malheureux papillon épinglé et immortalisé contre son gré dans un présentoir en verre.

Soudain, tout s'éclaircit : Toby n'était pas son sauveur, il était son ravisseur. Et maintenant, son geôlier. Il lui avait bâti une prison dorée, et elle, comme une idiote, y était entrée avec gratitude, avec amour, le sourire aux lèvres et un solitaire en diamant à l'annulaire. Toby détruisait à petit feu sa confiance en elle, la faisant douter d'elle-même par ses messages anonymes, lui interdisant toute possibilité de fuite en l'éloignant de ceux qui pourraient l'aider, ses amis du train et ses collègues. « Tu adores travailler à la maison, Emmie. »

Comment avait-elle pu se montrer aussi aveugle ? Était-elle si désireuse de croire à ce beau conte de fées qu'elle n'avait pas vu ce qui crevait les yeux ?

Elle ôta sa bague de fiançailles et la déposa sur le bureau, bien au milieu. Après réflexion, elle la poussa vers la gauche de quelques centimètres. Toby détestait que les choses ne soient pas centrées.

Elle prit son portefeuille, courut à sa chambre, sortit une valise et y jeta des vêtements pêle-mêle. Ce faisant, le message de Iona sur Instagram lui revint. *Riverview House, Hurst Road, East Molesey*.

Avant de quitter la maison, Emmie fit une pause dans le vestibule. Les chaussures de Toby s'alignaient deux par deux en rangs serrés, comme des soldats à la parade. D'une main tremblante, elle en prit une de chaque paire et, en descendant la rue pour aller vers la gare, les jeta dans une poubelle du voisinage.

Puis elle vomit dans le caniveau.

Sanjay

19 h 15, New Malden – Hampton Court

Avant de quitter l'hôpital, Sanjay s'arrêta devant le panneau d'information du personnel. Il parcourut les annonces : propositions d'emploi, objets perdus ou trouvés, appartements à louer ou vélos à vendre, puis, tout en bas, une simple affichette qui disait :

RÉUNION DU GROUPE DE SOUTIEN
LE LUNDI À 13 HEURES.
VOUS ÊTES TOUS LES BIENVENUS

Suivaient le nom et les coordonnées de l'organisateur. Sanjay prit une photo de l'annonce avec son portable, au cas où. Ça ne coûtait rien d'y aller une fois, juste pour voir.

En arrivant sur le palier de son appartement, il crut sentir une légère odeur de biryani de poulet. Non, il ne rêvait pas : posé sur le paillasson, un cabas bien rempli l'attendait, sur lequel était épinglée une feuille de papier pliée, avec son nom écrit en lettres capitales. Sanjay la déplia et reconnut aussitôt l'écriture : *POUR TOI, À PARTAGER AVEC LA PERSONNE DE TON CHOIX. MAMAN.* Et comme d'habitude en post-scriptum : *À RÉCHAUFFER LENTEMENT*, *SURTOUT PAS AU MICRO-ONDES*.

Meera manifestait son amour à ses proches par le biais des plats traditionnels qu'elle mijotait pendant des heures. Même si ses enfants avaient quitté le nid familial, elle continuait à cuisiner d'énormes quantités de nourriture et servait de copieuses portions à ses convives. Dès que l'entreprise de son mari chargeait un employé d'une course en taxi dans le quartier de New Malden, elle lui confiait dahls, currys, tandooris, naans et chapatis destinés à son fils chéri.

Lorsque Sanjay avait emménagé en colocation avec deux infirmiers de l'hôpital, Meera avait insisté pour avoir un double des clés de l'appartement, « en cas d'urgence ». Elle était venue trois ou quatre fois, sans prévenir, faire « un grand ménage ». Après la découverte, gênante pour tout le monde, d'un préservatif usagé sous le lit de James et d'une pile de magazines pornos sous celui d'Ethan, les colocataires s'étaient mis d'accord : Meera n'entrerait chez eux que s'ils étaient informés de sa venue ou si l'un d'entre eux était à l'article de la mort, auquel cas elle devait être accompagnée d'une équipe d'urgentistes. Et surtout, surtout, elle ne touchait à rien.

James et Ethan appréciaient la cuisine de Meera autant que Sanjay ; c'était toujours l'occasion de se faire plaisir en allant chercher des bières, et de déguster les plats indiens authentiques en regardant un film. Mais ce soir-là, en lisant *AVEC LA PERSONNE DE TON CHOIX*, Sanjay songea qu'il y avait effectivement une personne avec laquelle il avait envie de partager le biryani de sa mère.

Il saisit son téléphone.

— Entre, Sanjay ! s'exclama Iona, rayonnante et les joues écarlates. Quoi de plus agréable qu'un beau jeune homme qui vous rend visite, si ce n'est un beau jeune homme qui vous apporte à dîner !

Il lui tendit le cabas.

— J'ai hâte d'y goûter ! Y a-t-il quelque chose à préparer ? Je suis un piètre cordon bleu, tu sais. Bea disait toujours : « Si j'ai besoin de perdre du poids, je te laisse préparer les repas pendant un mois ! »

— Vous avez juste à le réchauffer au micro-ondes expliqua Sanjay, en pensant *Pardonne-moi, maman.* N'oubliez pas d'ôter le papier alu, sinon l'appareil va exploser. Mon coloc Ethan a fait ça, un jour. On a mis des heures à nettoyer les éclaboussures de curcuma, il y en avait jusqu'au plafond. Mais je ne vous ai pas demandé comment vous alliez ! Vous avez l'air… très excitée !

— Comme c'est gentil à toi, Sanjay. On ne m'a pas dit ça depuis belle lurette ! répliqua Iona avec une œillade lubrique.

Feignait-elle de ne pas le comprendre ? Il voulait juste dire qu'elle paraissait avoir très chaud.

— Notre petite Martha est là. Je lui apprends le french cancan. Viens te joindre à nous. Un bon cancan, c'est idéal pour s'ouvrir l'appétit. Avant cela, il va falloir enfiler un jupon !

Non sans appréhension, Sanjay suivit Iona dans la salle à manger. La table et les chaises étaient poussées contre un mur, et le tapis enroulé, révélant un beau parquet ciré.

— Salut, Sanjay ! s'écria Martha, dont les joues étaient aussi rouge écrevisse.

Elle portait, par-dessus son uniforme bleu marine de collégienne, une volumineuse jupe de satin carmin à volants blancs.

— Et voilà ! dit Iona en tendant la même à Sanjay.

Refuser n'était pas une option. Il enfila gauchement le jupon par-dessus son pantalon, tandis que Iona se dirigeait vers un vieux tourne-disque.

— Nous dansons sur *Orphée aux Enfers*, d'Offenbach. Tu vas voir, c'est ringard, mais qu'est-ce qu'on s'amuse !

Deux minutes plus tard, Sanjay faisait virevolter les volants de son jupon en lançant sa jambe vers le ciel. Un peu plus tôt, sur le chemin de la gare, il avait croisé ses colocataires, qui l'avaient taquiné quand il leur avait dit qu'il emportait le biryani de sa mère « chez quelqu'un ». « Ça alors, Sanjay a un rencard ! Il était temps ! » S'ils pouvaient le voir. Jamais il n'oublierait cette soirée.

En le regardant gesticuler, Martha se mit à rire. Un peu trop fort, au goût de Sanjay. Elle riait, riait, à en perdre le souffle. Elle se laisser choir par terre, s'allongea et fixa le plafond, secouée de hoquets.

— Ouh la la ! Ça tourne !

Sanjay remarqua que les pupilles de la collégienne étaient dilatées.

— Martha, dit Iona en fronçant les sourcils, quand tu es allée dans la cuisine boire un verre d'eau, tu n'as pas mangé un de mes cookies, j'espère ?

— Si ! J'étais affamée ! Je croyais que ça vous embêterait pas. Ils étaient délicieux… D'ailleurs, c'est bizarre, j'ai encore plus faim.

— Zut, grommela Iona. Mes cookies anti-arthrose.

Sanjay les observa tour à tour, et soudain, il comprit.

— Iona... vous lui avez donné un space cake ?

— Je ne le lui ai pas *donné*, elle s'est servie ! Ne t'inquiète pas, l'effet euphorisant ne dure pas. Au moins, elle n'aura pas mal aux articulations pendant un bon moment !

— Je vais très bien ! se rebiffa Martha, hilare. Très, très bien, même ! Vous direz rien à ma mère, hein ?

Le mélange d'Offenbach et du rire inextinguible de Martha les empêchèrent d'entendre la sonnerie de la porte d'entrée.

— Iona, c'est quoi ce bruit ? C'est dans ma tête ? cria Martha, par-dessus la musique.

Iona souleva le bras du tourne-disques et tendit l'oreille.

— C'est ma sonnette. Eh bien, quel succès ce soir ! Je n'ai jamais eu autant d'invités surprise depuis le soir où Bea a allumé le gaz sous la friteuse avant d'aller prendre un bain. Toute la brigade de pompiers de Kingston s'est retrouvée ici à l'heure du dîner. De quoi assouvir les fantasmes de bien des femmes hétéros... Avec nous, c'était du gâchis ! Restez là, je vais ouvrir.

Pendant ce temps, Sanjay jeta un coup d'œil à ses messages.

> TU AS TROUVÉ QUELQU'UN AVEC QUI PARTAGER LE BIRYANI ?

Il s'apprêtait à répondre quand Iona revint dans la salle à manger.

— Devinez qui voilà...

C'était Emmie. Avec une valise.

Oui, tapa Sanjay sur son portable. Sa mère lui renvoya trois émoticônes : un grand sourire, des confettis et un cœur rouge qui s'envole. Meera utilisait souvent des émoticônes inappropriés. Elle avait reçu toutes sortes de commentaires graveleux après l'envoi malencontreux de l'émoticône aubergine. Mais à cette minute, ils décrivaient précisément ce que Sanjay ressentait.

Pourtant son allégresse se mua en affolement, lorsqu'il vit Emmie s'affaisser, en larmes, sur le parquet de la salle à manger.

Piers

8 h 13, Surbiton – Waterloo

Tandis que Martha travaillait sur les équations qu'il lui avait donné à résoudre, Piers consultait les offres de ventes immobilières. La villa de Surbiton ayant déjà fait l'objet d'une proposition de rachat, il cherchait un logement de taille plus modeste pour Candida et les enfants, ainsi qu'un appartement dans le même quartier. Le problème étant l'adjectif « modeste », absent du domaine de compréhension de Candida, si bien que la prospection s'éternisait.

Piers était étonné de constater à quel point la vente de leur maison – choisie par Candida, aménagée par un décorateur et entretenue par une armée d'artisans – l'indifférait. Il en avait payé tous les frais, sans jamais s'y sentir chez lui. Paradoxalement, seuls ses recoins l'attiraient, tant ses dimensions étaient indécentes. Il n'osait l'avouer à Candida, mais il était impatient de créer son propre intérieur, un logis confortable et sans prétention, un endroit où Minty et Theo aimeraient le rejoindre après l'école, et où ils viendraient passer les week-ends.

Martha lui tendit ses exercices, l'air sûr d'elle.

— Je crois que tu n'auras bientôt plus besoin de moi, constata Piers, en parcourant la feuille du regard.

Il ne vit que des résultats justes et des opérations intermédiaires méticuleusement détaillées.

— J'ai fait des progrès, hein ? sourit-elle. Au fait, vous avez apporté vos anciens costumes à l'association de soutien aux chômeurs de longue durée ?

— Oui, j'ai suivi tes conseils. Les bénévoles me les ont quasiment arrachés des mains, en disant qu'ils seraient parfaits pour les entretiens d'embauche. J'en ai juste gardé un, en souvenir.

Il s'éclaircit la gorge.

— Martha, j'aurais besoin de ton avis.

— De mon avis ? s'exclama-t-elle, surprise de voir les rôles s'inverser.

— Oui. Hier, le directeur m'a convoqué pour me dire qu'il était très content de mon travail et que par conséquent, il me confiait une classe.

— Wouah ! Formidable !

— En réalité, pas tant que ça.

Piers ne cessait de se repasser en boucle l'heure humiliante qu'il avait vécu la veille.

— Ce fut un vrai désastre, expliqua-t-il. Quand je suis entré dans la salle, les élèves ont fait comme si je n'existais pas. Ils parlaient entre eux, s'envoyaient des boulettes de papier, jouaient sur leurs téléphones – que je n'ai pas eu le courage de confisquer. Au premier rang, une poignée d'entre eux s'efforçait vaillamment de suivre le cours, mais c'était impossible, avec cette pagaille. Le flop total, Martha.

Quelques mois plus tôt, jamais il n'aurait imaginé confesser ses échecs, ses faiblesses, son manque d'assurance à quiconque. Surtout pas à une ado, et encore moins dans un train ! Cependant, son périple intérieur jusqu'au bord du gouffre et la « thérapie » qui s'en était suivie avec Iona lui avaient donné l'envie de partager ses émotions. Pourvu que ce soit une bonne chose, car il ignorait comment refermer le couvercle de la boîte de Pandore.

— Oh, vous bilez pas ! Ça n'a rien d'extraordinaire. On fait ça avec tous les profs remplaçants. C'est un peu comme un test initiatique. Bon, c'est vrai… La plupart reviennent pas.

— Mais j'ai cours ce matin !

Piers en était malade, rien que d'y penser.

— Si le principal entre à l'improviste dans la salle et assiste au carnage, je pourrai dire adieu à ma formation d'enseignant à la rentrée.

— Vous avez déjà regardé un documentaire de David Attenborough ? demanda Martha.

— Oui, bien sûr. Quel rapport ?

— Imaginez-vous en Tanzanie, dans la réserve du Masai Mara. Vous observez les animaux sauvages – vos élèves, quoi. Il faut comprendre leur psychologie, c'est indispensable. Croyez-moi, ça fait des années que je m'exerce. C'est la seule façon de survivre dans cette savane.

— OK, explique-moi tout, soupira Piers, autant sceptique que découragé.

— En arrivant dans la classe, au point d'eau, si vous préférez, vous devez être le mâle dominant. Le genre gorille à dos argenté qui se frappe la poitrine. Bon, je suis pas sûre qu'il y ait des gorilles dans cette réserve. Alors, on va dire qu'on est au Rwanda. Le principal, c'est d'avoir l'air naturellement confiant, de pas les laisser apercevoir de faille. Mais attention ! Si vous en faites trop ou si vous accordez de l'importance à ce qu'ils pensent de vous, ils prendront le dessus. Le mâle dominant, il lui suffit d'être le mâle dominant, sans avoir à le prouver. Vous me suivez ?

— Oui, je crois...

Piers visualisa la salle des marchés, véritable jungle où se côtoyaient grands singes, tigres mangeurs d'hommes et serpents venimeux.

— Bien. Vous devez aussi repérer le jeune mâle ou la jeune femelle qui veut prendre votre place, poursuivit Martha. Il y a toujours un ou une élève que les autres respectent, et qui va entrer en compétition avec vous pour la place au sommet de la pyramide. Vous devez *immédiatement* l'isoler et l'envoyer au tapis. Alors, le troupeau vous considèrera comme son chef.

— Et comment je le mets au *tapis* ?

— Ou *la* mets, corrigea Martha, sévère.

— Ou je *la* mets, se reprit Piers, en se retenant de lever les yeux au ciel. Il faut aussi que je découvre mes gencives et que je me frappe la poitrine ? ironisa-t-il.

— Non, bien sûr que non, répliqua Martha, agacée. Prenez pas tout au pied de la lettre. Faites comme les comédiens de stand-up avec les gens qui perturbent leur spectacle. Pas de méchanceté ni d'agressivité, juste ce qu'il faut d'intelligence et d'humour. De fermeté, aussi. Vous pouvez y arriver, j'en suis sûre.

Piers se sentit ridicule d'être aussi content d'apprendre qu'elle avait foi en lui.

— Donc, conclut-elle, quand vous entrez dans la salle, souvenez-vous de la méthode d'Attenborough. Pensez : *Regardez-moi ces stupides chimpanzés. Moi, je suis le gorille dominant.* Vous savez, j'emmène Attenborough partout avec moi. C'est le meilleur des conseillers.

Alors que le train entrait en gare de Vauxhall, elle scruta la foule sur le quai, comme elle le faisait à chaque arrêt.

Pas par peur, comme avant, plutôt avec impatience. Piers vit arriver un groupe d'élèves en uniforme du collège St Barnabus.

— Je dois vous laisser, s'excusa Martha. Je vais rejoindre Roméo. Enfin, celui qui joue Roméo.

L'adolescent en question agitait le bras dans sa direction. Piers connaissait son vrai prénom : Aaden, un demandeur d'asile somalien qui, deux ans plus tôt, à son arrivée, ne parlait pas un mot d'anglais. Il était venu assister à la présentation de Piers sur Oxford et Cambridge, avec l'ambition d'y envoyer sa candidature. Piers lui donnait des cours particuliers de maths. Il était persuadé que ce garçon très doué pouvait obtenir une bourse d'entrée à Cambridge.

— C'est ton petit copain ? hasarda-t-il.

— Attention, monsieur Sanders, y a des limites à pas franchir. Un prof ne pose pas ce genre de question, c'est glauque. Je vous pardonne pour cette fois. Bonne chance avec votre classe !

Elle alla rejoindre Aaden, qui passa son bras autour de ses épaules. Piers avait vu juste. Il résista à l'envie de boxer l'air en signe de jubilation.

Emmie

8 h 05, Hampton Court – Waterloo

Toby lui manquait. Bon, pas le vrai Toby, le Toby de ses rêves, celui avec lequel elle avait imaginé passer le reste de sa vie. En toute logique, elle aurait dû le détester, mais un petit bout de son cœur lui restait fidèle. Elle aimait encore ce Toby qui l'avait adorée et protégée. Celui qui n'avait jamais existé. Un mélange confus d'émotions demeurait en elle : un profond chagrin, accompagné d'une certaine culpabilité à ressentir ce chagrin, le tout enrobé de colère et d'un frisson de peur – le contrecoup.

Privée de sa bague de fiançailles, sa main gauche lui semblait nue. Elle l'avait avoué à Iona. « Elle n'est pas nue, ma chérie, elle est *légère*. Cette bague pesait de tout son poids sur toi ! Ce n'était pas une déclaration d'amour, c'était un symbole de possession. »

Iona faisait tout son possible pour la dérider et l'occuper. Dès qu'elle la voyait se morfondre, elle lui proposait de suivre avec elle un cours de fitness en ligne, de faire du pain ou de jardiner. Un marathon épuisant !

Ses muscles abdominaux se tétanisaient sous l'effort, son pain avait la consistance d'une brique, et Emmie ne parvenait pas à différencier les mauvaises herbes des plantes cultivées. De trente ans son aînée, Iona était deux fois plus énergique.

Le train entra en gare de New Malden. Emmie sourit en voyant Sanjay agiter la main, depuis le quai. Pourquoi avait-elle toujours envie de sourire en le voyant ?

Il vint s'asseoir dans le carré et posa machinalement son téléphone sur la tablette.

— Salut, Emmie, comment vas-tu ?

Il l'observa, attendant une réponse sincère.

— Beaucoup mieux, merci. Mais c'est encore très difficile à accepter.

Des mots qui, s'ils ne décrivaient pas la complexité de ses sentiments, reflétaient en tout cas la réalité.

— Je m'en doute. Il va te falloir du temps pour te remettre. Ton boulot t'aide un peu à ne pas trop y penser ?

— Oui, heureusement. Quoique… d'une certaine façon, tout ça a encore plus accentué le caractère futile et sans intérêt de mon job.

— Ma mère dit que la meilleure façon de guérir, c'est de s'intéresser davantage aux autres qu'à soi-même. Tu devrais peut-être réfléchir à la manière dont tu pourrais utiliser tes compétences en marketing pour te consacrer à de justes causes. En travail d'appoint, à tes heures perdues.

Il reçut un SMS sur son téléphone.

— Ta mère est une femme avisée. C'est exactement ce que je veux faire, depuis le début.

— Oui, elle est formidable. À un détail près : elle adore mettre son nez dans ma vie sentimentale. Elle ne cesse de m'envoyer des messages. En lettres capitales !

Sanjay rempocha vivement son téléphone, mais Emmie avait eu le temps de lire : « TON AMIE A-T-ELLE APPRÉCIÉ MON BIRYANI ? » Qui pouvait être cette amie ? Elle ressentit une pointe de jalousie, qu'elle chassa aussitôt comme une mouche exaspérante.

Bien sûr, un garçon aussi beau et attentionné que Sanjay devait avoir une petite amie. Mais le connaissant, cela ne l'empêcherait pas de passer du temps en sa compagnie. Emmie était *enchantée* pour lui, évidemment.

— Ta mère doit s'ennuyer depuis que tu as pris ton envol. La solitude lui pèse, non ?

Sanjay éclata de rire.

— Ma mère ? S'ennuyer ? Tu plaisantes ? Elle est avocate, défenseur des droits humains, et le plus souvent, sans demander un sou à ses clients. Je ne sais pas comment elle trouve le temps de se mêler de mes affaires !

— Wouah ! Impressionnant !

Emmie se sentit rougir, honteuse d'avoir imaginé que la mère de Sanjay était femme au foyer, simplement parce qu'elle aimait cuisiner et s'intéressait d'un peu trop près aux petites amies de son fils. *Et tu te dis féministe !*

— C'est sûr, mais qu'en est-il de mon droit à un peu d'intimité ?

— Tiens, à propos de personnes intrusives… Nos trajets en train semblent beaucoup manquer à Iona. Tu sais, elle a besoin de travailler, et pas seulement pour l'aspect financier, mais pour sa confiance en elle.

Soudain, deux idées lumineuses entrèrent en collision dans le cerveau d'Emmie, créant une pluie d'étincelles.

Utilise tes compétences en marketing pour de justes causes et *Iona a besoin de travailler.*

— Sanjay, s'exclama-t-elle, espérant que le fait de parler tout haut de ce projet balbutiant ne l'empêcherait pas de se réaliser, je crois que j'ai une idée.

Au même moment, David, monté en gare de Wimbledon, se joignit à eux dans le carré.

— Bonjour, vous deux !

Emmie s'apprêtait à lui répondre quand une notification Facebook apparut sur son écran de portable. Elle se sentit blêmir, sa vision se brouilla. Elle reposa le téléphone à l'envers sur la tablette, et cacha son visage entre ses mains, comme si le message pouvait disparaître si elle ne le voyait pas.

— Emmie, ça va ? s'inquiéta Sanjay.

— C'est Toby, murmura-t-elle, sans relever la tête. Il ne me lâche pas. J'ai beau avoir bloqué son numéro, il trouve toujours des moyens détournés pour me joindre. Je commence à avoir peur…

— Que s'est-il passé avec votre fiancé ? l'interrompit David, avec dans la voix une sollicitude paternelle qu'Emmie n'avait jamais entendue chez son propre père. Tout semblait si parfait entre vous !

— Je l'ai quitté, David. J'avais confondu amour et manipulation. Ne vous inquiétez pas : je suis certaine qu'il finira par cesser de me harceler, ajouta Emmie, d'un ton peu convaincant malgré ses efforts pour masquer son angoisse.

S'ensuivit un long silence, soudain interrompu par la sonnerie de son téléphone. Numéro inconnu.

— C'est encore lui, j'en suis sûre.

Toby devait avoir acheté un tas de cartes SIM pour parvenir à déjouer son blocage. Emmie sentit sa respiration se coincer dans sa gorge, comme si son ex-fiancé était là, juste derrière elle, et qu'il tentait de l'étrangler.

— Sanjay..., haleta-t-elle, je... n'arrive plus... à respirer.

Elle lui prit le bras, cherchant à lutter contre la sensation d'étourdissement et à empêcher les parois de l'écraser.

— Emmie, écoute-moi. C'est juste une crise de panique, ça va passer. C'est un réflexe de lutte ou de fuite, une manière pour la nature de maintenir l'organisme en vie. Tu sais ce que je fais quand ça m'arrive ? J'inspire à fond et je me récite le tableau périodique des éléments par ordre de numéro atomique. *Hydrogène, hélium, lithium.* Je sais, ça paraît idiot, mais ça aide.

Emmie ouvrit grand les yeux et chuchota, en se concentrant sur le visage de Sanjay :

— *Béryllium, bore, carbone, azote.*

— Incroyable ! C'est la première fois que je rencontre quelqu'un capable de réciter le tableau, à part des infirmiers trop sérieux comme moi ! s'extasia-t-il.

Il la regardait comme si elle venait d'inventer la fission nucléaire.

— J'étais... une grosse tête au lycée, souffla-t-elle entre deux halètements, qui s'espacèrent peu à peu.

Elle lâcha son poignet. Elle l'avait serré si fort que la peau de Sanjay en gardait la marque.

— Je suis désolée. Je me sens ridicule... Je...

La sonnerie de ce maudit téléphone l'empêcha de terminer sa phrase. Avant qu'elle puisse l'attraper pour l'éteindre, David répondit.

— Qui est à l'appareil ?

Il marqua une pause, puis déclara d'un ton autoritaire qu'elle ne lui connaissait pas :

— Je suis l'avocat d'Emmie. Si vous tentez encore de l'approcher ou de la contacter, je vous fais coller une injonction restrictive, plus vite que vous ne pourrez prononcer « harcèlement, persécution, violences conjugales et peine d'emprisonnement ».

Là-dessus, il lui rendit l'appareil.

— Pas très éthique, étant donné que je suis hors de mon domaine de compétence juridique et que je n'ai pas le droit d'agir au nom d'Emmie, mais j'espère que cela lui servira de leçon, à ce Toby.

— David, vous êtes un autre homme ! s'exclama Sanjay.

— Ma femme le dit aussi, répondit David, radieux.

Iona

12 h 05, Hampton Court – Waterloo (aller-retour)

Comme tous les samedis, Iona s'octroyait une grasse matinée. Elle émergeait d'un rêve où elle faisait la folle avec Bea et les Spice Girls, à l'exception de Posh Spice – la future Victoria Beckham, ou « Celle Qui Ne Sourit Pas » –, qu'elle n'avait jamais trop appréciée.

Soudain, on frappa à la porte.

— Entrez…, grommela-t-elle.

Elle ouvrit les yeux et crut un instant être devenue aveugle, car elle ne voyait que du noir. Puis elle se souvint du masque chauffant aux huiles essentielles qu'elle avait posé sur ses paupières avant de s'endormir.

Elle souleva un coin du masque et vit un bouquet de ballons multicolores osciller au pied de son lit. Était-elle encore dans son rêve ? Si oui, où étaient passées les Spice Girls et Bea ? Elles s'amusaient tellement toutes les six !

— Joyeux anniversaire, Iona !

Iona serait tombée de sa chaise, si elle était assise.

— Comment sais-tu ça, Emmie ?

— Je l'ai vu sur un des cartons d'invitation punaisés au mur des toilettes du rez-de-chaussée : *VENEZ FÊTER LE 29e ANNIVERSAIRE DE IONA, LE JEUDI 29 JUIN, CHEZ MADAME JO JO'S. UNE FOLLE NUIT VOUS ATTEND !*

— Ah, oui… Quelle soirée ! On s'était éclatées ! Des plumes, des paillettes, des drag-queens…

Les ballons, attachés autour du petit ventre rond de Lulu s'élevèrent à mesure que celle-ci grimpait les trois degrés de sa rampe d'accès menant au lit de sa maîtresse.

— Je vous ai préparé votre petit-déjeuner, dit Emmie en déposant près de Iona un plateau sur lequel se trouvaient des viennoiseries, une salade de fruits, un jus d'orange et une tasse de café encore brûlant. Et voilà une enveloppe pour vous.

— Tu es adorable, ma chérie. N'est-ce pas, Lulu ? Merci ! Je suis… bouleversée ! déclara Iona avec un reniflement théâtral qui fit rire Emmie.

Lulu devait éprouver la même émotion, car après avoir émis un pet silencieux, mais foudroyant, elle profita des protestations écœurées des deux humaines pour chiper un croissant sur le plateau.

Iona décacheta l'enveloppe et en sortit une carte signée par Emmie et tout le gang du train, accompagnée d'un billet aller et retour Hampton Court – Waterloo.

— Ça par exemple ! Un billet de train. Comme c'est gentil ! s'exclama-t-elle en s'efforçant de se montrer ravie. C'est l'intention qui compte, comme on dit.

— En fait, le vrai cadeau est *dans* le train, précisa Emmie. Celui de 12 h 05. Vous feriez bien de vous préparer.

— Au revoir, Bea ! cria Emmie en quittant la maison.

Iona avait cru que le fait d'avoir une invitée chez elle l'aiderait à moins parler à son aimée absente, mais Emmie s'était empressée de l'imiter. À présent, elles étaient deux à passer pour des foldingues.

Pendant le trajet de vingt minutes qui séparait sa maison de la gare, Iona tenta de soutirer à Emmie des précisions sur la nature de son cadeau d'anniversaire.

— Emmie, tu sais bien que j'ai horreur des surprises ! Pour moi, il n'y a rien de pire que d'être prise au dépourvu, surtout en public.

Emmie refusa de céder à ses supplications.

— Tu sais, un jour Bea avait organisé une soirée à la maison, sans me prévenir. Résultat, je suis sortie de ma chambre en sous-vêtements, devant tout le monde !

Emmie ne releva pas, alors que Iona s'attendait à ce qu'elle lui demande de plus amples détails.

— Dépêchez-vous, on va rater le train !

— Lulu ne peut pas courir plus vite que ça, avec ses petites jambes, fit remarquer Iona, vexée. Et tous ces ballons la ralentissent.

Emmie se pencha, souleva d'un bras Lulu et les ballons, et passa l'autre sous celui de Iona, l'entraînant vers le train qui n'allait pas tarder à partir. *Pour une fille si menue, elle en a de la force*, songea Iona. *C'est certainement grâce à Jane Fonda.*

Elles sautèrent dans un compartiment pile au moment où le chef de gare sifflait le départ ; elles remontèrent les wagons quasi déserts à cette heure-ci jusqu'à la voiture 3, d'où s'échappaient des éclats de voix.

Leur arrivée fut saluée par un « Joyeux anniversaire, Iona ! » cacophonique bramé par Piers, Martha, David et Sanjay, ainsi que Jake, l'entraîneur sportif, et Deborah, l'intransigeante juriste à lunettes et aux horribles souliers plats.

— Emmie ! Que font-ils tous ici un samedi ?

— Eh bien, puisqu'aujourd'hui c'est votre anniversaire et que vous nous avez beaucoup manqué, nous avons organisé une fête surprise ferroviaire, avec ballons et musique ! On a tous apporté quelque chose à grignoter.

— Je... j'ai besoin de m'asseoir, balbutia Iona. Je ne m'y attendais pas du tout.

Les larmes aux yeux, elle s'avança vers son carré, comme une fiancée marche vers l'autel. Elle avait saccagé son maquillage avant même d'atteindre son siège. Heureusement, son cabas contenait tout ce qu'il fallait pour réparer les dégâts.

Sur la tablette était posé un plateau garni de gâteaux apéritifs, de canapés et de petits sandwichs. Iona prit un blini au saumon fumé et quelques chips, tout en se demandant qui avait choisi quoi, une devinette finalement plus complexe qu'elle ne le pensait. Piers, par exemple : quelques mois plus tôt, elle aurait parié sur les sushis ; aujourd'hui elle penchait presque en faveur des bretzels.

— C'est mon plus beau cadeau d'anniversaire depuis longtemps, murmura-t-elle.

— Attendez, vous n'avez encore rien vu ! sourit Emmie. Deborah, David ? À vous de jouer !

— Bien, dit David en repoussant le plateau pour placer une grande enveloppe kraft sur la tablette. Voici le premier cadeau, de la part de *Modern Woman*. C'est le fruit de la rencontre de Deborah avec votre ancien patron, Ed Lancaster.

Aussitôt, Lulu se mit à gronder.

— Désolée, David. Lulu déteste entendre ce nom.

— Deborah ? s'étonna David.

— Mais non, gros bêta ! Ed Lancaster.

Nouveau grondement.

— Vous voyez ? Elle ne lui a toujours pas pardonné.

— Le contenu de cette enveloppe a été extorqué à *ce monsieur* sous une certaine contrainte, je l'avoue, intervint Deborah. Il ne connaissait pas la maxime « la joie est dans le don ».

Tout en parlant, elle lança à Lulu un regard qui réduisit instantanément la chienne au silence – Lulu savait se tenir à carreau si nécessaire.

Iona passa un ongle verni de rouge sous le rabat de l'enveloppe.

— Il s'agit de l'offre initiale de règlement à l'amiable proposée par *Modern Woman*, reprit Deborah. Nous pensons pouvoir faire monter les enchères, mais on resterait dans cet ordre de grandeur. Jetez-y un coup d'œil.

Sans sortir complètement le feuillet de l'enveloppe, Iona le parcourut en diagonale jusqu'à tomber sur un chiffre comprenant de nombreux zéros. Elle en resta bouche bée.

— Juste ciel ! C'est beaucoup plus que tout ce que je pouvais espérer ! Merci, merci mille fois à vous deux !

Elle se dépêcha de ranger la feuille, comme si son exposition à la lumière pouvait faire disparaître tous ces zéros.

— J'ai aussi quelque chose qui peut vous intéresser, déclara Piers en lui tendant une enveloppe à peu près similaire. Un support d'investissement fiscalement avantageux où vous pourrez placer vos indemnités de licenciement. Il devrait vous rapporter un revenu mensuel régulier qui couvrira les frais de la maison de repos où est soignée Bea.

L'expression inquiète de Iona dut trahir le fond de sa pensée, car il s'empressa d'ajouter :

— Rassurez-vous. Si je ne suis pas doué pour faire fructifier mon propre argent, celui des autres, c'est ma spécialité. Je vous expliquerai tout ça en détail une autre fois.

Iona en fut soulagée, car ces chiffres lui donnaient le tournis. Elle aurait été incapable de feindre une quelconque compétence financière.

— Nous voulions vous aider à gérer la situation de Bea, reprit Emmie. À présent que ce point est réglé, passons au second volet : votre carrière. Je me suis permis de revitaliser « Iona vous répond ».

— Oh, chérie, c'est très gentil à toi. Vois-tu, Celui-Dont-On-Ne-Doit-Pas-Prononcer-Le-Nom avait raison de dire que ma rubrique était *totalement* dépassée. Pour preuve, le courrier des lecteurs avait diminué de moitié. Ed Lancaster – pardon Lulu –, a abrégé ses souffrances avant qu'elle ne meure d'une longue, douloureuse et humiliante maladie. C'était sans doute la plus humaine des solutions.

— J'imagine que vous avez pris le temps de réfléchir à la question, mais permettez-moi de ne pas être d'accord. Regardez ce qui s'est passé quand ils ont posté votre rubrique sur les réseaux sociaux. Les gens auront toujours besoin d'aide, à commencer par nous.

Elle souligna son propos d'un geste circulaire englobant tous les membres du gang, qui opinèrent avec vigueur.

— « Iona vous répond » n'est pas dépassée du tout ! C'est *Modern Woman* qui n'est plus moderne ! Par conséquent, nous avons décidé d'utiliser YouTube pour promouvoir votre rubrique. Vous analyserez un problème soumis par un internaute en vidéo. Cela pourrait se faire au cours d'un rendez-vous en face à face, si la personne est d'accord pour être à l'image. Et si elle préfère conserver l'anonymat, son courriel sera simplement lu. Ensuite nous le posterons sur votre chaîne YouTube. À mesure de l'augmentation du nombre de vos abonnés, vous bénéficierez d'une jolie rentrée d'argent, grâce aux recettes publicitaires et aux sponsors. Joey, mon patron, accepte de vous prêter notre studio d'enregistrement en fonction de sa disponibilité ; en échange, le nom de l'agence apparaîtra sur vos vidéos, avec possibilité de parrainage pour nos clients. Selon lui, vous nous apporterez un public d'une tranche d'âge difficile à atteindre. Il ajoute que c'est grâce à ce genre « d'innovation créative » que notre agence est reconnue. Il commence déjà à s'en vanter auprès de nos meilleures marques.

Dans l'attente de sa réponse, Emmie l'observait anxieusement.

Iona ne savait que répondre. Bien que flattée que ses amis aient foi en elle, elle considérait qu'il était trop tard. Elle était trop vieille. Avait dépassé la date de péremption. Si elle avait donné le change ces dernières années, aujourd'hui, la lassitude la gagnait. Ses phalanges, endolories à force de s'être accrochées si fort au bord de la falaise, allaient bientôt lâcher prise.

— Emmie…, commença-t-elle, cherchant la bonne manière de refuser sans la blesser. Réfléchis. Personne ne visionnera ces vidéos. Qui irait perdre son temps à regarder radoter une vieille peau avachie dans un fauteuil ?

Emmie eut à nouveau un geste circulaire pour désigner tout le gang.

— Iona, nous sommes la preuve vivante du contraire ! Partout où vous allez, vous trouvez un auditoire. De plus, nous avons une arme secrète : Fizz ! Elle est d'accord pour promouvoir « Iona vous répond » sur tous ses canaux de communication. Elle a même proposé de venir en tant qu'invitée, avec un problème à vous confier. Alors, qu'en pensez-vous ?

— J'en pense que tu es un petit génie de la publicité, sourit Iona. Mais je ne te laisserai pas gaspiller ton énergie à essayer de me faire sentir utile. Ce ne serait pas juste. Tu as ta propre vie à mener, et une carrière sur laquelle te concentrer.

— Iona, vous ne comprenez donc rien ? J'y tiens beaucoup ! Je veux utiliser mes compétences pour aider les autres ! Changer leurs vies ! Et, pour être honnête, vous *me* rendriez un grand service en acceptant, je me sentirais mieux dans ma peau.

Iona dévisagea ses amis tour à tour, tous suspendus à ses lèvres dans l'attente de sa décision. Elle prit une profonde inspiration avant de répondre d'une voix qu'elle espérait assurée :

— Merci, merci à tous. Je vous suis incroyablement reconnaissante. Mais non, j'ai déjà tiré ma révérence. Pour être sincère, surmonter cet échec a été très difficile, mais je suis maintenant en paix avec moi-même. Alors profitons de cette belle journée ! conclut-elle en se servant une grande rasade de vin blanc.

Elle garda plus longtemps que nécessaire les yeux rivés sur l'étiquette de la bouteille. Lire la déception dans les yeux d'Emmie lui aurait été insupportable.

— Promettez-moi d'y réfléchir, Iona, la supplia-t-elle.

Elle avait perdu sa gaieté, et Iona savait que c'était de sa faute.

— Bien sûr, répondit-elle sans la regarder.

Le train entra en gare de Waterloo, au quai n° 5, mais personne n'en descendit. Tous paraissaient vouloir effectuer le trajet de retour. Le contrôleur ne leur demanda même pas leurs billets et se mit de la partie en acceptant un verre de blanc et un sandwich au concombre.

— Iona, fit une petite voix sur sa gauche. Moi aussi, j'ai un cadeau pour vous.

C'était Martha, qui lui tendait une enveloppe. Décidément, c'était le Jour des Enveloppes Mystérieuses. Iona l'ouvrit et découvrit… encore une fois deux tickets !

— Des places pour la première de la pièce, la semaine prochaine. Vous viendrez ? Ça me ferait trop plaisir.

— Trésor, je ne manquerais ça pour rien au monde ! Mais tu ne préfères pas offrir ces billets à tes parents ? Ils doivent rêver de voir leur fille sur les planches, non ?

— Vous inquiétez pas, c'est prévu. C'est pas des mauvais parents, ils sont juste trop occupés. Ils m'ont promis de venir ensemble, le soir de la dernière. J'espère juste qu'ils arriveront à voir toute la pièce sans s'entretuer, comme les Montaigu et les Capulet.

— Alors je viendrai à heure pétante !

Face à l'expression dégoûtée de Martha, Iona précisa :

— Rassure-toi, c'est juste une expression pour dire que je serai pile à l'heure.

Iona s'approcha ensuite de Piers et vérifia que Martha était hors de portée de voix avant de chuchoter :

— Piers… vous avez vos entrées au collège de Martha, n'est-ce pas ?

— On peut dire ça, si vous appelez « entrées » le fait d'être stagiaire non rémunéré.

— Vous pourriez vous procurer des tickets supplémentaires pour la première ?

Sa longue expérience dans le show-biz lui avait appris que le nombre et l'enthousiasme des spectateurs font le succès d'un spectacle.

Martha

Le grand hall du collège, aménagé pour l'occasion et éclairé de lumières douces au lieu des horribles néons habituels, conservait pourtant un aspect familier. Cette ambiance rappelait à Martha une fête de Noël de son école primaire, où elle s'était rendu compte que sous le manteau rouge et la barbe blanche du père Noël se cachait le papa de sa meilleure copine.

Les spectateurs, tous sur leur trente-et-un, attendaient impatiemment le lever de rideau dans un joyeux brouhaha. Un mélange d'eau de toilette et d'après-rasage recouvrait l'odeur de désinfectant et de transpiration propre aux établissements scolaires, malgré cela, l'école restait la même. Martha savait qu'en passant la main sous les chaises, on tombait sur des boulettes de chewing-gum desséchées.

Elle se souvint d'un mot du premier paragraphe de *La Servante écarlate*, de Margaret Atwood. Elle en avait cherché la définition dans le dictionnaire. *Palimpseste* : un parchemin dont on a effacé le texte initial pour faire place à un nouvel écrit, mais dont on décèle encore les traces.

Le garçon qui jouait Tybalt, le neveu de lady Capulet, jeta un coup d'œil de derrière le rideau.

— Y'a un monde de fou ! Oh, regardez, au milieu ! Y'a une drôle de femme... Elle a un chien sur les genoux, et il porte une collerette plissée ! On dirait le portrait d'Élisabeth Ire. C'est marrant.

— Tu mens, les chiens sont interdits dans l'enceinte du collège, répliqua le garçon qui interprétait Benvolio. Sauf les chiens d'aveugles. Elle est aveugle ?

— Ça expliquerait la tenue ! pouffa Tybalt.

Une seule personne pouvait répondre à cette description. Martha entrebâilla le rideau et repéra aussitôt Iona. Même assise, elle était plus grande que la moyenne, et sa coiffure d'inspiration élisabéthaine, haute d'une dizaine de centimètres, bouchait la vue aux spectateurs malchanceux placés derrière elle. Ils se tordaient le cou ou décalaient leur chaise pour tenter de voir la scène.

Martha sourit. Elle n'en attendait pas moins de Iona.

En revanche, elle n'avait pas prévu que tout le fan-club serait là : Piers, naturellement, puisqu'il était presque prof au collège, mais aussi Emmie, Sanjay, David, ainsi que Jake, le coach sportif !

Voir ses amis lui fit chaud au cœur... et la rendit encore plus nerveuse. Quelques mois plus tôt, à l'époque où elle était harcelée au collège, le gang du train était là pour la soutenir. Sa petite oasis sur rails. Son espace sécurisé. Elle ne supportait pas l'idée de se ridiculiser devant eux. Vers qui se tournerait-elle, après cela ?

Soudain, Martha se figea. *Non, impossible.* Elle se frotta les yeux, croyant un instant que le trac lui donnait la berlue. Elle ne rêvait pas. C'était bien Fizz qui s'avançait dans la travée vers le siège libre entre Iona et Emmie ! *La* Fizz de TikTok ! Elle en aurait mis sa main à couper. Personne d'autre que l'influenceuse ne pouvait arborer pareille couleur de cheveux ! On aurait dit qu'on lui avait enduit la moitié du crâne de peinture rose vif avant de lui enfoncer les doigts dans une prise électrique. Les rangées de sièges étaient alignées de façon si serrée que les gens devaient se lever pour la laisser passer, comme ceux qui font la ola pendant un match de football.

Martha entendit les conversations s'animer derrière elle, en coulisses, gagnant peu à peu en volume et en intensité. Elle n'était pas la seule à avoir assisté à l'arrivée de la célèbre spectatrice.

« Oh mon Dieu, j'y crois pas ! Fizz est venue voir la pièce ! » « Comment ça se fait ? Tu penses qu'elle va parler de nous ? » « J'ai encore plus le trac maintenant ! » « Elle a combien de followers, d'après toi ? » « Oui, je suis sûre que c'est elle. » « Où ça ? » « Là, droit devant toi, à côté de la femme au chien élisabéthain ! »

Martha s'éloigna des autres, à l'écart dans un coin du hall encombré d'accessoires, essayant de calmer les battements de son cœur et d'ordonner ses pensées. Elle ne pouvait chasser de son esprit le cauchemar qu'elle faisait chaque nuit sans exception depuis une semaine : tête haute, elle s'avançait sur la scène, aveuglée par la lumière des projecteurs, et récitait sa première tirade, aussitôt accueillie par des sifflets et des rires moqueurs. Elle baissait les yeux et s'apercevait qu'elle était entièrement nue. Derrière elle, sur un immense écran, était projetée la photo maudite, et le principal du collège, debout devant un pupitre, pointait son stylo laser sur la partie la plus intime de son anatomie.

Martha sentit qu'elle allait vomir. Elle prit son téléphone et appela Iona, espérant que celle-ci ait oublié d'éteindre le sien ou volontairement désobéi à la règle. Iona la rebelle décrocha aussitôt, et chuchota :

— Que se passe-t-il, ma chérie ?

— Iona, bredouilla-t-elle à toute vitesse. Je peux pas. Je vais jamais y arriver. J'ai oublié mon texte. Je ne pourrai pas supporter d'être humiliée en public de nouveau.

— Trésor, c'est le trac. Tous les grands comédiens ressentent ça avant d'entrer en scène. Tu sais, à chaque première, il fallait que j'aille rassurer Bea pour la convaincre de sortir des toilettes. Même après dix ans de carrière. Les metteurs en scène gardaient mon numéro en favori. Si ton cœur bat trop vite et si tu as les mains moites, dis-toi que c'est l'adrénaline qui parle. Fais-en une alliée. Elle t'aidera à triompher tout au long de la représentation. Dès que tu entreras en scène, le texte va te revenir d'un coup. Concentre-toi sur le premier vers et laisse les autres couler. Maintenant, respire à fond. Nous sommes tous avec toi.

Tout à coup, le silence se fit. Martha entendit la voix forte et assurée de George, un garçon de quatrième, déclamer :

Deux familles, égales en noblesse,
Dans la belle Vérone, où nous plaçons notre scène,
Sont entraînées par d'anciennes rancunes à des rixes nouvelles
Où le sang des citoyens souille les mains des citoyens…[1]

Écoutant les conseils de Iona, Martha inspira et expira longuement, laissant la poésie des phrases familières l'envahir, jusqu'à ce que Tybalt, Benvolio et Roméo entrent en scène. Les techniciens de plateau, vêtus de noir de la tête aux pieds tels des ninjas, exécutaient avec une grande discrétion les changements de décor. Elle s'écarta de leur passage et attendit le début de la scène 3 où la nourrice s'écrie, comme l'avait fait Emmie dans le train :

---

1. *Roméo et Juliette*, William Shakespeare, traduction de François-Victor Hugo, Flammarion.

Où est donc cette fille ? Allons, Juliette !

Le chemin jusqu'au centre de l'estrade lui parut interminable. Les projecteurs l'éblouissaient. L'impatience du public était palpable.

« Respire à fond. Nous sommes tous avec toi. »

— *Eh bien, qui m'appelle ?* lança-t-elle d'une voix qui lui semblait venir d'outre-tombe.

Soudain, comme Iona l'avait promis, l'audience disparut de son champ de vision et tous les mots, tous les gestes lui revinrent en mémoire.

Elle n'était plus Martha la Solitaire, Martha l'Effrayée, ni même l'Autre Martha, hardie et populaire. Elle était Juliette, prise dans la tourmente d'une tragédie familiale, follement amoureuse du seul garçon qu'elle ne pourrait jamais épouser.

Sanjay

Ovations et applaudissements emplissaient le grand hall. Les cris aigus des enfants se mêlaient aux acclamations, plus graves, des papas. Tous s'époumonaient, tapaient du pied, sifflaient à qui mieux mieux. Même Lulu, survoltée, se mit à japper comme une folle.

Ils venaient d'assister au triomphe de Martha. Sanjay en avait oublié qu'il la connaissait, il avait devant lui *la* Juliette de Shakespeare. Elle possédait une qualité indéfinissable, magnétique, alliée à une gestuelle discrète et raffinée qui attirait irrésistiblement le regard.

Martha adressait au public un sourire radieux. Elle n'était plus la collégienne terrifiée et maladroite rencontrée dans le train quelques mois auparavant.

On vit Roméo se pencher et déposer un baiser sur les lèvres de sa Juliette. De deux choses l'une : soit ce garçon était un excellent comédien, soit le baiser ne faisait pas partie de la mise en scène.

Iona sortit de son cabas une rose rouge qu'elle lança vers la troupe. La fleur atterrit sur l'épaule d'un père de famille chauve et bedonnant, qui la lança à son tour. Elle arriva aux pieds de Martha. Roméo la ramassa et la lui offrit, une main pressée sur le cœur, faisant monter d'un cran l'intensité des cris et des sifflets, accompagnés des « Oh, les amoureux ! », lancés par les petits de sixième.

— Elle était formidable ! hurla Jake, dont les applaudissements assourdissants donnaient à Sanjay l'impression que le battement de ses propres mains s'apparentait à celui d'un papillon.

Iona exultait.

— Comme je suis fière de cette petite ! C'est moi qui lui ai tout appris, vous savez ! Je suis son mentor.

Debout à côté de Sanjay, Emmie pouffa de rire. Iona ne manquait jamais une occasion de tirer la couverture à elle. Elle avait pleuré à chaudes larmes pendant la scène du tombeau, et se tamponnait encore les yeux.

Fizz, de son côté, brandissait son téléphone pour filmer les comédiens rappelés par un public qui refusait de les laisser partir.

Porté par cette émotion collective intense, cette énergie positive, ces mots passionnels échangés, Sanjay ressentit le besoin irrépressible de se déclarer à Emmie. C'était le moment ou jamais.

Il ferma les yeux, rassembla tout son courage et, tel Tom Daley aux Jeux olympiques, seul au bout du plongeoir, saisissant la main de son amie, il se jeta à l'eau.

— Emmie, lui chuchota-t-il à l'oreille, je voulais te dire que je t'aime beaucoup.

Elle se tourna vers lui et lui adressa son plus beau sourire, ce sourire dont il était tombé amoureux la première fois qu'il l'avait vue.

— Oh, Sanjay, moi aussi, je t'aime beaucoup !

Son cœur se mit à cogner plus fort.

— Si tu savais à quel point c'est merveilleux d'avoir pour ami un garçon qui ne cherche pas à m'attirer dans son lit ! Moi qui n'ai pas de frère, j'imagine que c'est un peu ce sentiment fraternel qui nous unit – la rivalité en moins, bien entendu, conclut-elle avec un clin d'œil.

Sanjay avait suffisamment étudié l'anatomie pour savoir qu'un cœur ne peut pas se briser. Mais si ce n'était qu'une expression, pourquoi était-ce aussi douloureux ? Il baissa les yeux vers sa main gauche, crispée sur le programme où était écrit : *Car jamais aventure ne fut plus douloureuse que celle de Juliette et de son Roméo.*

Un buffet avait été dressé dans la cantine du collège. Aux adultes, on servait du vin blanc, aux enfants de la sangria sans alcool. Sanjay hésitait entre les deux, se demandant lequel lui laisserait le moins d'amertume en arrière-goût. La pièce était comble, les gens devaient jouer des coudes, verre à la main, ce qui entraînait d'inévitables projections de liquide. Le sol poisseux croustillait sous les semelles depuis qu'un élève avait renversé un saladier de chips.

Afin d'oublier sa catastrophique et humiliante tentative de séduction, Sanjay se concentra sur les conversations qui l'entouraient.

« Vous avez vu ? Fizz a déjà posté une vidéo des rappels ! Elle dit : "Bravo à la troupe, et spécialement à mon amie Martha, formidable dans le rôle de Juliette !" »

« Comment ça se fait que Martha connaît Fizz ? Vous croyez qu'elle accepterait de nous la présenter ? »

« J'invite Martha à ma prochaine soirée, c'est sûr. Tu penses qu'elle amènera Fizz ? »

« Hé, mate un peu. Martha et Aaden se tiennent la main. On dirait que Roméo et Juliette, c'est du sérieux. »

Aucune mention de *la photo maudite*, comme Sanjay avait entendu Martha l'appeler. Iona avait raison : pour faire taire les harceleurs, il faut leur offrir un os plus intéressant à se mettre sous la dent.

Martha et Aaden étaient entourés d'un groupe de supporters. Tels deux aimants posés sur une plaque de limaille de fer, ils semblaient s'être trouvés naturellement, sans douter de leur attirance l'un pour l'autre. Comment s'y étaient-ils pris ? Pourquoi lui, Sanjay, n'y parvenait-il pas ?

Une élève grande et maigre fendit la foule en direction de Martha. Elle avait une expression de dégoût, comme si elle venait de croquer dans une pomme et d'y découvrir une famille d'asticots. Sanjay la reconnut. C'était l'une des filles présentes dans le train, le jour où il avait parlé à Martha pour la première fois.

— Hé, Juliette ! cria-t-elle par-dessus le brouhaha, t'as montré la photo de ta chatte à Roméo ?

Par cercles successifs, comme des ricochets à la surface de l'eau, le silence se fit autour de Martha. Chacun guettait sa réaction. Mais elle ne dit rien. En guise de réponse, elle recula son coude à hauteur d'épaule et balança un magistral coup de poing dans la figure de la fille.

Les témoins retinrent leur souffle. Sanjay crut distinguer quelques discrets applaudissements. L'intruse partit à reculons en gémissant, la main sur le nez.

Piers, qui avait assisté à la scène, se précipita sur Martha.

— Suivez-moi, jeune fille, articula-t-il sur le ton d'un enseignant mécontent, les traits crispés par une colère contenue.

La foule s'écarta pour les laisser passer. Tenant Martha par le bras, Piers l'entraîna vers la sortie. Alors qu'ils passaient devant lui, Sanjay l'entendit chuchoter :

— Bravo, c'était une belle droite ! Viens, allons dehors, laissons les choses se calmer.

Jake se tourna vers Iona et déclara avec un sourire narquois :

— Comme je suis fier de cette petite ! C'est moi qui lui ai tout appris, vous savez ? Je suis son mentor.

Iona n'eut pas le temps de riposter, car un professeur qui maintenait un mouchoir rougi de sang sous le nez de la fille interpella le public.

— Y a-t-il un médecin parmi vous ?

— Oh, Sanjay, nous avons déjà entendu ça quelque part, n'est-ce pas ? chuchota-t-elle.

Sanjay hocha la tête.

— J'arrive, cria-t-il. Je suis infirmier !

Escortant la reine de la soirée, le gang du train partit à pied jusqu'à la gare de Waterloo, à travers les artères du quartier de Westminster envahies de touristes.

— Tu as eu le trac avant de monter sur scène, Martha ? demanda Sanjay, dont la chemise portait quelques éclaboussures rougeâtres.

— Grave, répondit Martha. Entre nous, je pensais pas qu'il y aurait tellement de monde que ça.

— On dit *autant* de monde, la corrigea Iona. Désolée, ma chérie, je suis une obsédée de la grammaire.

— La grammaire ? Je m'en fiche *autant* que de l'an quarante ! rétorqua Martha en riant.

— Personne ne s'y intéresse plus, soupira Iona. Je ne devrais pas m'en soucier, puisque je n'écris plus d'articles.

— Iona, intervint Emmie, je ne peux pas croire que vous laissiez gagner ce crétin de Ed Lancaster aussi facilement.

Des grognements montèrent du trottoir.

— Désolée, Lulu ! s'excusa Emmie, avant de reprendre : Vous devez lui montrer ce dont vous êtes capable ! Il n'est pas trop tard, je vous assure. Vous avez une belle plume, et vous êtes une thérapeute-née. Si quelqu'un est bien placé pour aider les gens, c'est vous.

— Emmie, ma chérie, c'est très gentil à toi… Je sais que tu voudrais que j'accepte ta proposition de YouTube machin-chose et que tu fais ça pour mon bien. J'admire ta ténacité, mais la réponse, je le crains, est toujours non.

Iona

Iona et Bea étaient assises devant la baie vitrée de la maison de repos, qui donnait sur un grand parc peuplé d'arbres séculaires. Iona imaginait les chasses à courre des siècles précédents, les fantômes des veneurs qui, après la battue, occupaient ce même salon et y prenaient le thé en se vantant de leurs sinistres exploits.

Bea n'était pas dans son meilleur jour, mais ce n'était pas le pire qu'elles aient vécu. Elle n'avait pas reconnu Iona, mais avait senti qu'elle n'avait rien à craindre d'elle. Les jours heureux, par exemple celui où Iona avait apporté le Dictateur, Bea savait qui elle était, et Iona retrouvait le bon vieux temps. Les jours insupportables étaient ceux où Bea la dévisageait, effrayée, en reculant devant ses bras tendus, comme si elle avait affaire à une parfaite étrangère.

Iona sortit leur vieil album photo relié de cuir de son cabas. Elle aimait toucher les clichés, plutôt réticente au concept de millions de photos flottant sur le cloud, expédiées par des milliers d'inconnus en une seconde. Tous ces souvenirs de vacances, de mariages, d'anniversaires, confondus dans l'éther, attendant d'être rappelés sur Terre pour un bref moment de gloire, ou proposés de manière aléatoire par Facebook sur la page « Affichez vos Souvenirs ».

L'album s'ouvrait sur l'intitulé :

JOURNÉE MONDIALE CONTRE LE SIDA
1er DÉCEMBRE 1992

— Tu t'en souviens, Bea ? murmura Iona. Il pleuvait ce jour-là. On avait rejoint le cortège rassemblé devant la résidence officielle du Premier ministre. Ils t'ont arrêtée parce que tu avais frappé un policier sur la tête avec ta pancarte.

Sans répondre, Bea caressa les photos du bout de l'index.

— Tout un pataquès pour une broutille, enchaîna Iona. Le bobby avait un casque métallique, et le carton de ta pancarte était détrempé ! Autant attaquer un robot avec de la crème anglaise ! Des flics racistes et homophobes, trop contents de coffrer une femme noire et lesbienne, ajouta-t-elle, revivant la scène.

Elle ressentait encore la peur qu'elle avait éprouvée en traversant le cordon de police pour courir rejoindre Bea, et la colère face à son impuissance pour empêcher qu'on la menotte et qu'on la jette dans un fourgon. Aujourd'hui aussi, elle cherchait à sauver la femme qu'elle aimait, mais il était infiniment plus difficile de se frayer un chemin jusqu'à elle à travers son esprit embrumé que de franchir un cordon de police. La distance qui la séparait de Bea se révélait fluctuante, obscure, encombrée d'obstacles invisibles. Iona devait avancer à tâtons, sans savoir où elle allait.

Bea marmonna quelque chose.

— Que dis-tu, mon amour ?

— Si… tu abandonnes, ils auront… gagné.

Iona lui prit la main et la serra entre les siennes.

— Tu as bien raison ! C'est ce que tu m'as dit quand j'ai quitté mon boulot, après mon agression. Et c'est ce que nous scandions à chaque manifestation, ce que nous écrivions dans toutes les pétitions. *Ils veulent nous mettre à genoux, alors levons-nous !*

— *Ils veulent… que nous rasions les murs, alors soyons provocantes*, articula Bea.

— *Ils veulent nous faire taire, alors crions plus fort qu'eux*, renchérit Iona.

— *Ils veulent que nous nous rendions, alors battons-nous jusqu'au bout !* conclurent-elles d'une même voix.

Bea se pencha vers Iona et posa sa tête sur son épaule.

Une question émergea et grandit, grossit, enfla, jusqu'à l'obsession.

Quand ai-je cessé de me battre ?

Elle connaissait la réponse. Le jour où elle s'était résignée à l'idée que l'état de Bea ne s'améliorerait pas, qu'aucun combat ne lui ramènerait la femme qu'elle aimait. Elle avait agité le drapeau blanc, déposé les armes, et s'était rendue.

Chose que Bea, elle, n'aurait jamais faite.

Avec force contorsions, Iona logea sa haute taille dans son antique Fiat 500 rose ivoire, mit le contact et passa brutalement la première. Le moteur protesta, ne comprenant pas pourquoi la conductrice se montrait soudain si agressive. Tandis qu'elle rentrait chez elle, toujours en malmenant la boîte de vitesses, les paroles échangées avec Bea se répercutaient en écho dans sa tête, mêlées à celles qu'Emmie avait prononcées la veille au soir.

Soyons provocantes. Crions plus fort qu'eux. *Il faut leur montrer de quoi vous êtes capable. Il n'est pas trop tard. Levons nous. Vous n'êtes pas insignifiante. Battons-nous jusqu'au bout.*

Un picotement d'excitation la parcourut, une motivation nouvelle, un sentiment d'urgence, auxquels s'ajoutait une poussée d'adrénaline semblable à ce qu'elle ressentait autrefois juste avant d'entrer en scène, à l'écoute du bourdonnement d'une salle pleine à craquer. Cette sensation que quelque chose de magique va se produire.

Elle ouvrit la porte d'entrée à la volée, l'envoyant claquer contre le mur du vestibule. Puis elle posa son cabas et s'empara d'un parapluie en hurlant :

— EMMIE ! EMMIE ? TU ES LÀ ?

La jeune femme apparut en haut de l'escalier, alarmée.

— EMMIE ! continua Iona sur le même ton, brandissant le parapluie comme une épée. QU'EST-CE QUE TU ATTENDS ? ON ATTAQUE TOUT DE SUITE !

Piers

Piers n'arrivait pas à croire qu'il se trouvait dans le studio insonorisé d'une agence de publicité branchée de Soho. Un monde bien éloigné de celui des salles des marchés de la City.

Il avait été invité par Emmie et Iona pour assister au premier enregistrement de « Iona vous répond ». Bon, en réalité, n'ayant pas cours ce matin-là, il les avait plutôt suppliées de l'autoriser à venir, jusqu'à ce qu'elles capitulent.

Si l'on s'en tenait aux indicateurs clés, le niveau de vie de Piers s'était détérioré de façon significative. Or, il n'avait jamais été aussi heureux. Il se surprenait à ne voir que le bon côté des choses et à remercier le ciel, telle Heidi, d'un optimisme à toute épreuve.

Six mois plus tôt, il occupait, avec son épouse et ses deux enfants, une maison que le *Daily Mail* aurait qualifiée de petit manoir, mais que Candida décrivait comme « acceptable », sans plus. Aujourd'hui, il louait un trois pièces avec vue sur le parking d'un supermarché.

La moquette du salon était usée jusqu'à la corde, les rideaux de sa chambre étaient trop courts, et une tache d'humidité s'étalait au plafond au-dessus de son lit. Pourtant, chaque fois qu'il ajoutait un coussin, des assiettes ou un bougeoir à la décoration, Piers éprouvait une sensation d'accomplissement. Ou du moins, de progrès.

Il avait emmené Theo et Minty chez IKEA. Les enfants s'étaient amusés comme des fous à suivre les parcours fléchés de l'immense entrepôt. Ils avaient choisi le mobilier de leur chambre sans se préoccuper du style, et avaient même déclaré : « Moins c'est à la mode, mieux c'est. » Tous trois avaient ensuite fêté le succès de leur chasse au trésor à la cafétéria, se gavant de boulettes de viande suédoises et de bonbons Daim.

Candida manquait beaucoup moins à Piers qu'il ne l'aurait pensé. Leur couple n'avait tenu sur la durée que grâce à leurs obligations communes, à leurs emplois du temps séparés et à une répartition des tâches quasi militaire. Paradoxalement, la période où ils s'étaient le plus rapprochés était celle où Candida complotait en secret sa stratégie d'évasion.

À présent, leur relation était aussi cordiale que le permettait une situation où chacune des parties avait trahi l'autre, la première en s'envoyant en l'air avec leur riche voisin, tandis que la seconde avait jeté leur argent par les fenêtres. Parfois, Piers gavait les enfants de sucreries avant de les ramener, déchaînés, chez leur mère – en particulier les soirs où celle-ci avait prévu de sortir. Après tout, il n'avait jamais prétendu être un saint.

Sa candidature à la formation d'enseignant avait été acceptée. En attendant le mois de septembre, il remplaçait des collègues absents. Outre essayer de faire rentrer les bases des mathématiques dans la cervelle de gamins qui, rêvant de devenir des stars des réseaux sociaux ou des champions de jeux vidéo, ne comprenaient pas l'intérêt de l'algèbre, son travail consistait à remplir de la paperasse et à distribuer des heures de colle. Par bonheur, il lui arrivait déjà d'avoir l'impression que son enseignement portait ses fruits. Peut-être pourrait-il un jour changer l'avenir d'un élève, au lieu de déplacer des chiffres avec pour seule perspective d'enrichir des riches, tout en se provoquant un ulcère à l'estomac.

On l'avait placé dans un recoin sombre de la minuscule pièce d'enregistrement dépourvue d'aération, en lui faisant bien comprendre qu'il ne devait pas bouger un cil. Des projecteurs éclairaient deux petits fauteuils au-dessus desquels flottait un gros micro pendu au bout d'une longue perche. L'un des sièges était occupé par une femme menue aux cheveux gris nommée Louisa, la responsable du traiteur qui fournissait l'agence. Emmie l'avait sollicitée à de nombreuses reprises avant qu'elle accepte de participer à l'émission, avec contrepartie à la clé.

— Bea dit toujours qu'il ne faut pas se fier à un restaurateur fluet, chuchota Iona à l'oreille de Piers. C'est comme avoir un coach nutritionnel obèse, ou de découvrir que votre conseillère conjugale refuse de divorcer à l'amiable. Selon Bea, quelqu'un qui passe ses journées à cuisiner sans manger ne peut pas vraiment aimer son métier.

— Ou alors il sniffe de la coke, plaisanta Piers.

— Vous pensez qu'elle..., murmura Iona en lançant un regard soupçonneux en direction de la dénommée Louisa.

— Mais non, Iona, c'était de l'humour !

Emmie, debout derrière une caméra montée sur trépied, la tête coiffée d'un énorme casque audio, paraissait très professionnelle. Piers reconnut la jupe crayon rose vif qu'elle portait le jour de leur première rencontre. Si tant est qu'il pouvait décrire comme une « rencontre » son expérience de mort imminente.

Iona prit une grande inspiration et alla se présenter à Louisa, avant de s'asseoir et de se tourner vers la caméra.

« Action ! » dit Emmie, exactement comme dans les films.

De son sourire le plus pétillant, souligné par son rouge à lèvres coquelicot, Iona lança un joyeux :

— Bonjour tout le monde ! Je suis Iona Iverson ! Nous nous rencontrons aujourd'hui pour le tout premier épisode de « Iona vous répond ». Pour cette entrée en matière, je reçois la charmante Louisa. Bienvenue, chère Louisa !

Le sourire de l'invitée demeurait figé en une sorte de rictus.

— Merci, Iona. Bonjour à tous et à toutes, dit-elle d'une voix aigrelette, en agitant nerveusement la main vers la caméra.

— Bien. Louisa, dites-nous ce qui vous amène.

— Euh… je voulais… je voulais vous demander… à propos du…

Allait-elle parvenir au bout de sa phrase ?

— À propos de l'arrêt… des… comment dire ? de la… métamorphose…

Un instant interdite, Iona se reprit très vite.

— Ah, je vois. Vous parlez de la ménopause ? C'est curieux, n'est-ce pas ? Comme si à partir d'un certain âge une femme se transformait en loup-garou ou en Hulk !

— C'est l'impression que ça donne, parfois, acquiesça Louisa. Vous savez, les sueurs nocturnes, les insomnies, l'irritabilité… Entrer dans une pièce en se demandant ce qu'on est venue y chercher, retrouver ses clés de voiture à l'intérieur du frigo…

N'était-il pas risqué de confier à cette femme la responsabilité des repas de l'agence ? se demanda Piers, en écho à la réflexion de Bea.

— Et puis ce sentiment d'être inutile, enchaîna Louisa. De devenir invisible. Vous comprenez ?

Louisa s'animait, prenait de l'assurance. Piers était un peu gêné. Était-ce une bonne idée d'évoquer en public un sujet aussi intime ? Ne fallait-il pas garder un peu de mystère ? En huit ans de mariage, jamais ils n'avaient laissé la porte ouverte quand ils occupaient les toilettes, Candida et lui. Un véritable tue-l'amour ! Bon, Piers devait reconnaître que le romantisme de leur union avait très vite été remplacé par des listes d'instructions et une hostilité latente, en dépit de l'absence d'ablutions en commun. Candida et son riche amant s'abandonnaient-ils au plaisir de faire pipi avec la porte grande ouverte ? C'était fort possible.

— Vous n'êtes pas seule face à ce combat, ma chère, croyez-moi ! s'exclama Iona. Je suis passée par là, moi aussi. Et si vous voulez l'avis d'une femme qui s'est « métamorphosée », je peux vous dire que la ménopause offre bien des avantages !

Louisa parut sceptique. N'importe qui le serait à moins.

— Nous, les femmes, sommes esclaves de nos maudites hormones durant la majeure partie de notre vie. À commencer par des règles douloureuses, les fuites intempestives et le prix astronomique des protections hygiéniques.

Piers se sentait de plus en plus mal à l'aise. Iona aurait pu au moins utiliser un euphémisme – « avoir ses lunes », ou « être indisposée », par exemple.

— Sans oublier le syndrome prémenstruel. Et ces œstrogènes qui nous poussent à nous occuper de tout le monde, sauf de nous-mêmes ! Les hommes n'ont pas ce genre de problème. Ils se contentent d'avancer dans la vie, sans se soucier de rien, en se délectant des inégalités salariales. Mais ces messieurs ignorent que la période post-ménopause est *l'heure de la revanche*. L'heure de nous montrer enfin égoïstes, d'éprouver un regain de vitalité et, souvent, de vivre un second acte triomphal !

— Je n'avais jamais envisagé la chose sous cet angle... Du coup, je me sens beaucoup mieux, merci.

— Vous souvenez-vous de l'album de Tina Turner, *Private Dancer* ? Ce fut son plus grand succès. Son retour après des années de purgatoire commercial. Et savez-vous à quel âge elle l'a sorti ? *Quarante-cinq ans !* Sa carrière solo ne faisait que commencer ! Elle a effectué sa dernière tournée à soixante-dix ans.

— D'accord, mais... nous parlions de mes bouffées de chaleur, fit remarquer Louisa, très réaliste sur le fait qu'elle n'avait rien d'une Tina Turner.

— Bien sûr, bien sûr, acquiesça Iona, revenant sur terre. Il vous faut une transition en douceur. Parlez-en à votre médecin traitant, qui vous proposera différentes options, comme l'acupuncture ou l'hormonothérapie de substitution.

Après quelques échanges sur d'éventuelles chutes de cheveux et pertes de mémoire, Emmie fit un geste en direction de Iona, signifiant que le moment de conclure était arrivé.

— Merci beaucoup, Louisa, de m'avoir rejointe pour ce premier épisode de « Iona vous répond » – qu'on pourrait aussi appeler le Second Acte Post-ménopause de Iona –, et merci à tous et à toutes de nous avoir suivies aujourd'hui !

— Et si vous recherchez des repas ou buffets de qualité, commandez sur notre site solutionstraiteurs.com ! Prix imbattables ! débita Louisa à toute vitesse. Nous...

— Vous pouvez m'envoyer vos questions par courriel à iona@ionavousrepond.com tout en minuscules, l'interrompit Iona. Si vous êtes timide et n'osez pas passer devant la caméra, aucun problème ! votre message restera anonyme ;

sinon, faites comme Louisa et venez nous rejoindre pour une rencontre au studio ou en visio !

Sur ces mots, Emmie indiqua le clap de fin.

— Bien joué, vous deux ! s'enthousiasma Emmie. Vous avez été formidables !

Piers applaudit, du fond de la salle. Les trois femmes sursautèrent, comme si elles avaient oublié sa présence.

— J'espère que des invités seront intéressés par les visios, poursuivit Emmie. Nous pourrons filmer les rendez-vous par Zoom – c'est une application de vidéo à distance qui permet notamment d'enregistrer les conversations. On dit ces derniers temps que c'est le moyen de communication du futur !

Piers eut un reniflement méprisant. On lui avait proposé d'injecter du capital dans cette petite société, et il avait refusé. Pour lui, rien ne remplacerait jamais un vrai face à face. Ce genre de start-up ne marcherait jamais. Il avait l'instinct pour ces choses-là.

Sanjay

Sanjay sortait de sa troisième séance du groupe de soutien psychologique. Comme il regrettait de ne pas avoir commencé plus tôt ! Ses crises de panique ne s'étaient pas totalement dissipées, mais leur fréquence avait beaucoup diminué. Affronter son angoisse semblait l'avoir dépouillée de sa force.

Le plus grand changement qu'il notait chez lui était le sentiment d'être moins seul et surtout moins honteux. Quelle libération, quelle consolation d'entendre d'autres soignants, du chirurgien à l'infirmière stagiaire, décrire le même sentiment d'insécurité et la peur qui accompagnait chacun de leurs gestes !

La semaine précédente, un chef de service en chirurgie cardiaque, que Sanjay croisait souvent dans les couloirs escorté par un troupeau d'internes, leur avait avoué qu'il vomissait avant chaque intervention majeure. Il disait accepter cette angoisse comme le signe qu'il continuait à ressentir de l'empathie, et qu'il espérait ne jamais cesser de l'éprouver face aux corps de ses patients anesthésiés et allongés sur la table d'opération.

Sanjay vit Julie Anderson se diriger vers la grosse cloche de cuivre suspendue à un pilier au milieu de la salle d'attente de chimiothérapie. C'était une tradition de ce service : chaque fois qu'un malade achevait sa dernière séance, il devait sonner cette cloche. Dans une pièce imprégnée de maladie et de détresse, le tintement de cette cloche fournissait un interlude bienvenu de joie et d'espoir.

Julie saisit la corde à deux mains et actionna trois fois la cloche. Le carillon résonna dans toute la salle, accompagné des applaudissements des patients qui attendaient leur tour. Elle vint rejoindre Sanjay et, bien qu'amaigrie par le long traitement, le gratifia d'une vigoureuse accolade.

— Depuis le jour où j'ai entendu cette cloche pour la première fois, j'attendais mon tour avec impatience ! s'écria-t-elle. Je n'arrive pas à y croire.

— Je suis heureux pour vous, Julie. Et, même si j'ai adoré vous connaître, je n'ai pas du tout envie de vous revoir ici.

— Je ferai de mon mieux pour rester loin de l'hôpital, promis.

— Adam vient vous chercher ?

— Oui, bien sûr. Il va d'abord récupérer les enfants à l'école, je dois patienter encore une vingtaine de minutes.

— Écoutez, c'est l'heure de ma pause. En général, je continue de travailler, mais on m'a conseillé de ne plus le faire. Vous me rendriez service en acceptant de partager un thé d'adieu, à la cafétéria.

— Alors, allons-y !

Sanjay posa devant Julie le plateau en plastique chargé de deux gobelets de thé au lait et de petits biscuits.

— Vous avez très bonne mine, lui dit-il.

Elle haussa les sourcils, maladroitement dessinés au crayon.

— Vous êtes un grand charmeur, Sanjay. Moi, je me trouve hideuse. En plus, ça me démange…

Elle ôta son bonnet de laine multicolore pour frotter son crâne chauve.

— Je ne parle pas de vos cheveux, Julie, mais de votre sourire. Il y a un mois encore, vous disiez que vous ne voyiez pas l'intérêt de sortir de votre lit.

Elle hocha la tête.

— C'est vrai. En fait, je me suis rendu compte que je passais mon temps à penser à l'avenir, ou plutôt à mon absence d'avenir. Je vivais avec cette peur au ventre, vous savez, comme si des rats me dévoraient les entrailles.

— Beurk…

— Désolée, cette image vient d'une scène de torture de *Game of Thrones*. J'ai regardé plusieurs saisons quand j'étais trop malade pour quitter mon canapé. Bref, j'ai compris que ce cancer pouvait revenir me bouffer à tout moment, et je ne veux pas y penser. La vie est courte, et la mienne le sera peut-être d'autant plus que prévu, mais puisque je ne peux rien contrôler, je refuse de gâcher la moindre journée à me tourmenter.

— Moi aussi, je me ronge souvent les sangs, vous savez. J'imagine toujours le pire des scénarios. Vous avez raison : la vie est trop courte pour vivre avec la peur au ventre en permanence.

Soudain, lui aussi eut une illumination. Il sut ce qu'il allait faire. Ce qu'il devait faire.

— Vous savez quoi ? dit-il à Julie. Je vais arrêter de tergiverser, et je vais demander…

Il s'interrompit, la gorge serrée.

— Demander quoi ? Une promotion ?

— Non, pas du tout !

— Ah ! Il s'agit d'une fille, c'est ça ? Oh, j'espère que oui !

Il baissa les yeux vers le gobelet de thé et acquiesça timidement.

— Réfléchissez bien, Sanjay. C'est facile d'aimer une jeune femme radieuse et en pleine santé. Maintenant, regardez-moi, et demandez-vous si vous l'aimeriez encore, sans cheveux, sans sourcils, sans cils ? Lui caresseriez-vous le dos pendant qu'elle vomit la nuit dans la cuvette des toilettes ? Prendriez-vous votre voiture à 3 heures du matin pour lui trouver de la glace à la menthe, parce que c'est le seul aliment qu'elle peut avaler ?

Elle le dévisageait avec gravité.

— Oui, je le ferais, dit-il sans hésiter. Elle a de magnifiques cheveux et de longs cils, mais ils n'arrivent pas en premier sur la liste de tout ce que j'aime chez elle.

Julie s'apprêtait à lui répondre, quand elle entendit son prénom à travers la cafétéria.

— Julie ! Tu as fini, c'est vrai ? Je suis si fier de toi, mon trésor.

Son mari la souleva de sa chaise et l'écrasa contre sa poitrine, embrassant son crâne chauve avant de lui remettre tendrement son bonnet.

Alors qu'ils s'éloignaient vers la sortie, Julie se retourna.

— C'est ce genre de relation qu'il vous faut, Sanjay. Assurez-vous de faire le bon choix.

Sanjay rapporta les gobelets au comptoir. Au même moment, deux infirmiers stagiaires riant si fort qu'ils ne regardaient pas où ils allaient le bousculèrent, manquant de renverser son plateau.

Il sentit une phrase d'excuse lui monter aux lèvres, mais se retint et se contenta de fixer les deux garçons.

— Oh, vraiment désolé, dit le premier.

— Désolé, répéta l'autre, contrit.

— Y'a pas de mal, les rassura Sanjay avec un sourire.

Martha

8 h 13, Surbiton – Waterloo

Alors que le train s'arrêtait en gare de Surbiton, Martha aperçut Iona assise à côté de Sanjay. Iona agita la main, pointa un doigt vers elle et souleva Lulu, geste qui signifiait : *Je t'ai gardé une place au chaud.* Martha eu l'impression de faire partie des élus.

— Salut, Iona, salut Sanjay, dit-elle en s'installant dans le carré. Emmie n'est pas là ?

— Non, elle avait rendez-vous avec les gens du dentifrice, expliqua Iona. Je vais la retrouver à l'agence, pour l'enregistrement du deuxième épisode. Sanjay a eu la gentillesse de venir à Hampton Court m'aider à trier mes courriels. Tu peux nous donner un coup de main, si ça te dit ! J'ai reçu des mails d'étudiants qui s'inquiètent du résultat de leurs examens. Tu pourras sûrement m'éclairer.

— OK. Après tout, je suis certaine d'avoir loupé les miens. Sauf en maths, peut-être.

— Et moi, je suis sûre que non, mais on en reparlera plus tard. Bon, Sanjay, où en étions-nous ?

Le jeune homme feuilleta la pile de courriels imprimés, surlignés par endroits et assortis d'annotations sur des Post-it. Il en passa un à Iona, qui plissa les yeux et sortit ses lunettes de vue en soupirant.

— Tiens, celui-là est intéressant. C'est un message anonyme, constata-t-elle avec une petite moue. Voyons voir… Il est secrètement épris d'une fille… Ils se voient presque tous les jours et sont devenus bons amis… Elle vient de mettre un terme à une relation amoureuse toxique, du coup elle a envie de prendre un peu de distance avec les hommes… Et elle le considère comme un frère, alors que lui souhaiterait bien davantage. Il demande : « Est-ce sans espoir ? Comment puis-je l'amener à me regarder différemment ? »

Iona posa la feuille sur la tablette.

— Qu'allez-vous lui répondre ? s'enquit Sanjay, qui était pendu à ses lèvres depuis qu'elle avait commencé sa lecture.

— Eh bien, mon chéri, je lui dirai que la frontière entre l'amitié platonique et l'amour est très, très mince. As-tu vu *Quand Harry rencontre Sally* ?

Sanjay secoua la tête.

— Non ? Tu devrais. Tu vois, des rapports sexuels effrénés, passionnels, c'est facile. Une grande amitié basée sur la tendresse, le respect mutuel, l'humour, des valeurs communes – et mon petit doigt me dit que c'est le cas pour ce jeune homme – *ça*, c'est un challenge. Il faut du temps et des efforts des deux côtés. Mais quand cette amitié se combine avec l'attirance sexuelle, là, vous ne faites plus qu'un. Tu me suis ?

Sanjay opina en silence.

— De plus, enchaîna Iona, lorsque ça se gâte – comme ça arrive dans toutes les relations –, c'est l'amitié qui aide à surmonter la crise, pas le sexe. Mais je pense que je ne t'apprends rien, Sanjay. Toi qui travailles en oncologie, tu dois souvent voir des couples mis à rude épreuve.

— Harry et Sally, ils se mettent ensemble, à la fin du film ?

— Oui ! Bon, au bout de douze ans et trois mois…

— Ce n'est pas très encourageant, soupira Sanjay. Je veux dire, pour l'auteur de cette lettre.

— Je parie que ce jeune homme n'attendra pas aussi longtemps. Parce que je suis là pour l'aider, assura Iona avec un sourire malicieux.

— D'après vous, comment doit-il s'y prendre pour passer de l'amitié à l'amour ?

Martha, qui suivait la conversation avec intérêt, songea que Sanjay était décidément l'adulte le plus empathique qu'elle ait jamais rencontré. Il était capable de se mettre dans la peau du correspondant anonyme avec aisance et sans hésitation.

— Eh bien…, reprit Iona, il lui faut accomplir un coup d'éclat qui la fasse réagir, changer d'opinion, l'envisager sous un autre angle.

— Facile à dire. Donnez-lui une idée.

— Qu'il pense aux demandes en mariage des grands films hollywoodiens. *Pretty Woman*, quand Richard Gere arrive dans une limousine blanche avec un bouquet de roses rouges pour déclarer sa flamme à Julia Roberts. Hugh Grant et Andie MacDowell s'embrassant sous des torrents de pluie, dans *Quatre mariages et un enterrement*. Bien sûr, il doit inventer un scénario qui corresponde à la personnalité de sa bien-aimée. Moi, j'ai rencontré Bea sur les planches. Le théâtre était notre passion commune. Le jour où j'ai décidé de lui déclarer ma flamme, je lui ai dit, en sortant d'une représentation, que j'avais oublié mon foulard dans la salle. Elle m'a accompagnée à l'intérieur, il faisait noir, il n'y avait pas un chat, et là… les projecteurs se sont allumés et un orchestre s'est mis à jouer ! Vous y êtes, mes chéris ? Vous voyez les musiciens ?

Iona ouvrit grand les bras vers une scène imaginaire, et son regard se perdit dans le passé.

— Je me suis avancée vers le micro et j'ai chanté *Let's Do It, Let's Fall in Love*, de Cole Porter. Je chantais archi-faux à l'époque – bon, d'accord, c'est toujours le cas –, mais par chance, ça n'a pas rebuté Bea. Et voilà le début de notre longue histoire d'amour. Conclusion : je suggèrerai à Mr Anonyme de repenser à leur première rencontre, et à ce que leur relation a d'unique.

— Et s'il l'a aperçue dans un lieu public, disons, par exemple, dans un train ?

— Oh, il pourrait songer à un coup d'éclat qui inclurait un trajet en train ! proposa Iona, de plus en plus excitée. Qu'aurait-il à perdre ?

— Et si ça ne marche pas ?

— C'est ne rien tenter qui serait une erreur, mon garçon. Ce serait s'assurer d'aller droit à l'échec. L'amour est le plus grand risque qui soit, mais une vie sans amour n'a aucun sens.

— Wouah ! C'est beau, dit Martha. C'est de qui ?

— De moi, ma chérie. À l'instant.

Ils discutèrent ensuite des courriels des étudiants en quête de conseils face au stress des examens, puis, dès que le train stoppa en gare de Waterloo, Sanjay les quitta précipitamment, de crainte d'arriver en retard à l'hôpital, laissant Iona et Martha rassembler les messages imprimés.

— Iona, dit Martha, je veux pas avoir l'air de m'immiscer, c'est vous l'experte, évidemment. Mais vous êtes sûre que c'est une bonne idée, une grande déclaration dans un train ? Pour moi, y'aurait rien de plus embarrassant.

Iona réfléchit.

— Tu as raison, ça pourrait ne pas coller avec nos protagonistes… Mais tu comprends, j'ai tellement envie d'assister à la scène. Je suis de près cette histoire depuis le début et j'ai envie de connaître son dénouement.

De quoi diable parlait-elle ? Le courriel était anonyme. Pourquoi Iona espérait-elle obtenir une place au premier rang ?

Emmie

8 h 05, Hampton Court – Waterloo

Petit à petit, Emmie retrouvait son état normal. C'était une sensation nouvelle et étrange : au cours des deux années vécues auprès de Toby, elle ne s'était pas rendu compte à quel point elle n'était plus elle-même. Il l'avait grignotée lentement, insidieusement, si bien que la transformation avait été imperceptible. Emmie s'était sentie protégée, alors qu'il l'étouffait. Adorée, alors qu'il l'isolait. Soutenue, alors qu'il détruisait son assurance. Comment avait-elle pu se montrer aussi aveugle ?

Elle s'était donc fixé une règle absolue : Plus Jamais d'Hommes. Du moins, pas dans un futur proche. Pas avant de s'être remise d'aplomb et de pouvoir faire à nouveau confiance à son propre jugement.

Emmie voyageait en compagnie de Iona qui se rendait en ville où elle avait rendez-vous avec un journaliste. « Bon sang, qu'est-ce que c'est que ce sujet d'article : "Une femme de cinquante-huit ans qui entame une nouvelle carrière et qui maîtrise les réseaux sociaux ?". Je ne vois pas ce que ça a d'extraordinaire ! » s'était énervée Iona – à juste titre, admettait Emmie. « Apprendre la sténo, se servir d'un télex ou d'un standard téléphonique, *ça*, c'était difficile ! »

Emmie suspectait que l'attention des médias se portait en réalité davantage sur Iona Iverson elle-même que sur sa connaissance d'Instagram ; sa personnalité ajoutait une dose d'excentricité à tout ce qu'elle touchait. Et cet intérêt était un bonus non négligeable pour leur émission, car la publicité gratuite qu'il générait avait fait exploser le taux d'audience de « Iona vous répond ».

Iona était en train de lire ses courriels lorsqu'elle poussa un grognement qui fit sursauter Emmie.

— Tiens, tiens... Cadavre de mon ennemi droit devant ! Tu connais mon proverbe chinois préféré ?

— « Si quelqu'un t'a offensé, ne cherche pas à te venger... », récita Emmie, prête depuis un certain temps à voir flotter le corps de Toby dans la Tamise. Quel est cet ennemi ?

— Celui Dont On Doit Taire Le Nom, chuchota Iona en désignant Lulu du menton. Mon ancien rédacteur en chef. Écoute-moi ça.

Iona élargit l'écran de son iPad, pour ne pas avoir à mettre ses lunettes en public.

Chère Iona, commença-t-elle en imitant la voix prétentieuse de son ex-patron. *Permets-moi de te féliciter de ton succès.* – J'espère bien, sale merdeux hypocrite. – *Je suis heureux que nous ayons pu parvenir à un accord, et donc à nous séparer bons amis. À ce propos, j'espère que ta petite chaîne YouTube...* – PETITE chaîne ? J'ai deux fois plus d'abonnés que toi, abruti... – *réfléchira à ma proposition de partenariat (rémunéré, bien entendu). Je suis certain que notre association bénéficierait grandement à nos deux structures. Pourrions-nous nous retrouver pour un déjeuner au Savoy Grill afin d'en discuter ? Tu peux bien sûr venir avec ton adorable Lulu.* – bla-bla-bla.

— Qu'est-ce que vous allez lui répondre ? s'enquit Emmie.

— Que penses-tu de : « Mon cher Ed, va te faire voir » ? (Lulu commença à grogner.)

— Un peu brutal, à mon avis.

— Oui, tu as raison, comme toujours, mon chou. Inutile de m'abaisser à son niveau. Souviens-toi de ce que disait Michelle Obama : « Quand ils s'enfoncent, nous nous élevons ! » Je vais arrondir les angles.

Elle réfléchit, puis tapa un message avec la pulpe de ses index, un peu gênée par la longueur de ses ongles manucurés.

— Et voilà. C'est mieux, comme ça ?

Elle passa l'iPad à Emmie, qui lut la réponse, déjà envoyée :

```
Cher Ed,
Va te faire voir.
Cordialement,
Iona
```

Quand le train fit halte à New Malden, Emmie scruta attentivement le quai : pas de Sanjay. Elle ressentit une pointe de déception, et se trouva ridicule. Aucune règle n'obligeait Sanjay à emprunter tous les jours le même train qu'elle. Soudain, elle remarqua derrière la vitre deux visages qui lui semblèrent familiers.

— Iona, vous vous souvenez des colocataires de Sanjay, qu'on a rencontrés l'autre jour ? Ce sont eux, n'est-ce pas ?

Iona leva les yeux et acquiesça d'un signe de tête.

Alors que les voyageurs s'empressaient de monter en voiture, Ethan et James, immobiles sur le quai, adressèrent aux deux femmes un petit signe de la main. Puis ils se penchèrent en avant et se relevèrent comme un seul homme, brandissant un énorme morceau de carton sur lequel était écrit, en très gros, un seul mot : *EMMIE*.

Celle-ci fronça les sourcils, et se leva pour aller les voir, mais déjà le train repartait et prenait de la vitesse. Les deux garçons disparurent de sa vue.

— Vous avez vu ça, Iona ? Qu'est-ce que c'était ?

— Aucune idée, ma jolie, dit Iona en examinant ses ongles avec grande attention.

D'ordinaire, plus Iona prenait un air innocent, plus elle était coupable.

Seulement trois minutes de trajet séparaient New Malden de Raynes Park, aussi, avant qu'Emmie ait le temps de lui tirer les vers du nez, le train s'était déjà arrêté. Planté sur le quai, telle la colonne Nelson au milieu de Trafalgar Square, Jake leur fit signe. Tout comme Ethan et James, il se pencha en avant et brandit une pancarte similaire à celle des colocataires, sur laquelle était écrit : *ACCEPTERAIS-TU*.

Les trois minutes suivantes, entre Raynes Park et Wimbledon, lui parurent une éternité. Cette fois, elle fut à peine étonnée de voir David, accompagné d'une femme qu'elle supposa être son épouse Olivia, debout sur le quai, tout sourire. Ils tenaient chacun un écriteau : l'un disait *DE*, l'autre *SORTIR*.

— « Emmie, accepterais-tu de sortir… », murmura-t-elle. Iona, quelqu'un cherche à m'adresser un message.

— Ah, tu crois ? fit Iona, feignant tant bien que mal la surprise.

Et Emmie qui l'avait prise pour une grande actrice shakespearienne.

Quatre minutes plus tard, le train entra en gare de Earlsfield. Là les attendaient Martha et son petit ami, Aaden. Sur leurs cartons, elle lut *UN* et *JOUR*.

Le trajet d'Earlsfield à Clapham Junction était le plus long. Six interminables minutes. Emmie, assise sur le bord du siège, gardait le nez collé à la vitre. Soudain, elle distingua une silhouette familière. Sanjay. Il tenait une pancarte qui disait : *AVEC MOI ?*

À ce moment, Iona sortit de son cabas deux bristols qu'elle plaqua avec énergie sur la tablette. L'un disait *OUI*, l'autre *NON*.

— Navrée, déclara-t-elle, il n'y a pas d'option « Je ne suis pas sûre, je dois réfléchir ». Là, il faut y aller à l'instinct. Et avant le départ du train, de préférence. Vite, vite !

Emmie songea à toutes les fois où elle s'était sentie heureuse et à l'aise en compagnie de Sanjay. En fait, elle se sentait *toujours* bien, avec lui. Ce défi pourrait-il être le moteur d'un nouveau départ ? Elle se souvint de sa déception, quelques minutes plus tôt, de ne pas l'avoir vu monter dans le train à New Malden. De son envie de passer plus de temps avec lui. Elle se souvint – non sans rougir légèrement – de son torse musclé entraperçu dans le train, de combien elle l'avait tout de suite trouvé séduisant, du pincement de jalousie irrationnel ressenti quand elle avait cru qu'il sortait avec une fille. Enfin, elle se souvint de la façon dont il l'avait apaisée quand Toby la harcelait au téléphone. Et c'était la seule personne de son entourage à pouvoir réciter par cœur, et dans l'ordre, le tableau périodique des éléments, et à aimer Daphné du Maurier.

Pourquoi n'avait-elle rien remarqué ? Trop occupée à disséquer son ancienne vie, elle n'avait pas vu ce qui aurait dû lui sauter aux yeux. L'affection pour elle du beau, du gentil, de l'adorable Sanjay.

Mais après s'être jetée à corps perdu dans une relation toxique qui avait failli la détruire, pouvait-elle encore se fier à son propre jugement ? Non, impossible. En revanche, elle faisait confiance à Iona, qui poussait en silence l'une des deux cartes vers elle, l'incitant à choisir.

Emmie faillit la prendre, puis se remémora la règle : Plus Jamais d'Hommes.

Mais l'une des leçons que Iona lui avait apprises lui revint aussitôt à l'esprit : *les règles sont faites pour être brisées*. Et avec panache.

Alors, sans plus hésiter, Emmie leva le bristol qui disait *OUI*.

Martha

Parfois, Martha avait du mal à se souvenir que Mr Sanders, le prof de maths, était le Piers qu'elle avait rencontré dans le train. Il semblait tellement à l'aise parmi ses collègues, vêtu de la tenue réglementaire – pantalon de velours côtelé et pull en laine bordeaux, style Marks & Spencer. Elle ne parvenait pas à réconcilier cette image avec celle du banquier arrogant aux costumes taillés sur mesure, sur lequel elle avait vomi au début de l'année. L'homme qui hurlait dans son téléphone, s'étalait sur son siège et aspirait l'oxygène des autres. Maintenant, il avait rejoint le petit groupe d'enseignants qui cherchaient à être « cool et détendus », mais se montraient parfois incapables de faire régner la discipline.

Le bruit courait qu'il sortait avec Miss Copeland, la prof d'arts plastiques, tout ça parce qu'on les avait vus quitter ensemble la réserve de fournitures. Martha n'écoutait pas les racontars. Elle avait suffisamment souffert de la médisance pour prêter l'oreille aux rumeurs de couloirs. Piers avait peut-être eu besoin d'argile à modeler ou d'un rouleau de ruban adhésif.

Alors qu'elle traversait le hall, Mr Braden, son prof de théâtre, lui fit signe d'approcher. Son visage était si impassible que Martha ne savait pas sur quel pied danser. Des années d'art dramatique vous apprennent sans doute à contrôler votre expression. Ce devait être un module obligatoire, la Maîtrise de l'Expression.

— Martha, j'ai une lettre pour toi et tes parents. Une fois que vous en aurez discuté, fais-moi part de votre décision.

Il lui tendit une mince enveloppe et s'éloigna avant qu'elle ait pu réagir.

Martha n'osa pas l'ouvrir et la garda dans son sac toute la matinée ; elle avait l'impression que la lettre allait brûler la toile de son sac à dos tels des isotopes radioactifs, mais elle voulait attendre de retrouver Aaden à l'heure du déjeuner. Sans pouvoir se l'expliquer, elle sentait que ce n'était pas une lettre qu'elle devait lire seule.

La cantine était déjà bondée quand elle arriva. Délaissant les tables occupées par les solitaires ou les asociaux, avec lesquels elle avait pourtant beaucoup d'affinités, elle fonça droit vers le centre du réfectoire, où Aaden était attablé. Quelques mois plus tôt, elle ne se serait jamais assise à cet endroit, sous peine de briser le code tacite des hiérarchies des groupes. Pourtant, elle était toujours la même Martha, gauche et dégingandée, incapable de comprendre les dernières expressions tendance, de porter les accessoires à la mode, ou d'idolâtrer les bonnes célébrités. Mais par une incroyable réaction chimique, la fille « chelou » était devenue « stylée ».

— Coucou, Martha, fit Aaden, en lui faisant de la place sur le banc. Tu m'as manqué !

— Ça fait deux heures qu'on s'est pas vus, andouille. Tiens, regarde ce que m'a donné le prof de théâtre. Je l'ai pas encore ouverte.

— Tu veux que je la lise ?

— Non, je vais le faire. Je voulais juste que tu sois là pour me réconforter, au cas où.

Elle décacheta l'enveloppe, déplia la feuille et parcourut le texte en silence, plusieurs fois, essayant d'en saisir le sens. Puis, sans un mot, elle la tendit à Aaden, qui la lut à voix haute.

Chère Martha,

Nick Braden, votre professeur de théâtre, m'a envoyé un enregistrement de sa mise en scène de Roméo et Juliette. *J'avoue avoir été impressionné par votre prestation.*

Je finalise actuellement la distribution d'une pièce au Young Vic Theatre. J'aimerais vous auditionner pour un rôle, assez petit, mais important.

Si ma proposition vous intéresse, pourriez-vous demander à vos parents de m'appeler afin que nous discutions des détails, des dates, etc. ?

J'espère avoir le plaisir de vous rencontrer bientôt,

Amicalement,

Peter Dunkley
Metteur en scène

— Martha, mais c'est génial ! s'exclama Aaden en lui rendant la lettre.

Il la regarda avec admiration, comme si elle était en lévitation au-dessus du banc ; ce qui, à vrai dire, n'aurait pas été plus surprenant que le contenu de ce message.

Incapable d'émettre un son, Martha fixait intensément la feuille de papier qu'elle tenait à la main.

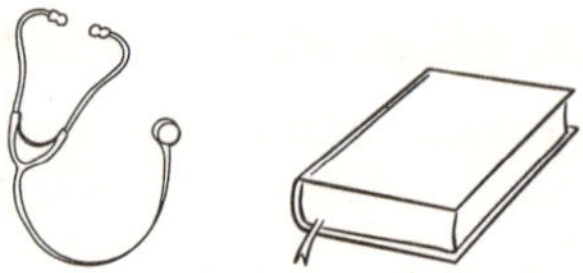

Sanjay et Emmie

— Emmie, je le mets où, ça ? lança Sanjay en soulevant une théière en porcelaine.

— Où tu veux ! Je tiens à ce que cet appartement soit rempli d'objets inutiles. Je ne veux plus jamais entendre parler de Marie Kondō !

Un appartement spacieux et au loyer raisonnable s'était libéré dans le quartier de Sanjay à New Malden, et Emmie avait sauté sur l'occasion. Un emplacement idéal : elle gagnait trois stations sur son trajet quotidien pour aller au bureau, et chacun pouvait aisément venir passer la nuit chez l'autre. Sanjay espérait en secret qu'un jour – pas trop lointain – Emmie lui demanderait d'emménager avec elle, mais pour l'instant, pas question de la bousculer. Être brusquée était bien la dernière chose dont elle avait besoin. Et au fond, ils avaient le temps.

Jake avait proposé de les aider à exfiltrer les affaires d'Emmie hors du domicile de Toby. Grâce au coach sportif posté devant la porte d'entrée, pareil à un agent de sécurité, tout s'était à peu près bien passé.

Sanjay ouvrait les cartons de livres à l'aide d'un cutter. Leur odeur se mêlait au parfum du gros bouquet de fleurs qu'il avait apporté à Emmie comme cadeau de pendaison de crémaillère et à celle du produit d'entretien mentholé qu'ils avaient utilisé pour lessiver les murs et les sols.

— Emmie, je peux te poser une question ?

— Bien sûr.

— Ça te dirait de rencontrer mes parents ? On pourrait aller déjeuner chez eux dimanche.

— Ça me ferait très plaisir ! J'ai hâte de connaître Meera. Je sens que je vais l'adorer.

— Pas autant qu'elle va t'adorer, toi. Tu es prévenue !

Il envoya un SMS à Meera : « Maman, je peux venir déjeuner dimanche avec ma petite amie ? »

Trente secondes s'écoulèrent avant qu'apparaisse la réponse « PETITE AMIE ?!? » suivie d'une rafale d'émojis choisis au hasard. Il prit ça pour un oui.

Il commença à ranger les romans sur les étagères. L'un d'eux attira son attention, le ramenant plusieurs mois en arrière.

— *Rebecca*, murmura-t-il. J'avais adoré ce livre.

— Moi aussi, dit Emmie.

— Que penses-tu de Mrs Danvers, la gouvernante ?

Tout comme ce matin-là, dans le train, Emmie ne répondit pas à sa question. Mais cette fois, ce fut pour se jeter dans ses bras et l'embrasser fougueusement.

Le salon et ses cartons à moitié vidés n'eurent plus d'importance. Chacun de ses sens se concentrait sur la caresse des doigts d'Emmie sur sa peau, son souffle sur son cou, ses lèvres sur les siennes.

Il avait finalement compris qu'il n'était pas tombé amoureux d'Emmie au premier regard. Il s'agissait alors d'*elle*, une image idéale, fantasmée, fictive. Aujourd'hui, c'était bien Emmie qu'il aimait, avec ses petites manies et ses imperfections. Tout ce qui faisait qu'elle était unique.

Sanjay refusait d'angoisser sur ce qui pouvait peut-être arriver, ou même de seulement penser à ce que l'avenir leur réservait. Les nombreuses heures d'initiation à la méditation, pour s'exercer à la pleine conscience, l'avaient beaucoup aidé à s'apaiser. Seule la perfection de cet instant, ici et maintenant, comptait.

Il glissa sa main dans les cheveux flamboyants d'Emmie et respira son parfum avec volupté. Il n'aurait voulu être nulle part ailleurs.

Iona

— Bonsoir, belle Bea.

Bea, calée contre le dossier de son fauteuil, regardait par la fenêtre le soleil couchant. Elle se tourna vers Iona et lui sourit. Celle-ci se détendit. Aujourd'hui était un bon jour.

— Ah, c'est vous. Je vous connais, je crois ?

— Oui, chérie. C'est moi, Iona.

— Iona… Le prénom de la femme que j'aime. Elle est à Paris, vous savez. Regardez comme elle est magnifique.

Bea pointa du doigt un petit cadre posé sur la cheminée contenant, en version miniature, la même photo de danseuses de french cancan que celle accrochée dans le vestibule de leur maison.

— Toi aussi, tu es superbe, mon amour, dit Iona.

Tenter de la corriger la troublerait encore davantage. Il fallait accepter de vivre avec certains problèmes insolubles. Si Bea n'avait plus accès au monde réel, Iona irait la retrouver dans le sien.

— Que dirais-tu d'aller à Paris ? proposa-t-elle en marchant vers le vieux tourne-disque posé sur le buffet.

Le vinyle des reprises par Ella Fitzgerald des plus grands succès de Cole Porter était déjà sur la platine, elle n'eut plus qu'à déposer délicatement le diamant dessus.

Bea battit des mains.

— Oh, *Let's Do It* ! Notre chanson !

— M'accorderiez-vous cette danse, *madame* ? demanda Iona.

Elle tendit le bras vers Bea, qui se leva, vint placer une main sur les reins de Iona, entrelacer ses doigts avec les siens de l'autre, avant de l'entraîner au milieu de la pièce.

Iona fredonnait les paroles, paupières closes, tandis qu'elles dansaient joue contre joue. Elle se revoyait avec Bea sur la scène du théâtre de la Gaîté ; à leurs pieds, dans la fosse, l'orchestre accompagnait les débuts d'une aventure qui allait durer des décennies.

Elles virevoltaient sur le parquet ciré dans une ronde qui résumait toutes celles de leur vie : tournant comme des toupies avenue des Champs-Élysées, bras écartés, tête renversée, offrant leur visage à la pluie battante ; tourbillonnant, telles des étoiles étincelantes, sur les pistes de danse lors de cérémonies d'ouverture ou de remises de prix ; se déhanchant, toutes deux en smoking lamé, sur une chorégraphie spécialement conçue pour elles, sous une pluie, cette fois, de pétales de roses, le jour de leur mariage.

— Je t'aime, Iona, dit soudain Bea.

Comment savoir si elle parlait à la vraie Iona ou au souvenir lointain qu'elle gardait d'elle ? Peu importait. Ces mots lui appartenaient, comme avant, et pour toujours.

— Pas autant que je t'aime, Bea chérie.

— À nous deux, on fait un sacré gâteau, non ?

— Oui, une magnifique pièce montée, ma Bea.

Note de l'autrice

J'ai passé une partie significative de mon existence dans les trains, les bus et le métro londoniens. J'y ai souvent vu les mêmes silhouettes, les mêmes visages et, comme Iona, je leur inventais des surnoms, j'imaginais leur vie en dehors de nos instants partagés dans les transports en commun. C'est ainsi qu'est née ma passion pour la narration.

Je n'ai jamais parlé à aucune de ces personnes, pas plus qu'elles ne m'ont adressé la parole. Cela aurait semblé bizarre. Un jour, dans le métro, un homme en costume très élégant est devenu tout pâle. Les gens le regardaient du coin de l'œil. Soudain, il a posé sa coûteuse mallette de cuir fin sur ses genoux, l'a ouverte, et a vomi dedans. Puis il l'a refermée, très digne, et il est descendu à l'arrêt suivant. Pendant tout ce temps, personne n'a soufflé mot. C'est ça, être Londonien.

De temps à autre, je lisais des articles dans l'*Evening Standard*, à propos de messieurs bien habillés qui prenaient le train chaque matin pour le centre de la capitale pendant des mois après avoir perdu leur emploi, trop honteux pour en parler à quiconque et incapables de s'avouer la vérité à eux-mêmes. Fascinée par ces histoires, je me demandais ce qui pouvait les inciter à adopter ce genre de comportement. Cette interrogation s'est logée dans mon subconscient et a finalement donné naissance au personnage de Piers.

J'ai grandi dans une maison d'East Molesey, sur les bords de la Tamise – la maison où j'ai choisi de faire vivre le personnage de Iona. J'ai décrit les lieux d'après mes souvenirs de petite fille des années 1980. Je m'en excuse auprès des actuels propriétaires, qui l'ont sans aucun doute agrandie et modernisée. Chaque matin, mon père montait dans le train à Hampton Court pour aller travailler et moi, adolescente, je prenais la même ligne pour me rendre au collège à Wimbledon. Je me souviens d'une bande de filles particulièrement méchantes, qui fréquentaient un autre établissement, et qui se moquaient de moi parce que j'avais toujours le nez plongé dans un livre. Ce souvenir, associé à ma passion pour les documentaires de David Attenborough, a modelé le personnage de la jeune Martha.

Je demande d'avance pardon à tous les usagers de la ligne Hampton Court – Waterloo. Ils remarqueront que j'ai pris quelques libertés avec *l'actualité*, comme dirait Iona. Ces trains partent en général du quai n° 3, mais j'ai jugé que « quai n° 5 » sonnait mieux à l'oreille. De plus, l'agencement intérieur des trains a été modifié de façon à supprimer les tablettes. Iona aurait été horrifiée ! Où aurait-elle déposé sa thermos, sa tasse de thé et tous ses papiers ? Par bonheur, le pouvoir de la fiction m'a autorisé à corriger cette grave erreur de la South Western Railway.

Moi qui travaille à domicile, dans des cafés ou des bibliothèques, jamais je n'aurais imaginé que ces heures passées dans des rames bondées, sales et malodorantes me manqueraient un jour. Et puis la pandémie est arrivée et je me suis remémoré cette époque avec une infinie nostalgie.

Que se serait-il produit si, bravant l'une des règles tacites de l'Usager du Train de Banlieue, j'avais osé adresser la parole à mes compagnons de voyage ? Vers quelles aventures auraient pu me conduire ces conversations ?

C'est ainsi qu'est né ce livre.

Une précision à propos des noms propres. J'ai appris qu'ils avaient du pouvoir. Leur déterminisme est réel. Sitôt un nouveau personnage formé dans mon esprit, son nom vient doucement s'y accoler pour ensuite influer sur son comportement. Ce fut le cas par exemple pour Hazard, dans mon premier roman, *Le Fabuleux Voyage du Carnet des Silences*.

Le nom de famille de Iona, « Iverson », possède une résonance particulière. J'avais un ami précieux d'origine scandinave, prénommé Iver. Agriculteur et maçon, il était fort comme un bœuf. Voilà quelques années, il est parti en Tanzanie pour deux mois, afin d'aider à la construction de logements pour les populations déshéritées. À peine arrivé sur place, il a succombé à un infarctus massif. Sa fille, Iona, est ma filleule, et sa veuve, Wendy, l'une de mes plus proches amies. Une fois baptisé « Iona Iverson », mon personnage principal a commencé à prendre corps. Iona a hérité de l'excentricité, de la joie de vivre, des audaces vestimentaires de mon ami, et du courage, de l'intelligence et de la bonté de sa fille. Iver me manque, et j'espère que là où il est, il a entendu parler de son homonyme féminin et qu'il l'aime autant que moi.

L'écriture a toujours été pour moi une thérapie. Une manière de donner du sens au monde qui m'entoure et d'étudier ce qui me dérange. Voilà pourquoi j'ai créé cette formidable Iona.

J'ai travaillé dans l'univers grisant, bourdonnant, créatif et parfois sauvage de la publicité et ce, pendant deux décennies. À trente ans, j'ai été élue au conseil d'administration de J. Walter Thompson, une grosse agence de publicité américaine. J'étais la plus jeune des administrateurs, et l'une des seules femmes. Moins de dix ans plus tard, à trente-neuf ans, j'ai regardé autour de moi et je me suis rendu compte que j'étais l'un des membres les plus âgés de l'équipe ! Mes collègues me traitaient différemment. Moi qui étais en pleine possession de mes moyens, on me considérait comme un dinosaure. Hors-jeu. À la date de péremption dépassée.

Je suis furieuse de penser que les hommes, en vieillissant, gagnent en sérieux, sont vus comme des « renards argentés », alors que les femmes, elles, deviennent invisibles. Mesdames, refusons cette odieuse discrimination. Imitons Iona. Nous méritons, comme elle, un triomphe au deuxième acte. J'aurai obtenu le mien grâce à l'écriture : j'ai publié mon premier roman à cinquante ans, et je suis extrêmement reconnaissante aux lecteurs du monde entier qui achètent et recommandent mes livres.

Vous avez, littéralement, fait de mon rêve une réalité.

Merci.

Remerciements

Cette histoire n'aurait jamais été racontée sans l'intervention de trois femmes incroyables, bien réelles, celles-là.

Tout d'abord, Hayley Steed, mon agent. Le mot « agent » est loin de décrire le rôle que Hayley joue dans ma vie. Elle me tient lieu tout à la fois de mentor, de caisse de résonnance, de psychothérapeute, de directrice commerciale, de pom-pom girl et d'amie. Elle est soutenue à la Madeleine Milburn Literary Agency par une équipe du tonnerre, composée de la phénoménale Madeleine en personne, de Giles Milburn et d'Elinor Davis, du trio des droits internationaux, Liane-Louise Smith, Georgia Simmonds et Valentina Paulmichl, et d'Hannah Ladds, qui s'occupe des droits cinématographiques et télévisés.

Les deux autres femmes brillantissimes que je tiens à remercier sont mes éditrices : au Royaume-Uni, Sally Williamson chez Transworld, et Pamela Dorman, aux États-Unis, chez Pamela Dorman Books. Travailler avec Sally, Pam et leurs assistantes, Lara Stevenson et Marie Michels, est un vrai privilège. Pour un auteur, l'arbre cache souvent la forêt : on sent qu'une phrase est bancale, mais on est trop près des mots pour trouver la faille. Mes incroyables éditrices ont toujours le courage de me dire, avec tact, que quelque chose ne va pas ; par leur créativité, leur imagination, elles savent quelles améliorations apporter, et leur enthousiasme me pousse à avancer.

Romancière est le plus beau métier du monde, mais parfois difficile et solitaire. Comme beaucoup de mes consœurs, je souffre d'un terrible syndrome d'imposture et je doute souvent de mon talent. C'est dans ces moments-là que l'amitié d'autres écrivains est primordiale. J'aimerais donc remercier le club d'écriture, un fabuleux cercle formé en 2018 au cours de l'atelier d'écriture créative dispensé par le Curtis Brown Creative. Merci à tous de votre soutien, de votre sagesse, de votre humour, Natasha Hastings, Zoe Miller, Max Dunne, Geoffrey Charin, Maggie Sandilands, Richard Gough, Jenny Parks, Jenni Hagan, Clive Collins et Emily Ballantyne.

Merci également au groupe Facebook D20 – un groupe d'auteurs débutants qui partagent l'honneur discutable d'avoir vu leur premier roman publié en pleine pandémie de Covid. D'une certaine façon, nous avons surmonté ça ensemble.

Un grand merci à ma merveilleuse amie et autrice Annabel Abbs, et à mes premiers lecteurs et conseillers Caroline Skinner, Caroline Firth et Johnny Firth.

Je gardais le meilleur pour la fin : mon mari, John. Voilà vingt ans que nous vivons ensemble et, même si son incapacité à charger correctement un lave-vaisselle continue de m'exaspérer, l'épouser a été la meilleure décision que j'aie jamais prise de ma vie. Aucun de mes livres n'aurait existé sans son soutien et sa foi en moi.

Un immense merci à mes parents, pour leur infatigable présence à mes côtés, et à mes trois formidables enfants.

Si ce livre est dédié à l'aînée, Eliza, n'en déduisez pas qu'elle est ma préférée. Je les aime tous trois passionnément, mais Charlie, sache que ta mère ne te dédicacera pas de livre tant que tu n'auras pas fait l'effort d'en lire au moins un jusqu'au bout !

Il a fallu le concours d'un nombre impressionnant de gens talentueux et dévoués pour que ce roman puisse arriver entre vos mains, et je leur en suis très reconnaissante. Voici leurs noms :

Assistantes d'édition : Sally Williamson, Katrina Whone, Viv Thompson, Josh Benn, Judith Welsh, Lara Stevenson

Préparatrice de copie : Eleanor Updegraff

Correctrices : Jessica Read, Barbara Thompson

Service commercial : Vicky Palmer, Lilly Cox, Aoifé McColgan

Service des ventes : Tom Chicken, Laura Garrod, Emily Harvey, Gary Harley, Louise Blakemore, Chris Wyatt, Natasha Photiou, Laura Ricchetti

Service publicité : Becky Short, Alison Barrow

Production : Cat Hillerton, Phil Evans

Livre audio : Alice Twomey, Oli Grant, Nile Faure-Bryan

Maquettiste : Irene Martinez

Opérations : Alexandra Cutts

Service financier : Derek Bracken, Anshu Kochar

Contrats : Rebecca Smith

Réception : Jean Kriek

Composition et mise en pages
Facompo à Rouen

CET OUVRAGE
A ÉTÉ ACHEVÉ D'IMPRIMER
SUR ROTO-PAGE
PAR L'IMPRIMERIE FLOCH
À MAYENNE EN MAI 2023

#lisez! engagé
www.lisez.com
Pour plus d'information :
Imprimé sur du papier issu de forêts gérées durablement.

N° d'impression : 102626
R14414/01
Imprimé en France